Scarlet
스칼렛

Scarlet

스칼-렛

커피와
바닐라

커피와
바닐라

1판 1쇄 찍음 2012년 5월 22일
1판 1쇄 펴냄 2012년 5월 25일

지은이 | 김혜완
펴낸이 | 정 필
펴낸곳 | 도서출판 **뽈미디어**

편집장 | 이재권
기획 · 편집 | 손수화, 주종숙
편집디자인 | 이진선
관리, 영업 | 김기환, 임순옥

출판등록 | 2002년 9월 11일 (제1081-1-132호)
주소 | 부천시 원미구 상3동 533-3 아트프라자 503호 (우)420-861
전화 | 032)651-6513 / 팩스 032)651-6094
E-mail | BBULMEDIA@daum.net
카페 | http://cafe.daum.net/scarletR

값 9,000원

ISBN 978-89-6639-680-1 03810

※파본은 구입하신 서점에서 교환하여 드립니다.

커피와 바닐라

SCARLET ROMANCE NOVEL

김혜완 장편 소설

Scarlet
스카렛

contents

Prologue

"하아~ 춥다."

하얀 얼굴 때문에 유독 도드라지는 붉은 입술이 입김을 뿜어내며, 소녀인지 숙녀인지 구분이 잘 가지 않는 말간 얼굴의 여성이 서 있었다. 복슬복슬한 귀마개에 눈처럼 하얀 코트와 빨간 털실로 짠 목도리, 빨간 벙어리장갑. 작고 여린 등을 가리고도 남는 커다란 가방은 군청색 바탕에 하얗고 노란, 크기도 다른 별 그림이 프린트되어 있어 밤하늘을 등에 지고 있는 듯 보였다.

횡단보도의 신호등이 바뀌기를 기다리며 동동거리는 발과 연신 분홍빛 손목시계를 들여다보는 모습이 초조해 보인다.

한참을 원망스럽게 빨간 신호등을 보던 시선이 하늘로 향했다. 구름 사이로 비추는 겨울햇살에 살짝 눈을 찌푸리더니, 엄지와 검지로 작은 네모를 만들어 하늘로 뻗는다.

"찰칵!"

입으로 카메라 셔터음을 내며 하늘에 있는 무언가를 열심히 담던 그녀는 멋쩍은 듯 손을 내리고 빨간 벙어리장갑을 낀 손을 찬바람에 얼어 버린 얼굴에 대고 입김을 '하아~' 하고 내뿜었다. 붉은 입술 사이에서 피어오르는 하얀 입김이 그녀가 입은 코트만큼 새하얗다.

이내 초록불로 바뀐 신호등에 말갛게 웃으며 통통통…… 경쾌한 발걸음을 내딛는다. 등에는 밤하늘을 진 채로. 발걸음에 따라 흔들거리는 몸과 같이 밤하늘도 흔들흔들, 별이 흩뿌려지는 듯 움직였다.

그녀는 횡단보도를 건너 한참을 걷다가 골목 사이로 발걸음을 돌렸다.

가을 동안 떨어지지 못한 담쟁이 잎이 매서운 겨울바람에 위태하게 흔들리고 있는 붉은 벽돌담 길. 빨간 벙어리장갑이 돌담길을 훑으며 지나갈 때마다 인사하듯 담쟁이 잎도 바스락 소리를 내며 움직였다.

골목길 오르막이 그리 가파르진 않았지만 꽤 오래 올라가다 보니 금세 숨이 가빠 왔다. 멀지 않은 거리에서 아담한 카페의 노란 불빛이 퍼져 나오고 있었다. 오르막길 끝에 있는 작은 카페의 간판이 시야에 들어오자 살며시 미소를 짓고는 크게 숨을 고르고 씩씩하게 걸었다. 그윽한 커피 향이 코끝을 스치듯 지나갔다.

"혜연 언니!"

"어! 소이 씨 왔네?"

막 원두커피를 내리던 혜연이 반갑게 웃으며 소이를 맞았다.

"따뜻한 바닐라 밀크 티 한 잔 줘요."

"소이 씨 올 때가 돼서 미리 준비하고 있었지. 잠깐 기다려."

"네!"

찻잎에 따뜻한 물을 붓자 달콤한 바닐라 향이 카페를 가득 채웠다.

하얀 종이컵 속에 하얀 우유, 부드러운 바닐라 향 홍차. 혜연이 만든 바닐라 밀크 티를 양손에 받쳐 들고 소이는 행복한 듯 웃었다. '호~' 입김을 불자 하얀 김을 따라 바닐라 향이 물씬 풍겨왔다.

한 모금을 입에 머금고 부드럽게 퍼지는 바닐라 향을 음미하던 소이는 누군가 자박자박 걸어오는 소리에 살짝 뒤를 돌아보았다. 오르막을 오르는 큰 키의 그림자가 보였다. 그녀는 그림자의 주인이 누군지를 알아채고 이내 놀란 듯 앞으로 돌아서서 두 손에 든 바닐라 밀크 티를 뚫어져라 바라보았다.

"어서 오세요."

혜연의 인사에 그림자의 주인이 정갈하게 고개를 까딱했다.

"카푸치노 한 잔 주세요."

혜연이 주문한 커피를 준비하기 위해 부지런히 움직였고, 그림자의 주인은 손에 든 신문을 펼쳐 들고 진지한 눈빛으로 기사를 읽어 내려가기 시작했다.

바닐라 밀크 티에 고정된 소이의 시선이 점차 옆에 서 있는 사람에게로 옮겨졌다.

옆에 선 남자의 꽤 큰 키가 아담한 사이즈의 소이를 더 작아 보이게 했다. 한참을 올려다보자 단정한 남자의 얼굴이 소이의 시야에 들어왔다. 단정히 빗어 내린 머리와 검은 뿔테 안경. 그 아래의 단정한 눈매와 콧날. 소이는 두근거리는 가슴을 진정시키려 애쓰며 꼼꼼히 남자의 모습을 살폈다. 아침 출근길의 카페에서 그를 처음 본 이후부터 훔쳐보는 것이 습관이 되어 버렸다.

그때였다. 소이의 시선이 느껴졌는지 순간 남자의 눈길이 소이에게로 향했다. 소이는 커다란 눈을 더 크게 뜨고는 안절부절못하다가 이내 손에 든 잔으로 시선을 떨구고 돌아섰다. 무심하게 소이를 바라보던 남자는 혜연이 건네는 커피를 한 손에 들고 자박자박 앞만 보고 제 갈 길을 갔다. 남자에게서 나는 커피 향이 소이의 코끝을 간질였다.

"소이 씨, 그렇게 훔쳐만 보지 말고 한번 말이라도 건네 봐."

"아니에요……. 그런 거……."

"아니긴. 소이 씨가 저 사람 보려고 아침 일찍부터 서두르는 거 내가 모를까 봐?"

혜연의 말에 소이는 살며시 미소 짓고는 식어 버린 밀크 티를 단숨에 들이켰다. 소이의 바닐라 향과 남자의 커피 향이 섞이며 담쟁이 골목길에 퍼지고 있었다.

"미스터 카푸치노……."

"뭐?"

"저 사람이요. '미스터 카푸치노'라고 부르기로 했어요."

"헤에……. 괜찮은 별명인데? 그런데 소이 씨, 별명보단 진짜 이름 알고 싶지 않아?"

"별로…… 그런 생각은 없어요. 내 멋대로 별명 짓고 저 사람은 이런 사람일 거야 상상을 하고. 그것만으로도 좋아요. 제대로 알게 되면 상상이 깨질까 봐 싫어요."

소이는 멀어져 가는 미스터 카푸치노의 뒷모습을 꿈꾸듯 바라보았다.

"상상 속 세상과 현실은 다른 거라네. 이 천진난만한 아가씨야.

언제까지 꿈만 꾸고 살래? 뭐, 그런 점이 귀엽긴 하지만. 소이 씨, 세상은 꿈만 꾸고는 살 수…….”

“혜연 언니, 잘 마셨어요. 수고해요.”

길어질 것 같은 혜연의 말을 뚝 끊고는 소이는 발걸음을 돌려 골목길 끝에 있는 어린이 도서관으로 향했다. 미스터 카푸치노가 남긴 커피 향을 소이의 바닐라 향으로 채우며.

세현은 자신의 책상 위에 아직 온기가 남아 있는 카푸치노를 올려놓았다.

옷걸이에 코트를 단정히 걸고 창문의 블라인드를 걷고는 창밖을 바라보았다. 은은한 카푸치노 향이 진료실에 퍼져 나갔다. 카푸치노 향 틈에서 달콤한 바닐라 향이 나는 듯했다.

“풋.”

세현은 놀란 토끼눈으로 자신을 바라보던 하얀 얼굴의 여자가 떠올라 피식 웃음을 터뜨렸다. 언제나처럼 담쟁이 골목길 오르막 끝 카페에 별이 가득한 밤하늘이 덩그러니 보였다. 밤하늘 옆으로 빨간 벙어리장갑이 보였고, 작은 발을 덮은 어그부츠가 보였고, 복슬복슬 따스해 보이는 털 뭉치가 귀를 덮고 있는 작은 머리가 보였다.

오늘도 먼저 나와 카페 앞에 서 있는 작은 여성에게 반가워하는 자신이 내심 놀라웠다. 세현은 출근길에 들리는 카페에서 바닐라 향을 풍기며 서 있는 조그마한 여자와 마주치는 것을 어느 순간부터 기대하고 있었다. 뭐, 항상 똑같이 흘러가는 일상에 작은 흥밋거리랄까, 그 이상도 이하도 아닌…….

여자의 소심한 시선이 느껴질 때마다 모르는 척 신문에만 시선을 고정시켰는데, 오늘은 슬그머니 장난기가 발동했다. 아침마다 인사를 건네지 못하고 몰래 쳐다만 보는 작은 아가씨가 어떤 얼굴을 하고 있을지 문득 궁금해졌다.

그래서 그저 바라만 봤을 뿐인데 커다래지는 눈이라니. 인사라도 건넸으면 기절초풍했을지도 모르겠다 싶을 만큼 새하얗게 질린 얼굴이 귀여웠다. 놀란 눈동자에 비친 자신의 무덤덤한 얼굴을 바라보다가 크고 맑은 눈동자에 마음속으로 감탄을 했었다.

"바닐라 향을 풍기는 아이 같은 성인 여성이라."

책상에 놓인 카푸치노를 입에 가져가며 세현은 중얼거렸다. 남은 카푸치노를 단숨에 들이켜고는 하얀 가운을 걸쳤다. 커피 향을 지우는 소독약 냄새에 세현의 단정한 미간이 찌푸려졌다.

—담 치과 닥터 김세현.

네모반듯한 명찰을 달고 챠트를 손에 든 채로 문을 나섰다. 세현의 손을 떠난 종이컵이 커피 향을 흩뿌리고 포물선을 그리며 은색 휴지통으로 경쾌하게 떨어졌다.

01

시멘트 사이로 올망졸망한 돌멩이들이 틈틈이 박힌 나지막한 돌담길을 지나고 나면, 붉은 벽돌과 통나무로 조화롭게 지어진 아담한 건물이 나온다.

하얀 페인트가 칠해진 나무판자 위에 쓰인 '담쟁이 어린이 도서관'이라는 글자가 귀여운 글씨체로 사람들의 시선을 붙들고, 글씨 사이사이에 그려진 초록의 담쟁이 잎들이 싱그러움을 더했다. 도서관의 이름처럼 붉은 벽돌 건물을 성큼성큼 올라간 담쟁이덩굴 사이로 겨울을 힘겹게 이겨 내고 있는 파리한 잎들이 바람을 따라 너울거렸다.

소이는 나무 울타리로 된 문을 조심스레 열고 크고 작은 돌멩이가 촘촘히 박혀 있는 길을 따라 도서관으로 들어섰다. 아직 개관 시간이 아니라 한적한 도서관 내부엔 소이와 소이를 따라 들어온 겨울의 찬 공기뿐이었다.

소이는 도서관의 나선형 나무 계단을 오르내리며, 하나둘 불을 켜기 시작했다. 이윽고 도서관 전체가 환해지며 아늑하고 따사로운 느낌의 공간이 한눈에 들어왔다. 아이들의 키에 맞춘 작은 책장에는 예쁜 그림과 재미있고 따뜻한 내용이 담겨 있는 그림책이 가득 꽂혀 있었고, 1층과 2층을 연결하는 통유리에는 담쟁이덩굴과 해와 달, 별들이 아기자기하게 장식되어 있었다. 유리창 너머로 보이는 정원에는 봄을 기다리는 꽃나무들이 줄줄이 서 있었다.

"안녕."

소이는 유리창 너머에 서 있는 작은 꽃나무를 바라보면서 작게 중얼거리며 손을 살며시 흔들어 보았다. 도서관의 은은한 조명이 봄 햇살 같아 왠지 나른해지는 기분이었다. 소이는 도서관이 풍기는 따스한 기운을 느끼며 직원들이 오기 전까지 느릿느릿 그림책을 정리하고, 아이들이 앉을 작은 소파의 쿠션을 가지런히 놓으며 시간을 보냈다.

"좋은 아침~"

"주말 잘 보냈어요?"

"소이 씨, 일찍 왔네?"

도서관 문을 열고 사람 좋은 얼굴을 한 직원들이 하나둘 들어서며 서로 인사를 나눴다.

왠지 따뜻해지는 느낌에 소이는 해맑게 웃으며 직원들을 맞이했다. 소이가 올려놓은 주전자에서 보글보글 물이 끓는 소리가 들렸다. 소이는 선반에서 담쟁이덩굴이 그려진 머그컵을 꺼내 바닐라 향 찻잎을 조심조심 덜었다.

"오늘도 바닐라 향 나는 차?"

후덕한 인상의 나 주임이 컴퓨터를 켜며 말을 건넸다.

"네, 주임님."

"소이 씨 덕에 도서관에 바닐라 향이 가득해. 오늘 아침 회의 시간엔 달콤한 차 한 잔 하며 이야기할까?"

"네! 준비할게요."

그렇게 소이가 준비한 바닐라 밀크 티와 함께 도서관의 아침이 시작되었다.

오늘 있을 문화강좌의 스케줄과 어린이 영상실의 새로운 영상물 정리 등 하루의 일과를 꼼꼼히 체크하고 나누는 직원들 틈에서 소이는 마냥 즐거운 듯 웃으며 귀 기울여 듣고는 작은 수첩에 회의 내용을 적어 내려갔다.

문득 수첩 끝의 조그마한 그림에 시선이 갔다. 나팔꽃과 해바라기가 그려져 있는 그림. 작은 나팔꽃이 귀여워 손끝으로 어루만지다가 소이는 문득 아침에 스쳐 지나간 '미스터 카푸치노'가 떠올랐다.

'해바라기 같아. 그 사람은……'

아침에 보았던 미스터 카푸치노를 생각하며 살포시 미소 짓던 소이의 얼굴이 순식간에 붉어졌다.

'내가 너무 뚫어져라 쳐다봐서 이상하게 생각한 것이 분명해. 아…… 내 표정이 정말 웃겼을 텐데.'

좋은 인상을 주고 싶었던 맘과 달리 우스꽝스러운 표정으로 그를 바라본 것이 못내 마음에 걸려 소이는 안절부절못했다.

"소이 씨, 소이 씨?"

"네?"

한참을 혼자 웃다가 울상 짓다 하는 소이를 보던 나 주임이 무슨 일이냐는 표정으로 소이를 바라보았다.

"무슨 생각을 하기에 1초마다 표정이 바뀌어?"

"아니, 아무것도 아니에요."

"소이 씨, 오늘 그림책 읽어 주는 날이지? 11시랑 3시 타임에. 요즘 소이 씨 덕분에 그 코너가 반응이 좋으니까 오늘도 분발해 줘."

"네."

미대를 졸업하고 마땅한 취직자리가 없어 전전긍긍하던 소이에게 '담쟁이 어린이 도서관'은 꿈같은 곳이었다. 아르바이트나 다름없는 계약직이었지만 워낙 그림책을 좋아하는 데다 자신만의 그림으로 책을 만들고 싶은 꿈이 있는 소이는 이 따뜻하고 아담한 공간이 마음에 들었다.

여름이 되면 도서관 외벽과 돌담길을 뒤덮는 담쟁이도 마음에 들었고, 통유리로 되어 있는 커다란 창문을 통해 1년 열두 달을 따뜻한 햇살을 받을 수 있어 좋았다. 더불어 통유리 저편의 작은 정원과 놀이터에서 끊임없이 들려오는 아이들의 웃음소리도 좋았다.

무엇보다 소이는 '그림책 선생님'이라는 도서관에서의 역할이 마음에 들었다. 그래서 그림책을 읽어 주는 월요일과 수요일, 그리고 토요일을 즐겁게 기다렸다. 전날 꼼꼼히 체크해 둔 그림책을 꺼내 들고 어떻게 이야기를 들려줄까 하는 마음에 마냥 설레었다.

한참을 그림책 속에 빠져 있던 소이가 부스스 기지개를 켜더니, 자신의 의자 뒤편에 놓인 커다란 흑판을 꺼내 색색의 분필로 쓱쓱 무언가를 그리기 시작했다. 아기자기한 그림 사이로 단정하면서도 귀여운 글씨체가 눈에 쏙 들어왔다.

—오늘의 그림책 '빨간 고양이 마투'

소이가 흑판에 그려 놓은 고양이와 작은 새가 사람들의 시선을 잡아끌기에 충분했다.

소이는 흡족하게 웃으며 손을 탁탁 턴 후 흑판을 이젤에 받쳐 들곤 조용한 걸음으로 2층으로 이어진 나선형 계단을 올랐다. 어린이 놀이터와 아이들의 부모가 잠시 쉴 수 있는 북카페, 어린이를 위한 영화를 상영하는 영상실이 통로를 따라 배치되어 있었다. 소이는 영상실을 지나 복도 끝에 있는 돔 형태의 방 앞에 들고 온 이젤을 놓고, 살며시 문을 열어 보았다.

방의 겉면에는 잠자는 모습의 달과 별이 다닥다닥 붙어 있었고, 방 내부에는 별 모양 전등이 천장 곳곳에 달려 있어 밤하늘을 연상케 했다. 방의 불을 켜자 전등 불빛이 별처럼 반짝거리며 쏟아져 내리듯 빛났다.

"자, 이소이 오늘도 파이팅이다!"

멀리서 아이들이 엄마의 손을 잡고 다가오는 소리가 들려온다.

빨간색 표지에 빨간 고양이가 그려진 그림책을 품에 꼭 안고 소이는 바닐라처럼 하얗고 폭신한 소파에 앉아 자신이 들려줄 이야기를 감상하기 위해 모이는 아이들을 웃으며 맞이했다.

"할아버지, 이제 좀 어떠세요?"

"김 선생이 여기 오고부터는 시큰거리던 곳이 덜 아픈 것 같아."

"하하하, 다행이네요. 일단 오늘 치료는 끝나셨어요. 음…… 내일이랑 모레 좀 더 치료하도록 하죠."

"그려, 그려."

세현은 방금 치료를 끝낸 할아버지를 병원 문 앞까지 배웅한 후

접수처로 돌아섰다. 아까의 친절한 미소는 순식간에 사라지고, 무표정한 얼굴로 차트를 넘기고 자신의 방으로 들어가 버리는 세현을 치위생사들이 실망스러운 얼굴로 바라보았다.

"김세현 선생님은 웃으면 정말 눈부신데 말이야. 환자들 외엔 다정한 눈길을 받는다는 건 언감생심 꿈도 못 꾸니."

"그러니까. 저 정도 외모에 이 정도 직업이면 여자들도 많이 꼬일 텐데…… 정작 본인은 참 주변 여자들에게 무심해. 그치?"

"저 정도 스펙이니 눈이 높아도 아주 높겠지. 콧대도 우주를 뚫고 갈 거야."

치위생사들의 실없는 대화를 듣던 종혁이 쓴웃음을 지으며 세현의 방을 노크했다.

"들어오세요."

안에서 들려오는 낮고 담담한 목소리에 문을 열고 고개만 빼꼼히 들이민 채 종혁이 싱글거리며 웃었다.

"종혁 선배, 그만 싱글거리고 할 말 있으면 들어와요."

"멋없는 놈. 네 녀석이 제대로 웃는 모습은 언제 볼 수 있는 거냐?"

"저 잘 웃잖아요. 환자들한텐 친절한 김 선생으로 통하는데, 아니었어요?"

"오는 환자라곤 할아버지, 할머니에 꼬맹이뿐인데, 살인미소 아무리 날려 봐야 뭐하냐. 너한테 득이 될 게 없는데."

"그럼 제가 웃음을 날려서 득이 되는 건 또 뭔데요?"

"숱한 여성들이 널 선망의 대상으로 삼고 있는데, 천연기념물 같은 네 미소 한 방이면 게임 끝 아니냐."

종혁의 말이 어이없다는 듯 세현은 가운을 벗고 옷매무새를 정리하며 피식 웃을 뿐이었다.

"내가 아무리 백번 말해 뭐하냐. 당사자가 저리 답답하게 구는 걸."

"선배, 그만하고 우리 밥이나 먹으러 가요."

더 이상 들을 필요 없다는 세현의 반응에 종혁은 어깨를 으쓱하고는 자신의 방으로 가 옷을 챙겨 입고 세현과 함께 병원 밖을 나왔다. 목에 아무것도 두르지 않은 종혁이 매서운 겨울바람에 어깨를 잔뜩 움츠리고 세현을 흘깃 쳐다봤다. 머플러부터 코트, 가죽장갑에 혼자 사는 총각이라고 생각되지 않는 반짝거리는 구두까지. 틈이라곤 찾아볼 수 없는 단정한 모습에 종혁은 혀를 내둘렀다.

"바늘을 찔러 넣어도 피 한 방울 안 나올 놈."

"네?"

"됐다. 가자. 오늘 저녁밥은 네놈이 사라."

툴툴거리며 앞장서는 종혁의 뒤에서 세현이 싱긋 웃더니 이내 담담한 표정으로 뒤따랐다.

종혁과 이런저런 이야기를 나누며 저녁 식사를 마친 세현은 카운터로 가서 지갑을 꺼내 들었다. 담배를 피우러 밖으로 나가는 종혁의 뒷모습을 바라보다가 카드를 식당 직원에게 건네고 창밖으로 시선을 두었다. 창밖에서 참 많이 익숙한 물건이 살짝살짝 움직이고 있었다.

'밤하늘 뭉치라……'

세현의 눈에 낮게 깔려 있는 밤하늘 모습의 커다란 가방이 들어왔다. 직원이 결제를 마친 카드를 건네자 까닥 인사를 하곤 식당 밖으로 나와 별이 가득 박힌 가방 쪽으로 걸음을 옮겼다.

"야! 김세현! 어디 가?"

"선배, 먼저 가세요."

"실없는 놈. 나 먼저 간다! 내일 봐!"

작별 인사를 하는 종혁에게 한쪽 손을 들어 인사하고, 시선을 별 가방에 고정시킨 채 세현은 몸을 웅크리고 무언가를 하고 있는 소이에게로 조심스럽게 다가갔다. 식당과 가게에서 풍겨 오는 여러 냄새들 가운데서 유독 소이의 달콤한 바닐라 향만이 구분됐다. 세현의 시야에 작은 몸을 웅크리고 있어 더욱더 작아 보이는 소이가 한눈에 들어왔다.

사각사각.

빨간 표지의 책 위에 빨간 벙어리장갑을 올려놓고, 하얀 도화지 위에 연필로 빠르게 무언가를 그려 내고 있었다. 그림은 점점 형태를 잡더니, 이내 작은 고양이의 모습이 되었다.

그림을 그리던 손이 멈추고, 소이가 가만히 바라보는 곳을 세현도 고개를 들어 바라보았다. 창문 아래의 작은 틈에서 어미 고양이가 새끼 고양이에게 젖을 물리고 있었다.

그때였다. 같은 장소에서 같은 곳을 바라보던 시선이 마주하게 된 것은.

소이의 커다란 눈동자가 더욱더 커지고 까만 눈동자에 세현이 비치는 순간, 소이의 무릎에 올려져 있던 하얀 스케치북이며 연필, 지우개가 후드득 요란스럽게 바닥으로 떨어졌다.

"안녕, 바닐라 아가씨."

싱긋 웃는 세현을 바라보는 소이의 눈이 좀 더 커졌다고 느꼈을 때, 소이는 허겁지겁 스케치북과 연필, 지우개를 주워 들고는 저만치 달려가 버렸다.

"이것 참."

뛰어가는 소이의 뒷모습을 허허롭게 바라보던 세현의 발에 무언가가 '툭' 하고 걸렸다. 빨간 벙어리장갑과 '빨간 고양이 마투' 라고 적힌 그림책이 주인을 잃은 채로 덩그러니 놓여 있었다. 세현은 소이가 두고 간 물건을 손에 들고 툭툭 털더니 가방 속에 조심스레 넣었다.

"재미있는 아가씨인데?"

담담하던 세현위 얼굴에 어느새 작은 미소가 스며들었다.

얼마나 달렸을까. 새하얀 소이의 얼굴이 새빨갛게 달아오르고 이마에는 땀이 송골송골 맺혔다. 숨이 턱까지 차오른 소이가 달리던 발을 멈춰 세우고, 가쁜 숨을 몰아쉬었다. 이마에 맺힌 땀을 닦던 소이는 무언가 허전함에 퍼뜩 자신의 손을 바라보았다.

"아…… . 내 장갑…… ."

장갑뿐 아니라 그림책 또한 보이지 않는다. 소이는 망연하게 뒤를 돌아보았다.

"어쩌지."

이미 한참을 달려와 버려, 아까의 장소가 눈에 보이지 않을 만큼 멀리 떨어져 있었다. 달리느라 땀이 배었던 손바닥이 겨울 공기에 어느새 차갑게 식어 있었다. 살며시 뺨에 언 손을 가져갔지만, 뺨의 온기가 손의 차가움을 덥혀 주지 못했다. 소이는 빠르게 식당 쪽으로 발걸음을 옮겼다. 지금 가면 아마 그 자리에 장갑과 그림책이 놓여 있을 터다.

"어쩌지."

갑자기 그 장소까지 다시 갈 용기가 나지 않았다. 그 사람이 아직 있으면 어쩌지. 만약 그렇다면 어떤 얼굴로 마주해야 하지. 왜 도망을 쳤을까. 수십 가지 생각이 머릿속을 어지럽게 했다. 생각이 많아질수록 걸음도 느려졌다. 느려진 걸음이 우뚝 멈춰 섰다. 소이는 털썩 쪼그리고 앉아 붉어진 얼굴을 무릎 사이에 묻었다.

"이소이, 바보, 멍청이…… 왜 거기서 도망을 쳤니? 바보같이."

얼마나 황당했을까. 그저 말을 건넸을 뿐인데 상대방이 어떤 말도 않고 도망가 버렸으니 말이다. 아침부터 미스터 카푸치노에게 부끄러운 모습만 보였다는 자괴감에 소이는 콩콩콩 세워진 무릎에 작은 이마를 부딪쳤다.

어느새 얼얼해진 이마를 문지르며 얼굴을 잔뜩 찡그린 채 소이가 벌떡 일어났다. 자신이 도망친 자리를 가늘게 뜬 눈으로 바라보던 소이가 작게 한숨을 쉬었다. 한숨과 함께 하얀 입김이 공기 속에 흩어졌다.

"아, 모르겠다."

소이는 체념한 듯 고개를 휘휘 내젓고 등을 돌려 저 멀리 보이는 버스정류장을 향해 자박자박 걸어갔다.

밤새 내린 눈이 소복이 쌓여 있는 골목길, 이른 아침부터 눈을 치우는 마을사람들의 비질 소리가 골목에 사락사락 울려 퍼졌다. 세현은 자신을 알아본 마을사람들의 반가운 인사에 가볍게 미소 지으며 목례를 했다. 항상 신문이 들려 있었던 그의 손에 오늘은 빨갛고 작은 쇼핑백이 들려져 있었다.

오르막길 위의 작은 카페가 세현의 시야에 들어왔다. 이쯤이면 보일 법도 한 밤하늘 뭉치가 오늘도 보이지 않는다.

툭툭…….

구두에 남겨진 눈을 발끝을 세워 털어 내고는 코트의 옷깃을 단정히 여미며 세현은 아직 개점 준비가 덜 끝난 카페를 바라보았다. 세현은 옆구리에 끼고 있던 신문을 한 손에 고쳐 잡으며 오르막길을 천천히 오르기 시작했다.

"어서 오세요."

잠이 덜 깬 듯 몽롱한 혜연의 인사를 늘 그렇듯 담담히 받으며 세현은 카푸치노 한 잔을 주문하고 신문을 펼쳐 들었다. 팔에 대롱대롱 매달려 있는 빨간 쇼핑백이 거추장스러웠지만 세현은 짐짓 모르는 체하며 커피가 나올 때까지 신문을 읽어 내려갔다. 하지만 머리기사만 간신히 눈에 들어올 뿐, 어느새 세현의 시선은 오르막길 아래와 저 멀리 골목길을 향해 분주히 움직였다.

흘깃흘깃 주변을 살피다가 신문을 보았다가 혜연은 안절부절못하는 세현의 모습을 의외란 표정으로 바라보며 따뜻한 카푸치노를 건넸다. 카푸치노를 받아 들고 한 모금 마신 세현은 다시 한 번 오르막길 저 아래를 살펴보더니 가볍게 목례를 하고는 자리를 떠났다.

흔들흔들…… 흔들흔들…….

세현이 손에 든 빨간 쇼핑백이 그가 걸을 때마다 잔잔히 움직였다. 병원으로 향하는 그의 발걸음에 짙은 아쉬움이 묻어나는 것 같았다.

아직 아무도 출근하지 않은 조용한 병원의 불을 켜고 자신의 방으로 들어섰다. 코트를 툭툭 털어 바르게 걸고 책상 앞에 앉았다. 세현은 손에 든 종이컵을 책상에 올려놓고 턱을 괴고 앉아 컵에 그려진 담쟁이 잎을 바라보았다. 한참을 바라보던 세현은 마지막한 모금의 카푸치노를 마신 후 빈 종이컵을 휴지통에 툭 던지고 빨간 쇼핑백에서 주섬주섬 무언가를 꺼내기 시작했다. 빨간 벙어리장갑과 빨간 그림책. 벌써 며칠째 세현이 들고 다녔던 빨간 쇼핑백에 자리하고 있는 것들이었다.

"오늘도 못 만났군. 어디에 숨었니. 대체……."

세현은 그림책 표지의 빨간 고양이를 바라보며 중얼거렸다.

바닐라 아가씨와 마주 본 아침, 말을 건넨 그날 저녁 이후로 골목길 오르막 끝 작은 카페에서 항상 보았던 그녀를 더 이상 만날 수 없었다. 카페 여주인 혜연에게 그녀에 대해 물어볼 수도 있었지만, 세현의 성격상 선뜻 그러기는 힘들었다. 바닐라 아가씨가 늘 같은 시간에 카페에 왔던 것 같아 일찍도 나와 보고, 조금 늦게도 나와 봤지만 며칠 새에 먼 곳으로 떠난 사람처럼 그녀는 조금도 모습을 보이지 않았다.

세현은 떨어뜨리고 간 물건을 돌려주기 위함이라 마음속으로 되뇌었지만, 보이지 않는 바닐라 아가씨로 인해 마음 한구석에 실망감이 감도는 것은 사실이었다. 참 소심한 아가씨인가 보다 싶다가도, 그냥 인사 한 번 한 것뿐인데 그렇게 도망치듯 자리를 뜨더니 이후 증발해 버린 것이 마냥 야속하기도 했다. 스치듯 지나간 작은 아가씨를 잊지 않고 기억하고 계속 생각하는 자신이라니, 세현은 평소와 다른 자신의 모습이 아무리 생각해도 어이가 없어 헛웃음만 나왔다.

세현은 조심스레 책장을 펼쳐 들었다. 이야기가 시작되는 첫 장에 작은 글씨로 꼼꼼하게 써 내려간 글귀가 보였다.

—우연한 만남이 인연이 된 빨간 고양이 마투와 작은 새처럼,

헤어짐이 서운하고 만남이 설레는 그런 인연을 나도 갖고 싶다.

이제 세현의 머릿속에 각인될 만큼 읽고 또 읽었던 글귀다. 소이가 적어 놓은 글이 세현의 가슴에 작은 파문을 만들었을 때 또한 장 넘긴 그림책엔, 누군가에게 이야기를 들려주는 듯 문장 하나하나마다 꼼꼼하게 어떤 톤으로, 어떤 표정으로 글을 읽을지 적혀 있었다. 그녀가 귀여운 글씨로 적은 메모를 따라 그림책을 읽으며, 어느새 이야기에 푹 빠져 있는 자신의 모습이 당황스러워 얼른 책을 덮었더랬다.

툭툭…….

귀여운 글씨가 온점과 함께 끝난 자리를 세현이 손가락으로 가볍게 두드렸다.

"포기할까."

빨간 벙어리장갑과 빨간 그림책은 스치듯 만난 인연이 준 선물이라 생각하자.

세현은 그렇게 마음을 먹고 자리에서 일어나 깔끔하게 다려진 옅은 회색의 셔츠 위로 하얀 가운을 걸쳤다.

"소이 씨, 무슨 일 있어? 요즘은 평소보다 많이 늦었네."

"일은요, 무슨. 날이 추우니까 마냥 이불 속에 있고 싶어서 그랬죠."

"그랬어? 그래도 일찍 나오지. 미스터 카푸치노랑 자꾸 엇갈리잖아. 소이 씨, 그 사람 보고 싶어서 그 시간에 출근하던 거 아니었어?"

혜연의 말에 소이는 얼굴을 붉힌 채 애꿎은 종이컵만 만지작거렸다.

"그건 그렇고, 미스터 카푸치노 말이야."

"네?"

혜연은 '미스터 카푸치노'라고 말하자 움찔 놀라는 소이가 재미있어 웃음이 나왔지만, 꾹 참고 말을 이어 갔다.

"뭔가 예전이랑 다른 분위기야."

"네에……."

"항상 빈틈없이 단정하게 주문한 커피만 받아 들고 가던 사람이 뭔가 찾는 것처럼 계속 두리번거리더라니까."

"……."

소이는 무언가 짐작이 가는 것이 있었지만 한 마디도 입 밖으로 꺼낼 수가 없었다.

며칠 전, 그 남자 앞에서 한 어이없는 행동 때문에 집에 돌아와서도 붉어진 얼굴로 방 안을 왔다 갔다 하며 자신을 책망했던 소이였다. 갑자기 그날의 기억이 되살아나자 소이는 차마 혜연과 눈을 마주치지 못하고 애꿎은 종이컵 끝을 손가락으로 꾹꾹 누르며, 멀리 보이는 어린이 도서관 건물에 시선을 고정시켰다. 그런 소이의 마음을 아는지 모르는지 나름의 추리를 하고 있는 혜연이다.

"혹시 말이야."

혼자만의 추리를 끝낸 혜연이 눈을 가늘게 뜨고 소이를 지그시 바라보았다. 혜연의 시선을 애써 피하려던 소이는 집요한 혜연에게 이끌려 흔들리는 눈을 마주했다.

"소이 씨가 하도 안 보이니까 궁금해진 거 아닐까? 왜 서로 잘 알지는 못해도 늘 마주치는 사람이 보이지 않으면 왠지 머릿속에 물음표가 그려지고 그러잖아."

"설, 설마요."

"내 말이 틀림없을걸? 기회다, 소이 씨. 밀당이야."

"밀당이요???"

"밀고 당기기, 밀당! 이젠 가끔씩 얼굴을 보여 주는 거야. 계속 눈앞에 보이지 않으면 남자도 흥미를 잃게 마련이거든. 내일은 늘 오던 시간에 오는 거야. 반응이 놀라울걸?"

"……히끅!"

혜연은 즐거운 듯 떠들어 댔지만 그녀의 추리에 긴장하고 있던 소이는 그로 인해 터져 나오는 딸꾹질을 멈출 수가 없었다. 한참 딸꾹질을 멈추지 못해 괴로워하는 소이 때문에 혜연은 부산스럽게 따뜻한 물을 건넸고, 소이는 물을 들이켜고 나서야 겨우 딸꾹질을 멈출 수 있었다.

혜연의 카페에서 나온 소이는 여느 때와는 달리 고민이 가득한 표정으로 발끝을 바라보며 걷기 시작했다. 미스터 카푸치노. 그와의 짧고 당황스러웠던 만남 뒤로 혹여나 마주칠까 봐 요리조리 피해 다니며 생긴 버릇이었다.

툭툭툭…….

소이의 발끝에 걸린 돌멩이 하나가 아무도 없는 골목길 가득 소리를 채우며 굴러갔다. 굴러가는 모습을 바라보던 소이가 돌멩이를 주워 들고는 만지작거리더니 이내 하얀 코트주머니 속으로 쏙 넣었다. 제 발에 차인 돌멩이가 왠지 가엾다 느껴졌기 때문이다.

그가 말을 걸었을 때, 덜컥 겁이 났다.

순간 당황스럽기도 했지만, 그의 목소리가 상상했던 것보다 훨씬 낮고 아름다운 울림을 갖고 있어 가슴이 주책없이 방망이질 쳤다. 그가 자신을 알아보고 말을 건넸다는 사실에 기쁨으로 벅차오른 것도 잠시, 귀를 울리는 심장 소리가 그에게 들릴까 봐 부끄럽기도 하고 걱정도 되었다. 단지, 그 생각 하나로 정신없이 뛰어갔다. 그에게서 빨리 멀어져야 한다는 마음이 기쁨보다 더 크게 지배했기 때문이었다.

'바보다, 이소이…….'

그가 웃으며 인사할 때 나도 마주 보고 웃어 줄걸. 절 어떻게 아셨냐고, 만나서 반갑다고 이야기를 나누어 볼걸. 다음에 만날 땐 더 반갑게 인사 나누자 말해 볼걸.

소이는 머릿속을 어지럽히는 생각들을 지우려 고개를 휘휘 내저으며 주머니 속에 손을 찔러 넣었다. 장갑을 끼지 않아 차가워진 손끝에 한겨울 냉기를 잔뜩 머금은 돌멩이가 만져졌다. 오늘따라 어린이 도서관까지 이어진 돌담길이 한없이 길게만 느껴졌다.

"이야압!!"

소이가 움츠렸던 가슴을 하늘을 향해 펼친다 싶더니, 돌멩이를 쥔 손을 더욱 꼬옥 쥐고는 크게 외쳤다. 소이의 외침은 돌담길을 굽이굽이 지나 어린이 도서관의 울타리 문을 넘어 멀리 퍼져 나갔다. 그리고 땅바닥을 보고 걷던 소이의 시선도, 축 처진 어깨도 언제 그랬냐는 듯 경쾌하게 움직였다.

"뭐하냐?"

눈이 오고 추운 날씨 탓인지 '담 치과'의 오전 진료는 한가롭기만 했다. 자신의 방에서 철 지난 잡지를 뒤적이던 종혁이 세현에게 찾아온 건 오전에서 오후로 넘어갈 때 즈음이었다.

"한가한가 봐요, 선배는."

틈나는 시간에 대학교 때의 은사가 부탁한 이번 학회에서 발표할 자료들을 항목별로 분류하느라 고개도 들지 않고 세현이 말했다.

"뭐, 환자가 없으니까."

세현의 모습만큼이나 단정하고 정갈한 방을 쓱 둘러보던 종혁이 갈색 톤의 방을 군더더기 없이 깔끔하게 채우는 작은 소파에 털썩 앉았다. 치대를 다니던 시절부터 많은 사람들의 관심과 시선을 받던 세현이 학교부속의 치과대학병원 업무와 사람들로 인해 조금씩 지쳐 갈 때, 이 한적한 동네 치과로 오라고 제안한 것은 종혁이었다. 종혁의 제안을 단 한 번의 고민 없이 흔쾌히 받아들여 이곳으로 온 지도 꽤 되었다. 벌써 계절이 세 번 바뀌었으니 말이다.

"이건 뭐냐? 웬 그림책? 조카 줄려고 샀냐?"

책상에 가득한 책 사이에서 유독 눈에 띄는 빨간 그림책을 종혁이 찾아내 손에 들었다. 종혁이 그림책의 첫 페이지를 넘기려고 하자, 세현이 조용히 종혁의 손에서 그림책을 빼앗아 빨간 쇼핑백 속에 넣었다.

"그게 뭔데 그렇게 꽁꽁 숨기냐."

"별것 아니에요."

"별것 아닌 게 아닌데?"

종혁의 집요한 물음에도 세현은 아무 일 없었다는 듯 다시 책을 향해 시선을 고정시켰다.

"재미라고는 눈곱만큼도 없는 놈."

"별것 아닌 거에 일일이 신경 쓰는 거 너무 조잡해 보여요. 선배."

"인마, 너랑 나랑 한두 해 본 사이도 아니고, 네 녀석한테 어울

리지 않는 물건이 책상에 떡하니 있는데 이상하다 생각하지 않겠
냐? 자식이, 속 시원히 이야기는 해 주지 않고. 너 정말 재미없
어."

"그러는 선배는 나한테 바라는 게 너무 많은 거 아닙니까? 웃어
라, 웃겨 줘라…… 내가 선배 마누라도 아니고. 그런 건 형수님한
테 부탁해요. 선배."

세현은 서류를 향한 시선을 단 한 번도 종혁에게 돌리지 않고
담담히 말했다.

"재미없는 놈."

시원찮은 반응의 세현을 노려보던 종혁이 한껏 기지개를 켜더니
벌떡 일어나 진료실로 나갔다. 종혁의 싱거운 방문에 세현은 피식
웃으며 빨간 종이봉투로 손을 뻗었다. 미소 짓고 있는 빨간 고양이
와 마주하다가 곧게 뻗은 코에 걸린 검은색 뿔테 안경을 벗어 들
고 손가락으로 눈꺼풀을 지그시 눌렀다.

"후……."

세현의 낮은 한숨에 책상을 어지러이 덮고 있는 종이들이 파르
르 떨렸다.

"김세현 선생님, 환자예요."

누군가의 부름에 안경을 바로 쓰고 세현은 진료실을 나섰다. 갈
색 톤이 가득한 세현의 방에 유독 눈에 띄는 빨간 쇼핑봉투가 외
롭게 놓여 있었다.

담쟁이 어린이 도서관은 어린이들을 위한 많은 책과 아기자기하
고 예쁜 공간으로 입소문이 자자해 부모님의 손을 잡고 오는 아이
들로 늘 북적였다.

색색으로 칠해진 책장 사이사이의 소파에 앉아 엄마가 들려주는 동화를 듣기도 하고, 자신이 고른 책을 진지하게 읽어 내려가는 꼬마들의 모습이 참 예뻤다.

소이는 아이들이 다 읽은 그림책을 정리하고는, 자신의 책상에 앉아 유리창으로 쏟아져 들어오는 햇살을 가만히 바라보았다. 문득 코트주머니에 들어 있는 돌멩이가 떠올라 손을 쏙 넣어 보았다. 돌멩이가 머금고 있던 차가운 기운이 아이들이 뿜어내는 행복하고 따스한 공기에 훈훈하게 덥혀져 있었다.

가방에서 연필을 꺼내 든 후 소이는 돌멩이 위에 쓱쓱 그림을 그려 넣기 시작했다. 동그라미 주변으로 뾰족뾰족 꽃잎이 돋는가 싶더니, 순식간에 해바라기 하나가 돌멩이에 수놓아졌다. 소이의 하얀 손가락이 돌멩이를 들고 겨울 햇살에 요리조리 비춰 보더니 살며시 책상에 올려놓았다.

그리고는 책상 서랍에서 조심스레 붓과 팔레트, 물감을 꺼냈다. 돌멩이의 해바라기에 색을 칠하고 싶었다. 팔레트에 노란 물감과 초록 물감을 짜니 물감 냄새가 살짝 퍼졌다. 소이는 붓에 물감을 찍어 돌멩이에 그려진 해바라기에 맑고 영롱한 색을 더해 주었다.

'다음번에 만나면 꼭 전해 줘야지.'

몇 번을 다짐한 소이는 소중하게 돌멩이를 보듬어, 가방 앞주머니에 넣어 두었다.

"소이 씨, 점심시간이야. 밥 먹으러 가자."

옆에 앉아 아이들이 반납한 책들을 컴퓨터에 입력하고 있던 나 주임이 말했다.

"아, 전 잠깐 어디 갈 데가 있어서요. 먼저 드세요. 전 볼일 마치고 알아서 먹을게요."

"그럴래? 그럼 난 다른 사람들이랑 먼저 간다."

"네."

외투를 걸치고 한 손에 지갑을 든 직원들이 나 주임과 함께 신나게 이야기를 나누며 도서관의 유리문을 열고 밖으로 나갔다. 사람들의 왁자지껄한 웃음소리와 이야기 소리가 사라지자 소이는 하얀 코트를 챙겨 입고 가방을 멨다. 돌멩이 하나가 들어서일까, 평소와 다르게 가방이 묵직해진 느낌이다.

사람들이 모두 가고 없는 도서실의 유리문을 잠그고, 소이는 자박자박 돌담길을 따라 걸어갔다. 골목길 끝에 있는 혜연의 카페를 지나며 가볍게 눈인사를 하고, 아침마다 오르는 길을 종종걸음으로 내려갔다. 담쟁이 골목길 끝을 나서자 점심시간에 맞춰 높고 낮은 건물들이 쏟아 낸 사람들로 거리는 분주했다. 금세 차가워진 손에 입김을 불어넣고 소이는 가방끈을 고쳐 메며 걸음을 내딛었다.

오전 진료가 모두 끝난 점심시간, 밖으로 나온 세현은 자신의 손에 들린 빨간 쇼핑백을 보며 헛헛한 웃음을 지었다. 분명 아침에 더 이상 바닐라 아가씨의 행방에 미련을 갖지 않기로 다짐했을 터인데 손이 의지와 상관없이 빨간 쇼핑백을 집어 든 것을 보고 세현은 내심 포기를 모르는 자신의 성격이 원망스러웠다.

"주인이 어디에 있는 누군지도 모르는 물건을 들고 뭘 하겠다는 건지. 나도 참."

세현은 혼잣말을 중얼거리며 길을 건너기 위해 횡단보도로 향했다. 빨간 신호에 잠시 발길을 멈춘 그는 횡단보도 건너편을 바라보았다.

"어!"

세현의 시선은 횡단보도 건너편에 하얀 코트를 입고 커다란 가방을 멘 한 사람에게 고정됐다. 반가운 마음에 표정 없던 세현의 얼굴에 커다란 미소가 떠올랐다. 조금만 늦으면 놓칠 것 같아 신호등과 소이를 번갈아 바라보던 세현은 초록불로 바뀌자마자 바삐 걸음을 옮겼다.

횡단보도 끝에 거의 다다를 무렵 갑자기 등을 돌리고 빠른 걸음으로 자리를 피하는 소이가 눈에 들어왔다.

'이런, 소심한 아가씨 같으니. 또 달아나려고?'

왠지 모를 오기에 세현은 뛰듯이 걸어 소이에게 다가갔다.

닿을락 말락. 조금만 손을 뻗으면 잡힐 것 같은데 소이의 걸음이 어찌나 빠른지 세현이 긴 팔을 뻗어 잡으려 해도 잡히지가 않았다.

"이봐요. 도망갈 거면 뛰든가, 그게 아니면 잠깐 멈춰 봐요."

세현의 말에 소이의 걸음이 잠시 멈추는가 싶더니, 다시 앞을 향해 갔다. 그러나 때를 놓치지 않고 세현의 손이 덥석 소이의 가방을 붙들었다.

"어어……."

세현의 손에 붙들린 가방 때문에 소이는, 더 이상 앞으로 가지 못하고 헛발질만 하고 있었다. 이러지도 저러지도 못하는 상황에서 소이는 어떻게 행동을 해야 할지 작은 머리를 열심히 굴려 보았지만 뾰족한 수가 떠오르지 않았다.

"이봐요, 바닐라 아가씨. 그렇게 도망가려고 하지 말고 나 좀 봐요."

세현은 자신의 손에 잡혀 버둥거리는 소이가 마냥 귀여워 좀처럼 웃음기가 가시지 않는 얼굴을 하고는, 가방을 붙든 손에 더욱

힘을 주었다. 순간, 가방끈에서 소이의 팔이 스르르 빠져나가는가
싶더니 순식간에 벗어나 버렸다. 가방을 버리고 달려가려는 소이
를 세현이 좀 더 빠른 속도로 막아섰다. 어느새 세현의 손이 소이
의 가는 손목을 붙들고 있었다.

하얗고 가는 손목의 느낌에 세현은 가슴 한구석에서 무언가가
뭉클하고 올라오는 것이 느껴졌다. 조금만 세게 잡아도 부서질 듯
여렸다.

"전에는 장갑이랑 그림책을 버리고 가더니, 이번엔 가방인가 봐
요?"

세현의 웃음기 어린 경쾌한 목소리에 소이는 잡힌 손목을 빼지
도 못하고 고개를 푹 숙이고 있었다.

"……이거 놔주세요."

기어들어 가는 목소리로 간신히 말을 뱉은 소이의 고개가 한없
이 땅바닥과 가까워지고 있었다.

"그러다 얼굴이 땅이랑 붙겠어요. 내가 괴물이라도 되나? 이제
좀 봐 주면 안 돼요, 바닐라 아가씨?"

한참을 땅만 보던 소이가 푹 한숨을 내쉬었다. 그러더니 작은
입술로 무언가를 중얼거리기 시작했다. 소이의 중얼거림이 세현의
귀를 간질였다.

"소이야, 힘내. 소이야, 힘내. 소이야, 힘내……."

끊임없는 중얼거림을 멈춘 소이가 천천히 고개를 들어 세현을
바라보았다.

그의 넓은 어깨가 보이고, 머플러 사이로 살짝 드러난 희고 긴
목이 보이고, 가슴을 두근거리게 하는 단정한 입이 보이고, 햇살이
부서지는 곧은 콧날이 보이고, 웃음기를 가득 머금은 서글서글한

눈매가 보였다.

세현의 눈에 햇빛에 반짝이는 검고 윤기 나는 긴 머리칼이 보였다. 이내 천천히 고개를 드는 소이의 동글한 이마가 보이고, 자신을 볼 때마다 커지는 크고 말간 검은 눈동자가 보이고, 작고 앙증맞은 코가 보이고, 하얀 얼굴 때문에 더 선명한 붉은 입술이 보였다.

마주친 두 시선과 맞잡은 두 손 사이로 겨울바람이 주변의 공기를 얼리며 지나갔다.

겨울바람을 따라 세현에게서 나는 커피 향이 소이의 코끝을 간질였다.

또 한 번 지나가는 바람을 따라 소이에게서 달콤한 바닐라 향이 은은하게 풍겨 왔다.

걸음을 재촉하는 행인들 사이에서 시간이 멈춘 듯 그렇게 두 사람은 한참을 바라보고 서 있었다.

"반가워요, 바닐라 아가씨."

"……반가워요, 미스터 카푸치노."

어느새 소이는 눈을 부드럽게 휘며 맑은 미소를 세현에게 건네고 있었다.

02

눈발이 작게 날리기 시작한 오후, 날씨가 쌀쌀해서인지 커피 전
문점에는 꽤 많은 사람들이 오고 갔다.

이어폰을 귀에 꽂고 열심히 노트북을 들여다보고 있는 남자, 허
니 버터브레드를 서로 나누어 먹으며 깔깔거리는 여자들, 커피를
마시는 엄마와 코코아를 마시는 아이, 손님들의 주문에 따뜻하고
달작지근한 차를 끊임없이 만들고 있는 아르바이트생들.

소이는 커다란 눈으로 이들의 움직임을 하나하나 담고 있었다.
사실 소이의 그 행동은 세현에게 이끌러 커피 전문점 한구석에 앉
고부터 턱을 괴고 아무런 말없이 자신을 바라보는 그의 시선을 피
하기 위함이 컸다. 소이는 행여 그와 눈이 마주치면 흠칫 놀라 앞
의 찻잔만 멀뚱히 바라보다가 이내 고개를 들고 가게 안 사람들을
바라보기를 반복했다.

세현은 끊임없이 두리번거리는 소이가 재미있었다. 짧은 시간에

다양하게 변하는 표정도, 반짝반짝 빛나는 눈도, 자신을 볼 때마다 살짝 붉어지는 뺨도 신선하게 다가왔다. 이 소심한 아가씨가 풍기는 바닐라 향기도 카페에 가득한 커피 향보다 좋게 느껴졌다.

"신기해요?"

"네?"

세현의 뜬금없는 물음에 소이는 커다래진 눈으로 세현을 바라보았다. 안경 뒤의 담담한 눈이 소이를 향해 있었다.

"여기 이 가게 처음인가 봐요? 뭐 신기한 거라도 있어요?"

"아, 난……."

"재미있어서 그래요. 한편으론 어렵게 만났는데 바라보지도 않고 그리 두리번거리는 게 좀 서운하기도 하고."

솔직하게 자신의 감정을 전달하는 세현의 담담한 말에 소이는 용기를 내어 세현과 제대로 마주 보았다. 생각보다 더 깊은 눈동자를 가진 사람이다. 앞에 앉아 있는 그는. 카페에서 마주칠 때마다 느꼈던 차가워 보이는 인상이 단정한 입매에 걸려 있는 미소와 깊이 있는 눈동자로 인해 부드럽게 가슴에 다가왔다.

세현은 옆에 놓인 빨간 쇼핑백을 열고 그림책과 벙어리장갑을 꺼내어 소이에게 내밀었다. 소이는 반가운 듯 함박 웃으며 잃어버려 서글펐던 그 물건들을 받아 들었다. 빨간 벙어리장갑에 코를 묻고 낮게 숨 쉬던 소이는 은은히 스며 있는 커피 향이 느껴져, 빨간 장갑 사이로 그를 가만히 바라보았다. 낯설지 않은 향기가 기분 좋았다.

"……커피 향이 나요."

"원래는 바닐라 향이 났죠."

세현이 툭 던진 말에 소이는 말갛게 웃었다. 왠지 그가 자신이 버리고 간 물건을 무척 소중히 보관해 준 것 같아 고마웠다.

"그림책 좋아하나 봐요?"

"네, 많이요."

"귀엽네. 왠지 어울려요. 그쪽이랑."

소이는 당황한 얼굴로 그와 마주했다. 무슨 말이라도 꺼내야 할 텐데, 그의 말 한마디에 요동치는 가슴을 어찌할 길이 없어 괜히 조바심이 났다. 그런 소이의 마음을 눈치챘는지 세현은 대화를 재촉하지 않고 창밖에 흩날리는 눈발을 바라보았다. 조금씩 거리에 쌓이는 눈 위로 발자국들이 어지럽게 찍혀 있었다. 세현은 발자국이 가는 길을 눈으로 좇으며, 소이를 찾아다니면서 머릿속에 쌓였던 의문들을 꺼낼까 말까 주저하고 있었다.

넓은 카페의 벽면 중앙에 걸려 있는 시계가 곧 끝날 점심시간을 알리기 위해 열심히 움직이고 있었다. 창밖에 고정되어 있던 세현의 시선이 흘끗 소이에게로 향했다. 무언가를 골똘히 생각하며 아랫입술을 잘근 깨물고 있는 모양새가, 아마도 두 사람 사이의 적막함을 깨뜨릴 이야깃거리를 고민하는 듯했다.

"그동안 왜 안 보였던 거예요?"

잠시의 침묵 끝에 세현이 먼저 입을 열었다. 또다시 두 사람의 시선이 커피 향과 함께 공중에서 담담히 얽혔다. 주저하던 소이의 입이 살며시 열리며 소곤거리듯 작은 목소리가 흘러나왔다.

"그냥…… 용기가 나지 않았어요. 상상이 깨질까 봐."

"상상?"

"우습게 들릴지 모르지만, 아침마다 커피를 사 들고 앞만 보고 가는 저 사람은 어떤 사람일까, 어떤 표정으로 웃을까, 어떤 목소리로 말할까 혼자 상상했거든요. 상상하는 순간만큼은 가까워진 기분이어서 즐겁기도 했고요."

"그래서 현실 속의 난 상상 속의 나와 많이 다른가요?"

"잘 모르겠어요."

"잘 모르겠다……."

세현의 미간이 살짝 찌푸려지자 소이는 당황스러웠다. 뭔가 잘 못 대답한 건가 싶어 세현의 안색을 조심스레 살폈다. 찌푸려졌던 미간은 어느새 곧게 펴져 있었지만, 소이를 바라보던 시선은 또다시 창밖으로 향했다.

톡톡톡…….

세현의 손가락이 탁자를 가볍게 두드렸다. 그가 무언가를 깊이 생각할 때의 버릇인가 보다. 탁자를 울리는 소리가 소이의 심장박동과 똑같이 들려왔다.

톡톡톡……. 쿵쿵쿵…….

무엇을 그리 골똘히 생각하는 걸까. 혹시 이 만남으로 그가 나에게 가진 작은 흥미가 사라진 건 아닐까. 그런 것이라면, 또다시 그를 피하기 위해 아침마다 이불 속에서 멀뚱히 천장을 보며 쓸데없이 시간을 보내는 일을 계속해야 하나.

세현이 침묵하는 동안 소이의 머릿속은 갖가지 생각으로 가득 찼다. 상상이 깨질까 봐 피했다는 자신의 말과 달리, 그에 대해 아주 작은 것이라도 알고 싶다는 생각이 가슴을 채우기 시작했다. 어느 순간 책상을 작게 두드리는 소리가 멈추고, 세현이 싱긋 웃으며 소이의 눈동자를 한참 바라보았다.

"상상은 상상일 뿐이죠. 어때요? 지금부터 나에 대해 하나씩 알아 가는 게."

"무슨……."

"내가 그쪽한테 흥미가 생겼어요. 사실 나 외에 다른 사람에게 그다지 관심을 두는 타입도 아니고, 아침마다 잠깐 만나는 아가씨에게 말을 건넬 정도로 오지랖이 넓은 것도 아닌데 말이죠. 그냥 지나칠 수 있었는데 말을 건네고, 대수롭지 않게 두고 갈 수 있었는데 물건을 찾아 준다고 그리 찾아다니고. 요 며칠 사이 스스로 이상하다 싶을 만큼 알 수 없는 행동을 하게 만든 게 그쪽이에요."

"……죄송해요."

"사과는 왜 해요? 잃어버린 물건 찾아 주고 여기서 끝내는 게 아니라 한번 좋은 관계를 맺어 보자는 의미인데."

"……네에……."

세현은 자신의 말에 점점 고개를 숙이는 소이를 바라보며 작게 한숨지었다.

'앞길이 구만리군.'

"우리 처음부터 시작할까요? 상상 속 내 이름이 '미스터 카푸치노'인 것 같은데, 만날 때마다 그렇게 부를 수는 없는 노릇이니 통성명부터 하죠."

세현이 명함첩을 꺼내기 위해 양복 안주머니에 손을 넣었다가 멈칫했다. 왠지 소이에게 네모반듯한 종이에 기계로 프린트된 차가운 느낌의 명함을 주는 것이 싫어졌다. 세현은 이내 주머니 깊숙한 곳에서 수첩 하나를 꺼냈다. 수첩을 이리저리 넘기더니 아무런 줄이 그어져 있지 않은 페이지를 펼쳐 조심조심 뜯어냈다. 그리곤 뚜껑에 별무늬가 그려진 검정색 몽블랑 만년필을 긴 손가락에 쥐고 무언가를 써 내려갔다. 손을 놀릴 때마다 흔들거리는 별과 그의 정갈한 글씨체가 소이의 눈동자에 박혔다.

—담 치과 의사 김세현, 전화번호 01×—×××—091×

　세현이 자신의 이름과 전화번호가 반듯하게 쓰인 메모를 건네
자, 소이는 소중한 듯 받아 쥐고 한참을 바라보았다. 치과의사라는
직업이 자신의 상상 속 그의 이미지와 맞지 않았지만, 현실 속에서
그가 보여 준 모습과 무척 잘 어울린다고 생각했다. 그가 쥐여 준
메모를 바라보며 소이가 중얼거리듯 작게 말을 했다.
　"이소이……. 제 이름이에요."
　"앞으로 읽어도 '이소이', 뒤로 읽어도 '이소이'네요."
　부드럽게 미소 지으며 세현이 말했다. 세현의 말에 소이는 즐겁
게 재잘거렸다.
　"그렇죠? 앞으로 읽어도, 뒤로 읽어도 똑같은 '이소이'. 전 제
이름이 지하철 2호선 순환선 같아서 좋아요. 빙글빙글 돌아가는
게 꼭 닮았거든요."
　지하철 순환선 같은 이름이라…….
　해맑은 소이의 말이 세현을 웃음 짓게 만들었다. 어쩐지 자꾸
시선을 머무르게 하는 이 천진난만한 아가씨와 잘해 나갈 수 있을
것 같은 예감이 들었다.
　급하지 않게 천천히, 서두르지 않고 느릿느릿……. 그렇게 함께
할 수 있을 것 같았다. 소이에 대해 물어보고 싶은 말이 많았지만
잠시 덮어 두기로 했다. 앞으로 차차 조금씩 알아 나가면 될 테니
까.
　커피 전문점에서 대부분의 사람들이 빠져나가고 난 후에야 두
사람은 자리를 털고 일어났다. 이젠 그도, 그녀도 일상으로 돌아가
야 했다. 세현은 계산을 하며 내부를 휙 둘러보았다. 자신과 소이

가 앉아 있던 자리에 빨간 쇼핑백이 덩그러니 놓여 있었다. 세현은 피식 웃으며 쇼핑백을 들고는 가게 문을 힘껏 여는 소이의 팔을 붙잡았다.

"잠깐만요."

의아하게 돌아보는 소이에게 그가 빨간 쇼핑백을 건넸다.

"또 두고 갈 거예요? 다음번에 만날 이유라도 만들고 싶었어요?"

"아니에요. 고맙습니다."

소이는 멋쩍게 세현이 건네는 쇼핑백을 받아 들고 꾸벅 인사를 했다.

"난 그럼 소이 씨한테 작은 새인 건가?"

"네?"

"그 그림책이요. '빨간 고양이 마루' 처럼 헤어짐이 서운하고 만남이 설레는 인연을 만나고 싶다면서요? 그럼 빨간 고양이는 소이 씨고 작은 새는 내가 되는 거 아닌가요?"

소이는 순간 귓불까지 빨개지며 허겁지겁 쇼핑백을 품에 안았다.

"보, 보셨어요? 제 글……."

"본의 아니게 보게 됐어요. 어쨌든 소이 씨가 바라는 그런 인연, 나는 만들 수 있을 것 같은데. 기대해 봐요. 그럼."

가볍게 목례를 하고 일상으로 돌아가기 위해 발걸음을 옮기던 세현을 소이가 붙잡았다.

"저기요."

"난 저기요, 가 아니라 김세현이에요. 김. 세. 현."

"아니…… 그게 아니라……. 저기…… 주고 싶은 게 있어요!!!"

소이는 세현의 팔을 꼭 붙잡고 고개를 들지 못한 채 있는 힘껏 외쳤다. 그리고는 주섬주섬 가방을 열어 작은 돌멩이를 꺼내 들었다. 해바라기가 그려져 있는 돌멩이였다.

"이게 뭐예요?"

"답례라고 하긴 뭐하지만……. 제 물건을 돌려주셔서 감사하다는 의미로 드리는 거예요."

물건을 돌려준 답례가 해바라기가 그려진 돌멩이라니. 세현은 웃음이 나왔지만 꾹 참고 돌멩이를 받아 들었다.

"물건을 돌려주려고 며칠 고생한 사람에게 주는 답례치고는 좀 약한데요? 음……. 난 이름하고 전화번호를 알려 줬으니, 소이 씨도 알려 줘요. 전화번호. 그래야 계산이 맞지. 그렇지 않아요?"

세현을 멀뚱히 쳐다보던 소이가 가방 속에서 펜 하나를 꺼내 들고 세현이 들고 있는 돌멩이에 또박또박 숫자를 적었다. 돌멩이에서 소이의 손이 떠나자 세현은 코트주머니에 돌멩이를 넣었다. 왠지 온기가 느껴지는 것 같았다.

"김세현! 늦으면 늦는다고 말을 해야지. 네놈 없는 동안 네 녀석 환자까지 진료하느라 죽을 똥을 쌌다."

점심시간이 한참 지나서야 치과로 돌아온 세현에게 종혁의 불평이 쏟아졌다.

"시간이라면 칼같이 지키는 녀석이 오늘은 무슨 일이냐? 바람 쐴 겸 혼자 나갔다 온다더니 바람만 잔뜩 들었나."

종혁의 투덜거림에도 세현은 기분이 좋기만 했다. 아마도 소이를 만나고 난 후 풋풋한 여운이 남아서이리라. 그는 종혁의 어깨에 손을 얹고 토닥토닥 두드리고는 "하하하!!" 하고 큰 소리로 웃더니 자신의 방으로 들어갔다. 생전 처음 보는 세현의 모습에 병원 안의 모든 사람들이 놀란 눈으로 그의 뒷모습을 좇았다.

"바람이 들어도 잔뜩 들었어, 저 녀석."

종혁은 세현의 알 수 없는 행동에 고개를 절레절레 흔들며 차트를 들고 자신을 기다리는 환자를 만나기 위해 진료실로 향했다.

코트를 옷걸이에 걸며 세현은 주머니 속에서 소이가 건넨 돌멩이를 꺼냈다. 소이의 솜씨가 분명한 노란 해바라기가 참 살갑게 느껴졌다. 작은 돌멩이에 해바라기를 그려 넣는 소이의 모습이 고양이를 스케치하던 모습과 겹쳐졌다. 몸을 잔뜩 낮추고 꿈꾸는 듯 진지한 모습의 소이가 아직까지 머리에 남아 있다는 것이 신기했다. 책상에 돌멩이를 놓고 이리저리 돌리다 소이가 작은 글씨로 적은 전화번호가 눈에 들어왔다. 세현을 잠시 고민하다가 핸드폰을 꺼내 들고 꾹꾹 문자를 찍어 내려갔다.

「잘 들어갔어요?」

핸드폰을 전화를 받거나 중요한 일이 있을 때 거는 용도로만 쓰던 세현은 짧은 문장이지만 버튼을 누르는 자신의 손이 낯설면서도 경쾌하다 생각했다.

「네……. 좀 혼났어요. 많이 늦었거든요.」

윗사람에게 꾸중을 들으며 몸을 움츠리고 고개를 숙이고 있었을 소이에게 미안한 마음이 들었다.

「내가 붙잡아서 늦은 거니까, 뭔가 보상을 해야겠는데요? 우리 연극 보러 갈까요? 소이 씨가 보고 싶은 연극이랑 괜찮은 시간 알려 줘요.」

「그럴 것까진 없는데……. 괜찮아요.」

「내가 같이 보고 싶어서 구실을 만든 건데 자꾸 거절할래요? 기다리고 있을 테니 결정해서 연락 줘요.」

세현의 문자 하나에 그녀는 지금 수만 가지 생각을 떠올리며 안절부절못하고 있으리라. 마냥 여리고 소심한 소이와 앞으로 어떻게 만남을 이어 나갈지 잠시 고민이 되는 그다. 뭐가 되었건 그동안 해 본 적 없는 여러 가지 일들을 소이로 인해 스스럼없이 하고 있는 자신의 모습이 기분 좋게 다가왔다.

「그 남자, 그 여자요. 이번 주 일요일 괜찮은데…….」

한참 후에야 온 문자에 그녀가 얼마나 많은 용기를 담아냈는지 느낄 수 있었다.

「OK. 그럼 대학로 샘터 파랑새 극장 앞. 일요일 3시. 그날 봐요.」

세현은 문자를 보내고 책상에 놓인 돌멩이를 집어 들었다. 소이가 그린 노란 해바라기가 성큼 마음속으로 들어왔다.

늦게 들어오는 바람에 밀린 업무를 하느라 퇴근 시간이 한참 지나 버렸다. 소이는 직원들이 모두 가고 난 도서관을 꼼꼼히 점검하고 나서야 길을 나섰다. 흘끗 바라본 손목시계의 바늘이 가리키는 시간에 소이는 발걸음을 더욱 재촉했다.

한참을 걸어 내려가 버스를 타고 무릎 위에 가방을 가지런히 올려놓았다. 소이는 핸드폰을 만지작거리다가 세현이 보낸 문자를 읽고 또 읽었다. '나는 작은 새예요?' 하고 장난스럽게 묻던 세현의 얼굴이 떠올라 괜히 웃음이 났다.

버스가 집으로 돌아가는 사람들을 하나둘 토해 내고, 한참을 더 가서 한 건물 앞에 멈춰 섰다. 소이가 버스에서 내려 건물을 올려다보았다. '한마음 요양원'이라는 간판이 소이의 눈에 시리게 다가

왔다.

"아빠!"

소이는 조용히 병실 문을 열고 들어가 창밖을 멍하니 바라보고 있는 재원의 어깨를 두드렸다. 재원은 초점 없는 눈으로 소이의 맑은 눈동자를 바라보다가 이내 창밖으로 고개를 돌렸다. 소이는 담담히 웃으며 침대 옆의 의자를 자신 쪽으로 끌어와 앉았다.

"아빠, 나 오늘 많은 일들이 있었어요. 들어 볼래요?"

소이는 여전히 창밖에 시선을 두고 있는 재원을 바라보다가 가방 속에서 스케치북과 연필을 꺼내 들었다.

"오늘 그 사람을 만났어요. 아빠한테 예전에 말했던 '미스터 카푸치노' 있죠? 사실 다시 마주쳤을 때 도망가고 싶지 않았어요. 진짜 용기를 내보려고 했는데 용기가 나지 않았어요. 그 사람이 잡아 주지 않았다면, 아마 이렇게 행복하지 않았겠죠?"

소이는 반응이 없는 재원을 향해 끊임없이 이야기를 했다. 그와 함께 마신 차, 그와 나눈 이야기, 그가 들려준 이야기, 용기 내어 정한 약속까지. 소이는 이야기하고, 재원은 그저 창밖만 바라보고 있었다.

"그 사람은 해바라기를 닮았어요. 꼿꼿이 서서 해를 바라보는 해바라기의 당당함을 갖고 있는 사람이에요."

사각사각.

소이는 도화지 위에 해바라기를 그렸다.

"……해바라기……."

유독 그림에만 관심을 보이는 재원이 소이가 그린 해바라기를 가리키며 중얼거렸다.

"네, 아빠. 해바라기예요, 그 사람은. 그 당당함이 눈부셔서 똑바로 볼 수 없었는데, 그 사람이 이끌어 줬어요. 처음엔 그의 단정한 모습에 시선이 갔는데, 오늘 이야기를 나누고 나니, 그 사람의 마음이 왠지 따뜻할 것 같아 좀 더 알고 싶어졌어요."

"……해바라기……."

소이는 자신이 그린 그림을 뜯어 재원에게 건넸다. 재원은 한동안 소이의 그림을 바라보며 같은 단어만 중얼거렸다. 그림을 품에 안은 채 지친 듯 천천히 몸을 누인 재원에게 소이가 살며시 담요를 덮어 주었다. 금세 잠이 든 재원을 바라보며 소이는 알 수 없는 미소를 지었다.

토요일 아침. 막 샤워를 하고 나온 세현이 머리카락의 물기를 털어 냈다. 부엌에서 커피가 내려지는 소리가 들리고 이내 온 집 안에 커피 향이 퍼졌다. 세현은 편한 옷으로 갈아입고 제일 먼저 하얀 머그컵에 커피를 따랐다.

집주인의 성격을 나타내듯 집 안이 빈틈없이 깔끔했다. 부엌과 화장실이 딸린 원룸은 세현이 좋아하는 짙은 갈색의 가구로 채워져 있었다. 가지런히 정돈된 침대 앞으로 세워진 책장에는 의학서적과 세현이 좋아하는 책들이 빼곡히 꽂혀 있었고, 자칫 어두워 보일 수 있는 방 안의 분위기를 벽에 걸린 투명한 수채화 액자가 밝게 만들어 주었다.

한 손에는 머그컵을, 다른 한 손에는 방금 책장에서 꺼낸 책을 들고 침대 끝에 앉으려 할 때 요란스럽게 초인종이 울렸다. 세현은 누구인지 알 것 같다는 표정으로 한숨을 내쉬고는 현관문을 향해 느릿느릿 걸어갔다.

"김세현! 빨리 문 열어!"

세현이 도어락을 풀고 문을 열자, 기다렸다는 듯 아이의 손을 잡고 한 여성이 성큼성큼 집으로 들어왔다.

　"누나, 이른 아침부터 무슨 일이야."

　"일은 무슨 일. 너 아침은 먹었니?"

　누나 세희의 물음에 세현이 머그컵을 들어 보였다. 세희의 손을 잡고 있던 조카가 엄마의 손을 풀고 쪼르르 침대 옆의 의자에 걸터앉았다.

　"그렇게 아침을 커피로 때울 거면 집도 가까운데 우리 집으로 오지 그랬어. 너 이럴까 봐 그렇게 같이 살자고 얘기했건만 듣지도 않고."

　세현이 듣든 말든 제 할 말을 하며 세희는 집 안을 휘휘 둘러보았다.

　"넌 어떻게 우리 집보다 깨끗하게 하고 사니? 그렇게 빈틈없이 구니 그 나이가 되도록 여자가 없지."

　"누나, 나 아직 젊어."

　"서른이면 결혼할 나이지. 어머니, 아버지도 말은 안 하지만 너 이러는 거 걱정하고 계셔."

　"네, 네. 하여튼 무슨 일로 왔어?"

　"오늘 하루 지훈이 좀 데리고 어린이 도서관 좀 갔다 와. 네 매형이 갑자기 데이트 신청을 하지 뭐니? 영화 보는데 지훈이를 데려갈 수 없어서."

　"어린이 도서관?"

　"응, 왜 너희 치과에서 좀 더 올라가면 있는. 지훈이가 거기서 하는 그림책 읽어 주는 코너를 무척 좋아해서 그래. 토요일만 눈이 빠지게 기다렸다니까. 토요일이라 11시에만 한 번 하니까 빨리 가.

사람들이 많을 거야."

세현은 조금 당황스러웠지만 간만에 여유 있는 토요일을 조카와 함께하는 것도 나쁘지 않을 것 같아 흔쾌히 수락했다.

"그러지, 뭐. 특별히 준비할 것 없이 그냥 가면 되지?"

"2층으로 올라가면 놀이터도 있고, 쉴 수 있는 자리도 있으니까 네가 알아서 해. 뭐, 너 같은 총각보다는 주부들이 더 많겠지만."

세희는 짓궂게 눈을 찡긋하고 지훈에게 삼촌 말 잘 듣고 있으라며 다정히 이야기를 한 후, 부랴부랴 밖으로 나갔다.

"지훈아, 우리도 나갈까?"

세현은 방긋 웃으며 고개를 끄덕이는 지훈의 머리를 쓰다듬어 주고는 자신도 외출 준비를 했다. 주부들이 많을 거라는 세희의 말이 마음에 걸리긴 했지만, 지훈이 좋아하는 모습을 보니 무슨 대수냐 싶었다. 세현은 어느새 신발을 신고 재촉하는 지훈의 손을 꼭 잡고 도서관으로 향했다.

어린이 도서관은 세희의 말대로 북적이고 있었다. 지훈의 손에 이끌려 2층으로 올라가니 그림책을 읽어 주는 시간을 기다리는 아이들이 어린이 놀이터에서 뛰놀고 있었고, 그 옆의 북카페에서 아이를 데리고 온 엄마들이 삼삼오오 모여 수다를 떨고 있었다.

세현은 그 분위기에 머쓱해져 지훈을 어린이 놀이터에 데려다 주고 2층 난간에 서서 아래를 내려다보았다. 아기자기하게 꾸며진 공간들이 세현이 보기에도 아늑하고 귀여웠다. 1층을 꼼꼼히 살펴보던 세현은 고개를 돌려 별이 다닥다닥 붙어 있는 방 앞에 서 있는 흑판을 보았다.

—오늘의 그림책. 원어민이 들려주는 영어동화 'SNOW'

왠지 낯이 익은 글씨 주변에 하얀 종이를 오려 만든 눈 결정들이 달려 있었다. 어떤 이의 솜씨인지는 몰라도 만든 사람의 정성이 가득했다.

잠시 후, 지훈이 기다리던 시간을 알리는 안내 방송이 나오고 어린이 놀이터에서 놀고 있던 아이들이 문 앞에 줄을 섰다. 세현은 지훈이 줄을 설 수 있게 손을 잡아 세워 주고 놀이터에 있는 북카페의 탁자에 책을 펼쳐 들고 앉았다.

누군가가 발소리가 들릴까 봐 조심스레 걸어오는 모습이 보였다. 그 모습을 본 세현이 자리에서 벌떡 일어났다. 영어동화를 들려주기로 한 외국인을 안내하며 별이 박힌 방으로 소이가 들어가고 있었다. 그때서야 왜 소이가 그림책 가득 표시를 해 놓았는지 알 것 같았다. 세현은 책을 덮고 소이가 들어간 방 문 앞에 섰다. 문이 열려 있어 어렵지 않게 안을 볼 수가 있었다.

소이는 초롱초롱한 눈망울을 빛내며 앉아 있는 아이들에게 손인형으로 그림책에 대해 재미있게 소개한 후, 영어동화를 들려줄 외국인에게 손짓하여 아이들이 잘 볼 수 있는 자리에 앉게 했다.

"하늘은 회색빛입니다. 지붕들도 회색빛입니다. 도시 전체가 회색빛입니다."

자신과 말할 때와는 달리, 소이는 맑고 투명한 목소리로 그림책을 읽었다. 소이가 한글로 그림책을 읽으면, 옆의 외국인이 영어로 들려주는 방식으로 진행됐다. 세현은 눈을 감고 소이의 목소리를 들었다. 소이의 맑고 다정한 눈동자만큼 목소리 또한 그랬다.

눈을 뜨자 소이의 손에서 하얀 눈결정이 톡 하고 튀어나왔다.

소이가 동화의 한 구절을 읽고 난 후, 이어서 외국인이 동화를 들려줄 때 무릎에 놓인 바구니에서 가위와 하얀 종이를 꺼내 요리조리 자르더니 아이들을 향해 보여 주었다. 아이들은 소이의 손에서 순식간에 만들어지는 종이 눈을 보며 연신 감탄을 했고, 소이는 신이 났는지 작은 손으로 자꾸자꾸 눈송이를 만들어 냈다.

"소년이 말했어요. 와! 눈이다!"

동화를 끝맺으며 소이는 바구니에 담긴 하얀 종잇조각을 하늘을 향해 뿌렸다. 눈처럼 떨어지는 종잇조각을 손으로 잡는 아이들의 웃음소리가 방 안을 가득 채웠다. 아이들의 모습을 흐뭇하게 바라보던 소이가 다시 한 번 종잇조각을 손에 가득 쥐고 흩뿌렸다.

뱅글뱅글 춤을 추며 떨어지는 종잇조각 사이로 소이의 말간 얼굴이 세현의 시선을 단단히 붙들어 매고 있었다.

일요일의 혜화역은 사람들로 넘쳐났다. 세현은 지하철에서 내려 손목시계를 보았다. 2시 50분. 약속 장소까지 늦지 않고 도착할 수 있는 시간이다. 약속 시간을 중요하게 생각하고 철저히 지키는 세현이었기에 늦지도, 이르지도 않은 적당한 시간, 발걸음을 재촉할 필요가 없음에도 점점 걸음이 빨라지고 있었다.

세현은 샘터 파랑새 극장으로 가는 계단을 올랐다. 계단 위로 보이는 하늘은 눈이 오고 난 뒤여서 흐린 회색빛이었다. 계단을 타고 불어오는 찬바람에 세현은 살짝 어깨를 움츠렸다. 역과 가까운 골목길은 누군가를 만나 즐겁게 이야기하며 걸어가는 사람들의 소리로 떠들썩했다. 골목 옆 커다란 패스트푸드점 앞에는 만날 이를 기다리는 사람들이 홀로, 또는 함께 서 있었다. 많은 사람들 속에서 세현은 소이의 모습을 찾았지만 어디에도 보이지 않았다.

약속 시간까지는 5분이 남아 있었다. 세현은 발길을 돌려 파랑
새 극장 쪽으로 천천히 걸어갔다. 얼마 가지 않아 조각상 옆에 서
있는 사람의 모습이 보였다. 하얀 코트와 빨간 벙어리장갑, 커다란
별 가방이 서 있는 이가 소이임을 가리키고 있었다.

소이는 엄마와 아이가 나란히 서 있는 조각 옆에서 하늘을 바라
보고 있었다. 세현은 소이가 시선을 두고 있는 곳을 천천히 올려
보았다. 아무것도 보이지 않는 회색빛 하늘. 세현은 조심조심 곁으
로 다가가 소이의 옆모습을 한 번 보고 소이가 눈 속에 담긴 것과
같은 하늘을 바라보았다.

"뭘 그렇게 열심히 봐요?"

하늘을 향한 시선을 거두지 않고 세현이 말했다. 깜짝 놀란 눈
으로 자신의 옆얼굴을 보는 소이가 느껴졌다.

"아무것도 보이지 않는데? 뭘 보기에 사람이 옆으로 오는 것도
몰라요?"

"아…… 저 조각상이요."

"조각상?"

세현은 소이가 가리키는 조각상을 바라보았다. 엄마와 아이의
조각상은 소이가 그랬던 것처럼 하늘을 향해 시선을 두고 있었다.

"저 엄마와 아이가 무얼 바라보고 있을까 궁금했거든요."

조각상이 바라보는 것이 무엇일지 궁금했다니 세현은 어리둥절
했다. 이곳을 지나치는 수많은 사람들 중에 소이와 같은 생각을 가
진 이가 있기는 할까. 사진을 찍기 위해 조각상 옆에 나란히 서는
사람은 있을지 몰라도 조각상을 따라 함께 하늘을 보는 이는 이
천진난만한 아가씨뿐일 것이다.

"그래서 뭘 보는지 알았어요?"

소이는 어깨를 으쓱하더니 세현을 마주 보았다.

"아무것도요. 하지만 생각해 봤어요."

"뭐를요."

"저 조각상이 언제부터 있었는지는 잘 모르지만, 지금까지 많은 걸 눈에 담았을 거라 생각했어요. 계절마다 바뀌는 하늘의 모습을 저 엄마와 아이는 여기를 지나쳐 가는 사람들보다 많이 알고 있겠죠? 봄비가 내리는 하늘도, 상큼한 여름 햇살도, 가을의 파란 하늘도, 눈 내리는 회색의 겨울 하늘도. 그것 말고도 수많은 하늘을 담고 있을 거예요."

소이가 다정함이 듬뿍 묻어나는 말투로 생각을 전하며 다시 하늘을 바라보았다. 세현도 소이의 다정한 마음을 잔뜩 받고 함께 하늘을 바라보았다. 앞만 보고 부지런히 오고 가는 사람들 속에서 둘은 잠시 동안 같은 하늘과 같은 마음을 공유하고 있었다.

잠시 숨을 고를 수 있는 휴식 같은 시간. 세현은 옆에 서 있는 이 맑은 아가씨에게 자꾸자꾸 욕심이 생겼다. 한참 동안 같은 곳을 바라보던 두 사람의 다정한 시선이 마주쳤다. 그리고 서로에게 미소 지으며 약속이라도 한 듯 같은 방향으로 나란히 걷기 시작했다.

대학생 커플과 직장인 커플의 알콩달콩한 사랑 이야기로 꾸며진 연극은 세현에게 낯선 느낌으로 다가왔다. 세현은 관객들을 웃고 울리는 연극보다, 배우들이 펼쳐 내는 이야기에 푹 빠진 소이를 바라보는 것이 더 좋았다.

소이는 첫 만남의 두근거림이 흐르는 장면에서는 배우들처럼 설렘이 가득한 눈으로 지켜보고, 풋풋한 첫 데이트 장면에서는 두 손을 모으고 몸을 앞으로 기울이고, 이별을 고하는 커플의 모습에 얼굴에 한가득 아쉬움을 띠었다. 연극이 끝을 향해 달리고, 네 커플의 사랑 이야기가 해피엔딩으로 마무리되자 감동의 여운이 담긴 표정을 지으며 들릴 듯 말 듯 작게 숨을 골랐다. 세현의 눈에 그런 모습 하나하나가 꾸밈없이 예쁘고 순수했다.

연극이 끝나고 갑작스레 시작된 배우의 편지 낭독과 한 남자가 연인에게 전하는 프러포즈의 시간. 소이가 모으고 있던 두 손을 살며시 옆으로 내려놓고 진짜 커플들의 사랑 고백을 진지한 표정으로 바라보았다. 세현의 새끼손가락에 소이의 새끼손가락이 살짝 닿았다.

세현은 자신의 새끼손까락에서 간질간질한 감촉이 느껴져다. 서른이라는 나이가 되기까지 연애 경험이 없었던 것은 아니다. 숱하게 고백도 받아 보았고, 사귀던 사람의 손도 잡아 보았고, 풋풋했던 첫 키스의 기억도 가지고 있는 그다. 그런데 이 작은 접촉에 그대로 경직되어 버리고 마는 자신이 풋사랑에 빠져 있는 사춘기 소년 같았다. 세현은 갑자기 온몸이 후끈 달아오르는 것이 느껴져 새끼손가락이 닿지 않은 다른 손으로 연신 부채질을 했다.

한참을 망설이던 세현은 손을 들어 소이의 손 위에 살포시 올려놓으려다 가만 멈췄다. 지금 감동에 흠뻑 빠져 꿈꾸듯 무대를 바라보는 이 아가씨의 손에 자신의 손이 닿는다면 소스라치게 놀라리라. 언제나처럼 큰 눈을 더욱 크게 뜨고 바라보겠지. 세현은 연극의 여운에 푹 빠져 있는 소이를 방해하고 싶지 않았다.

그리고 무엇보다 서두르고 싶지 않았다. 순수한 감성을 가진 소이에게 섣부른 접촉은 그녀의 작은 가슴에 당혹감만 남길 테니까. 소이의 하얀 손 가까이 다가갔던 세현의 크고 섬세한 손이 아쉬운 듯 물러섰다.

'김세현, 너 미쳤구나.'

자신의 행동을 스스로도 이해할 수 없어 세차게 도리질을 쳤다. 세현은 코트 깊숙이 손을 찔러 넣고 눈에 들어오지 않는 무대 위 연인의 모습을 감동 없이 바라보았다. 소이는 이런 세현의 마음을 아는지 모르는지 용기 내어 프러포즈에 성공한 남자와 수줍게 웃으며 그 마음을 받아들인 여자를 향해 박수를 보내고 있었다.

눈앞에서 왔다 갔다 움직이는 작고 흰 소이의 손이 자꾸 세현의 시선을 빼앗았다. 젓가락을 쥔 손이 무언가를 잡으려고 자신의 몸 쪽으로 가까이 올 때마다 세현은 움찔하는 자신이 느껴져 황망했다.

'말을 건네야 하는데……'

세현은 이 어색한 분위기를 어떻게든 깨 보려고 안간힘을 써서 머리를 굴려 보았지만, 그답지 않게 자꾸 극장 안에서의 일만 떠올리고 있었다.

그때 용기를 내서 손을 잡았다면 지금 같은 고민을 하지 않았을까? 아니, 아니다. 참길 잘했다.

자꾸 소이의 손으로 가는 시선을 거둬들이려 노력했지만, 쉬이 그리되지 않아 답답해졌다. 억지로 뗀 눈길이 오물오물 음식을 먹는 입술에 닿았다. 처음 마주했을 때도 느꼈지만 하얀 얼굴과 유난히 붉은 입술이 단아했다.

'김세현! 정신 차려!'

세현은 자신의 그런 모습에 당황하여 앞에 놓인 물 잔을 들고 벌컥벌컥 물을 들이켰다. 자신을 바짝 긴장시키는, 심장을 잠식당하는 느낌이 싫지는 않았지만, 어색하기는 했다.

소이는 힐끔 세현을 쳐다보았다. 묵묵히 식사만 하는 그가 야속했다.

그녀에겐 첫 데이트인 만큼, 이 만남을 전날부터 설레는 마음으로 기다리고 있었다. 집을 나서는 순간까지 옷이며 신발, 머리 모양을 몇 번이나 바꾸었는지 모른다. 결국 너무 힘을 주어 준비하는 것 같아 평소와 다름없는 모습으로 나오긴 했지만.

그녀의 차림새가 성의 없다 느껴진 건 아닐까? 무언가 말실수라도 한 건 아닐까? 자신이 고른 연극이 별로였던 걸까?

수많은 생각이 꼬리를 물고 이어졌다. 시장했던지라 정신없이 음식을 나르던 소이의 손이 점점 느리게 움직이더니, 결국 멈춰 버렸다. 더 먹었다가는 그에게 또 어떤 좋지 않은 인상을 줄지 모르는 일이었다.

다시 슬쩍 바라본 그의 안색과 표정이 그리 밝지 않다. 심장이 덜컥 내려앉았다. 그의 단정한 눈동자를 살짝 가린 눈꺼풀과 속눈썹이 파르르 떨리는 것 같다. 부드러운 미소가 걸려 있던 입도 굳게 닫혀 무뚝뚝하기만 하다.

이 상황에 그가 먼저 말을 건네길 기다리기만 하는 답답한 자신의 태도에 소이 스스로도 실망스러웠다. "연극 어땠어요?"라는 한마디가 머릿속에 번뜩 떠올랐는데, 입안에서 맴돌 뿐 식사가 끝날 때까지 입술을 비집고 나오는 일은 일어나지 않았다.

간단하게 식사를 마치고 나온 대학로의 거리에 어둠이 깔렸다. 세현은 혼란스러웠다. 생전 처음 느껴보는 그런 감정이 어떤 일이든 냉정하게 상황을 정리하던 그의 머릿속에 갖가지 생각이 들어

차게 했다.

"저, 제가 무슨 실수라도 했어요?"

두 사람 사이의 어색한 적막감을 깨고 떨리는 목소리로 소이가 말문을 열었다. 세현은 순간 아차 싶어 앞서 가던 걸음을 멈추었다. 자신의 복잡한 감정 때문에 이 여리고 여린 아가씨에게 또 하나의 고민을 안겨 주어 버렸다.

"우리 좀 걸을래요?"

세현은 답답한 마음을 바로잡고 소이에게 웃어 보였다. 그의 미소에 소이도 안심한 듯 웃으며 고개를 끄덕였다. 천천히 앞을 향해 걷는 세현의 뒤에서 소이가 걸음을 옮겼다. 겨울을 힘겹게 나고 있는 이들을 위한 기부공연의 음악 소리가 마로니에 공원과 대학로의 골목골목을 울리고 있었다. 세현은 음악 소리와 사람들의 웃음 소리, 가게에서 내뿜는 눈부신 조명을 피해 한적한 낙산공원을 향해 묵묵히 걸어갔다. 대학로를 가득 채운 빛과 소리들이 담담한 걸음의 두 사람 뒤로 조금씩 사라지고 있었다.

자박자박…….

소이의 발걸음 소리가 세현의 귀를 스치고 지나갔다. 소이 정도의 나이에 어울릴 법한 또각거리는 하이힐 소리 대신 풋풋한 캔버스화와 길 위에 덮인 눈이 만나는 소리가 또 한 번 마음을 울렸다. 세현은 온 신경이 머리 뒤로 쏠리는 듯했다. 자박거리는 발소리도, 조금 숨이 차는지 작게 내쉬는 숨소리도, 이따금 들리는 옷이 스치는 소리도 그의 마음을 자극했다.

얼마나 걸었을까. 세현의 마음을 자극하는 소리가 더 이상 들리지 않았다. 세현은 소이를 향해 몸을 돌렸다.

뒤따르는 소이의 행동이 이상했다. 한 발짝을 내딛고 멈춰 서고,

한 발짝을 내딛고 멈춰 서고……. 그렇게 그의 뒤를 쫓아오고 있었다. 세현은 멈춰 서서 소이의 움직임을 살폈다. 소이는 그가 눈길에 남기고 간 발자국 옆으로 자신의 발자국을 같은 너비로 찍어가며 걷고 있었다. 세현은 그 자리에 서서 소이가 다가오는 모습을 지켜보았다. 한 걸음 또 한 걸음. 소이가 가까이 올 때마다 성큼성큼 세현의 마음도 그녀에게 다가가고 있었다.

"……왜 그러고 있어요?"

소이가 말간 눈동자를 들어 올리며 물었다. 세현은 겨울밤의 찬 공기에 얼어서 빨개진 소이의 얼굴을 자신의 손으로 감싸 주고 싶은 충동을 억지로 눌렀다.

"소이 씨가 언제 오나 기다리고 있었어요."

"……먼저 갔잖아요."

투정 어린 목소리로 소이가 말했다. 세현은 그 모습이 귀여워 살짝 웃음을 지었다.

"소이 씨야말로 왜 그렇게 따라오고 있었어요? 내 걸음이 너무 빨랐나? 그랬다면 미안해요."

"발자국을 따라가고 있었어요."

"내 발자국을요?"

"아무 말도 안 하고 앞만 보고 걸어가니까, 혹시 저한테 뭔가 실망하신 거라도 있나 싶어서……. 그래서 용기가 나지 않았거든요."

"무슨 용기요?"

"그쪽 옆에서 나란히 걸어갈 용기요. 그래서 그쪽 발자국 옆에 제 발자국을 찍으면 보이는 그림으로나마 나란히 걸은 것 같은 생각에……."

소이의 말에 잠시 얼어붙었던 세현이 구름 걷힌 겨울의 맑은 하늘을 향해 큰 소리로 웃음을 터뜨렸다.

"옆으로 와요."

"네?"

"내 옆으로 오라고요. 화가 나거나 소이 씨에게 실망한 것 없어요. 그냥…… 내 어줍지 않은 행동을 반성하느라 그랬던 것뿐이에요."

"……."

"옆으로 안 올 거예요? 혼자 걷는 것보단 둘이 걷는 게 덜 추울 것 같은데."

주저하는 소이의 모습을 세현은 싱글거리며 바라보다가, 빨간 벙어리장갑에 숨겨진 가는 손목을 살짝 잡아 자신에게 끌어당겼다. 비틀거리며 소이의 몸이 세현에게 닿는가 싶더니, 어느새 세현의 옆에 나란히 서 있었다.

"일부러 용기 내서 행동할 필요 없어요. 나 소이 씨가 점점 마음에 들고 있거든요. 아직까지는 실망하지 않았으니까 소이 씨 마음 가는 대로 행동해도 돼요."

"……."

"그리고 우리 통성명했잖아요. 언제까지 '저기', '그쪽'이라고 할 거예요? 내가 어디 골목길 건물이라도 되나? 저기, 저쪽이라고만 하게."

"풋."

한층 밝아진 표정과 목소리로 세현이 농담을 건네자, 그를 향해 소이가 웃음을 터뜨렸다.

"저기, 저쪽 말고 다르게 불러 봐요. 아니, 고민할 것 없이 내 이름을 불러 주면 어때요?"

"어……떻게요?"

"'세현 오빠'도 좋고 '세현 씨'도 좋고. 아니, '세현 씨'가 좋겠다. 오빠는 왠지 낯간지러우니까. 지하철 2호선같이 빙글빙글 도는 소이 씨 이름을 난 열심히 불러 주고 있으니까 소이 씨도 내 멋진 이름 자주 불러 줘요. 그래야 한 걸음 다가간 느낌이 들지 않겠어요?"

소이는 마음속으로 잠시 고민하다가 하고 싶은 대로 하라는 세현의 말이 떠올라 조심스레 입을 열었다.

"세현 씨……."

"이야! 듣기 좋은데요? 앞으로 소이 씨 입에서 내 이름이 자주 나왔으면 좋겠네요. 그렇게 해 줄 거죠?"

"우리…… 계속 만날 건가요?"

소이의 말에 세현의 가슴 한구석이 쿵하고 내려앉았다. 아무래도 아까의 어색한 자신의 행동이 그녀에게 주저하는 마음을 남겨 주었나 보다.

"소이 씨, 내가 서로에 대해 하나하나 알아 나가자고 그랬죠? 그거 빈말로 한 거 아니에요. 난 나름 진심이었는데."

"그런데 아무것도 묻질 않아서요. 식사할 때도, 걸어갈 때도."

"그래서 내가 소이 씨에게 심드렁한 것같이 느껴진 거예요?"

"……네."

"나이는 얼마나 되는지, 학교는 어딜 나왔는지, 돈벌이는 어느 정도인지, 가족은 몇이나 되는지, 혈액형은 무엇인지……. 뭐, 이런 진부한 물음으로 시작하고 싶지 않았어요. 만나면서 천천히, 아주 천천히 서로에 대해 알아 가는 거 멋지지 않아요? 난 벌써 소이 씨에 대해 많이 알아 가고 있는데."

"어떤 걸 알게 되었는데요?"

"당황하면 눈이 커지는 것, 낯선 사람이 말 걸면 도망갈 만큼 수줍음이 많다는 것, 바닐라 밀크 티를 좋아하고 그림책을 좋아하는 것. 그리고…… 예쁜 목소리로 동화를 들려주는 그림책 선생님이라는 것?"

"……어떻게 아셨어요? 제가 어린이 도서관에서 그림책을 읽어 주고 있다는걸요?"

놀란 소이의 물음에 세현은 한쪽 눈을 찡긋하며 답했다.

"그건 중요하지 않아요. 내가 소이 씨에 대해 좋은 감정으로 많이 생각하고 있다는 것, 그것만 알고 있으면 돼요."

세현의 마지막 말이 소이의 가슴을 두근거리게 했다. 골목길 오르막 끝의 작은 카페에서 스치듯 만난 인연이 설렘이 되어 그렇게 두 사람의 마음속에 다가오고 있었다.

세현이 앞으로 걸어갔다. 눈길에 큼지막하고 곧은 발자국이 수놓였다. 그 옆으로 소이의 작고 아담한 발자국이 함께 그려지고 있었다. 둘이 만들어 가는 발자국 옆으로 소복이 눈이 쌓인 성곽이 보이고, 그 너머로 밤을 밝히는 도시의 불빛이 보였다.

03

며칠 새 내린 눈이 말끔히 치워진 거리를, 새벽을 여는 사람들
이 채워 가기 시작했다. 오르막길 끝에 있는 혜연의 카페도 출근길
손님을 맞이하기 위해 분주했다. 마을 구석에 위치한 작은 카페여
서 손님이 드물긴 하지만, 알게 된다면 한 번쯤 들어가 보고 싶은
분위기의 아기자기한 가게였다.

손님을 맞이할 준비를 끝낸 혜연이 앞치마에 젖은 손을 쓱쓱 문
지르며, 오르막길 아래를 내려다보았다. 조금 있으면 소이가 나타
날 시간이다. 혜연은 주방의 찬장을 열고 바닐라 홍차를 꺼냈다.

카운터로 돌아와 앉을 무렵, 저 멀리 사람의 모습이 비쳤다. 얼
핏 보인 사람의 키를 볼 때 분명 소이는 아니었다. 소이는 오르막
길을 오를 때 머리 끝만 살짝살짝 보일 정도로 작았지만, 지금 올
라오는 사람은 소이보다 머리 하나는 더 커 보였다.

혜연은 대수롭지 않게 카운터에서 오늘 주문해야 할 재료 목록

을 살펴보았다. 계산기를 두드리며 얼굴을 찡그리고 목록을 한참 훑어보는 혜연에게 그림자가 드리워졌다.

"카푸치노 한 잔이요."

혜연은 낯익은 목소리의 첫손님을 힐끗 쳐다보았다. 소이가 아닌 미스터 카푸치노가 늘 그렇듯 단정한 모습으로 신문을 펼쳐 들고 서 있었다. 아무래도 소이가 이 말끔하게 생긴 남자를 피하는 게 분명하다. 둘에게 무슨 일이 있었던 것일까? 혜연은 궁금했지만 세현에게 차마 묻지 못하고 주문받은 카푸치노를 준비하기 위해 카운터 뒤의 조리대에 섰다.

세현은 신문을 살짝 내리고, 그 너머로 혜연이 그런 것처럼 오르막길 아래를 내려다보았다. 소이보다 먼저 와서 기다리고 싶어 서둘러 출근 준비를 하고 나온 그였다. 조금만 기다리면 보일 것 같은데, 나타나지 않는 모습에 살짝 초조해진다.

잠시 후 저 멀리에서 복슬복슬한 귀마개를 한 작고 검은 머리가 보였다. 세현은 그 모습을 보며 피식 웃었다. 오르막길이 소이의 작은 몸을 가리고 있었지만 동글한 작은 이마까지는 그렇게 하지 못했다.

"바닐라 밀크 티도 한 잔 주세요."

카푸치노 위에 시나몬 가루를 뿌리고 있던 혜연은 세현의 주문에 의아해하며 바라보았다.

"바닐라 밀크 티요? 바닐라 밀크 티……. 아, 잠시만요."

고개를 갸우뚱하며, 아까 소이를 위해 미리 준비한 바닐라 홍차의 티백을 꺼내 찻주전자에 넣었다. 혜연의 의문은 바스락거리며 나타난 소이로 인해 조금 풀렸다.

그리고 혜연은 두 사람 사이에 흐르는 묘한 분위기를 눈치챘다.

미스터 카푸치노는 아무 말 없이 소이를 보며 빙그레 웃고 있었고, 늘 그와 눈 마주치는 걸 부끄러워하던 소이는 그의 다정한 시선을 받아 내며 함께 미소 짓고 있었다.

'이런, 두 사람 분명 뭐가 있는데? 아침부터 노처녀 가슴에 불을 지르는구나.'

혜연은 마음속으로 투덜댔지만 제 눈에 비치는 두 사람의 모습이 아침 햇살마냥 싱그럽고 고와 참으려고 애써도 자꾸 웃음이 났다. 쟁반에 미스터 카푸치노가 주문한 향긋한 커피와 달콤한 바닐라 밀크 티를 올리고, 간질거리는 분위기의 두 사람에게 차를 내어 주었다.

"어제 잘 들어갔어요?"

"네."

"많이 늦게 잤을 텐데 늦잠 자지 않고 일찍 일어났네요."

"늦잠은요. 전 학생이 아닌걸요."

"하하하, 그건 그렇죠. 내가 소이 씨를 너무 어리게 생각하나 봐요. 그렇죠?"

소이 씨라니! 혜연은 담담하게 소이의 이름을 입에 담고 있는 미스터 카푸치노와 부끄러운 듯 밀크 티가 담긴 종이컵 끝을 만지작거리는 두 사람을 번갈아보았다. 자신이 모르는 어떤 사건이 분명 둘 사이에서 일어난 게 틀림없었다. 그것도 정말 긍정적인 사건 말이다.

둘은 별다른 대화 없이 자신이 좋아하는 차를 마신 후, 가볍게 인사를 나누고 헤어졌다. 먼저 앞서 가는 세현을 소이가 웃으며 바라보았다. 가끔 뒤돌아보면 좋으련만 세현은 늘 그렇듯 가지런한 발걸음으로 앞만 보고 가고 있었다. 멀리 사라져 가는 그의 뒷모습을 바라보며 소이는 예전보다 조금 더 설레는 마음을 가슴에 품었다.

알 듯 말 듯 달라진 미스터 카푸치노와 소이를 의문이 가득 담긴 눈으로 보고 있던 혜연이 실눈을 뜨고 소이에게 말을 건넸다.

"뭐야, 소이 씨? 둘 사이에 내가 모르는 무언가가 생긴 것 같은데?"

혜연의 물음에 소이는 밀크 티를 한 모금 마시며 싱겁게 웃을 뿐이었다.

"웃지만 말고 말해 봐. 뭐야, 대체? 둘이 언제 만났어?"

뜸을 들이는 소이의 모습에 조바심이 난 혜연이 재차 재촉했다. 소이는 말갛게 웃으며 그간 있었던 일을 이야기했다. 담담한 어조였지만 표정만큼은 어느 때보다 생기가 넘쳤다.

"소이 씨 얼굴에서 꽃피겠다."

혜연은 얼굴을 깍지 낀 두 손으로 받치고, 이야기하는 내내 생글거리는 소이를 귀엽다는 듯 바라보았다. 혜연의 말에 살짝 얼굴을 붉히는 그녀다.

"사실, 이래도 되는 건지 잘 모르겠어요. 난 한 번도 연애 같은 거 해 본 적도 없고 마냥 설레고 두근거리는 이 느낌이 싫지는 않지만 너무 낯설어서……."

"어머, 뭘 그렇게 고민해? 난 부럽기만 한데. 왜 꿈에서 깨어나려니 현실이 두려운 거야?"

"꿈은 꿈이니까요. 현실의 그 사람은 상상했던 것보다 훨씬 크고 좋은 사람 같아요. 아직 잘 모르겠지만 그냥 그렇게 느껴졌어요. 그런데 주춤거리게 돼요. 마음은 달려가려고 하는데 생각들이 제동을 걸어요. '소이야, 잠깐만!' 하고."

소이의 말을 가만히 듣던 혜연이 손가락 하나를 들어 소이의 가슴을 가리켰다.

"어떤 만남이든, 어떤 연애든 마음이 중요하지. 머릿속으로 아무리 계산해도 답이 나오지 않는 게 사람과의 관계거든. 마음으로 부딪혀 봐. 머릿속으로 생각만 하지 말고. 기본적으로 소이 씨는 생각이 너무 많아."

"그 사람도 그랬어요. 그동안의 삶이 어떤지 진부하게 알려고 하지 않겠다고. 그냥 만나면서 천천히 알아 가자고요. 나, 그래도 될까요? 그렇게 말하는 그 사람이 나에 비해 너무도 커 보여서……. 날 알아 가다 지치거나 질리지 않을까요?"

"안 될 것 뭐 있어? 소이 씨, 그 사람 말처럼 천천히 다가서 봐. 난 두 사람의 모습, 느낌이 좋은데? 좀 더 자신을 가져. 내 눈엔 소이 씨가 충분히 예쁘고 매력적이니까."

동생에게 말하듯 다정한 혜연의 말에 소이는 빙그레 웃었다.

그래, 그 이끌어 주는 손길에 의지해 보자.

그날 하얗게 눈이 쌓인 성곽 옆 산책길을 함께 걸으며 마주쳤던 그의 시선과 담담히 만남을 이야기하는 목소리에서 그와 함께하는 게 꿈과 현실을 이어 주는 길이란 믿음이 생겼다. 이 두근거림과 설렘은 분명 혼자만의 것이 아니라 그 또한 그럴 것이라는 확신도 생겨났다.

'소이야, 힘내. 소이야, 힘내.'

주문을 걸듯 소이는 마음속으로 끊임없이 외쳤다. 그가 유유히 걸어간 길이 반짝반짝 예쁘게 빛났다.

오전 내내 끊임없이 이어지는 환자들로 정신없이 시간이 흘러갔다. 흔들리는 이를 뽑기 위해 엄마와 함께 온 여자아이의 자지러지는 울음과 몸부림을 진정시키느라 세현은 끊임없이 아이를 어르고 달래야 했다. 겨우겨우 치료를 끝내고 치과에서 선물로 주는 플라스틱 반지를 손에 넣고 나서야 아이는 울음을 멈추고 해맑게 웃으며 세현에게 작은 손을 흔들었다. 세현도 웃으며 아이의 인사에 함께 손을 흔들어 주는 것으로 답했다. 차트를 꼼꼼히 체크한 후 치료도구를 정리하도록 지시하고 나서야 겨우 세현에게 휴식 시간이 주어졌다.

책상에 흩어져 있는 서류를 가지런히 정리하고 머리를 쓸어 올리던 세현은 소이가 준 해바라기 그림의 돌멩이를 손끝으로 툭 건드렸다. 세현의 손짓에 돌멩이가 한 바퀴 뱅글 돌아 파르르 떨더니 이내 멈췄다. 세현은 핸드폰 거치대에 놓인 자신의 전화기를 들어 물끄러미 바라보다가 소이에게 건네는 한마디를 꾹꾹 눌러 보냈다.

「점심 식사 했어요?」

문자를 보내고 나서야 점심 식사를 하기에 조금 부족한 시간임을 알고 세현은 머쓱하게 웃었다.

「아직요. 아직 점심시간까지 시간이 남아서 그림책을 정리하고 있었어요.」

일상적으로 보내는 문자임에도 한 자 한 자 띄어쓰기를 한 소이의 답장이 섬세했다. 그림책 하나하나를 소중히 보듬고 있을 소이의 모습이 눈앞에 그려졌다.

「오늘은 무슨 그림책을 읽어 줬어요?」

「'코를 킁킁' 이요.」

「무슨 맛있는 음식이라도 나오는 동화인가? 코를 킁킁거리게.」

「^^ 아니에요. 하얀 눈밭에 동물들이 나와요. 사실 어제 함께 본 눈길이 너무 예뻐서 그 장면을 그림책으로 나누고 싶었거든요.」

하얀 눈밭에 동물들이 나오는 그림책이라. 아마도 소이를 닮은 하얀 토끼도 나오겠지. 문득 그 그림책을 읽어 주는 소이의 모습이 보고 싶어졌다.

「언제 나한테도 들려줘요. 그 동화. 소이 씨가 어제 일을 생각하며 읽어 주었다니 괜히 궁금해지는데요? 그림책 읽어 주면서 내 생각도 했어요?」

세현이 문자를 보내고 난 후, 아무리 기다려도 소이의 답장이 오지 않았다. 세현의 마지막 말에 당황한 것이 분명했다. 어린이 도서관 어디엔가에서 세현의 문자를 보고 얼굴을 붉히고, 작게 심호흡하고, 눈을 크게 뜨고 두리번거리겠지. 머릿속 가득 소이의 모습을 상상하고 있던 세현의 손으로 핸드폰의 진동이 전달되었다.

「죄송해요. 사실 생각하지 않았어요.」

소이의 답장에 세현은 입을 막고 쿡쿡거리며 웃음을 참다가 이내 유쾌한 웃음을 터뜨렸다. 아니더라도 보통 '생각하고 있었어요.'라고 말할 텐데 이 아가씨는 정말 솔직했다. 세현은 간신히 웃음을 멈추고 열심히 휴대폰 위의 글자를 정성껏 눌렀다. 소이에게 문자를 보내는 이 시간이 소소하지만 보물 같다고 느껴졌다.

「이런! 충격인데요? 난 환자들 충치치료하면서도 소이 씨 생각했는데. 얼굴도장 쾅 찍어서 다시는 잊지 않게 아무래도 당장 소이 씨를 만나야겠는데요? 오늘 몇 시에 끝나요?」

그때, 누가 오는지도 모르고 긴 문자를 보내는 세현의 방문을 종혁이 벌컥 열었다.

"김세현! 밥 먹자. 배고프다."

노크도 없이 불쑥 들어오는 종혁의 행동에 세현은 얼굴을 살짝 찌푸렸다. 이 사람은 참 타이밍을 못 맞춘다 싶었다.

"뭐하나? 핸드폰만 뚫어져라 보고. 기다리는 전화라도 있어?"

'전화가 아니고 문자랍니다. 선배.'

"아무것도 아니에요. 나가요, 선배. 나도 배가 고프네."

"넌 뭐가 맨날 아무것도 아니고, 별것 아니냐. 쯧."

세현은 답장이 오지 않는 핸드폰을 멀뚱히 보다가 밖으로 나가기 위해 준비했다. 그때였다. 얕은 진동과 함께 세현의 눈에 소이의 한마디가 들어왔다.

「6시에 끝나요.」

세현은 겉옷을 걸치다 말고 얼른 문자를 보내고는 핸드폰을 주머니에 넣고, 그런 그를 투덜거리며 쳐다보는 종혁을 따라나섰다. 6시라는 시간이 은근히 기다려지는 세현이었다.

「그럼 담쟁이 돌담길 끝에 있는 우체통에서 기다릴게요. 난 식사하러 갑니다. 이따 봐요.」

세현이 보낸 문자를 몇 번이나 보고 또 보았다. 그가 기다린다는 시간까지 아직 한참 남았지만 자꾸 눈길이 벽에 걸린 초승달 모양 시계에 닿았다. 점심시간이라 한가해진 도서관에는 소이와 나 주임, 몇몇의 사무직원만이 남아 있었다. 아까부터 꼼지락 꼼지락 핸드폰을 꺼냈다가 넣었다가 하는 소이를 나 주임이 지켜보고 있었다. 참 차분하게 제 할 일을 하는 소이가 오늘따라 허공에 붕 뜬 듯 수선스럽게 움직였다.

"소이 씨, 오늘따라 이상하다. 자꾸 실수하고 안절부절못하고.

소이 씨답지 않게 왜 그래?"

나 주임이 소이가 앉은 자리로 다가와 팔짱을 끼고 말했다. 평소엔 부드러운 나 주임이지만 일처리가 미진한 사람에겐 지독히 무서운 사람이기에 소이는 살짝 긴장을 하고 말았다.

"죄송합니다."

"핸드폰 이제 가방에 넣지? 닳겠어. 무슨 일인지 모르겠지만 이제 진정해야지."

"네."

소이는 나 주임의 따끔한 말에 세현의 문자를 받고부터 도저히 진정이 되지 않아 허둥거린 자신의 태도를 반성했다. 시무룩하게 고개를 숙인 소이를 보니 나 주임은 괜히 미안해졌다. 나 주임은 가볍게 헛기침을 하고 소이의 등을 살짝 떠밀었다.

"무슨 일인지 모르지만 밖에 나가서 바람 좀 쐬고 머리 식히고 들어와. 그러고도 계속 그런 모습이면 나 정말 화낼 거야."

소이는 나 주임의 손에 떠밀려 도서관 뒤뜰로 향했다. 봄을 기다리며 웅크리고 있는 꽃을 품은 겨울눈들이 겨울바람에 파르르 떨고 있었다. 소이는 보송보송 털이 박힌 겨울눈을 잡고 서 있는 목련 나무 아래에 쪼그리고 앉았다. 오전에 들려주었던 그림책 속 동물들처럼 노란 봄꽃을 찾으려는 듯 손으로 마른 풀을 이러저리 헤쳐 보았다. 한참을 애꿎은 마른 풀만 흔들어 대던 소이가 주먹을 꼭 쥐고 자신의 머리통을 콩 쥐어박았다.

"정신 차려, 이소이."

소이는 스스로 쥐어박은 머리를 살살 문지르곤 꽃이 필 날을 기다리는 목련 가지 사이로 흘러가는 구름을 바라보며 하얀 입김을 겨울눈에게 내뿜었다. 소이는 보슬보슬한 목련 가지의 겨울눈을 손끝으로 가만히 만지다가 크게 심호흡을 하고 다시 도서관으로 들어갔다. 그를 만나는 시간까지 그도 그녀도 잔잔한 자신의 일상에 충실해야 할 테니. 그래도 시선이 자꾸 벽의 시계로 가는 건 소이도 어쩔 수 없었다.

"저 이만 퇴근합니다."

퇴근할 준비를 말끔히 마친 세현이 종혁의 방문을 두드리고 들어가 인사했다.

"김세현, 어딜 그렇게 급하게 가냐? 같이 나가자."

"아닙니다. 선배는 아직 남은 일 마무리 잘하고 가십시오."

"그러는 넌 다했고?"

"이미 한참 전에 끝났습니다. 그럼 수고해요, 선배."

"에잇! 치사한 놈. 그래, 가라, 가."

서운한 듯 손을 휘휘 젓는 종혁의 얼굴이 서류더미에 박힐 듯 기울어졌다. 세현은 싱긋 웃으며 조용히 방문을 닫았다. 병원 문을 나서 한 계단씩 천천히 걸어가던 세현은 어느새 계단 두 개를 성큼성큼 뛰어 내려가고 있었다. 날씨가 추우니 카페에 들러 따뜻한 차라도 사 들고 기다려야겠다. 저절로 오래전 유행가가 흥얼거려졌다.

저기 보이는 노란 찻집, 오늘은 그녀를 세 번째 만나는 날…….

소이와 만나는 찻집이 비록 노란색을 띠고 있지 않고, 그의 손에 장미 꽃 한 송이 대신 소이가 좋아하는 밀크 티가 들려 있겠지만, 유행가 속 남자의 모습과 자신이 참 많이 닮았다 생각했다.

카페에서 산 밀크 티의 따뜻한 기운이 가죽장갑을 지나 세현의 손에 전해졌다. 달콤한 것을 좋아하지 않는 세현이었지만, 밀크 티

만큼은 좋아질 것 같았다. 고갯길을 경쾌한 발걸음으로 내려가 담쟁이 돌담을 따라 걸었다. 어둑해진 주변을 밝히는 가로등이 골목길을 따뜻하게 채웠고 돌담 너머 오밀조밀한 주택가는 식구들의 저녁을 준비하는 소리와 맛깔스런 냄새로 가득 차 있었다.

꽤 서둘렀다고 생각했는데 이미 골목길 끝 빨간 우체통 옆에 소이가 서 있었다. 오늘도 미리 와서 기다리고 있는 그녀가 걱정되었다. 날씨가 조금씩 풀리긴 해도 골목을 훑고 지나가는 바람은 꽤 매서웠다. 아니나 다를까 소이가 코끝이 빨개진 채로 하얀 입김을 뿜어내고 있었다. 세현은 이럴 줄 알았으면 밖이 아니고 따뜻하게 기다릴 수 있는 장소를 고를걸, 하고 후회했다.

"많이 기다렸어요?"

세현이 소이의 앞으로 다가가 걱정스레 물었다. 반가운 눈빛으로 소이가 도리질했다.

"조금요."

"이거라도 뺨에 대고 있어요. 우리 빨리 따뜻한 데로 가요. 이러다 감기 걸리겠어요."

세현이 밀크 티가 담긴 컵을 내밀자 소이가 살포시 웃음 지었다.

"하나도 춥지 않았어요. 나도 있거든요."

소이가 혹 식을까 품에 꼬옥 안고 있던 카푸치노가 담긴 컵을 살짝 흔들며 세현에게 건넸다. 세현은 소이가 건넨 컵을 받아 들고 소이의 온기로 아직까지 따뜻함을 유지하고 있는 카푸치노를 길게 들이켰다. 수줍게 웃는 소이와 다정한 눈빛의 세현이 빨간 우체통 옆 가로등의 조명을 받아 반짝반짝 빛났다.

"얼굴이 다 얼었잖아요. 미안해요. 먼저 기다리겠다고 한 건 난

데……."

세현은 소이의 차갑게 식은 얼굴로 손을 가져가려다가 주춤거리고 내렸다. 내리는 세현의 손이 소이의 손을 스치고 지나갔다. 찰나의 접촉에 흠칫 놀라 살짝 뒷걸음치는 소이다. 소이의 모습에 세현은 웃음이 났다.

"소이 씨, 우리 천천히 알아 가자고 했던 거 기억나요?"

"네……."

"그러니까 그렇게 놀랄 것 없어요."

세현은 씩 웃으며 장갑 낀 손을 쑥 내밀더니 새끼손가락을 들었다.

"우리 이제 제대로 눈 맞추고 이야기를 할 수 있게 됐으니까 손잡는 것도 천천히 시작해 볼래요?"

소이가 의문이 가득 담긴 눈을 들어 세현을 바라보았다.

"오늘은 여기부터."

세현은 소이의 손목을 잡고 자신이 펼친 새끼손가락 가까이 끌어당겼다. 소이의 손에 일순 힘이 들어갔지만 세현의 부드럽고 깊은 시선에 안심한 듯 살짝 힘을 풀었다.

"잡아요. 이거."

"네?"

"내 새끼손가락이요."

"네?"

"오늘은 새끼손가락, 그다음 날은 새끼손가락이랑 약손가락……. 그렇게 하나하나 늘려 나가다 보면 자연스레 손도 잡아지지 않을까요?"

그의 말에 소이는 가슴 한구석이 찡해져 왔다.

이 사람은 정말 나를 제대로 바라보려 하는구나. 내가 가는 걸음을 함께 따라가고, 내가 바라보는 곳을 함께 보아주겠구나. 지레 겁을 먹고 움츠렸던 자신이 부끄럽고 미안했다.

머뭇거리던 소이의 빨간 벙어리장갑이 가죽장갑으로 덮힌 세현의 새끼손가락을 조심스레 감쌌다.

간질간질.

세현의 손가락을 감싸 쥔 벙어리장갑 속 소이의 손바닥이 간질거렸다.

파르르 파르르.

소이의 따뜻한 손이 닿은 세현의 새끼손가락이 전해지는 떨림에 따라 함께 울렸다.

"자, 이제 가 볼까요?"

손가락을 감싸 쥔 소이의 빨간 벙어리장갑이 세현의 코트주머니로 쏘옥 숨어 버렸다.

세현은 수저를 꺼내 냅킨에 받쳐 자신의 자리에 조심스레 놓고, 물컵에 물을 따르는 소이의 손을 가만히 지켜보았다. 소이의 작고 하얀 손이 식탁 위를 지나다니며 바삐 움직였다.

"참 작네요."

소이의 움직임을 바라보던 세현이 툭 하고 말을 건넸다.

"뭐가요?"

"소이 씨 손이요. 손이 하얗고 작아서 감동적이에요."

소이는 자신의 손과 세현의 얼굴을 번갈아보았다. 자신의 손을 이리저리 뒤집어 보는 소이의 모습에 세현은 괜히 웃음이 나왔다.

"이리 줘 봐요."

세현이 손을 뻗어 소이의 손끝을 살짝 잡고 자신의 손 옆으로 이끌었다. 큼직한 세현의 손 옆에 작고 앙증맞은 소이의 손이 놓여 졌다.

"봐요. 이렇게 작지. 꼭 아기 손 같아요."

세현이 무심이 던진 말에 소이는 순식간에 달아오른 얼굴을 푹 숙이고 황급히 자신의 손을 거둬들였다. 소이의 작은 손이 식탁 아래로 사라지자, 세현은 아쉽다는 표정으로 바라보았다.

세현의 새끼손가락이 자신의 한 손에 가득 찼을 때의 느낌이 자꾸 떠올라 소이는 식탁 밑에서 손을 만지작거리며 전골냄비를 뚫어져라 쳐다보았다.

세현은 아무 일도 없었다는 듯 보글보글 끓기 시작하는 전골냄비의 뚜껑을 열고 맛있게 익은 버섯을 종류별로 골고루 소이의 접시에 덜어 주었다. 냄비와 접시에서 모락모락 올라오는 하얀 김과 고소한 냄새가 식욕을 자극했다.

"고맙습니다. 제가 해도 되는데……."

소이는 세현이 건네는 접시를 두 손으로 공손히 받아 소리가 나지 않도록 살며시 자신의 앞으로 내려놓았다.

"소이 씨는 '고맙습니다.', '미안합니다.' 라는 말 자주 하죠?"

자신의 접시에도 음식을 옮겨 담으며 세현이 말했다.

"네, 어떻게 아셨어요?"

"왠지 그럴 것 같았어요. 어떻게 보면 공손하고 예의 바른 느낌이 드는데……."

"그런데요?"

"그냥 소이 씨가 나에게는 '고맙습니다.', '미안합니다.' 라는 말하지 않았으면 해서요."

세현의 말이 이해가 되지 않은 듯 소이는 물끄러미 식사를 하는 세현을 쳐다보았다. 정갈하게 젓가락을 쥔 손이 참 섬세해 보였다.

"내 말이 어렵죠?"

소이의 생각에 잠긴 눈과 마주하며 세현이 말했다.

"어렵게 생각하지 말아요. 우리 앞으로 만날 때마다 내가 해 주는 것들, 해 주는 말들을 당연하게 생각해 줬으면 해서 그러는 거니까."

"……어떻게 그래요?"

"소이 씨는 그렇게 해야 해요. 세상 모든 사람에게 다 그렇게 하라는 게 아니에요. 나를 만날 때만큼은 자신을 내려놓고 편안하게 대해 주길 바라는 마음이니까 부탁하는 거예요."

이 사람은 깊이를 알 수 없는 샘 같다. 퍼내고 퍼내도 계속 줄지 않을 것 같은.

"많이 먹어요. 내가 약속을 지키지 못해서 사는 거니까."

세현은 냄비에서 한 국자를 듬뿍 퍼서 소이의 접시에 또 한 번 한가득 덜어 주었다. 소이가 '고맙습니다.' 라고 말하려다가 얼른 멈추는 것을 보고 세현은 부드럽게 미소 지었다. 소이는 고맙다는 말을 삼키고 세현의 빈 컵에 물을 따라 주거나, 세현이 앉은 쪽으로 반찬을 조심조심 밀어 주는 것으로 마음을 표현했다. 그렇게 주거니 받거니 하는 둘의 다정한 식사가 끝나고 있었다.

"아빠, 나 왔어요."

재원은 잠이 들었는지 옆으로 누워 등을 구부리고 있었다. 소이는 살금살금 다가가 등을 돌린 재원의 너머를 살펴보았다. 재원은 생기 없이 텅 빈 눈으로 시선을 한 곳에 고정시키고 있었다.

소이는 재원의 몸을 반쯤 가리고 있는 이불을 어깨까지 끌어당겨 주고, 늘 그런 것처럼 침대맡의 의자에 앉아 가방 속에서 스케치북과 연필을 꺼내 들었다. 소이의 움직임이 꽤 부산스러운데도 재원은 소이에게 눈길 한 번 주지 않고 미동도 없이 누워 있었다.

소이는 한참 동안 재원의 등을 바라보았다. 단 한 번도 자신에게 앞을 내어 주지 않는 아버지가 원망스러울 법도 한데, 내색하지 않고 그의 등만 바라보는 것이 이젠 익숙해진 그녀였다. 소이는 한쪽 손을 들어 재원의 어깨에 얹고 토닥토닥 두드리기 시작했다. 반응 없는 등에 서럽고 쓸쓸했다.

재원의 등을 보고 있자니 어릴 적 커다란 아버지의 뒷모습을 종종걸음으로 쫓아가며 숨을 헐떡이던 자신의 모습이 떠올랐다. 기다려 달라 떼쓰고 매달릴 수 있는 어린 나이. 소이는 그렇게 하지 못했다. 아버지의 눈과 귀와 입은 언제나 옆에 함께 걷는 어머니에게만 열려 있었으니까.

그렇게 뒤를 쫓는 소이를 어머니가 발견하곤 손을 잡아 줄 때까지도 아버지는 커다란 등을 돌리고 서 있었다. 이제는 그 커다란 등이 서글프게도 작아졌지만, 소이에게 아버지의 등은 여전히 크고 쓸쓸했다.

하지만 세현은 그렇지 않았다. 조용히 소이의 걸음을 맞춰 주고, 때때로 다정한 시선을 보내 주고, 거창하게 이야기를 늘어놓지는 않았지만 툭툭 던지는 말에도 따스함이 묻어났다. 그 무엇보다 자신을 직시하는 시선이 소이는 정말 좋았다.

"아빠, 미스터 카푸치노 기억해요? 그 사람, 참 좋은 사람이에요. 나요, 그를 볼 때마다 느껴지는 가슴 두근거림이 참 좋아요. 당황스럽고 두려운 마음이 사라지고 나니까 크게 뛰던 심장도 그 사람 목소리처럼 잔잔하게 움직이기 시작했어요."

등을 바라보며 이야기를 시작한 소이가 스케치북을 펼쳐 들고 그림을 그리기 시작했다.

하얀 눈밭에 옅은 회색빛의 나무들. 눈밭 위에 누군가의 커다란 발자국과 작은 발자국이 나란히 그려졌다.

"그 사람, 참 깊은 눈을 가졌어요. 시선을 맞추고 있으면 내가 그 안에 빠져 버릴 것 같아 오래 마주 보기 힘들 정도로요. 아빠, 좀 우스운 얘기지만 그 눈을 가리고 있는 안경이 좀 원망스러울 때도 있어요."

소이는 쿡쿡 웃으며 쓸쓸한 기분을 떨쳐 버리려는 듯 듣지 않는 재원을 향해 즐겁게 이야기하였다.

"아빠, 나 그 사람이 내민 손, 이제 주저하지 않고 잡아 보려고 해요. 그가 지금까지 보여 준 것이 호기심으로 인한 친절이 아니라는 거, 사실 오래전부터 알고 있었어도 선뜻 용기가 나지 않았거든요. 그 사람이요, 누군가의 등만 보고 걷는 것보다 나란히 함께 걷는 것이 더 멋지다고 처음 느끼게 해 준 사람이에요."

소이는 눈밭 위의 발자국 그림 끝으로 작은 노란 꽃이 아니라 큰 해바라기를 그려 넣었다. 그림책처럼 하얀색과 회색빛이 어우러진 겨울 풍경에 따스한 빛을 주려 해바라기에 노랗게 색칠도 했다.

"다른 사람의 등 뒤에서 본 세상보다 그와 나란히 걸으며 본 세상이 더 따뜻했어요. 그의 시선을 따라가면 아마도 더 많은 걸 볼 수 있겠죠? 나 혼자 보는 세상은 꿈속 같아 깨지는 게 두렵다면, 그가 보여 주는 세상은 내게 삶을 살아가는 힘을 줄 것 같아요. 그는 동화 속 동물들이 발견한 노란 꽃처럼, 내가 눈밭에서 발견한 해바라기니까요."

소이는 다 그려진 그림을 뜯어 어느새 눈을 감고 잠이 든 재원의 옆에 놓았다.

"아빠, 그거 알아요? 어릴 적 등만 보여 주는 아빠가 야속한 적이 많았지만, 저녁 무렵의 산책길에 아빠와 엄마가 서로에게 보내는 다정한 시선이 참 좋았어요. 나도 그와 다정한 시선을 주고받고 싶어요. 아빠가 엄마에게, 엄마가 아빠에게 그랬던 것처럼."

소이는 그 후로도 오랫동안 재원의 곁을 지켰다. 재원의 낮게 흔들리는 숨소리가 위태로웠지만, 한결 부드러워진 표정으로 잠을 자고 있었다. 소이는 한 번 더 이불을 꼼꼼하게 덮어 주고, 밖으로 나와 조심스럽게 병원 문을 닫았다. 병원을 나서며 올려다본 늦은 밤의 하늘이 소이의 머리 위를 시리게 덮고 있었다.

오늘 아침도 어김없이 저 멀리 혜연의 카페 앞에 서 있는 세현의 등이 한눈에 들어왔다. 그에게 다가가는 소이의 발걸음에 한껏 힘이 실렸다. 등 뒤로 소이임이 틀림없는 발자국 소리가 들리자, 무덤덤하게 신문을 보던 세현의 미소가 소이를 향했다.

"왔어요?"

소이의 귓가에 큰 울림이 되어 퍼지는 음성으로 세현이 말을 건넸다. 세현이 건네는 밀크 티를 받아 들고 소이도 한층 밝아진 표정을 지었다. 묵묵히 서로의 손에 든 따뜻한 카푸치노와 바닐라 밀크 티를 마시며, 출근길 잠시의 여유를 가졌다.

"저기…… 세현 씨."

소이가 처음으로 먼저 그의 이름을 부르며 말을 건넸다.

"나 할 말 있는데, 이따가 만날 수 있어요?"

소이의 조심스런 제안에 담담한 그의 눈이 크게 떠지더니, 이내 원래의 모습으로 되돌아갔다.

"소이 씨가 먼저 만나자고 하다니, 이거 감동인데요?"

"꼭 하고 싶은 말이 있어서요."

말하는 소이의 눈빛이나 말투가 평소보다 더 차분해 세현은 의아했다.

"좋은 이야기예요, 나쁜 이야기예요?"

"……."

"뭐, 좋은 이야기든 나쁜 이야기든 소이 씨 말이라면 언제든지 들어 줄 테니까 너무 고민하지 말아요."

세현이 허리를 굽혀, 말을 건네고 고개를 숙인 채 생각에 잠긴 소이의 눈을 들여다보았다.

"봐요, 또 고민하고 있지. 무슨 이야기인지는 모르지만 만날 때까지 너무 많이 고민하지 마요. 그러다가 진짜 하고 싶은 말이 엉킬 수 있으니까. 소이 씨가 용기를 낸 만큼 나에게 하고 싶은 말을 있는 그대로 전해 줘야 해요."

세현은 긴 손가락 끝으로 소이의 작은 이마를 살짝 건드렸다.

"그럼 6시에 어린이 도서관 앞으로 갈게요. 어제처럼 기다리게 하는 것도 싫고. 그럼 이따 봐요."

유유히 걸어가는 세현의 뒷모습을 바라보며 소이는 아까 그의 손길이 닿았던 자리에 가만 손을 올려놓았다. 그 부분만 화끈거리고 달아오른 느낌이 든다.

"아유~ 아침부터 달짝지근하다."

주방에서 줄곧 둘을 지켜보던 혜연이 손을 닦으며 나왔다.

"데이트 약속?"

"네."

"소이 씨가 큰 용기를 냈네. 정말 많이 발전했다."

혜연은 소이가 기특하다는 듯 머리를 쓰다듬었다.

"내가 보기엔 미스터 카푸치노가 소이 씨에게 푹 빠진 것 같은데?"

"에이, 언니도 참."

"어쨌든 무슨 이야기이건 당당하게! 자신 있게! 알지? 또 수줍어서 소심하게 말도 못 하고 그러면 안 돼. 소이 씨 파이팅!!"

"파이팅!!"

함께 파이팅을 외치는 두 사람의 소리가 멀리 걸어가고 있는 세현의 귓가를 스치고 지나갔다. 세현은 살짝 뒤를 돌아 혜연에게 크게 손을 흔들며 걸어가는 소이를 바라보았다. 멀리서도 한눈에 보이는 커다란 별 그림의 가방이 흔들거리며 골목길로 사라졌다.

여유롭게 흘러가는 오전과 조금은 분주한 오후가 지나고, 저녁 무렵의 어스름한 빛이 담쟁이 어린이 도서관을 채우고 있었다. 퇴근 전 간단한 회의 후, 직원들과 함께 다음 날을 위해 도서관 곳곳을 점검하고 나서야 겨우 자리에 앉은 소이였다. 바쁜 하루의 고단함이 어깨를 짓눌렀다. 소이는 손에 깍지를 끼고 천장으로 쭉 뻗었다가 어깨를 주먹으로 두드리며 고단함을 달랬다.

"소이 씨, 안 가?"

이미 퇴근할 채비를 마친 나 주임이 물었다.

"전 조금만 더 있다가요. 제가 마무리 짓고 갈게요."

"그럴래? 그럼 부탁할게. 미안해서 어쩌지?"

"괜찮아요. 조심해서 가세요."

나 주임과 함께 남아 있던 직원들이 모두 퇴근하고 나니, 도서관이 순식간에 고요해졌다.

세현이 오기로 한 시간이 아직 남아 있었다. 소이는 책상 위에 있는 자신의 물건을 하나하나 정리하고, 가방 속의 스케치북과 연필, 색연필을 꺼내 책상 위에 늘어놓았다. 그리곤 오늘 틈날 때 그렸던 그림에 색칠을 하며 시간을 보냈다. 하나의 그림에 색을 꼼꼼히 담아도 여전히 시간은 제자리걸음인 듯 느리게만 가고 있었다.

문득 소이의 시선에 가방 깊숙이 넣어 두고 잘 꺼내지 않는 파우치가 보였다. 잠시 주저하다가 파우치를 꺼내 들고 지퍼를 열어 속에 든 것을 하나하나 꺼내기 시작했다. 핸드크림과 연한 빛의 립글로스, 작은 손거울과 비비크림이 전부였다. 스물여섯 여성이 갖고 있기엔 화장품의 종류가 참 간소했다. 꺼내 놓은 화장품들을 이리저리 만져 보던 소이가 책상 위에 이마를 대고 한숨을 푹 쉬었다.

"이럴 줄 알았으면 화장이라도 하고 나올걸."

고민도 잠시, 거울을 꺼내어 이리저리 얼굴을 살피고 연한 핑크빛 립글로스를 입술에 바르는 것으로 후회되는 마음을 달랬다.

소이가 들여다보던 거울을 바닥에 내려놓고, 자신의 얼굴이 비추도록 의자를 길게 뒤로 빼고 앉았다. 그리곤 크게 심호흡 한 번 하고 무언가를 중얼거리기 시작했다. 미소를 짓기도 하고, 손을 내밀어 보기도 하고……. 이번엔 세차게 고개를 흔들었다.

"연습한다고 뾰족한 수 있나. 그냥 하고 싶은 말을 다해야지. 힘내! 이소이!"

주먹 쥔 손에 힘을 꼭 주고 크게 말하는 소이의 목소리가 텅 빈 도서관에 메아리쳤다. 어느새 그와 만나는 시간, 그리고 그에게 자신의 마음을 고백할 시간이 성큼 다가와 있었다.

도서관 곳곳의 창문이며 문을 점검하고, 마지막으로 1층 자신의 책상을 밝히고 있는 작은 불을 끈 후 도서관을 나섰다. 언제 왔는지 이미 울타리 문 옆에 그가 서 있었다.

"날씨가 조금 풀린 것 같아요."

세현이 먼저 말을 건넸다. 오늘은 먼저 인사를 해야지 다짐했던 것이 실현되지 않자 소이는 자신도 모르게 샐쭉해졌다.

"그런 표정도 지을 줄 알아요?"

잠깐 스치고 지나간 소이의 표정을 놓치지 않고, 그가 귀엽다는 듯 웃었다.

"먼저 인사하려고 했는데……."

"그럼 다음번엔 소이 씨가 인사할 때까지 기다려 줄게요."

세현이 뒤를 돌아서서 먼저 한 걸음을 내딛었다. 소이도 그를 따라가기 시작했다. 그가 한 걸음을 가면 그녀가 두 걸음을 가고, 그가 두 걸음을 가면 종종거리며 따라갔다. 어느 순간 느려진 세현의 걸음 때문에 소이의 걸음도 한결 여유로워졌고, 그의 뒤에서가 아닌, 온기가 느껴지는 그 옆에서 걷게 되었다. 나란히 서서 소이가 올려다본 그의 옆모습이 짙게 깔린 어둠 때문에 선명하진 않았지만 자신만큼이나 하얀 얼굴이 깨끗했다.

"저…… 세현 씨. 괜찮다면 저기에서 얘기할래요?"

세현은 소이가 손가락으로 가리키는 곳을 바라보았다. 소이가 가리킨 곳은 오래된 벤치 두 개와 그네 두 개가 겨울바람에 잎이 떨어져 앙상한 가지의 은행나무들에게 둘러싸여 있는 아주 작은 놀이터였다. 그네와 벤치와 둘러싸고 있는 나무들 외에는 아무것도 없기에 사람들의 발길이 닿지 않아 쓸쓸한 느낌을 주는 곳이었다.

"괜찮겠어요? 날씨가 풀렸다고는 해도 꽤 쌀쌀할 텐데."

"오늘은 꼭 저기에서 이야기하고 싶어요."

"그네와 벤치밖에 없는 놀이터라……. 뭔가 중요한 이야기를 하려나 봐요?"

소이는 대답 없이 먼저 앞장서서 걸어갔다. 소이가 만남을 먼저 제안한 것도, 앞으로 먼저 걷는 것도 모두 처음이어서 세현은 그 작은 변화가 즐겁고 좋았다.

소이는 놀이터에 도착하자 두 개의 그네 중 하나에 앉았다. 세현은 같이 그네에 앉을까 하다가 서른이라는 나이에 그네 타기가 왠지 머쓱해 그네를 지지하고 있는 나무기둥에 기대어 섰다.

끼익—

소이가 발을 구르자 요란한 소리를 내며 낡은 그네가 움직였다. 작게 움직이던 그네가 점점 하늘에 닿을 듯 높이 움직이기 시작했다.

위로, 아래로, 또다시 위로.

그네가 움직일 때마다 들렸던 소리도 점점 잦아들었다.

세현은 소이가 이야기를 꺼낼 때까지 인내를 하며 그네의 움직임을 바라보았다. 그네가 앞으로 올라가면 소이의 뒷모습이 보이고, 그네가 뒤로 올라가면 소이의 앞모습이 보였다. 한참을 지치지

않고 그네를 타던 소이가 움직임이 멈출 수 있도록 발을 땅에 내
딛었다. 다시 '끼익―' 소리와 함께 그네가 작게 흔들거렸다. 그
네를 타면서 찬바람을 한껏 맞았을 소이가 걱정되어 세현은 어느
새 멈춰 선 소이의 앞으로 다가갔다.

"그네 타는 거 좋아해요?"

"네, 좋아해요."

바람을 맞아 발개진 얼굴로 소이가 천진난만하게 웃으며 말했
다. 세현은 가만히 손을 들어 소이의 양 볼에 가져갔다. 소이가
살짝 당황한 듯했지만, 세현의 손길을 피하지 않고 반짝이는 눈
동자를 들어 세현과 마주했다. 세현의 온기에 금세 소이의 볼이
따뜻해졌다. 소이는 지그시 밤하늘을 바라보며 말을 이어 나갔
다.

"그네를 타면 이런 기분이 들어요. 앞으로 가면 내 얼굴이 하늘
에 닿을 것 같고, 뒤로 가면 내 등이 하늘에 닿을 것 같고. 얼굴이
하늘과 가까워지면 더 많이 하늘을 담을 수 있어서 좋고, 등이 하
늘과 가까워지면 더 높이 올라가라고 등을 밀어 주는 것 같거든요.
이런 생각을 하다 보면 울적했던 마음도 다시 좋아져요. 그래서 가
끔 그네를 타러 이 놀이터에 오곤 해요."

"오늘은……. 어떤 울적한 일이 있어서 그네를 탔어요?"

세현이 가라앉은 목소리로 말하자, 그네에 앉아 밤하늘을 바라
보던 소이가 부스스 일어났다. 그리고 진지한 눈빛으로 세현과 시
선을 마주했다.

"오늘은 울적한 일 때문에 그네를 탄 게 아니에요."

"그럼요."

"세현 씨처럼 나도 용기 내서 당당하게 말하고 싶어서요. 그렇

게 하려면 마음을 단단하게 해야 하잖아요. 그래서 그네의 힘을 살짝 빌렸어요."

소이의 진지한 눈빛이 어느새 부드럽게 변해 있었다.

"세현 씨, 언제든 내 이야기를 들어 주겠다고 했죠?"

"그랬죠."

"오늘은 제 감정을 솔직하게 전하고 싶어서 이렇게 보자고 한 거예요. 그러니까…… 내 얘기 들어 줄래요?"

세현은 대답 대신 고개를 끄덕였다. 잠시 뜸을 들이며 소이가 말했다.

"곧 봄이네요."

"아직 겨울이 다 가지 않았어요."

세현이 소이를 내려다보며 말한다.

"우리가 돌고 도는 계절 속에서 함께하다 보면, 서로를 향한 마음이 점점 달라지겠죠?"

"그 말은 앞으로도 쭉 함께하고 싶다는 뜻인가요?"

세현의 물음에 소이는 천천히 입을 열었다.

"봄이 오면…… 겨울눈 속에 숨어 있던 꽃이 꽃망울을 툭 하고 피워 내는 것처럼 내 마음도 툭 하고 펼쳐지겠죠. 여름이 되면 녹음이 짙게 깔리듯 서로를 향한 감정이 깊어질 테죠. 가을을 지나 다시 겨울이 오면 지금 이 순간을 기억하며 행복해하겠죠?"

"무슨 이야기를 하고 싶은 거예요? 에둘러 이야기하지 말고……."

"나, 세현 씨가 좋아요. 그냥 단순히 좋은 게 아니라, 이런 설렘이 두려울 정도로 좋아요. 내가 세현 씨를 바라보면서 상상했다고 했죠? 이제 상상하는 걸 멈추려고 해요. 상상 속 세현 씨보다 현실의 세현 씨가 더 단단한 사람이거든요."

"……"

"세현 씨는 내게 등만 보여 주지 않을 것 같았어요. 늘 앞을 보고 당당히 걷는 모습도 좋았지만 나와 마주하고 시선을 맞추고, 걸음을 늦추고 나란히 걸어 주는 세현 씨라 더 좋아졌어요. 당신이라면 왠지 용기 내어 함께할 수 있을 것 같아요. 그러니까……"

"그러니까……?"

"지금까지는 세현 씨에게 이끌려서 갔었다면, 이젠 나란히 같은 곳을 보며 걷고 싶어요. 내게 그럴 수 있는 기회를 줄래요?"

세현은 소이의 말에 가슴속에서 무언가가 꿈틀대는 것을 느껴졌다. 그의 나이 서른 살. 열정보다 냉정이, 이상보다는 이성이 좋았던 그가 소이를 만나고부터 확실히 변하고 있었다. 무심한 자신의 시선을 잡아끌고, 수줍은 듯 다부지게 자신의 말을 할 줄 알고, 소심하지만 용기를 낼 줄 아는 그녀가 자신에게 내민 손을 놓칠 수 없었다.

"소이 씨, 난 기회 따윈 줄 수 없어요."

"……왜……?"

"하지만 기회 대신 함께할 수 있는 시간을 줄게요. 나와 나란히 걷고 싶다고 했죠? 나도 마찬가지예요. 아까 그랬던 것처럼 우리가 걸어가는 발걸음의 크기도, 속도도 다르지만, 내가 조금 늦추고, 소이 씨가 조금 빨리 걷는다면 나란히 걸을 수 있을 거예요."

아, 이 사람의 생각은 얼마나 깊은 것일까. 소이는 그의 말에 눈가가 촉촉해졌다.

"세현 씨, 저 아직 생각이 어리고 미숙해요."

"무슨 상관이에요?"

"어쩌면 세현 씨가 생각하는 것보다 더 천천히 갈지도 몰라요."

"괜찮아요."

"나 소심하고 우유부단해서 답답하다 느껴질지도 몰라요."

"괜찮아요."

"나요……."

"소이 씨, 내가 하는 말 꼭 담아 둘래요? 소이 씨가 가슴에 갖고 있는 색깔이 100가지라면, 그중 99가지가 무채색이라도 단 하나의 밝은 색이 다 덮어 줄 수 있어요. 무슨 뜻인지 알겠어요?"

"……아니오."

"소이 씨가 갖고 있는 99가지 단점을 내가 발견한 단 하나의 장점으로 다 덮을 수 있다는 뜻이에요."

소이는 눈가에 맺힌 눈물을 얼른 닦고 맑게 웃었다.

용기를 내서 다행이다. 그가 나를 온전히 담을 수 있을 만큼 커서 다행이다.

소이는 고맙다는 말은 하지 말라는 그의 말을 기억하고 있었지만, 그에게 고맙고 또 고마웠다. 그리고 소이는 다시 한 번 용기를 내었다.

그에게 내민 소이의 손이 이제는 떨리지 않았고, 편안하고 당당했다. 세현은 소이가 내민 작고 하얀 손을 자신의 크고 따뜻한 손으로 잡았다. 마주치는 시선이 다정했다. 가로등 불빛이 두 사람의 나란한 그림자를 만들어 주었다.

"빨리 봄이 왔으면 좋겠어요."

소이가 하늘을 바라보며 속삭이듯 말한다.

"이제 금방 찾아올 거예요."

세현이 소이를 내려다보며 담담한 어조로 말한다.

맞잡은 두 손이 흔들흔들 앞으로, 뒤로 움직였다. 공기 속에 봄이 들어 있는 듯 살짝 온기가 느껴지는 바람을 따라 겨울눈을 달고 있는 나무들이 제 몸을 흔들었다. 흔들리는 나무 그림자 옆으로 두 개의 그림자가 천천히 지나쳐 갔다. 세현과 소이가 함께할 봄이 겨울의 찬 공기를 넘어 조금씩 다가오고 있었다.

04

 스물여섯 아가씨가 혼자 살기에는 크지만 아담한 전원주택의 2층 창가 너머로 봄의 여린 햇살이 커튼 틈을 비집고 연한 민트빛 방 안을 비추었다. 깔끔하게 정돈된 넓은 책상에는 언제든지 그림을 그릴 수 있도록 재료와 도구들이 가지런히 놓여 있었고, 다양한 그림책과 일러스트 관련 전문서적이 꽂혀 있는 책장 군데군데 놓인 장식품들이 아기자기했다.

 따뜻한 느낌의 방과는 달리 1층을 대부분 차지하고 있는 넓은 거실은 가족들의 웃음이나 온기가 사라진 지 오래된 듯 싸늘한 공기가 흐르고 있었다. 갈색 소파 뒤 벽면엔 작고 아기자기한 들꽃이 그려진 액자가 덩그러니 걸려 있어, 거실의 차가운 모습과 이질적인 분위기를 풍기고 있었다.

 소이는 거실과 연결된 주방에서 식사 준비에 여념이 없었다. 언제 만들었는지 냉장고 안에는 갖가지 반찬이 작은 통에 담겨 차곡 차곡 정리되어 있었고, 가스레인지 위에는 미리 만들어 놓은 국이 맛있는 냄새를 풍기며 끓고 있었다. 함께하는 이 없이 혼자 하는 식사지만 소이는 따뜻한 식사 분위기를 스스로 만들고자 했다. 그 래서인지 식탁 위의 음식은 온 가족이 모인 자리인 듯 풍성했다.

국을 떠서 식탁에 내려놓고 자리에 앉아 소이는 아침 식사를 시 작했다. 달그락달그락, 젓가락과 숟가락이 그릇과 부딪히는 소리가 넓은 거실을 울리고 지나갔다. 식사를 하는 도중 문득 느껴지는 외 로움을 음식과 함께 꿀꺽 삼켰다.

아침 식사를 마친 소이가 방문을 열고 침대맡에 앉았다. 손에 들린 핸드폰을 만지작거리다가 액정화면에 '7시'라고 나타나자 작 게 심호흡을 했다. 이젠 익숙해진 번호를 누르고 난 후 통화 버튼 까지 누르자, 화면에 '미스터 카푸치노'라는 글자가 뜨며 신호음 이 들렸다. 몇 번의 신호음이 울리고 핸드폰 너머로 나직한 음성이 들렸다.

「벌써 일어났어요?」

항상 그가 열어 준 아침이었기에 의외란 목소리였다.

"나도 세현 씨 깨워 주고 싶었거든요."

작은 웃음소리 뒤로 접시가 부딪혀 달그락거리는 소리가 들렸 다. 그는 오래전에 일어났나 보다. 전날 밤에 늘 먼저 일어나 모닝 콜을 해 주는 그를 이번엔 자신이 꼭 깨워 주리라 다짐을 했었는 데, 세현은 자신보다 더 일찍 일어나 아침을 즐기고 있는 듯했다.

「어쩌죠? 난 한참 전에 일어났는데. 벌써 소이 씨 부탁대로 아 침까지 다 먹었는걸요.」

혼자 살고 있는 그가 아침 식사를 우유나 주스, 커피 한 잔으로 때운다는 말을 듣고 소이가 걱정 어린 눈으로 바라보며 "아침은 꼭꼭 챙겨 먹어야 머리가 더 맑아진대요."라고 사뭇 진지하게 말했었다. 그 말을 들은 후 거창하진 않더라도, 간단한 아침 식사를 하기 시작한 세현이었다. 평소 일찍 일어나 여유 있게 준비하고 출근을 하는 그에게, 소이에게 거는 모닝콜 시간과 아침 식사 시간은 그녀를 만나고 그에게 생긴 작은 변화들 중 하나였다.

"후……."

자신의 바람과 달리, 이른 새벽부터 일어나 말끔히 준비하고 있을 그에게 왠지 서운해 소이는 한숨을 쉬었다.

「소이 씨, 한숨 소리가 여기까지 들려요. 어지간히 실망했나 봐요?」

"조금요. 세현 씨가 부지런한 건 알고 있었지만 실망감이 드는 건 어쩔 수 없네요."

소이의 볼멘소리에 그는 웃음을 터뜨렸다. 참 귀엽다. 감정에 솔직해진 그녀는. 여전히 수줍음이 많고, 조심스럽고, 느릿한 템포로 다가오지만 때때로 보여 주는 솔직함이 신선했다.

「알았어요. 앞으로 소이 씨가 아침에 전화하면 너무 졸려서 잔뜩 가라앉은 목소리로 받으면 되는 거죠? 어려운 부탁도 아니네.」

"그게 아니라……. 놀리지 마요. 정말."

세현의 유쾌한 웃음소리와 소이의 수줍은 듯한 웃음소리가 서로의 핸드폰 너머로 섞였다.

출근길에 다시 보자는, 여느 때와 같은 약속을 한 후 소이는 침대 옆의 창문을 열고 밖을 내다보았다. 작은 화단의 여린 잎들이 봄기운을 느끼게 해 주었지만 여전히 공기는 쌀쌀했다. 한껏 아침 공기를 마시고 소이는 출근 준비를 위해 바지런히 움직였다.

미리 골라 놓은 옷을 입고, 긴 머리를 위로 묶은 후 요리조리 거울을 통해 자신의 모습을 살폈다. 이번에 살짝 내린 앞머리를 손가락으로 가지런히 정리하고 나서야 만족했는지 미소를 지었다. 집을 나서기 전 옷과 어울리는 플랫슈즈와 컨버스화를 놓고 고민을 하던 소이가 작은 발에 꼭 맞는 플랫슈즈를 신었다. 연한 하늘 빛 천으로 직접 만든 커다란 가방을 어깨에 메고 다시 한 번 거울을 보니, 산뜻한 자신의 모습이 참 괜찮다고 느껴졌다.

소이는 아무도 인사를 건네지 않는 휑한 집을 찬찬히 둘러보고 현관문을 나섰다. 소이의 경쾌한 발걸음을 따라 하나로 묶어 어깨에 살짝 닿는 머리카락이 찰랑거리며 움직였다. 오늘도 어김없이 골목길 오르막 끝 혜연의 카페에서 그가 기다리고 있겠지. 늘 그렇 듯 아침을 상쾌하게 해 주는 멋진 미소를 지으면서 말이다. 설렘과 기대로 소이의 발걸음이 빨라지기 시작했다.

"오늘 조회는 이것으로 마치기로 하죠. 이제 봄도 왔으니까 도서관 분위기를 좀 더 밝고 아늑하게 바꿔 봅시다."

나 주임의 말과 함께 도서관의 아침이 시작되었다. 겨우내 도서관 곳곳에 걸려 있던 눈 결정 모빌들이 걷어지고, 어느새 빛깔 고운 꽃 모양의 모빌이 아기자기하게 걸려 있었다. 일 년 내내 깨끗하게 닦여진 통유리 너머로 겨울눈을 뚫고 살짝살짝 보이는 봄꽃들이, 아직은 봄이 느껴지지 않는 바람에 맞서 꼿꼿이 새 생명을 피워 내려 했다. 소이는 창밖으로 보이는 풍경을 바라보며 새로운 계절이 주는 싱그러움을 마음껏 감상하고 있었다.

"소이 씨, 나 좀 잠깐 볼까?"

나 주임의 부름에 소이는 창밖을 향한 시선을 거두고 직원실로 들어갔다. 소이가 직원실 문을 열고 들어서자 나 주임이 부드럽게 웃으며 말했다.

"다름이 아니고, 우리 도서관 홈페이지의 소이 씨가 읽어 주는 그림책 소개 글이 반응이 좋나 봐. 이 지역 사람들 말고도 많이 찾아오던데?"

담쟁이 어린이 도서관의 소문이 좋은 만큼, 좀 더 홍보를 하자는 취지에서 만들어진 홈페이지에 꽤 많은 사람들이 들어온다는 것은 소이도 잘 알고 있었다. 직원들이 머리를 맞대고 어린이들이나 부모들을 위한 여러 가지 코너를 적절하게 구성했기에 만든 지 얼마 되지 않은 홈페이지임에도 제법 관심을 받고 있는 중이었다. 여러 가지 코너 중 소이가 도서관에서 맡은 '그림책 선생님'의 역할을 십분 발휘해, 그날 들려주는 그림책을 소개하고 감상을 적은 코너가 반응이 좋았나 보다.

"관장님이 유심히 보더니 소이 씨가 누구냐고 묻기에 열심히 칭찬했지. 그리고 여기."

"이게 뭐예요?"

소이는 나 주임이 건네는 봄꽃 그림이 그려진 팸플릿을 받으며 물었다. 소이가 좋아하는 그림책 작가 이성훈의 꽃그림이 참 고왔다.

"우리 관장님이 이성훈 작가랑 잘 아는 사이거든. 홈페이지를 보고 이성훈 작가가 소이 씨를 자신이 운영하는 어린이 도서관으로 잠깐 보내 달라고 부탁했어. 소이 씨가 열심히 해 줘서 그런 거야. 덕분에 이성훈 작가의 봄꽃 세밀화 전시회도 우리 도서관에서 할 수 있게 됐어."

"정말요?"

"그래, 그러니까 그쪽으로 가게 되면 열심히 해. 알았지?"

소이는 벅찬 마음에 크게 고개를 끄덕여 대답했다.

「나 오늘 칭찬받았어요.」

소이는 자리에 앉아 세현에게 문자를 넣었다. 세현도 아침 진료로 바쁜지 답장은 한참이 지난 후에야 도착했다.

「착한 일 했나 보죠? 무슨 일인지는 모르지만, 참 잘했어요.」

'참 잘했어요.' 라는 마지막 말이 꼭 초등학교 때 정성껏 쓴 일기의 끝부분에 선생님이 콕 찍어 준 도장 같아서 소이는 마냥 기뻤다.

들뜨는 마음을 진정시키기 위해 도서관 정원으로 나간 소이는 목련나무 끝에 하얗게 피어나기 시작하는 꽃봉오리를 발견했다. 아직 보송한 솜털의 껍질이 꽃봉오리 주변을 감싸고 있어 포근해 보였다. 소이는 손에 들고 있던 핸드폰을 꺼내 하얀 꽃봉오리를 향해 들었다.

찰칵.

소이의 핸드폰 화면에 목련꽃의 예쁜 봉오리가 담겼다.

「도서관 정원 목련나무에 꽃이 올라오기 시작했어요. 참 예쁘죠? 세현 씨도 목련꽃처럼 아기자기하고 싱그러운 하루 되세요.」

담쟁이 어린이 도서관을 타고 오르는 담쟁이덩굴에도 연둣빛 여린 잎이 뾰족뾰족 돋아나고 있었다.

치과라면 으레 겁을 집어 먹고 두려운 눈으로 자신을 올려다보는 어린아이들의 아우성을 듣고, 충치로 가득한 환자들의 입 속을 하루 종일 들여다보아야 하는 자신의 하루 어디에도 아기자기함과 싱그러움은 눈 씻고 찾아볼 수 없었다.

미간을 찌푸린 채 잠시 고민하던 세현은 소이에게 답문을 보내려다가 말고 피식 웃음 지었다. 소이다운 문자에 소이 같은 생각에 잠긴 자신이 어이없었다.

"너 요즘 연애하냐?"

언제 들어왔는지 기척도 없이 서 있던 종혁이 세현을 물끄러미 바라보다 말을 건넸다.

"선배, 노크라도 하고 들어와요. 깜짝 놀랐네."

"노크는 했지, 아주 여러 번. 핸드폰에 정신이 팔려 듣지 못한 게 누군데. 그러니까 너 연애하냐고."

"뜬금없이 그건 왜 물어요?"

"너 하는 행동이 하도 이상하니까 그러지."

둔하고 눈치 없는 종혁이 어쩐 일로 촉이 좋나 했더니 넘겨짚었나 보다.

"생겼어요. 여자."

아무 일도 아니라는 듯 툭 내뱉듯 던진 세현의 말에 종혁의 눈이 휘둥그레졌다.

"정말이냐? 어떤 여자야? 예뻐? 나이는? 어디 사는데? 아니, 아니지. 어떻게 만났어?"

정신없이 쏟아 내는 종혁의 질문을 세현은 대수롭지 않은 듯 컴퓨터 모니터만 보며 받아 내고 있었다. 그런 세현의 태도가 답답했는지 종혁이 손가락으로 모니터의 전원 버튼을 확 눌러 버렸다.

"매정한 놈. 선배가 묻는데 대답도 하지 않고."

"나도 그 사람에게 하지 않은 호구조사를 왜 선배가 나한테 해요?"

"빙빙 돌리지 말고 그냥 말해라, 김세현."

"그냥 길에서 만났어요. 아주 우연히. 저쪽 골목길 가다 보면 나오는 담쟁이 어린이 도서관에서 일하는 아가씨예요."

"뭐? 이 자식 그동안 어떻게 감쪽같이 속였냐? 이 작은 동네에서 만났으면 누구 눈에 띄어도 분명히 띄었을 텐데. 미꾸라지처럼 잘도 빠져나갔다, 너."

"속인 적도 없고, 미꾸라지처럼 빠져나간 적도 없어요. 이 동네 사람들이 대수롭지 않게 생각하거나 입이 무겁거나, 아니면 선배가 둔해 빠졌거나. 내가 생각하기엔 세 번째 같은데."

"뭐야? 이 건방진 자식."

세현의 말에 발끈하여 종혁이 주먹을 쥐고 어깨를 툭 쳤다. 매섭게 내지르던 주먹이 어깨에 닿을 때는 한없이 다정했다. 단정하고 깔끔해서 틈이 없는 듯 무덤덤한 자신의 후배가 만나는 사람이 있다는 것만으로도 기뻐할 일이었다. 대학교 시절 과 내에서 알아주는 인기남이었던 세현의 옆에는 그가 의도하지 않아도 늘 누군가가 있었다. 세현도 호기심 반, 기대 반으로 만남을 가졌던 것 같은데, 그때 함께한 사람에게 아까 전 같은 표정을 보여 주는 걸 본적은 없었다.

종혁은 천하의 김세현에게 한없이 다정한 미소를 짓게 하고 설렘이 가득 담긴 눈빛을 하게 한 사람이 문득 궁금해졌다.

"어떤 사람이야? 지금 만난다는 사람."

"어떤 사람이냐고요? 글쎄요……."

세현은 소이에 대해 어떻게 표현해야 할지 몰랐다. 그녀가 갖고 있는 다양함을 표현하기엔 말이라는 것이 참 부족하다 느껴졌다. 한참을 고민하던 세현이 말문을 열었다.

"그냥 '예쁘다, 귀엽다, 사랑스럽다, 좋은 사람이다.' 라는 말로 표현이 안 되는 사람이에요. 그저 지금까지 만난 사람들 중 가장 순수하고 맑은 시선으로 세상을 볼 줄 아는, 모든 사람들이 저건 회색이다 말해도 비를 머금은 구름 빛이라 말하는 그런 사람…….
내가 느낀 그녀의 모습은 그래요."

세현의 입에서 나온 말들 하나하나가 종혁에겐 놀랍기만 했다.
무슨 말이든 담담히 기다, 아니다, 간단히만 이야기하는 그가 아니
던가. 가끔은 세현의 표현이 너무나 냉철하고 논리정연해서 섬뜩
할 때도 있었기에 감성적인 그의 말들이 종혁은 신기했다. 크건 작
건 세현을 변화시킨 그 아가씨가 더더욱 흥미로웠다.

"그 아가씨 얼굴 좀 보자. 오늘 모임에 데리고 와. 좋은 녀석들
이 모인 자리니 불편하게 만들 사람도 없고, 저녁 식사 하는 김에
함께 만나는 거니까 부담 느끼지 말고 오라고 해."

세현도 소이를 종혁에게 보이고 싶은 마음이 컸기에 흔쾌히 수
락을 했다. 소이가 어떻게 받아들일지가 걱정이 되긴 했지만, 언제
고 겪을 일이니 기회가 생긴 김에 잘 설득해서 함께 가야겠다는
결심이 섰다.

「오늘 일곱 시, 친구 모임에 함께 가요. 퇴근 시간 맞춰 도서관
앞에서 기다릴게요.」

문자를 보내가 난 후, 세현은 잠시 생각하다가 한 문장을 더 써
서 보냈다.

「도망가지 말아요.」

세현은 자신이 보낸 마지막 문자의 부탁을 소이가 들어 주어서
좋았다. 도서관 울타리 문을 나오는 소이의 눈빛에 두려움과 긴장
이 담겨 있긴 했어도, 당연히 그럴 것이라 예상을 했기에 세현은
그렇게 크게 걱정스럽진 않았다.

자연스레 손을 맞잡고 길을 걸었다. 손을 통해 서로의 온기를

나누어 갖고, 서로에게서 나는 달콤하고 쌉싸래한 향을 나누어 갖고, 다정한 시선과 수줍은 시선을 나누며 걷는 길이, 이제 만남을 시작한 두 사람에게 더없이 소중한 일과 중 하나였다.

함께 걷는 골목길 돌담에 담쟁이덩굴이 연두빛으로 수를 놓고 있었고, 가로등 노란 빛 아래에는 이름 모를 들풀이 벽돌 바닥을 비집고 자라고 있었다.

소이가 하늘을 바라보자 그 시선을 세현이 좇았고, 소이는 하늘을 보던 눈을 거두어 세현의 옆모습을 바라보았다.

"걱정돼요? 내 친구들 만나는 거."

세현의 물음에 소이는 담담히 대답했다.

"걱정이 되지 않는다면 거짓말이죠. 당연히 두렵고 겁나요."

"짓궂긴 해도 좋은 사람들이에요. 너무 부담 가지지 말았으면 해요."

"문자를 받았을 땐 꼭 가야 하나 굉장히 망설였는데, 세현 씨의 다른 모습을 볼 수 있을 것 같아서 왠지 가고 싶어지던데요?"

세현은 소이의 손을 힘주어 잡으며 아무 말 없이 걸었다. 자신이 어떤 말을 해 주지 않아도, 새로운 만남에 대한 두려움을 떨치려고 노력해 주는 소이가 고마웠다. 종혁도, 그의 친구들도 분명 그녀를 보면 좋아하리라. 자신이 그랬던 것처럼.

세현과 소이가 모임 장소에 도착했을 때 종혁과 몇몇 남자들이 술잔을 주고받으며 유쾌하게 대화를 나누고 있었다. 식당은 이미 많은 사람들이 큰 소리로 웃고 떠들며 이야기를 나누는 소리들로 떠들썩했다. 후배 하나가 따라 준 술을 한입에 털어 넣고 기분 좋게 웃던 종혁이 세현을 발견하고 손을 들었다. 키가 큰 세현의 뒤로 말간 모습의 여성이 주저하며 서 있었다. 세현의 말대로 맑은 시선으로 세상을 볼 것 같은 검고 큰 눈동자가 인상적이었다.

'첫인상은 일단 합격이군.'

종혁은 세현이 꼭 잡고 있는 작은 손으로 시선을 옮기며 중얼거렸다. 세현의 큰 손에 잡혀 있는 작은 손은 여려 보였지만 하얀 손끝이 정갈했다. 작고 아담한 키가 세현의 옆에서 더 작게 보였지만, 그 모습도 나름 잘 어울렸다. 다만, 너무 어리고 여려 보이는 외모가 세현이 그동안 만났던 사람들과는 달라 의외라는 생각이 들었다.

"우와, 김세현!"

세현의 등장에 종혁과 함께 있는 사람들이 일제히 환호하며 세현을 맞이했다. 이미 종혁에게서 세현이 여자를 데리고 올 거라는 말을 들었기에 더 반가운 듯했다. 친구들이 둘을 위해 미리 마련해 놓은 자리는, 소이가 부담을 느끼지 않도록 가운데가 아닌 끝자리였다.

세현이 소이를 먼저 종혁의 옆자리에 앉히고 친구들과 일일이 인사를 나눈 후 자리에 앉았다. 자신에게 쏠리는 시선에 소이는 달아오른 얼굴로 안절부절못하며 자리에 앉았다. 소이의 등장에 관심을 보이던 친구들은 딱히 소이에게 말을 건네거나 술을 권하거나 하지 않고, 잠시 끊긴 대화를 이어 나갔다.

소이는 그들의 배려 덕분에, 한결 편해진 기분으로 세현의 물컵에 물을 따르고, 자신의 물컵에도 물을 따라 한 모금 마시며 한숨을 돌렸다. 세현은 이미 구워진 고기들을 다시 불판에 올려 따뜻하게 데운 후 소이의 접시에 올려 주었다. 그런 세현의 모습을 종혁은 놀랍다는 듯 바라보다가 고개를 돌린 소이와 눈이 마주쳤다. 소이의 맑고 투명한 눈동자가 자신의 속까지 훑고 지나갈 것 같아 얼른 고개를 숙이긴 했지만, 종혁은 이내 밝게 웃으며 소이에게 손을 내밀었다.

"반가워요. 전 세현이 대학교 선배 박종혁입니다."

악수를 청하는 종혁의 손을 잡으려는 소이의 손을 세현이 낚아챘다.

"음흉한 사람 손은 함부로 만지는 거 아니에요, 소이 씨."

친구 하나가 건넨 술잔을 받으며 종혁에게 시선을 주지 않고 세현이 말했다.

"못된 놈. 음흉한 손이라니, 호의만 가득한 손이구만."

소이는 쿡쿡 웃으며 머쓱하게 거두는 종혁의 손을 붙잡고 악수했다.

"전 이소이라고 해요. 반갑습니다. 말씀은 많이 들었어요."

"이소이? 앞으로 불러도, 뒤로 불러도 똑같네요?"

"지하철 2호선 닮은 이름이지."

종혁과 소이가 손을 잡고 있는 것이 영 마땅치 않았는지 세현이 무뚝뚝하게 툭 내뱉었다. 그런 세현을 더욱 놀리고 싶어지는 종혁이다. 살며시 빼내려는 소이의 손을 덥석 잡으며 종혁이 소이에게 속삭였다.

"세현이 저놈, 질투하는 거 처음 보죠? 나도 처음 봐요. 다시없을 기회니까 우리 좀 더 보지 않을래요?"

종혁의 바람을 세현의 손이 무참히 깨 버렸다. 싱긋 웃으며 종혁의 손에서 소이의 손을 빼더니, 종혁의 손을 덥석 잡아 버렸다. 싱글싱글거리며 웃는 세현을 본 종혁이 진절머리 난다는 듯 고개를 흔들며 말했다.

"자식아, 징그러워. 이 손 놔라."

종혁의 말에 세현은 손을 살며시 놔주고 다시 친구들과 대화를 계속했다. 대화를 하면서도 소이가 이 자리를 어색해하지 않도록 틈틈이 배려하는 것도 잊지 않았고, 소이의 접시에 음식이 부족하지 않도록 부지런히 곳곳의 음식을 담아 주었다.

　"그런데 김세현! 여태까지 너 좋다고 쫓아다녀서 만난 아가씨들이랑 이번 아가씨는 분위기가 완전 다른데?"

　술에 얼큰하게 취한 세현의 친구 하나가 유쾌하게 웃으며 말했다. 세현은 담담하게 친구의 빈 잔에 술을 따르며 어깨만 으쓱할 뿐 아무 말도 하지 않았다. 세현이 만났던 여자들이라. 소이는 문득 궁금해져서 잠지 주저하다가 조심스럽게 말을 건넸다.

　"어떤 사람들이었는데요?"

　소이의 질문에 친구들과 세현의 시선이 다시 한 번 소이에게로 쏠렸다. 소이는 갑작스럽게 자신에게 쏟아지는 눈동자에 당황해 얼굴을 푹 숙이고 중얼거리듯 말했다.

　"아니…… 저랑 다르다기에 궁금해서 그래요."

　"뭘 알려고 그래요. 궁금해할 것 없어요."

　세현이 평소와 다르게 웅얼거리며 말했다. 그런 그의 모습에 궁금증이 더 일어 버린 소이였다.

　"이 자식, 우리 학교 치과대학에서 알아주는 녀석이었거든요. 같은 치과대학 여학생이나 다른 학부의 여학생들에게 선망의 대상이었다고나 할까. 말만 안 하면 세현이 녀석 근사하잖아요? 말을 뱉으면 얼음조각이 튀어나와서 그렇지."

　"어머, 전혀 그렇지 않은데……."

　소이는 자신이 알고 있는 세현과 전혀 달라 고개를 갸우뚱했다.

　"말도 마요. 세현이 자식이 좋다고 쫓아다니다가 고백이라도 하면 차갑고 무뚝뚝하게 거절해서 울고 가는 여학생들이랑, 어찌어찌 사귀게 되면 무반응에 가까운 태도에 실망하는 여학생들이 수두룩했다니까요."

세현의 옆자리에 앉은 또 한 명의 친구가 신이 나서 떠들었다. 세현은 그만하라는 듯 잔뜩 얼굴을 찡그렸지만, 이야기들은 그칠 줄 몰랐다. 소이는 흥미가 가득 담긴 눈으로 친구들의 이야기를 즐겁게 듣고 있었다. 세현은 소이의 귀를 틀어막고 싶다는 생각에 목이 바짝바짝 타올라 앞에 놓인 물만 벌컥벌컥 마셔 댔다.

"그 많은 여학생 중에 유독 세현이에게 목을 맸던 사람이 있어요. 꽤 예뻤던 걸로 기억하는데……. 아무리 쫓아다니고 찔러 봐도 저 녀석이 그다지 반응을 보이지 않으니까 분했는지 '뭐가 그리 잘나서 이렇게 마음을 주는데 거들떠도 보지 않냐.' 며 학생식당 한가운데서 따지더라고요."

"그래서요?"

"세현이 저놈, 눈 하나 까딱하지 않고 꿋꿋이 식사를 마치더니, '내가 잘나서 거들떠보지 않는 게 아니고, 관심이 가지 않았을 뿐이다. 왜 일방적으로 감정을 내세워 놓고, 화를 내느냐? 난 분명히 거절했고, 기대감도 주지 않았다. 나에게 보내는 그 감정을 다른 사람에게 주어라. 내가 보기엔 충분히 예쁘고 매력적이니, 아마 나 아니어도 좋은 사람이 나타날 거다.' 라고 말했죠."

세현은 끝내 눈을 질끈 감았다. 치부라 할 것도 없는 사건이었지만, 그때 그 여학생이 새파랗게 질린 얼굴로 학생식당 한가운데 주저앉아 엉엉 울어서 굉장히 난처했던 기억이 떠올랐다.

소이는 그때의 이야기를 신나게 떠드는 친구들과 답답한 표정으로 앉아 있는 세현을 번갈아 바라보았다. 친구들의 이야기 속에 등

장하는 여자들에게 보여 준 모습과 자신에게 보여 준 모습이 전혀
달라 괜스레 으쓱해지는 것 같았다.

"세현 씨에게 그런 모습이 있는 줄 몰랐는데요?"

소이가 싱글거리며 말하자, 세현은 심드렁하게 턱을 괴고 애꿎
은 고기만 뒤적였다.

"저 녀석들이 과장되게 이야기해서 그렇지, 꼭 그렇게 차갑고
무뚝뚝하지만은 않았다고요."

"흐음……. 난 내게만 특별하게 해 주는 것 같아 으쓱했는데."

샐쭉한 소이의 말에 세현은 소이를 바라보았다. 입이 삐죽 나온
모습이 투정 부리는 아이 같았다. 세현은 갑자기 크게 웃음을 터뜨
렸다.

"소이 씨가 내게 특별한 사람인 건 틀림없어요. 그건 걱정하지
말아요."

부드러운 시선으로 서로를 바라보는 두 사람을 종혁이 물끄러미
바라보았다.

'세현이 저 녀석 푹 빠졌군.'

종혁은 세현이 그동안 왜 저 아가씨를 숨겨 두었는지 알 것 같
았다. 잠깐이지만, 보면 볼수록 사람을 기분 좋게 하는 분위기를
갖고 있는 여자였다.

세현의 핸드폰에서 신호음이 울렸다. 세현은 소이에게 양해를
구하고 전화를 받기 위해 식당 밖으로 나갔다. 소이는 딱히 자신에
게 말을 건네는 이가 없었기에 젓가락을 들어 불판의 고기가 타지
않게 뒤적였다. 그때, 종혁이 소이에게 다가왔다. 시선을 느낀 소
이가 흠칫 놀라 눈을 크게 뜨고 종혁을 바라보았다.

"세현이랑 만나 보니 어때요? 좀 차가운 듯해도 좋은 놈이죠?"

종혁의 말에 소이는 고개를 끄덕였다.

"사실 없을 때 저 녀석 험담을 해야 하는데, 선배인 내가 봐도 멋진 점이 많은 놈이라 콕 집어 이런 점은 나쁘다고 말할 게 없네요. 워낙 세현인 빈틈이 없어서."

소이는 종혁을 물끄러미 바라보았다. 좀 더 세현에 대해 알고 싶은 호기심이 일었지만 선뜻 묻지 못하고 있던 차에 종혁이 먼저 말을 꺼낸 것이다.

"세현이가 그러더군요. 소이 씨는 맑은 시선으로 세상을 볼 줄 아는 사람이라고요. 그 녀석 말대로 진짜 그런지는 잘 모르겠지만, 소이 씨의 인상은 참 좋네요."

"고맙습니다."

"세현이에게도 했던 질문이지만, 소이 씨는 세현이를 어떻게 생각해요?"

종혁의 질문에 소이는 곰곰이 생각하더니 이내 입을 열었다.

"오솔길이요. 오솔길 같은 사람이에요. 세현 씬."

"오솔길?"

"많은 사람들이 오고 가는 잘 알려진 오솔길이 아니라, 한적한 마을의 조용한 오솔길이요. 걷다 보면 마음이 편해지고, 편해진 마음에 찬찬히 돌아본 풍경에 감동받고, 그러다가 바라본 하늘에 위안을 얻게 되는. 세현 씨는 그런 사람이에요. 저한테."

소이가 나지막이 말하는 세현의 이미지가 종혁은 마음에 들었다. 소이라면 회색빛도 비를 머금은 구름색이라고 말할 거라던 세현의 말도 이해가 갔다. 정말 둘은 혼자 보기엔 아까운 모습의 커플이었다.

"저 녀석이 느끼고 있을진 모르지만, 세현인 내가 참 많이 아끼는 후배예요. 워낙에 공평하고 맺고 끊는 게 확실해서 그런 걸 이해 못 하는 사람들에게 오해도 많이 받고, 미움도 많이 받았어요. 저 자식, 보이는 것처럼 참 잘났잖아요? 인물 반반하지, 학과 수업도 항상 톱이었고, 아버진 유명한 외과의사에 교수님도 많이 아끼는 제자였거든요. 성격이 칼 같고 가끔 모진 말도 해서 선배들의 시샘을 많이 받았는데, 늘 의연하게 대처했어요. 눈살 한 번 찌푸리지 않고 담담하게 말이죠. 나보다 어린 녀석이 뭐가 그리 꼿꼿한지 싫었었는데, 어느샌가 녀석을 응원하고 있는 나를 발견하곤 참 많이 웃었어요."

그가 의연하고 담담하고 꼿꼿한 건 알고 있었지만 그로 인해 선배들의 시샘을 받았다니. 그럼에도 이렇게 당당하게 사람들과 관계를 쌓아 간 세현이 사람을 만날 때마다 소심해지는 자신과 너무도 달라 왠지 존경스러웠다.

"내가 본 저 녀석은 세상을 바르게 볼 줄 아는 놈이에요. 분명 사람을 만나다 보면 싫은 점이 생기고 화도 나고 짜증도 날 텐데, 세현이는 그런 점보다 상대방의 좋은 점을 먼저 보고 판단하거든요. 물론 잘못을 따끔하게 지적할 줄도 알고요. 올곧은 시선이 참 멋진 놈이죠, 세현인."

소이는 지난겨울 놀이터에서 세현이 들려준 이야기가 떠올랐다. 99가지 단점을 한 가지 장점으로 덮겠다는 말을 세현은 살아가면서 항상 실천했던 것이다. 그래서 소이의 마음에 그 말이 깊게 자리했나 보다.

"따뜻한 마음을 갖고 있는 놈인데, 워낙 난 놈이라 이리저리 치이다 보니 잘 드러내지 않더라고요. 소이 씨 만나고 그 모습 많이 되찾은 것 같아 안심했어요. 세현이 저놈, 잘 부탁해요."

소이는 종혁의 말에 맑게 웃으며 고개를 끄덕였다. 직접 말을 하진 않았지만, "꼭 그렇게 할게요."라는 다짐이 엿보이는 끄덕임이었다.

"둘이 무슨 이야기를 그렇게 재미있게 해요?"

통화를 마치고 돌아온 세현에게서 종혁은 모르는 척 시선을 돌려 다른 이들과 이야기를 나누기 시작했고, 소이는 행복한 미소를 지으며 세현을 바라보았다. 소이의 시선을 마주하며 세현이 식탁 아래로 살며시 소이의 손을 잡았다.

05

　어린이 도서관 정원에 서 있는 나무들의 겨울눈에서 겨우내 잠들어 있던 꽃들이 각각의 색을 뽐내며 꽃망울을 터뜨렸다. 도서관 외벽의 담쟁이들도 새잎을 반짝거리며 열심히 벽을 타고 올라갔다. 도서관 낮은 담벼락 주위로 핀 노란 개나리꽃이 담쟁이의 연둣빛 잎과 조화롭게 어울리고 있었다.

　이른 아침부터 담쟁이 어린이 도서관은 봄단장 준비로 부산스러웠다. 마을의 노인자원봉사자들이 정원의 한쪽에는 상추와 방울토마토, 고추 등과 같이 여러 가지 채소 모종들을 심고 있었고, 도서관으로 향한 자갈길 양옆엔 분홍빛 패랭이꽃 모종을 심었다.

　도서관 내에서 도서의 관리를 담당한 사람들 외에 전 직원이 삼삼오오 모여, 할아버지와 할머니를 도왔다. 소이도 목장갑을 끼고 모종삽을 들어 보슬보슬한 흙을 퍼내고, 패랭이꽃 모종을 심는 일에 함께했다. 모종삽으로 흙을 퍼낼 때마다 나는 봄비를 머금어 촉촉한 흙냄새가 싱그러웠다.

할머니들의 구수한 입담과 할아버지들의 점잖은 몸짓, 삼삼오오 모여 쉴 새 없이 이야기를 나누는 직원들 틈에서 소이는 묵묵히 제 할 일을 하고 있었다. 봄 한철 잠시 머무른 자리에 푸른 잎을 피워 낼 봄꽃들이 자신들이 지닌 색 중 가장 화사한 빛을 띠우려 봄 햇살을 향해 고개를 쳐들고 바람에 살랑살랑 흔들렸다.

잠시의 휴식 시간, 모두들 나 주임이 내온 커피를 한 잔씩 마시며 여유를 즐겼다. 모두 힘을 합쳐 꾸며 놓은 정원의 모습이 흡족했는지, 정원 안은 웃음이 떠나질 않았다. 소이는 그런 사람들 틈 바구니에서 연필을 들어 봄꽃들을 스케치북에 담아내고 있었다. 개나리, 목련, 데이지, 패랭이, 튤립, 민들레…… 올망졸망한 그림들이 하얀 도화지 위를 가득 채웠다.

"아유, 아가씨 솜씨가 좋네."

잠시 쉬고 있던 할머니 한 명이 다가와 소이가 그린 그림을 보더니 말을 걸었다. 어디 좀 더 보자는 손짓에 소이는 수줍지만 공손하게 스케치북을 건넸다.

"그냥 도서관에서 일하는 아가씨인 줄 알았는데 화가였구만?"

소이는 자신의 소소한 그림이 후한 평가를 받자 얼굴이 상기되었다. 소이가 그린 꽃그림을 한 장, 한 장 넘겨 보던 할머니 곁으로 촉촉한 흙냄새를 풍기며 사람들이 하나둘 모여들었다. 꽃그림을 보며 서로 꽃 이름을 맞춰 보고 자신의 정원을 자랑하는 할아버지들, 할머니들로 소이의 주변이 순식간에 왁자지껄해졌다.

할아버지와 할머니의 대화 속 정원의 모습이 소이의 머릿속 가득 그려졌다. 문득 어릴 적 어머니와 함께 마당에 만든 작은 정원에 분홍빛 패랭이꽃을 심어 볼까 싶었다. 그림 속 꽃보다 살아 숨

쉬는 꽃이 적막한 집에 생기를 불어 줄 것 같았다. 생각난 김에 이번 주말에 집 마당의 작은 화단을 꾸며야겠다는 생각이 들었다. 이번엔 세현과 함께 꽃시장에 가 봐야겠다. 따뜻한 그의 손을 잡고 함께 봄꽃을 바라보는 여유를 갖고 싶다. 소이의 마음속에 작은 바람들이 피어났다.

"자, 자. 이제 마무리해야죠. 조금만 힘냅시다."

나 주임이 손뼉을 치며 앉아서 쉬고 있는 사람들을 다독였다. 모두들 자리를 털고 일어나 도서관 주변을 아름답게 꾸며 줄 꽃을 심기 위해 일하던 자리로 돌아가고 있었다. 소이도 목장갑과 모종삽을 들고 정원으로 향했다.

"이번 주말에 뭐해요?"

버스정류장까지 세현과 함께 나란히 걸으며 소이가 물었다.

"별일 없어요. 왜요? 주말에 나 보고 싶을까 봐 그래요?"

"또 짓궂게 말한다. 맞다 하면 살짝 자존심 상하고, 아니라고 하기엔 서운한데요?"

"자존심이 상할 것까지 뭐 있어요? 솔직하게 보고 싶다고 말하면 되지. 주말에 우리 만날까요? 난 못 보면 정말 보고 싶을 것 같은데."

"……나도 그래요. 세현 씨, 우리 내일 꽃시장 가요."

"꽃시장?"

"네, 오늘 도서관 정원에 꽃모종 심었는데 참 예뻤거든요. 우리 집 정원에도 꽃모종을 심으면 좋을 것 같아서요."

"그거 좋네요. 봄이기도 하고. 간만에 봄기운 가득한 데이트하겠네요."

봄기운 가득한 데이트. 소이가 세현과 꼭 해 보고 싶었던 것이다. 소이는 세현의 손을 꼭 잡으며 미소 지었다.

"세현 씨, 꽃시장 갔다가 한 군데 더 갈 곳이 있어요."

"어디요?"

"우리 집이요."

세현은 소이의 갑작스런 제안이 놀라운 듯 동그래진 눈으로 바라보았다.

"꽃모종을 심으려면 누군가의 도움이 필요하기도 하고……."

"결국 일꾼이 필요하다?"

"아니, 일꾼이 필요한 게 아니라 세현 씨한테 맛있는 밥도 차려주고 싶고, 또……."

세현은 당황한 듯 빠르게 이야기하는 소이를 보며 빙그레 웃었다.

"가끔 소이 씨 당돌한 데가 있어요. 여자 혼자 있는 집에 남자를 초대한다? 평상시 소심하고 수줍음 많은 소이 씨 맞아요?"

"아…… 그게 아니라, 난……."

잘 익은 토마토처럼 변한 얼굴로 소이가 더듬거리기 시작했다. 세현이 조금만 더 놀리면 펑 하고 터질 것만 같다.

"알아요, 무슨 의미인지. 꽃모종 심는 것도 함께하고 덤으로 맛있는 식사도 함께하고 싶은 거죠? 난 좋아요. 그럼 내일 아침에 차 끌고 집 앞으로 갈게요. 그렇게 하면 되죠?"

"네……."

"조금 있으면 얼굴 녹아내리겠어요. 그만 진정해요."

세현이 장난기를 가득 머금은 눈을 하고 능청스럽게 소이의 어깨에 팔을 둘렀다. 경쾌한 세현의 발걸음을 따라 소이도 더듬더듬

버스정류장을 향해 걸어갔다.

"……진짜 세현 씨는 너무 짓궂어요."

소이가 작게 한숨을 내뱉듯 말한다. 세현이 큰소리로 웃으며 소이를 자신의 곁으로 바짝 끌어당겼다. 넓은 대로변을 울리는 세현의 웃음소리에 소이도 살며시 미소 지었다. 벌써부터 내일의 데이트가 머릿속에 그려져 마냥 설레는 둘이었다.

꽃시장에 내리고 나서 소이는 세현이 마치 없는 사람인 것처럼 팔랑거리는 걸음으로 곳곳을 누비고 다녔다. 색색의 꽃들이 진열되어 있는 가게 안은 열기로 후끈거렸지만, 소이는 아랑곳하지 않고 꽃모종을 고르느라 정신이 없었다.

두 손 가득 소이가 고른 꽃모종이 담긴 봉지를 들고 세현은 소이의 걸음을 쫓았다. 꽃을 고르는 일에 푹 빠진 소이가 자신에게 눈길 한 번 주지 않는 것이 조금 서운해지려고 한다. 저만치 걸어가는 소이를 바라보다 세현은 걸음을 우뚝 멈추었다.

"소이 씨!"

패랭이꽃 모종 앞에 쪼그리고 앉아 마냥 바라보는 소이를 세현이 큰 소리로 불렀지만 돌아보지 않았다. 세현은 한숨을 푹 쉬고 소이의 곁으로 천천히 다가갔다.

"소이 씨."

가게 주인과 가격을 흥정하는 소이의 이름을 다시 불러본다.

"세현 씨, 이 패랭이꽃 어때요? 예쁘죠? 저기 튤립도 사고 싶고, 데이지도 사고 싶은데……."

"이러다가 마당의 작은 화단이 아니라 집 전체가 식물원이 되겠어요."

세현은 꽃에 시선을 빼앗긴 채 천진난만한 미소를 가득 띠우고 재잘거리는 소이를 보는 건 좋았지만, 사실 양손에 들고 있는 꽃모종 때문에 팔이 아파 오고 있어 잠시 쉬고 싶었다. 웃고는 있지만 살짝 찡그린 눈썹을 보고 소이가 세현의 상황을 눈치챘는지 벌떡 일어나 미안함이 가득한 얼굴로 바라보았다.

"이제야 관심 가져 주네요. 소이 씨를 꽃한테 뺏기는 건 아닌지 내심 걱정했어요."

"세현 씨, 미안해요. 내가 정신이 없어서."

"뭐, 맛있는 점심 식사 대접한다고 소이 씨가 그랬으니까 그걸로 퉁 쳐요."

세현은 소이의 손에 들린 패랭이꽃 모종을 받아 들으며 말했다. 그 후로도 꽃모종 사기는 계속 이어졌다. 대신 앞서 가던 소이가 세현과 자연스럽게 같이 걷고 있었다.

소이는 마지막으로 해바라기 씨와 나팔꽃 씨를 사고, 세현과 함께 집으로 돌아가는 차에 올랐다. 뒷좌석에 놓인 꽃모종에서 꽃향기와 흙 내음이 물씬 풍겼다. 소이는 차 창문을 조금 내리고 봄바람을 맞으며 즐거움이 가득한 표정을 짓고 있었다. 세현도 소이를 따라 차 창문을 내리고 봄바람을 맞았다. 정말 여유로운 주말이다. 둘이 함께하여 의미가 더 큰.

"저 시멘트로 된 담은 별로 운치가 없네요."

소이가 타 준 커피를 마시며 세현이 말했다.

아침에 소이를 데리러 왔을 때부터 느끼는 것이지만, 소이 혼자 살기엔 집이 너무도 크고 휑했다. 거기에 무너진 담벼락은 결코 좋은 느낌을 주지 않았다. 소이가 잘 가꿔 놓은 마당의 정원이나 방의 풍경이 그나마 따뜻한 느낌을 줄 뿐, 그 외의 것들은 무언가 쓸쓸한 느낌을 지울 수 없게 만들었다.

"그렇죠? 저도 그렇게 생각했어요. 그렇지 않아도 마을 주민들과 시멘트로 된 담 대신 하얀 울타리를 치기로 했어요. 이웃과의 소통에 방해가 된다는 이유 때문에요."

소이가 세현을 위한 점심 식사를 준비하며 대수롭지 않다는 듯 말했다.

"점심 메뉴는 뭐예요?"

"별것 없는데…… 된장찌개와 백반? 그리고 간단한 밑반찬. 그 정도예요."

어느새 세현이 소이의 옆에 서서 그녀가 요리하는 모양새를 물끄러미 지켜본다. 세현은 소이가 썰고 있는 호박을 빼앗아 들고 자신이 하겠다며 나섰다. 호박을 써는 손길이 많이 어설펐다. 자못 진지한 눈빛으로 호박과 씨름을 하는 세현을 보며 소이가 깔깔댔다.

"쳇, 생각보다 쉬운 게 아니네요. 어머니가 해 준 밥이 얼마나 소중한지 알겠어요."

"세현 씨는 가끔 갖고 있는 이미지를 확 깨는 의외성이 있어요."

소이가 웃음을 멈추고 눈가에 맺힌 눈물을 닦으며 말했다.

"생각보다 귀여운 구석도 있고, 짓궂은 면도 있고……."

"실망했어요?"

"아뇨, 그냥 처음 이미지는 완벽남에 가까웠는데, 지금은 지극히 현실적이라 더 좋아요."

"흠, 듣기 좋은 평가네요. 완벽남보다는."

오고 가는 대화 속에 넓은 식탁 한가운데 소이가 정성껏 준비한 맛깔스러운 음식들이 가지런히 놓여졌다.

소이는 자신의 앞에서 연신 감탄하며 음식을 먹는 세현을 행복한 표정으로 바라보았다.

"소이 씨, 안 먹어요?"

"좋아서요. 이렇게 누군가와 함께 집 식탁에서 식사를 하는 건 오랜만이라서요."

의문이 담긴 세현의 눈을 바라보며 소이가 쓸쓸히 미소 지었다.

"사실 아빠가 아픈 지 꽤 됐어요. 지금은 많이 나아지셔서 요양원에 있지만요. 이 넓은 집에서 혼자 식사하는 건 쓸쓸해서 싫었는데, 세현 씨 덕에 간만에 행복하게 식사하네요."

밝게 말하는 소이의 목소리에 담담하려 애쓰는 느낌이 묻어 나왔다. 세현은 아무런 질문도 하지 않고 묵묵히 식사를 계속했다.

"……가끔씩 내가 소이 씨 식사에 함께해 줄게요."

"네?"

"나와 함께하는 식사가 행복하다면, 그 기분이 사라지기 전에 내가 채워 주면 되잖아요."

소이는 아무 말 없이 밥 한술을 푹 떠서 입에 넣고 꼭꼭 씹었다. 외로움과 함께 꿀꺽 삼켰던 순간과 달리, 지금은 목구멍까지 올라오는 행복함을 음미하는 듯 오랫동안 식사를 했다.

"소이 씨가 바라는 식탁 풍경이 어떤 건지는 모르지만, 지금처럼 서로 마주 보고 대화하고, 웃으면서 하는 식사라면 분명 소이 씨가 원하는 그런 느낌을 줄 것 같은데, 그렇죠?"

세현의 물음에 소이는 힘껏 고개를 끄덕였다.

"자, 천천히 식사하고 우리 꽃모종 심어야죠. 오늘 힘 좀 쓰려면 많이 먹어야겠는데요? 밥 더 줘요."

소이는 씩씩하게 일어나 세현이 건넨 밥그릇에 고슬고슬한 흰쌀밥을 수북이 담아 주었다.

「너 오늘 몇 시쯤 올 수 있어?」

"오늘따라 환자들이 많아서 조금 늦을 것 같은데."

「가능한 빨리 와라. 너 어머니, 아버지 뵌 지 꽤 됐잖아? 어머니가 많이 기다리시더라.」

"알았어. 일 마치고 출발하면서 전화할게."

세희와의 짧은 통화를 마치고 세현은 잠시 벗어 두었던 가운을 걸쳤다. 아버지와 어머니의 결혼기념일인 오늘은, 매년 그랬던 것처럼 온 가족이 모여 조촐한 식사와 축하의 자리를 갖는 날이었다. 늘 막내아들이 오기를 기다리는 어머니를 위해서라도 빨리 업무를 마치고 돌아가야 했지만, 그러기엔 오늘따라 환자들이 너무 많았다.

그러고 보니 아침에 잠깐 보았을 뿐 소이와 전화 통화도, 문자도 나누지 못했다. 혹시 서운해하지는 않을까. 오늘은 퇴근길도 함께하지 못할 텐데.

문자를 넣으려던 세현은 아침에 소이가 개인적인 일이 있어 일찍 퇴근해야 할 것 같다고 한 말이 떠올라 핸드폰을 다시 내려놓았다.

세현은 조금이라도 일을 빨리 끝마치기 위해 진료실로 발걸음을 옮겼다.

"오늘 너희 부모님 결혼기념일이라며?"

한 노인의 치료를 마무리하며 종혁이 물었다. 막 마스크를 쓰고 환자 곁에 앉은 세현이 고개를 끄덕였다.

"소이 씨는 못 만나겠네?"

"소이 씨도 약속 있대요. 오늘 가 봐야 할 곳이 있다고 했어요."

"뭐, 만나지 못할 때도 있는 거지. 어쨌든 나머지 환자는 내가 마무리할 테니까 넌 서둘러서 가라. 네 아버지가 전화하셨다. 오늘은 오래 붙들어 놓지 말고 일찍 들여보내라고."

세현의 아버지는 서글서글한 종혁에게 직접 해도 될 말을 전달시키곤 했다. 워낙 바쁜 외과의사가 직업이었던 아버지는 일선에서 물러나고부터 그동안 함께하지 못한 가족을 위해 남은 시간을 보내는 걸 우선시했기 때문에 이런 소소한 가족 모임을 무척 중요하게 여겼다.

일로 인해 가족 모임에 늦으면 아버지의 불호령이 종혁에게 떨어질 것이 뻔했다. 세현은 자신이 가고 난 후 나머지 진료며 뒷정리에 고생할 그에게 미안하긴 했지만, 진료를 마치자마자 일어났다. 하지만 고래고래 고함을 지르는 한 아이의 치료를 하며 진땀을 빼고 있는 종혁 때문에 발걸음이 쉬이 떨어지지는 않는다.

"선배, 저 갑니다! 부탁드려요!"

어느새 한 팔에 외투를 걸치고 케이크 상자를 든 세현이, 정신 없는 종혁이 들을 수 있게 큰 소리로 외치고 병원 계단을 내려가 주차해 놓은 자신의 차에 올라탔다.

가방과 함께 들고 나온 케이크를 뒷좌석에 가지런히 두고 골목을 막 나서려는데 멀리서 낯익은 모습이 보였다. 저만치서 짐을 잔뜩 든 혜연이 그 무게를 이기지 못하고 뒤뚱거리며 걸어가고 있었다. 세현은 무심히 지나치려다가 혜연이 들고 있는 짐들이 곧 쏟아질 듯 위태해서 결국 차를 멈추고 창문을 내렸다.

"저기 힘들어 보이는데 도와 드릴까요?"

무겁고 많은 짐들 때문에 머리끝까지 짜증이 치솟았던 혜연은 무거운 짐에서 잠시나마 해방될 수 있는 좋은 기회를 놓치고 싶지 않아 냉큼 세현의 차에 올라탔다.

"덕분에 한시름 덜었네요. 고맙습니다."

혜연의 밝은 인사에 늘 그렇듯 고개만 까딱하는 세현이다.

"……소이 씨는 오늘 일찍 퇴근한다던데, 혹시 보셨어요?"

세현은 천천히 차를 몰며 혜연에게 툭 하고 질문을 던졌다.

"아까 전에 케이크 사 들고 가는 거 봤어요."

"케이크요?"

"오늘 소이 씨 어머니 생일이잖아요. 돌아가시긴 했지만."

혜연의 입에서 나온 말에 세현은 동요하는 자신이 느껴졌다. 세현이 굳이 물어보지 않아도 혜연은 조잘조잘 이야기를 늘어놓았다.

"저도 처음엔 돌아가신 어머니 생일을 챙긴다기에 이상하다 했는데, 이유가 있더라고요. 정확히 어떤 병인지는 모르겠는데, 소이 씨 아버지가 정신적으로 좀 아프셔서 돌아가신 어머니와 관련된 일에는 극도로 예민하게 반응한다고 들었어요. 그래서 아버지가 마음을 다치거나 흥분하는 일이 없도록 아직도 어머니 생일을 챙긴다고 하더군요."

아버지와 어머니의 결혼기념일을 위해 케이크를 산 자신과, 자세한 것은 잘 모르지만 아버지의 정신적 고통을 누그러뜨리기 위해 이미 세상에 없는 어머니의 생일 케이크를 사 들고 가는 소이. 가족을 위해 산 물건은 같지만 의미와 느낌이 판이하게 다른 상황.

소이가 갖고 있는 아픔의 크기가 어느 정도인지 당장 가늠이 되진 않았지만, 분명 힘든 일이 많았을 상황인데도 그리 맑고 고운 그녀가 기특하면서도 애처로웠다. 세현은 복잡한 머릿속을 정리하기 위해 차 창문을 내리고 봄의 공기를 크게 들이마셨다. 본의 아니게 알게 된 소이의 집안 사정을 머릿속에서 떨쳐 버려야만 했다.

어스름하게 어둠이 깔릴 무렵이 되어서야 본가에 도착했다.

세현은 단독주택이 줄줄이 늘어선 동네 어귀의 주차장에 차를 세우고 한 손에 케이크를 들었다. 아버지가 갖고 있는 지위나 명예와는 동떨어진 평범한 주택가. 검소하고 소박한 아버지의 성격이 고스란히 드러나는 집은 충분히 가족적이고 행복한 분위기를 자아냈다. 그것에는 세현의 어머니가 정성껏 가꾸고 있는 화분들이 한몫했으리라.

가까이 다가가면 다가갈수록 점점 크게 들리는 가족들의 웃음소리가 저절로 미소 짓게 했다.

"삼촌!!"

세현을 제일 먼저 반긴 것은 조카 지훈이었다. 세현이 지훈을 번쩍 안아 들고 집에 들어섰다. 거실엔 큰형과 매형, 그리고 호탕하게 웃고 있는 아버지와 부드러운 미소를 짓고 있는 어머니가 있었다. 세현을 보고 어머니가 반가운 표정으로 일어났다. 어머니는 세월의 흔적이 새겨지기 시작한 얼굴에 아직도 단아함을 간직하고 있었다. 세현은 지훈을 내려놓고 어머니에게 다가가 살짝 보듬어 안았다.

"어서 와, 아들."

어머니의 한마디가 병원에서는 냉정하고 차가운 의사 선생님인 세현을 단란한 가족의 막내로 되돌려 놓았다.

"결혼기념일 축하드려요, 어머니."

"그래, 고맙다. 이 나이가 되도록 결혼기념일을 챙기는 아버지 덕분에 엄마가 이렇게 매년 축하도 받고 좋네."

세현은 어머니와 잠시 다정한 시선을 나누고 아버지에게 향했다.

"왔냐?"

아버지의 곁으로 세현이 다가가자 큰형이 인사를 건넸다. 말없이 자신의 옆자리를 손으로 탁탁 치며 앉으라고 표시하는 무뚝뚝한 매형도 표정엔 드러나진 않지만 반가움이 가득했다.

"세현이, 이 녀석. 너 이리 와서 앉아라."

아버지의 불호령과 잔소리가 시작되겠구나. 세현은 늘 집에 올 때마다 있는 일이기에 무덤덤하게 자리에 앉았다.

"아무리 바빠도 그렇지 어떻게 이럴 때만 얼굴을 비치는 거냐? 네 어머니가 내색은 안 하지만 많이 서운해한다. 너 그러는 거 아니다."

아버지가 하는 말이 틀린 말은 아니었지만, 세현은 그렇다고 매번 같은 식의 이야기를 또 듣는 게 썩 좋지만은 않았다. 사실 어머니와는 가끔씩 전화통화를 하고 있지만, 그걸 알게 되면 아버지의 잔소리가 두 배, 아니 세 배는 늘어날 것이 뻔했기에 굳이 말하지 않고 아버지의 일장연설을 묵묵히 듣고만 있었다.

"아빠, 그런 잔소리 말고 다른 걸로 주제를 바꿔 봐요."

식탁에 음식을 차리며 세희가 말했다. 세현은 세희의 입에서 어떤 이야기가 나올지는 몰라도 자신에게 결코 유리하지 않으리라는 걸 잘 알고 있었다. 아버지의 잔소리 레퍼토리에 한 가지를 더 추가하려는 자신의 누나가 원망스러웠다.

"세현이 아침 식사가 커피 아니면 우유래요. 그럴 거면 우리 집 와서 먹으라고 해도 죽어라 말을 듣지 않고."

"잘 챙겨 먹고 있어, 누나."

세현의 말에 세희의 한쪽 눈썹이 살짝 올라갔다. 누가 뭐라 하건 자신이 정한 틀이 맞는다고 생각하면 끝까지 밀고 나가는 고집불통 막내가 자신이 그렇게 말해도 대수롭지 않게 여기던 아침 식사를 챙겨 먹고 있다니, 그다지 신뢰가 가는 말은 아니었다.

아니나 다를까 세현의 말을 듣지 못했는지 온 가족이 모여 앉아 함께하는 식사로 아침을 여는 것을 평생 실천해 온 아버지가 주제를 바꿔 일장연설을 시작했다. 자신의 옆에 앉아 가만히 듣고만 있는 사위에게 끊임없이 동조를 구하며 쉴 새 없이 말을 하는 아버지를 세현은 그저 웃으며 바라보았다. 아버지를 중심으로 가족들이 만들어 내는 단란하고 왁자지껄한 모습은, 세현에게는 특별한 풍경이었다.

어머니와 누나, 형수가 정성껏 준비한 음식이 식탁에 차려지고, 온 가족이 둘러앉은 화기애애한 식사가 시작됐다. 아버지와 마찬가지로 외과의인 큰형이 요즘 대학병원의 동향을 신랄하게 비판하며 아버지와 이야기를 나누었고, 누나는 매형과 지훈의 앞으로 멀리 떨어진 음식을 부지런히 집어 주었다.

형수와 대화를 하던 어머니가 세현을 물끄러미 바라보았다. 자신이 낳은 자식 셋 모두 누구나 부러워할 만큼 말끔하게 잘 커 주었지만, 남편과 자신의 좋은 점만 쏙쏙 빼닮은 막내 세현은 그녀에게 더할 나위 없이 예쁘고 고마운 아들이었다.

"우리 아들, 참 잘생겼네."

뜬금없는 어머니의 말에 세현을 국을 뜨던 것을 멈추고 어머니를 바라보았다. 한없이 다정한 목소리와 눈빛. 왠지 소이가 어머니를 닮았다 느껴졌다.

"이렇게 멋진데 왜 여직 여자 친구가 없을까?"

"그러니까요. 결혼한 제가 봐도 다 설레는데, 도련님 주변의 여자들은 보는 눈이 없나 봐요, 그죠? 어머니."

며느리의 말이 백번 옳다는 듯 크게 고개를 끄덕이는 어머니였다.

"우리 엄마, 고슴도치병 또 도지셨네. 세현이만 자식이우? 오빠랑 나는 완전히 찬밥이라니까."

"어머, 세희야. 그건 아니지. 엄만 세준이에게는 세준이가 품을 수 있는 애정을 주고, 세희에게는 세희가 품을 수 있는 애정을 주고, 세현이에게는 세현이가 품을 수 있는 애정을 주는걸?"

"세현이가 받는 애정이 제일 크니 문제지."

모녀의 귀여운 말다툼이 잠시 이어졌다. 변함없는 어머니와 누나, 한결같은 형과 호쾌한 아버지. 세현이 누구보다도 소중히 여기는 가족들이었다.

세현은 이 단란한 풍경 속에 소이가 함께하는 상상을 해 보았다. 아마도 수줍게 웃으며 별다른 말없이 묵묵히 이야기를 들어 줄 테지. 그리고 예쁜 입에서 쏟아 내는 고운 느낌의 말들로 사람들에게 잔잔한 감동을 주겠지. 생각하고 또 생각해도 소이가 포함된 마음속 풍경이 이질적이거나 동떨어지지 않고 너무나 자연스러웠다.

그리고 한편으론 단란함 속에서 마음껏 행복을 만끽하고 있는 자신과 달리 아버지와 단둘이서 하루를 마무리하고 있을 소이가 떠올라 마음 한구석이 먹먹해졌다.

"우리 세현이 고운 아가씨를 빨리 만나야 할 텐데."

어머니의 나지막한 읊조림에 세현은 마음속으로 외쳤다.

'어머니가 생각하는 것보다 훨씬 곱고 맑은 아가씨를 마음에 담고 있어요. 생각하는 것도, 행동도, 말들도 참 예쁜 아가씨를 알고 있어요.'

세현은 아직 입 밖으로 내놓기엔 시기적으로 이른 감이 있어 던지고픈 말들을 꾹꾹 삼켰다.

"자, 자~ 우리 촛불 켜야죠. 울 아버지, 어머니 결혼기념일 축하 촛불!"

세희의 말에 온 가족이 일어나 빈 그릇을 정리하고, 식탁을 닦고, 케이크를 꺼내어 촛불을 꽂는 일들이 일사불란하게 이루어졌다. 세현이 사 온 하얀 생크림 케이크 위에 빨간 딸기 장식이 맛깔스런 빛을 띠고 있었다. 케이크 한가운데에 커다란 초 하나를 꽂고 나서야 온 가족이 자리에 앉았다.

가족들이 축하 노래를 부르자, 다정한 노부부는 온 마음을 다해 촛불을 껐다. 폭죽 소리와 박수 소리가 주택가 골목길을 지나가는 사람들에게 미소를 불러일으켰다.

밤이 되어 조용해진 요양원 꼭대기 층의 커다란 방에 가까스로 잠을 청한 재원과 함께 소이가 팔을 베고 선잠을 자고 있었다. 살짝 열어 놓은 창문을 통해 봄바람이 커튼을 펄럭이며 들어와 재원과 소이의 머리카락을 살짝 헝클어 놓았다.

봄바람의 기운에 눈을 뜨고 부스스 일어난 소이가 방에 걸린 시계를 바라보았다. 서둘러 일을 마치고 이른 시간에 요양원에 왔는데, 불안해하는 재원을 달래고 재우느라 시간이 훌쩍 지나가고 말았다.

소이는 낮고 거친 숨소리를 내며 잠이 든 재원을 물끄러미 바라보았다. 도서관에서부터 사 온 케이크가 처음 모습 그대로 탁자에 놓여 있었다. 아버지를 위해 항상 해 오던 일이 오늘은 의미 없어 질지도 모른다는 생각에 안도를 해야 할지 섭섭해해야 할지 갈피를 잡지 못하는 마음으로 소이는 아버지의 등을 쓰다듬었다.

터덜터덜 아버지가 있는 병실로 올라왔을 때, 아버지는 이불을 한껏 움켜쥐고 소리 없이 부들부들 떨고 있었다. 죽은 어머니와 관련된 날이면 으레 있는 일이었지만 소이는 쉽게 익숙해지지 않았다. 어릴 적 보았던 빛나는 눈동자는 이제 빛을 잃었고, 입담을 뽐내던 입은 굳게 다물어진 지 오래였다. 소이는 재원의 떨고 있는 손을 보듬어 잡고 끊임없이 속삭였다.

"괜찮아요, 아빠. 이제 괜찮아요……."

아무리 읊조려도 쉽게 떨림이 멎지 않는 재원을 향해 제발 그만하라고 소리치고 싶었지만 억지로 참아 내며 끈기 있게 같은 말을 되풀이했다. 간병인과 간호사들의 도움을 받아 재원을 바로 눕히고 나서 겨우겨우 한숨을 돌렸더랬다.

"아빠, 힘들다고 생각하지 않으려 했는데 이런 날만 오면 마음이 아우성을 쳐요. 도망가고 싶다고. 이 세상에 가족이라곤 아빠랑 나 단둘뿐인데 내가 자꾸 나쁜 마음을 먹어서 속상해요."

소이의 말을 듣는 것일까. 재원의 어깨가 움찔 움직였다.

"아빠, 나 우리 집 정원에 예쁜 꽃모종을 심었어요. 아빠가 빨리 나아서 집에 오는 날 엄마가 살아 있을 때처럼 여전히 예쁜 집이라 생각할 수 있게 나름대로 열심히 집을 가꾸고 있어요. 그러니까 아빠…… 이제 그만 일어나요."

미동 없는 등을 향해 말을 하고 또 했다.

"……나, 힘들어요, 아빠."

소이는 마지막 말을 건네고 재원을 내려다보았다. 소이와 꼭 닮은 코와 이마, 눈매가 시리게 다가왔다. 소이는 가방에서 꺼낸 도서관에서 그린 꽃들을 재원이 항상 바라보는 창문에 붙이기 시작했다. 이렇게 하면 재원이 봄을 조금이나마 느끼겠지 싶은 마음 때문이었다.

소이가 부스럭거리는 소리에 재원이 깨어났다. 소이는 침대 옆의 버튼을 눌러 재원이 편히 앉을 수 있게 침대의 각도를 조정했다. 여전히 공허한 눈빛의 재원이 소이가 붙여 놓은 꽃그림에게로 고개를 돌렸다.

개나리, 목련, 데이지, 패랭이, 튤립, 민들레……. 꽃그림마다 하나하나 써 놓은 소이의 글씨를 재원이 중얼중얼 읊조렸다. 재원이 자신의 그림에 반응을 보이자, 기쁜 마음에 소이는 재원이 읊조리는 단어를 손으로 짚으며 그와 시선을 맞추려고 노력했다. 하지만 재원은 소이를 바라보지 않고 꽃이름만 중얼거릴 뿐이었다.

소이는 작게 한숨을 쉬고 탁자 위의 상자를 열어 하얀 생크림 위에 빨간 딸기가 장식된 케이크를 꺼냈다. 그리고 하나하나 정성껏 서른두 개의 초를 꽂았다.

"아빠, 오늘이 무슨 날인지 알아요? 서른둘에서 멈춰 버린 엄마 생일이에요."

소이의 말에 재원의 고개가 케이크 쪽으로 돌아갔다. 여전히 시선은 소이가 아닌 허공에 둔 채로.

"아빠가 엄마 생일 때 늘 사 오던 케이크랑 비슷한 걸로 사느라고 힘들었어요. 나요, 제과점을 세 군데나 들렀다니까요?"

소이의 재잘거림이 그리 밝지만은 않았다. 쓸쓸함이 묻어 있는 목소리였다. 서른두 개의 초에 불을 밝히고 소이는 노래를 부르기 시작했다.

"생일 축하합니다. 생일 축하합니다……."

소이는 문득 재원의 그림자가 떨리는 걸 느끼고는 노래를 멈추고 재원을 바라보았다. 재원은 여전히 한 곳에만 시선을 고정한 채로 소리도 없이 눈물만 주르륵 쏟아 내고 있었다. 순간 목이 탁 메어 왔다. 오래전 세상을 떠난 엄마를 잊지 못해 정신을 놓고, 더 이상 늘어나지 않는 생일초가 꽂혀 있는 케이크 앞에서 눈물을 흘리고 있는 아버지가 애처로웠다. 소이는 목구멍까지 치밀어 오르는 울음을 억지로 눌러 담고 생일 축하 노래를 떨리는 소리로 불렀다.

"생일 축하합니다. 생일 축하합니다. 사랑하는…… 엄마의…… 생일 축하합니다."

작게 떨리는 소이의 목소리와, 눈물과 콧물이 범벅된 얼굴로 훌쩍이는 재원의 소리가 병실 안을 슬프게 울리고 있었다.

늦은 밤, 집 앞은 배웅을 나온 노부부와 여전히 들뜬 목소리로 인사를 나누는 그의 형제들로 시끌시끌했다. 형 세준과 가벼운 포옹으로 인사를 나눈 후, 세현은 형과 누나의 마지막 잔소리를 들으며 빨리 차에 올라타라는 손짓을 했다. 어머니는 언제 준비했는지 혼자 사는 막내아들을 위해 갖가지 반찬이 가득 담긴 통이 든 쇼핑백을 건네며 미소 지었다.

"다음번엔 또 언제 올 거니? 이런 날만 오지 말고 가끔씩 들러. 혼자 밥 먹는 게 얼마나 적적하고 쓸쓸하니? 그렇게 먼 거리도 아니고……."

어머니의 염려가 담긴 부탁에 세현은 손을 맞잡으며 걱정 말라는 눈빛을 보냈다. 아무리 스스로 앞가림이 가능한 성인이라도 어머니에게 세현은 언제까지나 막내아들인가 보다. 세현과 어머니는 모자지간만이 알 수 있는 눈빛으로 서로의 걱정과 염려를 덜어 주고, 가슴속에 따뜻한 애정을 가득 채웠다.

세현은 어머니가 손에 들려준 커다란 쇼핑백을 뒷좌석에 잘 놓아두었다. 운전석에 앉아 창문을 내리고 마지막으로 다시 한 번 어머니와 아버지에게 인사를 했다. 천천히 집과 멀어지는 차창 너머로 서로의 손을 꼭 잡고 마주 보며 웃는 어머니와 아버지의 모습이 보였다. 세현은 뒷좌석부터 풍기는 고소한 반찬 냄새에서 어머니의 정성이 느껴져 웃음이 나왔다. 자신이 좋아하는 반찬만 담은 것이 분명한 냄새다.

어느새 익숙하고 정겨운 주택가 풍경에서 벗어나 큰 대로로 차를 몰고 나온 세현은 핸즈프리를 귀에 꽂고 소이에게 전화를 걸었다. 차 안에서 전화통화를 극도로 싫어하는 세현이었지만, 마음 가득 따뜻해진 이 밤에 소이의 목소리가 너무도 듣고 싶었다. 일상적인 대화 속에서 느껴지는 소이의 다정함과 순수함을 마음껏 담고 싶었다.

여러 번의 통화음이 울려도 받지 않는 전화. 이미 10시를 넘긴 시간을 가리키는 시계를 보니 아무래도 일찍 잠들었나 보다. 세현은 섭섭한 마음에 흘낏 핸드폰을 보고 이내 운전에 집중했다.

옆에 펼쳐지는 한강의 야경이 익숙함에도 새로웠다. 다리를 비추는 조명이 강의 잔물결에 반사되어 너울댔다. 언제고 소이와 한강데이트를 즐기는 것도 좋겠지. 이런저런 생각에 잠겨 혼자 피식

거리는 자신이 싫지 않았다. 세현이 켠 라디오에서 늦은 밤 차분한 DJ의 목소리가 소이의 다정하고 맑은 목소리를 대신하여 차 안을 가득 채웠다.

차 안에 울려 퍼지는 노래를 작게 흥얼거리던 세현의 눈에 전화가 왔는지 번쩍거리는 핸드폰이 들어왔다. '소이 씨'라는 글씨가 함께 깜빡거린다. 세현은 서둘러 핸즈프리의 버튼을 눌렀다.

「전화……했어요?」

꽉 잠긴 목소리가 깊은 잠에 들었었나 보다. 세현은 자신의 전화로 단잠을 깨운 것 같아 미안해졌다.

"잤어요?"

「네…….」

"내가 깨웠나 보네. 더 자요, 소이 씨."

「아니에요. 무슨 일이에요?」

"이유는 없고, 그냥 오늘은 얼굴도 많이 못 보고 목소리도 조금 들은 것 같아서. 그래서 전화했어요. 이제 들었으니 됐어요. 내일 봐요."

「네…….」

세현은 잠에서 막 깨어나서 그렇다고 생각하기엔 물기가 묻어 있는 목소리가 염려스러웠다. 잠깐의 통화를 끝낸 후, 걱정이 어린 눈으로 차창 밖을 응시했다. 세현이 창문을 내리고 팔을 살짝 걸쳤다. 왠지 운전에 집중을 할 수 없었다. 무슨 일일까? 무슨 일로 목소리에 물기가 가득한 것일까? 혼자 울고 있는 것이라면 어쩌나…….

소이에 대한 걱정이 세현의 머릿속을 크게 차지하고 있었다.

붉은 벽돌로 된 담을 조금씩 채우고 있는 담쟁이의 반짝임과 봄 바람에 퍼지는 풀냄새가 화창한 봄 하늘 아래에서 골목길의 아침을 깨우고 있었다.

소이 옆으로 나긋나긋하게 피어 있는 제비꽃이 보였다. 소이는 잠시 걸음을 멈추고 쪼그리고 앉아 보랏빛 제비꽃들을 바라보았다. 옅은 보라색과 짙은 보라색의 제비꽃이 화려하지는 않았지만 소박한 모습으로, 담벼락 아래 좁은 틈바구니에서 힘내서 자라는 모습이 대견했다.

햇빛이 간간이 비치는 돌담 아래에서 열심히 살아가며 피워 낸 꽃들이 자신의 모습과 겹쳐 보였다. 힘내자! 이 들꽃들처럼. 소이는 자리를 툭툭 털고 일어나며 살짝 기지개를 켰다.

"뭐해요?"

멀리서부터 소이의 그런 모습을 지켜보던 세현이 언제 다가왔는지 등 뒤에 서 있었다. 벌떡 일어난 소이가 조금 전 자신의 행동이 민망했는지 또 얼굴을 붉힌다.

세현은 손끝을 소이의 머리카락에 얹고 살짝 헝클어뜨렸다. 손끝에 감기는 머리카락이 부드럽다. 혀를 살짝 내밀고 싱긋 웃는 소이에게 세현은 자신의 손 한쪽을 내어 주었다. 소이의 손에 전해지는 그의 온기가 마음을 뭉클하게 했다. 방금까지만 해도 쓸쓸하던 현실이 그의 손에서 느껴지는 온기 하나로 이렇게 따뜻해질 수 있다니. 소이는 맞잡은 세현의 손을 놓치지 않으려는 듯 꼬옥 잡았다.

"어제…… 무슨 일 있었어요?"

오르막을 오르며 세현이 넌지시 물었다. 소이의 눈빛이 잠시 흔들렸다. 어젯밤 병원에서 나와 집으로 가는 버스 안에서 자꾸 흐르는 눈물 때문에 세현에게서 온 전화를 일부러 받지 않았었다. 집에

도착하고 나서야 겨우 마음을 추스르고 전화를 걸었는데, 아무래도 울음 섞인 목소리를 그가 눈치챘나 보다.

"아무 일도요."

잠시 고민하던 소이가 대수롭지 않은 듯 말했다. 어제의 그 기분을 전하고 싶지 않았다. 그냥 지금의 설렘과 두근거림, 따뜻함이 잠깐의 응석으로 빛이 바랠까 두려워졌다. 그에게 덜어 주기엔 그 짐의 무게가 너무 무거웠으므로. 자신이 감당해야 할 몫이라면 어떻게든 스스로 버텨 내야 하지 않은가. 더 이상 어떤 질문도, 반응도 보이지 않는 세현과 함께 걸으며 소이는 생각에 휩싸였다.

세현은 소이의 옆모습에서 이유 모를 쓸쓸함이 느껴졌다. 그녀가 아무 일도 아니라면 아닌 것이겠지. 아침 출근길, 이 잠깐의 시간 동안 그녀가 갖고 있는 고민을 또다시 상기시켜 쓸쓸한 마음을 안고 하루를 보내는 것을 세현은 원하지 않았다.

어느새 오르막 끝 혜연의 카페 앞까지 함께 걸어왔다. 세현과 소이는 갈림길에 서서 서로를 마주 보았다. 소이의 눈에서 잠시 자신을 붙잡는 듯 눈빛이 흔들리는가 싶더니 이내 담담해졌다.

"오늘 하루도 잘 보내요."

세현은 잡고 있던 소이의 손을 아쉬운 듯 놓아주고 묵묵히 걸어갔다. 세현은 끝내 소이에게 아무것도 묻지 않았다. 소이는 자신이 감추려 해도 분명 느껴지는 것이 있을 텐데도 그저 담담히 지켜봐 주는 세현의 세심함이 오늘따라 더 고맙게 느껴졌다.

세현의 담담한 걸음을 눈으로 좇던 소이는 고개를 좌우로 잘게 흔들고 아직 그의 온기가 남아 있는 손을 쓰다듬었다. 그가 배려해 준 덕에 따뜻해진 마음을 보듬어 안 듯 한 손으로 지그시 눌러 보았다. 콩닥콩닥……. 그를 보았던 순간부터 빠르게 뛰던 심장의 울림이 느껴졌다.

새 학기가 시작되어 아이들이 학교로 갔기 때문인지, 어린이 도서관의 오전 시간이 한산하고 조용했다. 나른한 봄볕에 하품을 하고, 가져온 책을 읽거나 때때로 전날 보았던 드라마 얘기로 잠시 대화를 나누는 무료한 시간이 느리게 움직였다. 나 주임만 예전부터 기획하고 있던 '봄꽃 세밀화 전시회'의 조정 작업으로 이리저리 바쁘게 뛰어다닐 뿐, 도서실 안 모든 사람들의 표정은 여유롭기만 했다.

소이는 책장 사이사이를 오고 가며 아이들의 손때가 묻은 책들을 잘 정리해서 꽂고 내일 들려줄 그림책을 고르기 위해 뒤적거렸다. 화사한 봄날에 어울리는 예쁜 꽃들이 자리한 그런 그림책을 들려주고 싶었다, 한참 손으로 책 사이를 훑어보던 소이의 눈에 예쁜 분홍빛깔의 책이 들어왔다. 작은 분홍빛 꽃잎이 촘촘히 그려진 책 표지는 흐드러지게 핀 벚꽃 나무아래 아이와 할아버지가 서 있는 모습이 담겨 있었다.

벚꽃은 좋은 기억이 남아 있는 꽃이다. 봄에 태어난 어머니가 좋아했던 꽃이었기에 아버지는 언제나 벚꽃이 흐드러지게 피는 날 어머니와 자신을 이끌고 벚꽃 구경을 가곤 했다. 벚꽃을 보러 온 사람들로 걷는 것이 조금 힘들었지만, 어린 소이의 눈으로 올려다본 벚꽃은 아버지와 어머니를 감싸 주는 부드러운 꽃잎 이불과 같아 뇌리에 깊이 박혔었다.

그림책 속 그림은 정교하진 않았지만, 벚꽃의 분홍빛이 시선을 자극했다. 아픈 할아버지가 아이의 손을 잡고 다시 찾은 벚꽃 산에 분홍빛이 만연하고, 그 분홍빛이 설레면서도 애잔했다. 왠지 벚꽃이 보고 싶다. 이맘때쯤이면 참 아름답게 피었겠지.

소이는 문득 세현이 생각나 주머니 속 핸드폰을 꺼내 들었다. '뭐해요?' 라고 문자를 적었다가 냉큼 지웠다. 당연히 진료로 바쁠 시간, 왠지 실없는 질문이다. 소이는 곰곰이 생각하다가 한 자 한 자 마음을 담아 휴대폰 버튼을 꾹꾹 눌렀다.

「벚꽃 구경 가고 싶어요.」

단 한 줄에 느껴지는 애교와 응석을 그가 느낄 수 있을까? 느껴 진다 해도 쑥스러울 것 같다.

「벚꽃 구경이요? 어디로요?」

「어디든지요. 벚꽃이 많이 피어 있는 곳이면 좋겠어요. 그 냥…… 벚꽃 나무 아래를 걸어 보고 싶어서요.」

「요즘 사람도 많고, 이리저리 치이면서 구경하기엔 좀 힘들지 않겠어요?」

세현의 조심스런 문자를 읽으니 갑자기 맥이 탁 풀리는 소이다. 쓸쓸한 마음 한구석이 벚꽃을 보면 풀어질까 하는 바람이 단 한 문장에 당연히 나타나지 않겠지만, 그러면 선뜻 그러자고 할 것 같 았기에 허우룩한 마음이 몰려들었다.

그래, 한창 벚꽃이 만개한 이 계절, 꽃놀이를 즐기기 위해 많은 사람들이 몰려드는 시기였기에 세현의 말에도 일리가 있었다. 아 마도 그는 사람들 틈바구니에서 낑낑거리며 걷는 것보다, 여유롭 게 손을 잡고 걷는 것을 바랐을 터다.

「그것도 그러네요, 그냥 그림책 보다가 문득 가고 싶어져서 그 랬어요. 괜찮아요.」

문자를 보내고 소이는 책상에 엎드렸다. 이상하게 자꾸 드는 서 운한 감정이 가슴을 시끄럽게 울려 댔다.

날이 저물기 시작한 작은 동네에 하나둘 불빛이 켜질 무렵, 어린이 도서관의 밝고 따스한 불빛이 서서히 깔리는 어둠과 함께 잠겼다.

돌아선 길 끝에 세현이 서 있었다. 가로등 불빛 아래 단정한 얼굴. 많이 보고팠던 얼굴인데 자신의 의지와는 상관없이 삐죽 나오는 입이 당황스러웠다. 그런 소이의 모습을 의아한 표정으로 바라보던 세현이 '풋.' 하고 작게 웃음을 터뜨렸다. 아까의 문자가 많이 서운했는지 양 볼이 살짝 부풀어 있어, 그 기색을 티 내지 않으려고 애써도 소이의 작은 얼굴에 그대로 드러났다.

"소이 씨, 많이 서운했어요?"

"아니에요. 서운한 거 없어요."

"표정에 다 드러나 있어요. 숨기지 않아도 돼요."

"치……."

"벚꽃 구경은 사람들이 좀 뜸해지면 그때 가요. 지금 가면 이리저리 치일 테고 마음껏 벚꽃 감상도 못 할 테니."

"사람들이 뜸해질 때 가면 무슨 소용이에요. 벚꽃은 다 지고 없을 텐데."

"그런 일반적인 생각들 때문에 벚꽃 피는 계절에 국내에 내로라하는 벚꽃길이 사람들로 아우성인 거예요. 벚꽃 핀 나무만 벚꽃 나무가? 꽃이 진 자리에서 나온 푸른 잎이 달린 나무도 벚꽃 나무고, 버찌 열매가 달린 나무도 벚꽃 나무지. 안 그래요?"

틀린 말은 아니다. 하지만 그 일반적인 생각에 이유가 있던 소이는 우물우물 뱉지 못할 말만 집어삼키고 있었다.

"오늘은 내가 더 좋은 곳에 데려갈게요. 그러니까 화 풀어요."

소이는 대수롭지 않은 듯 말하는 세현의 태도가 너무 서운했다. 그렇다고 똑 부러지게 이유를 말하지 못하는 자신의 소심함도 싫어졌다. 뒤를 돌아선 세현의 옆으로 발걸음을 옮기지 않고 터덜터덜 뒤따라 걷는 소이였다.

옆으로 오지 않는 소이를 힐끗 돌아본 세현은 웃음이 나왔다. 자신의 말에 축 처진 어깨로 쫓아오는 모습이라니. 꼭 장난감을 사 달라고 떼쓰다 엄마에게 거절당한 아이마냥 기운이 없었다.

세현은 작게 헛기침을 하고 뒷짐을 지었다. 그리고 한 손으로 까딱 소이에게 손짓을 한다. 소이는 그의 손짓에 뒤따르던 걸음을 멈추고 바라보았다. 소이에게서 아무런 반응이 없자 까딱이는 손짓의 횟수가 늘어났다.

무슨 의미일까? 빨리 오라고 재촉하는 건가? 아님…… 토라짐을 풀지 않는 자신에게 조금이라도 짜증이 난 걸까? 또다시 갖가지 생각이 자리 잡는 머릿속 사정 때문에 쉬이 세현의 곁으로 다가가지 못하고 서 있었다.

"잡지 않을 거예요? 이 손? 내 손은 잡아 달라고 아우성치는데 소이 씨는 아무런 기색도 없고, 나도 서운해지려고 해요."

세현의 말에 소이는 머쓱해졌다. 그냥 눈 꼭 감고 잡으면 될 걸 많은 생각으로 주저한 자신이 참 어리다 싶었다.

"어서요."

세현의 재촉에 소이는 조심조심 그의 손을 잡았다. 따뜻하다. 정말로. 소이는 어느새 서운한 마음이 사라지는 걸 느꼈다.

그렇게 아무 말도 없이 걷는 둘의 발걸음이 늘 가던 길이 아닌 좀 더 생소한 길로 향하고 있었다. 묵묵히 세현을 따르던 소이가 주변을 두리번거리며 어디로 가는 것인지 가늠해 보았다.

자신이 늘 지나다니는 출퇴근길 작은 골목이 아닌, 그렇게 크지 않은 대로변으로 작은 가게들이 줄지어 서 있었다. 그렇다고 사람들이 많이 지나다닐 정도로 번화하지 않은 그런 길이었다.

"어디 가는 거예요?"

아까부터 아무 말 없이 자신의 손을 꼭 쥐고 걸어가는 세현에게 소이가 겨우 질문을 던졌다.

"조금만 더 가면 돼요. 내가 좋은 곳에 데리고 간다고 했잖아요."

세현은 웃음기가 배어 있는 목소리로 대답했다. 그는 굉장히 신나고 들뜬 듯 보였다. 마치 숨겨 둔 무언가를 찾으러 가는 어린 소년처럼. 소이는 궁금증을 뒤로하고 세현이 이끄는 대로 봄 공기를 느끼며 천천히 걸었다.

얼마나 걸었을까? 세현은 구석진 곳의 한적한 아파트에 도착해서야 걸음을 멈추었다. 소이는 기껏 좋은 곳으로 데려다 준다고 자신을 이끌고 온 곳이 아파트임에 실망했다. 오늘따라 그가 자신의 마음을 잘 몰라주는 것 같아 괜히 미워지기도 했다.

"이제부터 절대 앞은 보지 않고 땅만 보고 가야 해요. 알았죠?"

"어떻게 그래요……."

소이의 볼멘소리에 세현은 장난기가 가득한 얼굴로 소이를 바라보았다.

"나만 믿어요. 아마 소이 씨가 무척 좋아할걸요? 내가 손잡아 줄 테니까 무서워하지 않아도 돼요. 하지만 절대 내가 고개를 들라고 할 때까지 땅만 보고 있어야 해요?"

소이는 그래, 믿어 보자, 라는 마음으로 고개를 끄덕이고는 그의 손을 잡고 고개를 숙여 땅을 바라보았다. 그가 이끄는 대로 아파트 깊숙이 들어가는 둘이었다.

주변을 보지 않고 걸으니 코끝에 걸리는 꽃향기나 풀 내음에 저절로 집중이 되었다. 양옆으로 화단을 보호하려 낮게 쳐 놓은 울타리에도 시선이 갔다. 울타리 뒤로 낮은 키의 나무들도 보였다. 그리고 발끝에 떨어진 작은 꽃잎이 보였다.

"이제 고개를 들어도 돼요."

세현의 말에 천천히 고개를 든 소이의 눈앞에 아름다운 광경이 펼쳐졌다. 아파트 단지 사이에 난 보도블록 옆으로 벚꽃 나무가 촘촘히 서 있었다. 벚꽃 나무는 활짝 핀 꽃들이 무거웠는지 가지를 한껏 내리고 꼭 아치형으로 드리워져 있었다.

벚꽃 동굴. 그래, 꼭 말로 표현하자면 벚꽃이 만들어 낸 동굴 같았다. 그렇게 길지 않은 길임에도 끝없이 펼쳐진 것 같은 길옆으로 작은 벤치들이 드문드문 자리하고 있었다. 소이는 설렘이 가득 담긴 눈을 세현에게 돌리고 한층 밝아진 목소리로 말했다.

"벚꽃 동굴이네요. 여기."

"벚꽃 동굴이요?"

소이의 해맑은 모습을 조용히 담고 있던 세현이 되물었다. 그녀만이 표현할 수 있는 그런 말들이 마음을 설레게 한다. 그래, 이 모습을 보고 싶었다. 아침에 본 그녀의 파리한 얼굴빛에, 밤새 울었는지 살짝 부운 눈에 마음이 많이 아팠더랬다. 벚꽃을 보고 싶다는 소이의 문자에서 느껴지는 쓸쓸함과 간절함이 자꾸 밟혔더랬다. '괜찮아요.' 라고 마지막에 적힌 아쉬움이 가득한 문장이 서운함을 애써 참으려 하는 것 같아 계속 머릿속에서 떠나질 않았다.

소이의 맑은 눈에 담긴 환희를 보니 이 짧은 벚꽃길이 정말 아름답다 느껴졌다.

벚꽃 동굴. 그녀의 말처럼 벚꽃이 만들어 낸 동굴이 어두워진 아파트 안에서 혼자만 밝은 빛을 띠고 있었다.

"내 말 맞죠? 좋은 곳으로 데려다 준다고 했던 말."

"네, 세현 씨 말이 맞네요. 정말 좋은 곳이에요. 이곳, 벚꽃이 질 때까지 매번 찾아올 것 같아요."

소이는 세현과 맞잡은 손의 부드러움과 벚꽃이 내뿜는 향기와 여린 분홍빛으로 아름답게 빛나는 공간으로 인해 시렸던 가슴이 어느새 따스하게 채워짐을 다시 한 번 느꼈다. 그렇게 둘은 벚꽃 동굴 속으로 들어갔다. 그렇게 짧은 길을 천천히 왕복하며 둘은 서로 말을 나누지 않아도 충분히 감정을 읽어 낼 수 있었다.

"세현 씨는 어릴 적 꿈이 뭐였어요?"

벚꽃을 정신없이 돌아보던 소이가 건넨 질문에 세현은 살짝 미간을 좁혔다. 어릴 적 꿈이라. 잘 기억이 나지 않지만 조금 황당한 것인 듯한데. 잠시 과거를 돌아보는 세현을 소이가 꿈꾸듯 바라보았다.

"내 기억엔 아마도 버스 운전사였던 것 같아요."

버스 운전사. 그답지 않은 어릴 적 꿈이 귀여웠다.

"왜 남자들 어릴 적에 자동차나 기차, 비행기에 딱 꽂힐 때가 있잖아요? 난 버스였던 것 같아요. 어린 마음에 많은 사람들을 태운 커다란 버스를 움직이는 운전기사가 누구보다도 멋졌나 봐요. 가만 생각해 보니 버스 안에서 찍은 사진이나, 버스 모형을 들고 있던 어릴 때 사진이 유독 많네요. 소이 씨는요?"

"전요, 개미 조련사요."

쓸쓸함이 담긴 미소를 짓는 소이를 세현은 물끄러미 바라보았다. 돌고래도, 물개도 아니고 개미 조련사라니. 가슴속에 궁금증이 밀려온다.

"우리 아빠요, 지금은 좀 아프시지만 예전엔 꽤 알아주는 동양화가였어요. 가끔 아이들 동화책이나 잡지에 삽화를 종종 그리기도 하고. 그래서 늘 바쁘셨거든요. 나랑 놀아 주는 시간보다 엄마와 같이 여기저기 초청받아 불려 가는 일이 많았고, 작품 활동을 할 때면 밖으로 나오는 일이 드물었어요. 어릴 적에 엄마, 아빠가 외출하거나 하면 혼자 마당에 나가 풀을 뽑거나 소꿉놀이를 하고 보냈어요. 그렇게 하면 엄마, 아빠가 오는 시간까지 심심지는 않았지만 즐겁지도 않았어요."

소이의 담담한 말에 배인 쓸쓸함이 세현의 가슴을 자극했다. 자신의 집과는 너무도 다른 분위기다. 바쁜 외과의였음에도 주말에는 온 가족과 전국에서 좋다는 곳에 여행을 떠나는 아버지와 항상 형제들의 이야기를 귀담아 들어 주고, 시선을 맞추며 함께 놀아 주던 어머니. 그 따뜻한 경험을 소이는 갖고 있지 못했나 보다.

"어느 날 문득 풀밭 사이를 가로지르는 개미 행렬을 봤어요. 누가 시키지도 않았는데 발맞추어 앞으로, 앞으로 가는 개미들이 신기했어요. 그래서 생각했죠. 내가 이 개미들을 조련시키면. 만약 잘돼서 이 개미들이 나의 이야기에 따라 움직여 준다면 정말 멋지겠구나 하고요. 그리되면 부모님을 기다리는 무료한 시간을 견딜 수 있다고 생각했던 것 같아요."

소이는 말을 멈추고 잠시 하늘을 올려다보았다. 흐드러지게 핀 분홍 꽃 사이에 조금 보이는 까만 하늘이 꼭 개미 같았다.

"굳은 결심을 하고 개미들을 하나하나 통에 담았어요. 행렬에서 떨어진 개미들이 우왕좌왕 밖으로 나오려는 걸 다시 잡아넣느라 진땀을 뺐지만요. 나름 나뭇잎으로 살살 어르고 달래면 되겠지 하는 마음에 한참을 개미들과 실랑이했어요. 결과가 어떻게 되었게요?"

"어떻게 됐는데요?"

"죽었어요, 모두. 서툰 손으로 잡아서 조그만 몸이 으스러진 데다, 나뭇잎으로 했다곤 하지만 나오지 못하게 계속 흔들었던 게 개미들에게는 굉장한 다그침이었나 봐요. 결국 통 밑바닥에 납작 엎드려 죽어 있는 개미에게 미안하고 미안해서 엉엉 울었어요. 엄마, 아빠가 올 때까지요."

세현은 소이의 말 한 마디, 한 마디에서 슬픔을 느꼈다. 어린 마음속 자리 잡은 쓸쓸함을 부모님께 차마 말하지 못하고, 그렇게 개미와 함께 하루를 꼬박 보냈을 소이의 모습이 자꾸 눈에 어른거린다.

그렇게 말하며 아스라이 떨리는 시선으로 벚꽃을 바라보는 소이에게 어떤 말도 건넬 수가 없었다. 아버지가 왜 아픈 것인지, 왜 어머니가 돌아가셨는지, 지금은 어떻게 살고 있는지 무수한 궁금증을 지워 버리고 온전히 지금의 소이가 느끼고 있는 감정을 공유하고 싶었다. 그저 가만히 가슴속 쓸쓸함을 덜어 주고 싶었다.

"소이 씨, 나 좀 봐요. 무언가 많이 힘들죠? 내가 어제 와 오늘 느끼기엔 그랬어요."

소이는 떨리는 눈을 꼭 감고 고개를 끄덕였다.

"소이 씨의 말에서 느껴지는 쓸쓸함, 외로움. 난 잘 몰라요. 그래서 온전히 다 가슴에 품겠다고 약속할 순 없어요. 그건 너무 과장된 이야기니까. 우리가 살아온 삶이 다르고, 풍경이 다르기 때문에 느껴지는 이질감들, 그게 상처가 되지 않을 거라고 장담하지도 못해요. 내가 소이 씨에게 아무리 거창한 말을 늘어놓는다고 해도 그것이 소이 씨에게 큰 위안이 되지 못할 거란 것도 알고요."

"......"

"하지만 이거 하난 약속할게요. 그냥 소이 씨가 느끼는 지금의 쓸쓸함, 외로움, 슬픔을 조금씩 나에게 나눠 줘요. 그렇게 나눠 주면, 그 마음속 빈자리를 내가 그동안 받아 온 따뜻함, 다정함으로 채워 줄게요. 그렇게 해요, 우리."

어느새 소이의 뺨 위로 눈물 한 방울이 또르르 떨어졌다. 그는 정말로 하늘이 준 선물이 분명하다. 내가 행복해질 수 있도록 해 주는 그런 선물이다. 그의 말처럼 무조건 내 감정을 알아 달라고 외치기보다, 조금씩 나누는 마음이 더 둘을 깊게 연결해 줄 것 같았다.

소이는 눈물을 훔치고 고개를 들었다. 잔잔히 빛나는 깊은 눈동자가 더없이 따뜻했다. 자신의 어깨를 토닥여 주는 손길이 다정했다. 소이는 크게 심호흡을 하고 그의 등에 팔을 둘렀다. 자신의 두 팔에 온전히 품을 수 없는 넓은 등이 자신을 거친 바람에도 지켜줄 것 같아 든든했다.

그의 가슴에 살며시 얼굴을 묻자 부드러운 커피 향이 맡아진다. 그가 조용히 자신을 보듬으며 품으로 바싹 끌어안았다. 그의 품이 포근하고 부드럽다. 그래서 다시 코끝이 시큰해졌다. 세현은 가늘게 떨리는 소이의 등을 천천히 쓰다듬었다.

이제 괜찮다 말로 하지 않아도 등으로 느껴지는 손길 속에서 그의 마음이 고스란히 전해졌다. 바람이 불고 둘의 머리 위로 분홍빛 꽃잎이 눈처럼 쏟아져 내렸다.

06

토독토독…….

이른 아침, 봄비가 가늘고 조용하게 내리고 있었다.

잔잔한 물방울무늬가 새겨진 우산 위로 빗방울이 한데 뭉쳐 있다가 커다란 물방울이 되어 우산을 타고 떨어졌다. 소이가 살짝 우산을 돌리니, 우산 위의 빗방울이 호드득 풀잎으로 흩어졌다. 빗방울이 부딪힐 때마다 가늘게 흔들리는 풀꽃들이 빗물을 함빡 머금은 채 여린 목을 한껏 추켜세우고, 위로, 좀 더 위로 힘차게 자라고 있었다.

우산을 잡지 않은 다른 손으로 담쟁이덩굴을 살짝 흔들어 보았다. 이른 봄보다 좀 더 초록빛을 띠며 자라고 있는 담쟁이덩굴이 소이의 손바닥 위로 머금고 있던 물방울을 뱉어 냈다.

한동안 담쟁이 어린이 도서관이 아닌 다른 곳으로 출근을 했던 소이에게 봄비가 내리는 이 조용하고 한적한 동네 풍경이 반갑기만 했다. 동네 골목에 줄지어 있는 집들은 오래되어 낡은 듯해도 그 모습을 유지하며 사람들과 세월을 보내고 있었다. 바뀌는 것이 있다면, 찾아오는 계절에 따라 예쁜 색으로 입혀진다는 것. 그래서 소이는 이 동네가 좋았다.

혜연의 카페 불빛이 자신을 기다리는 듯 환하게 밝혀져 있었다. 한동안 출근길에 들르지 못해 서운했을 테지. 자신을 위한 따뜻한 차를 준비하고 있을 혜연의 작고 예쁜 카페를 향해 들뜬 발걸음을 옮겼다.

찰박, 찰박……

소이가 내딛는 걸음에 작은 물웅덩이에 고인 빗물이 잔물결을 일으키며 움직였다.

"어! 소이 씨! 진짜 오랜만이다."

소이를 발견한 혜연이 웃으며 들어오라고 손짓했다. 잔잔하게 내린 봄비임에도 소이의 옷이 살짝 젖어 있었다. 소이는 감기에 걸릴까 염려하며 혜연이 건넨 수건으로 옷의 물기를 탁탁 털어 냈다.

"그동안 뭐 하느라고 도통 안 보였어?"

"다른 어린이 도서관에 그림책을 읽어 주려 잠시 다녀왔어요. 그쪽 관장님이 이번 달 말에 우리 도서관에서 하는 '봄꽃 세밀화 전시회'에 작품을 주기로 한 그림책 작가라 어떻게 연이 닿았나 봐요."

"그랬구나. 한동안 보이지 않아서 많이 서운했지. 두 사람 알콩달콩한 모습도 못 보고."

혜연의 말에 소이는 한참을 만나지 못한 세현이 문득 그리워졌다.

"그러고 보니, 세현 씨도 도통 보이지 않는다?"

언제부턴가 아침마다 늘 함께 자신의 카페에 들러 차를 마시고, 다정한 눈빛을 주고받고, 헤어짐이 아쉽다는 듯 쉬이 서로를 떠나지 못하는 두 사람이었다. 그 둘을 보며 외로운 마음을 혼자 다독여야 했던 혜연이기에 세현 없이 혼자뿐인 소이를 보니 궁금증이 일었다.

"세현 씨, 가끔씩 대학교 은사님 연구를 돕는 듯해요. 이번에 중요한 학회가 있어서 이것저것 준비하느라 요즘 많이 바쁘대요."

"그래서 안 보였구나. 그런 기회가 있으면 그냥 그 은사님 밑에서 쭉 일하지, 왜 이 작은 동네로 온 거래? 이 작은 동네 치과보다 은사님 곁이 훨씬 조건이 좋을 텐데."

소이는 세현이 자신이 졸업 후 한동안 머물렀던 치과 대학병원보다, 조그만 동네의 작은 치과에서의 생활을 더 즐겁게 여기고 있음을 알기에 혜연의 말에 아무런 대답 없이 잔잔히 미소 지었다.

그의 선배 종혁도 교수님 중 한 분이 그를 무척 아껴 곁에 두고 싶어 했는데 그가 딱 잘라 거절해 서운해하셨다고 소이에게 살짝 말해 준 적이 있었다. 이미 뿌리치고 나왔음에도, 가끔이라고는 하나 은사의 요청에 기꺼이 찾아가 돕는 세현을 옛 동료들이 곱지 않은 시선으로 보고 있다고도 했다.

"보고 싶지?"

그리움이 가득 담긴 눈으로 내리는 봄비를 바라보는 소이를 보며 혜연이 미소를 띠고 물었다. 작게 고개를 끄덕이는 소이의 눈빛이 영롱하게 빛났다. 사랑에 빠진 사람의 눈망울을 지닌 채.

"사실 걱정 많이 했는데 소이 씨가 참 예쁘게 사랑하고 있는 것 같아서 좋아."

"사랑이요?"

"그래, 사랑! 그렇게 떨어져 있으면 보고 싶고, 가까이 있으면 만지고 싶고, 그 사람이 아프면 나도 아프고, 그 사람이 기쁘면 나도 기쁘고. 그렇게 마음을 나눈 거, 그게 진짜 예쁜 사랑이지. 아, 부럽다. 부러워. 봄인데 난 왜 이렇게 옆구리가 시린가 모르겠다."

혜연이 너스레를 떨며 밀크 티 한 잔을 소이에게 건넸다. 컵을 통해 전해지는 따뜻한 감각과 코를 자극하는 향긋함이 행복한 하루를 시작할 수 있도록 이끌어 주는 듯했다.

"세현이 자네, 여전히 커피 마시는 걸 즐기나?"

찻잔에 따뜻한 원두커피를 따르며 문 교수가 물었다. 세현은 대답 대신 싱긋 웃으며 은사가 건넨 잔을 조심히 받아 들었다.

문 교수가 이번 학회에서 발표할 연구 결과 보고를 위한 자료 정리나 분석은 세현이 조금씩 거들면서 일사천리로 마무리가 되었다. 학생 때부터 영민하고 재치가 있어 어떤 일을 시켜도 척척 해내는 세현을 문 교수는 어떤 제자보다도 아꼈다. 세현에게 대학병원 안에 있는 자신의 연구실에 함께 있으면서 교수로서의 길을 터 주려고 했는데, 갑자기 선배 종혁이 개원한 치과로 가겠다고 선언하고 떠나 버려 적지 않게 실망하고 섭섭했던 터였다.

그래도 자신이 도움을 요청하면 흔쾌히 와 주어 자신의 것인 양 성실하게 일을 처리하는 세현이 누구보다도 든든했다. 자신과 상관없는 일에 섣불리 말을 섞지 않고, 가끔씩 내뱉는 말은 진중하고 진실되었다.

또한 무뚝뚝한 듯 조용한 모습 속, 내면에 잠재되어 있는 따스함이 조심스레 묻어 나오는 사람이었다. 그래서일까. 문 교수는 세현을 보면서 고운 사람을 만났으면 좋겠다는 바람을 그에게 언뜻 언뜻 드러내곤 했다.

그때 세현이 품에서 핸드폰을 꺼내 들었다. '딩동' 하는 효과음이 들린 걸 보니 문자가 왔나 보다. 세현은 핸드폰을 꺼내 들고 무언가를 확인하더니 이내 눈가에도, 다부진 입매에도 환한 미소를 걸쳤다. 늘 봐 오던 모습과는 무언가 달랐다. 한없이 부드럽고 다정한 모습이, 무언가 소중한 것을 감춰 놓은 듯 조심스런 느낌이었다.

"뭘 그렇게 보십니까?"

흐뭇하게 문자를 바라보던 세현이 문득 느껴지는 문 교수의 시선에 의아해하며 물었다.

"아니, 예전과 달리 이미지가 부드러워진 것 같아서."

"제 이미지가 예전엔 거칠었단 뜻입니까? 그렇게 살지는 않았는데."

세현의 농담에 문 교수는 '허허.' 하고 인자한 웃음을 지었다.

"아까워."

"네?"

"세현이 자네 말이야. 보면 볼수록 아까운 사람이야. 나에게 자네만 한 딸이 있었으면 당장 맺어 주었을 텐데. 아까워."

"또 그 이야기세요. 어쨌든 감사합니다."

"내가 좋은 아가씨 있으면 소개시켜 줄까? 자네도 나이가 차지 않았나. 이제 가정을 만들어야지."

문 교수의 말에 세현은 담담히 고개를 들어 창밖을 바라보았다.

"교수님, 저도 누군가를 만나 연애란 걸 해 보고, 이별도 해 보았지만, 그런 중에 설렘은 못 느꼈던 것 같아요. 물론 만나는 동안에는 최선을 다해 그 사람을 생각하긴 했지만 뭐랄까…… 의무감이라고 해야 할까요?"

"의무감?"

"네, 의무감이요. 사실 제가 마음이 동해서 먼저 손 내밀어 만난 사람들이 아니었기 때문에 더 그랬어요. 아시잖아요, 저. 감정보다 이성이 앞서서 사람들에게 종종 안 좋은 시선을 받았던 것 말이에요. 연애도 그랬어요. '이 사람을 만나는 동안은 최선을 다해야겠다.' 라는 마음이 컸어요. '좋아한다.', '사랑한다.' 는 마음보다요. 그런데 교수님."

"뭔가?"

"의무감보다 사랑이 앞서는 사람이 생겼어요."

문 교수는 자신에게 향한 제자의 눈동자에서 그리움을 발견했다. 어떤 이일까? 제자의 얼굴 가득 사랑을 담게 만든 여자는.

"눈에 안 보이면 그립고 궁금하고, 곁에 있으면 설레고 좀 더 가까이 닿고 싶고, 헤어질 때는 아쉽고 안타깝고. 제가 요즘 그 사람 때문에 사람의 감정이란 것이 이렇게 변할 수 있구나 열심히 깨달아 가고 있어요."

"그건 참 좋은 현상이군. 어떤 사람인가?"

"마음이 예쁜 사람이에요. 말 한 마디, 한 마디가 가슴을 울리는 그런 사람이요. 아니, 어떤 미사여구보다 그냥……. 제가 마음을 다해 사랑하는 사람이요."

항상 다른 사람의 마음을 꿰뚫어 보는 듯 곧고 당당한 시선의 세현이 꿈꾸는 눈빛으로 소중한 이에 대해 말하는 모습이 진실되었다. 왠지 자신의 제자에게 변화를 준 그 사람이 누군지 궁금해졌다.

"교수님, 오늘 저녁 시간 있으시죠? 일도 잘 마무리됐으니, 밥

한 끼 사 주세요."

"그거 좋지. 간만에 회포도 풀 겸, 우리 자주 가던 한식당 예약해야겠는걸?"

"예약할 때 한 사람 더 해 주세요. 그 사람 소개시켜 드릴게요."

뜻밖에도 세현이 마음에 둔 여자를 소개시켜 주고 싶다 제안을 했다. 어지간히 자랑하고 싶은 게로군. 문 교수는 또다시 '허허.' 웃으며 세현의 등을 툭툭 두드렸다. 연구실 창가를 두드리던 빗줄기가 서서히 가늘어지고 있었다.

진료 시간이 끝나가자 치과 대학병원의 커다란 로비도 한산해졌다.

병원 문을 통해 밖으로 빠져나가는 사람들과 다른 방향으로 회전문을 밀며 소이가 병원으로 들어섰다. 옅은 베이지색 트렌치코트에 묻은 물방울을 털어 내고 엘리베이터로 향했다. 엘리베이터 옆의 층별 안내를 훑어보던 소이의 시선이 '8'이란 숫자에 고정됐다. 그가 함께 일하는 교수님의 연구실이 있는 층이다.

갑작스레 만나자는 문자가 너무 반가워 들뜬 마음으로 한달음에 달려오긴 했지만 세현이 말한 연구실에 올라가려니 잠시 망설여졌다. 나름 산뜻하게 꾸민다고 꾸몄는데 보슬비 속을 뛰어오느라 머리도, 얼굴도 엉망이었다.

소이는 세현에게 이미 도착했고 밑에서 기다리겠다는 문자를 넣은 뒤, 로비 한구석에 서 있는 커다란 거울 앞에서 흐트러진 머리와 옷을 가다듬었다. 화장기가 거의 없는 얼굴이었지만 하얀 피부 덕에 말가니 예뻤다. 어떻게든 수습을 하고 나니 거울에 비친 모습이 자신이 보기에도 꽤 괜찮아서 살며시 미소가 지어졌다.

진료 시간이 끝나 환자들이 다 빠져나간 병원 로비가 퇴근하는 사람들로 채워졌다. 소이는 엘리베이터 앞으로 다가가 한 층, 한 층 층수를 나타내는 숫자를 바라보았다. 1층, 2층, 3층······. 그렇게 올라가는 숫자가 '8'에서 멈췄다. 아마도 그가 타고 있겠지? 소이는 그와 마주하기까지 얼마 남지 않은 시간도 길게 느껴지는 것 같았다. '8'에서 멈춘 숫자가 다시 한 층씩 내려온다. 소이는 그 짧은 시간 동안 그를 어떻게 맞이할까 고민했다.

이윽고 엘리베이터 문이 열리고 세현의 모습이 보였다. 세현의 시선이 엘리베이터 위쪽에 고정되어 있었다. 그도 자신처럼 층수를 세면서 내려왔나 보다. 두 사람의 마음이 이어진 것 같아 소이는 마냥 좋기만 했다. 소이를 알아본 세현이 밝게 웃음 짓더니 오랫동안 참고 있었던 만큼 소이의 손을 꼭 붙들었다.

"오랜만이네요, 우리."

"네, 정말로요."

"연구실로 올라오라고 했는데 왜 로비에서 기다렸어요? 비도 와서 쌀쌀한데. 옷도 얇게 입고."

세현이 비에 살짝 젖은 소이의 앞머리를 매만져 주며 말했다. 이마에 닿는 그의 손길에 마음이 간질간질했다. 세현은 소이를 보지 않은 며칠의 시간을 채우려는 듯 소이의 얼굴을 보고 또 보았다. 이 작은 여자에게 자꾸 빠져드는 느낌이 행복하기도 하고 뭉클하기도 했다.

"여어~ 김세현! 김세현 맞지?"

멀리서 누군가가 세현을 알아보고 다가왔다. 세현은 목소리의 주인공을 보고 살짝 눈살이 찌푸려졌다가 이내 표정을 고치고 담담하게 상대방이 내미는 손을 잡았다. 세현에 대한 평가가 그다지 좋지 않았던 무리들 중 한 명이다. 이름이 뭐였더라? 세현은 상대방의 이름을 기억해 내려고 애썼지만 딱히 떠오르는 이름이 없었다.

"너, 문 교수님 연구 도와 드리고 있다며? 능력도 좋다?"

비아냥거리는 남자의 말에 옆에 있는 소이도 살짝 기분이 상해 버렸다.

"대학병원 싫다고 고고한 척 나가더니, 동네 치과 돈벌이가 별로였나 보지? 이렇게 문 교수님이 부르면 넙죽넙죽 찾아오는 걸 보면. 자존심 높기로 소문난 네가 궁하긴 했나 봐?"

도가 지나친 말에 소이는 얼굴을 찌푸리며 상대방을 올려다보았다. 이죽거리는 남자를 보니 세현에 대해 좋지 않은 감정이 많다는 것이 느껴졌다.

그 순간 자신의 손을 쥐고 있는 세현의 손에 힘이 들어가는 것이 느껴졌다. 화가 난 듯했지만 세현의 표정은 변화가 없었다. 앞에서 비아냥거리며 이야기를 하는 상대방의 눈을 담담한 표정으로 뚫어져라 바라만 본다. 세현의 눈빛이 자신에 보내 주던 그런 것이 아닌, 너무도 차가운 빛이어서 소이는 당황스럽게 세현과 남자를 번갈아 보았다.

"그래, 염려해 줘서 고맙다. 동네 치과 돈벌이가 여기보다 시원찮긴 하지. 그래도 잘 살고 있으니까 걱정 마라. 그리고 미안한데 문 교수님 도와 드리는 건 마음이 닿아서 그러는 거지 돈 때문에 하는 거 아니다. 멋대로 오해하지 마라."

아무런 감정도 섞이지 않은 담담한 어조로 세현이 말했다. 상대방은 그런 세현의 반응에 적잖이 당황했는지 인사도 하는 둥 마는 둥 둘에게서 멀어졌다. 세현은 상대방의 뒷모습이 시야에서 완전히 사라질 때까지 흔들리지 않는 곧은 시선으로 바라보았다.

"자, 갈까요?"

세현은 이내 표정을 풀고 소이를 바라보며 싱긋 웃었다. 언제 그런 일이 있었냐는 듯. 소이는 세현이 염려스러워 걱정이 가득 담긴 표정을 짓고 있었다.

"뭘 그렇게 걱정해요? 별일도 아닌데."

"별일이 아니라뇨. 정말 무례하기 짝이 없는 사람이던데. 세현 씨한테 저 사람이 어떤 감정을 갖고 있는지는 잘 모르지만, 오랜만에 만난 사람에게 할 말이 아니잖아요."

"음. 내가 생각해도 무례하긴 했어요."

"계속 사람 화를 돋우는 저 사람 입을 톡 때려 주고 싶었어요."

작은 주먹을 꼭 쥐고 잔뜩 화가 난 목소리로 말하는 소이가 세현은 귀엽기만 했다.

"자신의 잣대에서 그냥 아무렇게나 내뱉는 말은 귀담아 들을 필요 없어요. 저 친구가 말하는 것들이 진실이 아닌데 왜 화를 내고 속상해해요? 그냥 저 사람의 생각과 내 생각이 다르구나 하고 넘어가면 돼요. 아님, 소이 씨 눈에도 내가 교수님 기대에 빌붙어 잘 살아 보자는 그런 사람으로 보여서 저 사람 말에 발끈한 거예요?"

세현의 말에 소이는 눈을 동그랗게 하고 세게 도리질했다. 어찌나 고개를 세게 흔드는지 순간 걱정이 된 세현이 두 손으로 소이의 얼굴을 감싸 쥐었다.

"목 다치겠어요. 뭐, 아니라면 다행이네요. 게다가 나 대신 화도 내 주고. 오늘 여러 가지로 감동을 받는데요? 소이 씨 덕에."

세현은 싱글거리며 말을 하더니, 자신의 한 팔을 소이의 어깨에 두르고 커다란 손으로 감싸 쥐었다.

"오늘은 좋은 사람을 소개시켜 주고 싶어서 부른 건데, 본의 아니게 엉뚱한 사람만 만났네요."

너스레를 떨며 웃는 세현을 바라보며 소이는 자신의 한쪽 어깨에 걸쳐진 세현의 손을 보듬어 잡았다. 보슬보슬 내리는 비를 막아 주는 커다란 우산 아래에서 소이와 세현은 다정한 시선을 주고받았다.

세현은 문 교수와의 약속 장소로 소이를 인도하며 그녀의 걱정을 덜어 주려는 듯 끊임없이 말을 건넸다. 소이는 그런 세현의 말을 들으며 가만히 고개를 끄덕이거나 나지막이 대답을 해 주었다. 우산 밖으로 조금씩 나온 둘의 어깨가 보슬비에 점점 젖어 들었다.

문 교수와의 저녁 식사는 유쾌했다. 소이는 부드러운 인상의 교수를 보자마자 긴장감이 스르르 사라지는 걸 느꼈다. 소이는 먼저 와서 기다리며 문 교수가 주문한 음식들도 맛있었고, 은은한 조명과 차분한 식당의 분위기도 마음에 들었다. 무엇보다 교사와 제자로 돌아가 이야기를 나누는 세현의 표정이 20대의 그를 보는 것 같아 설레었다.

문 교수는 술을 마시지 못하는 소이에게 억지로 권하지 않고, 편안하게 식사할 수 있도록 배려했다. 문 교수와 세현의 사이를 오고 가는 술잔의 횟수가 꽤 많아진 듯해 소이는 살짝 걱정스러웠다. 소이의 염려와는 달리 세현은 여느 때와 같은 차분한 모습으로 은사의 이야기를 경청하고 진지하게 의견을 건넸다.

아까부터 세현의 옆에 차분하게 앉아 있는 소이가 손녀딸마냥 예쁘고 고와 찬찬히 살펴보던 문 교수가 부드럽게 웃으며 물었다.

"소이 양은 올해 몇 살이지?"

"스물여섯이요."

"세현이랑 딱 어울리는 나이군. 소이 양이 고와서 안심했어. 세현이 저 녀석 잘 잡아요. 나한테 소이 씨만 한 딸이 하나 있으면 사위 삼고 싶을 정도로 탐나는 사람이니까. 가만 보니까 소이 양도 참 많이 탐나는데? 세현이만 한 아들이 있으면 며느리 삼고 싶군."

"교수님, 그건 안 될 말이죠."

껄껄껄 호탕하게 웃는 문 교수에게 세현이 손사래를 치고는 문 교수의 잔에 술을 따랐다. 문 교수는 세현이 따른 술을 한입에 털어 넣으며 소이를 향해 인자한 미소를 보냈다.

모자라지도, 넘치지도 않는 딱 적당한 행동과 분위기로 세현과 문 교수를 살뜰하게 챙기는 소이가 세현과 참 잘 어울린다 싶었다. 잠시 동안 소이를 바라보던 문 교수는 이미 많이 취했는지 조금 부정확해진 발음으로 세현에게 계속 말을 건넸다.

어느 정도 시간이 흐르자, 문 교수가 먼저 자리를 털고 일어났다. 택시를 탈 때까지 배웅하는 세현에게 어서 소이에게 가 보라며 문 교수가 손을 휘휘 저었다. 세현은 택시가 출발하는 걸 지켜보았다. 이미 식당 밖에 세현의 옷과 가방을 들고 소이가 서 있었다. 세현은 얼른 소이의 손에서 자신의 물건을 받아 들고는 소이의 옷깃을 여며 주었다.

"비가 그치고 난 후라 그런가? 바람이 차네요."

문 교수만큼 마셨을 텐데 멀쩡한 세현이었다. 언제나처럼 깊은 눈동자가 비가 개고 난 후의 말간 밤하늘 같았다.

"집에 데려다 주고 싶은데 술을 마셨으니 운전을 할 수도 없고, 대리운전은 분위기를 망칠 것 같은데…… 술도 깰 겸 우리 좀 걸을까요? 저기 버스정류장까지."

세현이 손가락으로 가리킨 정류장은 식당에서 꽤 많이 떨어진 곳에 있었다. 이미 늦은 시간이라 지나가는 사람이 없어 정류장까지 가는 길은 한적해 보였다. 도로변의 가로수가 비를 맞아 향긋한 나무 향을 풍기고 있어 주변의 공기를 들이마실 때마다 온몸 가득 향기로움이 퍼졌다.

늦은 밤, 한적한 도로에 귀가를 서두르는 자동차들이 간간이 지나갔다. 띄엄띄엄 서 있는 가로등 불빛이 세현과 소이가 걷는 길을 환하지는 않아도 잔잔하게 비추고 있었다. 말없이 걷던 세현이 나지막한 한숨과 함께 입을 열었다.

"우리 못 만나는 동안 나 많이 보고 싶었어요? 난 소이 씨 참 많이 보고 싶었는데."

"……."

"내 목소리 많이 듣고 싶지 않았어요? 난 전화가 아니라 직접 내게 건네는 소이 씨 목소리가 참 그리웠어요."

술에 취한 탓일까. 걸음걸이나 목소리는 전과 다름없이 곧고 단정한데, 세현의 마음은 한껏 들뜬 것 같았다. 살짝 취하면 그는 평소보다 말이 많아지나 보다. 소이는 술기운으로 인해 살짝 흐트러진 모습의 세현도 좋았다. 그가 항상 보여 주는 모습들과 달라서 왠지 정감이 갔다.

"소이 씨."

"네?"

"소이 씨."

"……?"

"소이 씨……."

연거푸 자신의 이름만 부르는 그를 의아하게 바라보는 소이를 향해 세현이 몸을 꼿꼿이 세우며 지그시 바라보았다.

"내가 소이 씨…… 사랑한다고 말한 적 있었나요?"

갑작스런 사랑 고백에 소이가 당황한 듯 흔들리는 눈빛을 세현에게 보냈다.

"나 소이 씨 많이 사랑하나 봐요. 소이 씨는 내 사람이다 외치고 싶은데, 그렇게 하면 많은 사람들이 나만 알고 있는 맑은 모습을 눈치채 버릴까 봐 꽁꽁 숨겨 두고 싶어요."

"세현 씨……."

"술기운을 빌려 이런 말하는 거 우습지만, 내 마음에 소이 씨는 귀하고 소중한 사람이에요."

소이는 깊이를 알 수 없는 시선을 보내며 마음을 내보이는 세현을 가만히 바라보았다. 세현처럼 가슴속의 말을 뱉고 싶지만 우물우물 좀처럼 입 밖으로 꺼내지 못했다. 그런 소이를 향해 세현의 고개가 점점 숙여졌다. 갑자기 가까워지는 세현의 얼굴에 소이는 흠칫 놀라 고개를 살짝 떨궜다.

"후……."

소이의 모습에 세현은 낮게 한숨을 쉬고 두 손으로 소이의 팔을 붙들었다. 머리 위로 쏟아지는 그의 한숨에 소이의 앞머리가 흔들렸다. 눈을 꼭 감은 소이의 속눈썹이 긴장으로 파르르 떨렸다.

"……이것도 천천히 가야 하나."

떨리는 마음을 진정하려는 듯 가늘게 신음하는 세현의 목소리가 머리 바로 위에서 들려왔다. 세현은 가늘게 떨고 있는 소이의 몸을 한껏 안았다. 소이는 품에 폭 안길 만큼 아담했다. 품에 안긴 소이의 여린 느낌에 세현의 심장이 미친 듯이 뛰었다.

세현은 천천히 얼굴을 내려 그의 단정한 입술을 소이의 동그란 이마에 살짝 대었다. 그의 입술이 닿은 부분에 소이의 온 신경이 쏠렸다. 소이의 하얗고 동그란 이마에, 작은 콧방울에, 차가워진 뺨에 세현의 입술이 스치듯 지나갔다.

"하아……. 미치겠다."

소이의 입술 근처에 다가가던 얼굴을 세현이 거둬들였다. 소이의 말간 얼굴이 내려다보는 세현의 얼굴과 마주했다. 정신없이 뛰는 심장 탓에 소이의 숨이 턱까지 차오르는 것 같았다. 어느새 완전히 붉어진 얼굴이 세현의 눈에는 시리도록 예뻐 보였다. 다시 한번 낮게 한숨을 쉰 세현이 소이를 자신의 가슴 가까이로 끌어당겼다. 세현과 소이의 심장이 같은 속도로 뛰고 있었다. 긴장으로 떨리던 소이의 어깨가 그의 손길로 인해 다시 차분해졌다.

"소이 씨, 나 보기보다 참을성이 없어요. 그건 알아줘요."

자신의 품에서 올려다보는 소이의 흔들리는 눈빛을 잡아내며 세현이 속삭이듯 말했다. 그런 그에게 소이는 어떤 대답도 할 수 없었다. 전에 없이 쿵쾅거리는 심장 소리가 귓가에 맴돌았다.

그와 함께 걷기 시작한 길이 제발 끝없이 펼쳐지기를, 그와 함께 지나온 길이 빛바래지 않고 그때의 여운을 그대로 남겨 놓기를 바라고 또 바라 보는 소이였다.

늦은 시간이라 승객이 한두 명뿐인 버스에 올라타며, 차창 밖을 바라보았다. 여전히 들뜬 표정으로, 조금은 아쉬운 표정으로 세현이 한쪽 손을 들어 살짝 흔들더니 이내 주머니 속으로 넣는 모습이 보였다.

소이도 손을 살짝 흔들고는 갑자기 출발한 버스로 인해 비틀거리는 몸을 바로잡고 조금씩 멀어지는 세현을 바라보았다. 버스가 멀어지자 그 자리에 붙박은 것처럼 서 있는 세현의 모습도 점점 작아졌다. 그의 모습이 사라질 때까지, 소이는 그를 바라보며 두근거리는 심장을 진정시키려 애썼다.

자리에 앉아 창밖을 바라보았다. 비에 젖어 촉촉하니 짙은 빛을 띠고 있는 거리와 불이 꺼진 가게들의 모습이 바빴던 하루를 마무리하며 적막함을 풍기고 있었다. 소이는 손을 가만히 이마에 가져갔다. 그의 온기가 닿았던 자리. 그 순간은 몽롱하니 꿈같았는데 지금은 불에 덴 것처럼 선명한 느낌을 주었다.

소이는 갑자기 화끈거리는 두 볼을 감싸 쥐고 높은 자리에 앉아 올라선 무릎에 얼굴을 폭 파묻었다. 보는 이가 없어 부끄러울 일이 없음에도 자꾸 세현과의 일이 생각이나 고개를 들 수가 없었다. 분명 그의 토닥임으로 안정이 되었을 심장이 다시 한 번 터질 듯 뜀박질을 해 댔다. 살짝 취한 그의 들뜬 사랑 고백도, 잔잔하고 깊은 눈빛도, 조심스레 닿던 숨결도 점점 더 또렷하게 기억이 되어 당황스럽기도 하고 부끄럽기도 했다.

터질 것 같은 가슴을 한 손으로 누르고 이마를 창문에 조심스레 기댔다. 창문이 전해 주는 바깥의 서늘한 기운이 화끈거리다 못해 따끔거리는 이마를 식혀 주었다. 그가 다가올 때 얼굴을 피했던 자신이 떠오르자 콩콩콩 작은 이마로 창문을 두드리는 소이다.

"바보 같아, 이소이……."

그의 진심 어린 고백에 한 마디 말도 못 꺼낸 자신이, 사귀는 사이라면 으레 있는 그런 작은 접촉을 순간의 두려움에 피한 자신이, 그런 그녀를 다독여주며 함께 걷는 그를 제대로 바라보지 못한 자신이 참 어리고 바보 같다 싶었다. 소이는 손가락 하나를 들어 창밖에 아직 맺혀 있는 물방울을 따라 그리며, 끊임없이 그가 준

여운을 생각했다.

오늘은 왠지 아버지가 보고 싶다. 아버지가 자신의 마음을 함께 나누지는 못하겠지만, 그저 옆에 앉아 이야기하는 것만으로도 좋을 것 같았다. 내 벅찬 가슴과 수줍은 마음과 사랑이 가득 담긴 이야기들을 아버지가 듣지는 않을지라도 그에게 고스란히 전달되리라.

버스가 어느덧 병원 근처에 다다랐다. 소이는 망설임 없이 벨을 누르고 버스에서 내렸다. 멀리 보이는 병원의 간판, 늘 갈 때마다 주저하게 되는 발이 경쾌하게 움직였다.

재원의 병실에 들어서자마자 소이는 가방을 내려놓고 의자에 앉았다. 흘끗 본 아버지는 잠이 들었는지 나지막한 숨소리를 내며 눈을 감고 있었다. 아버지가 깨어 있지 않음에 실망을 했지만, 그래도 전하고 싶은 말들을 마음속에 내버려 두고 싶지 않았다.

"아빠…… '사랑한다.' 라는 말이 그렇게 가슴 뭉클하고 따뜻한 것인지 몰랐어요. 아빠에게 지금껏 듣지 못하는 말을 그 사람이 해 주었어요. 처음 듣는 사랑 고백 때문에 너무 벅차요. 이 마음을 어떻게 해야 할까요?"

소이는 재원의 귓가에 속삭이듯 말했다. 말할 때마다 소이의 숨결에 재원의 옆머리가 사르륵거렸다.

"아빠도 그랬을까요? 엄마를 만나서 사랑을 느끼고, 그 마음을 나누면서 내가 그에게 가진 이 감정을 느꼈을까요? 지금 내가 느끼는 두근거림을 아빠도 엄마를 통해 전해 받았을까요? 아빠의 엄마를 향한 맹목적인 사랑이 날 아프게 했지만, 그것도 사랑이겠죠? 그가 나에게 보여 주는 사랑과 다른 느낌의……. 너무도 따뜻한 그 사람을 아빠, 엄마처럼은 아니더라도 예쁘게 사랑하면서 두

분께 받지 못한 것들을 그로부터 받을래요. 그러면 아빠를 볼 때마다 지치고 힘든, 이 원망스러운 마음이 그로 인해 사라지겠죠? 그리고 그에게 받은 따뜻해진 마음……. 아빠에게 나눠 주면 아빠도 날 돌아봐 줄래요?"

소이의 수많은 질문에 아무런 대답 없이 재원은 좋은 꿈이라도 꾸는 듯 입가에 미소를 띠고 있었다. 소이는 손가락으로 까칠하지만 부드럽게 휘어진 재원의 입술을 쓰다듬었다. 제 이마에 닿았던 세현의 입술처럼 부드러운 감촉은 아니었지만, 미소 짓고 있는 재원의 입술은 세현의 것처럼 따뜻했다.

눈물이 났다. 어느새 가슴 가득 채우고 있는 그에 대한, 그로 인한 감정이 애틋하고, 자신을 사랑한다고 진심 어린 말투로 이야기해 준 그의 마음이 애틋해서 눈물이 났다. 사랑을 시작한 자신과 달리, 엄마와의 사랑이 끝나 버린 아버지의 지금이 서글퍼 눈물이 났다.

한참을 소리 없이 눈물짓던 소이가 눈가의 물기를 손으로 걷어 내고 세현에게 못 다한 말을 짧은 한마디로 전했다.

「사랑해요.」

핸드폰 화면에 찍힌 네 글자가 수많은 감정이 되어 가슴을 요동치게 했다. 그와 사랑하고, 사랑하고 또 사랑해야지. 그와의 사랑에 끝이 없었으면 좋겠다. 그렇게 자꾸 욕심이 났다.

담쟁이 도서관의 울타리 문 위로 화사한 느낌의 현수막이 걸렸다. '그림책 작가 이성훈과 함께하는 봄꽃 세밀화 전시회'라는 커다란 글자 주변으로 섬세한 꽃그림이 프린트되어 있었다. 소이와 도서관 사람들은 나 주임의 지시에 따라 분주하게 움직였다.

전시회장 안의 공간은 그리 크진 않았지만, 섬세한 봄꽃 그림이 충분히 놓아질 만큼의 크기였다. 소이는 현관 앞에서 전시회를 보러 온 사람들에게 나누어 줄 팸플릿을 정리하며 아이의 손을 잡고 들어서는 이들에게 인사를 건넸다. 간간이 소이를 알아보고 손을 흔드는 아이들에게 미소로 답하며 입구에 전시된 그림을 찬찬히 돌아보았다.

　얼마 전 자신이 잠시 머물렀던 어린이 도서관의 관장이기도 한 이성훈 작가의 그림은 소이도 무척 좋아해서 그의 그림책들을 모두 소장하고 있었다.

　"소이 씨! 여기 좀 도와줄래?"

　나 주임의 외침에 봄꽃 그림에 두었던 시선을 거두고, 그녀 앞의 커다란 화분을 함께 들어 주었다.

　"생각보다 반응이 좋을 것 같아. 그동안 힘들었던 게 싹 사라지는 느낌인데?"

　전시회를 준비하며 누구보다 바빴던 나 주임의 말에 소이도 고개를 끄덕였다. 그녀처럼 많은 일을 맡은 건 아니지만, 이성훈 작가의 도서관 일을 도우면서 때때로 나 주임 대신 전시회에 대한 여러 일을 했던 터라 그동안 나 주임이 얼마나 고생했을지 알고 있었다.

　"이성훈 작가님이 소이 씨 칭찬 많이 하더라. 소이 씨처럼 그림책을 예쁘고 다정하게 읽어 주는 사람은 오랜만에 봤다고. 그 말을 듣고 우리 관장님이 소이 씨 놓치지 말라고 신신당부하던걸? 괜히 내가 으쓱해서 막 자랑했지 뭐야."

　"뭐라고 하셨는데요?"

　"그림책만 예쁘게 읽는 게 아니라 그림도 예쁘게 그린다고. 이성훈 작가님이 꼭 한번 보고 싶다고 그랬어. 좋은 기회가 될지도 모르니까 잘해 봐."

나 주임은 소이에게 살짝 윙크하며 말했다. 기쁜 마음에 함박웃음을 짓는 소이를 보고 나 주임도 함께 미소 지었다. 소소한 일들이었지만 즐겁고 행복하게 임했던 시간에 대한 보상인 것 같아 팸플릿을 마저 정리하는 손길이 달뜬 움직임을 보인다.

잠시 후, 울타리 문을 열고 이성훈 작가가 도서관 마당으로 들어섰고 나 주임과 담쟁이도서관 관장이 맞이했다. 현관 앞에 서 있는 소이를 발견한 이성훈 작가가 반가운 듯 손을 내밀어 악수를 청했다. 소이는 그 모습에 몸 둘 바를 몰라 하며 쑥스러운 듯 손을 잡았다.

"소이 씨 맞죠? 오랜만이네요. 잘 지냈어요? 소이 씨가 우리 도서관 일 끝내고 이곳으로 돌아왔다는 소식을 바쁜 탓에 어제 전해 듣고 얼마나 서운했는지 몰라요. 다음번에 기회가 되면 또 부탁해요."

소이는 예전부터 좋아하는 작가가 자신을 알아보고 말을 건넨 것도, 칭찬을 받은 것도 더할 나위 없이 기뻐 마음이 진정되질 않았다.

"아! 그렇지! 나 주임으로부터 그림을 그린다는 말을 들었어요. 이따가 사인회 끝나면 좀 보여 줄래요?"

"네!!"

소이는 기쁜 마음에 도서관이 쩌렁쩌렁 울릴 만큼 큰 소리로 대답했다. 소이의 행동에 이성훈 작가와 주변에 있는 사람들이 유쾌한 웃음을 흘리며 2층의 전시회장으로 향했다.

"소이야! 힘내자!"

소이는 한껏 들뜬 목소리로 자신을 향해 말을 하곤, 점점 늘어나는 사람들을 향해 인사를 건네고 팸플릿을 전해 주는 일을 계속했다.

세현은 진료실 옆 자신의 방에 앉아 핸드폰 화면을 켰다가 껐다가를 반복했다. 핸드폰 화면이 켜지면 '사랑해요.'라는 소이의 수줍은 고백이 보이고, 꺼지면 까만 화면으로 생각에 잠긴 자신의 얼굴이 보였다.

설레었던 그날 밤 이후, 둘 다 정신없이 바빠 얼굴 보기가 힘들었다. 어쩌면 다행이다 싶었다. 갑작스런 세현의 행동과 자신의 사랑 고백으로 어색해할지도 모르는 소이였기에 차라리 바쁜 것이 나았다. 세현 또한 그때의 감정을 추스를 시간이 필요했으니까.

그래도 오늘이 전시회 날인 것은 알고 있었지만, 소이로부터 문자도 전화도 한 통 없어 내심 서운했다. 바쁠 테니 이해해야지 하다가도 목소리가 듣고 싶어 자꾸 핸드폰으로 눈길이 갔다.

진료실에서 종혁이 치료하고 있는 아이의 비명에 가까운 신음 소리가 들려와 세현은 살짝 눈살을 찌푸렸다. 또 여기로 오겠군. 세현은 힘든 진료가 끝나면 자신에게 찾아와 툴툴거리는 종혁이 들어오길 기다리며 문을 바라보았다.

"아! 힘들다! 저 녀석 사람 참 힘들게 하네. 무슨 몸부림을 저렇게 치냐. 저 녀석 이를 뽑는 게 아니라 내 머리털이 빠지는 줄 알았다."

종혁의 말에 세현은 쿡쿡 웃으며 갓 내린 커피를 따라서 건넸다. 뜨거운 커피를 단숨에 벌컥벌컥 들이켜는 종혁이다.

"오늘 따라 도서관 쪽이 북적거리네."

"전시회 있대요. 어떤 그림책 작가의."

"그림책 작가 전시회? 어린이 도서관에서 할 법한 바람직한 전시회군. 소이 씨 바쁘겠네."

"그렇죠, 뭐."

종혁은 컵을 입에 물고 지그시 세현을 바라봤다. 서로 바빠 도통 못 보는 서운함이야 잘 알겠지만 세현답지 않게 초조해 보이는 낯빛의 이유가 궁금했다.

"진도는 좀 나갔냐?"

컵을 내려놓으면서 종혁이 실실거리며 말했다. 세현은 참 쓸데없는 이야기를 묻는다는 얼굴로 종혁을 바라보다가 이내 핸드폰으로 시선을 두고 알 수 없는 표정을 지었다.

"진도라……. 선배가 말하는 진도가 어디까지인지는 모르겠지만 소이 씨 기준에서 나가긴 했죠."

"뭔 소리냐? 그게. 손만 잡고 다니는 줄 알았는데 꽤 멀리 갔나 보지?"

세현의 말에 간만에 흥밋거리를 찾았다는 듯 장난스런 눈빛을 반짝이며 종혁이 말했다.

"멀리는요. 아니지! 난 요만큼 다가갔는데 소이 씨는 저만큼 남았으니 멀리라고 해야 하나?"

무슨 일이 있었는지는 모르겠지만 어지간히 애간장이 탔는지 초조한 세현의 목소리에 종혁은 키득키득 웃어 댔다. 여자들이 내미는 손길에 무덤덤하고 냉정하기로 소문난 세현을 저리 애달프게 하다니 소이라는 여리고 작은 여자가 대단하다 느껴졌다.

"대체 얼마나 찐하게 굴었기에 그러냐?"

"……이마랑 뺨에 입맞춤…… 정도?"

종혁은 세현의 말에 웃음이 멈추지 않아 괴로운 듯 급기야 껄껄 거렸다. 종혁의 반응을 예상 못 한 바는 아니지만 저리 웃어 대니 아무리 무덤덤한 세현이라도 좀 민망했다.

"오솔길 같은 세현 군! 사춘기 소년 같은 자네의 고민은 식사를 하며 들을 테니 준비하게나."

"오솔길이요?"

"네 녀석 몸을 닮게 만드는 그 아가씨가 그렇게 표현하던데? 아 하하하!"

종혁이 다시 한 번 크게 웃으며 과장되게 세현의 어깨를 두드렸 다. 종혁의 말에 세현은 피식 웃으며 가운을 벗고 자리에서 일어났 다.

종혁과 함께 병원 건물 밖으로 나오니 맑은 하늘과 따스한 햇살 이 상쾌했다. 봄비가 내리고 난 후의 마을은 싱그러움이 가득한 짙 은 초록빛으로 점점 변해 가고 있었다. 세현은 종혁을 뒤따라가다 가 멀리 보이는 어린이 도서관 쪽으로 고개를 돌렸다. 참 가까운 거리인데 오늘따라 멀게만 느껴진다.

"남자 둘이서 마주 앉아서 커피 마시기엔 너무 고급스러운 곳 아니냐?"

식사를 마치고 남은 시간 세현이 이끄는 대로 대로변의 커다란 커피 전문점 한구석에 마주 보고 앉으며 종혁이 구시렁거린다. 뜨 거운 커피를 후루룩 마시는 종혁을 바라보며 세현은 고개를 절레 절레 흔들었다. 세현은 커피를 음미하면서 천천히 마셨다.

"네 녀석의 그 깔끔한 성격 때문에 소이 씨가 머뭇거리는 거야."

"무슨 소리예요. 그게."

"솔직히 네 녀석 대단히 멋있는 놈인 건 나도 인정하지만 가끔 틈이 안 보이게 깔끔을 떠니 선뜻 진도 나가기가 힘든 거지."

"갑자기 무슨 근거로 깔끔을 떤다는 거예요."

"홀짝홀짝 커피를 마시는 폼이 딱 그렇다는 거다."

"이제는 커피 마시는 것까지 트집입니까? 시간도 여유 있으니 천천히 음미하면서 마신 것뿐인데 깔끔한 성격이랑 어떤 상관관계가 있는지 모르겠네요. 또 한 가지. 소이 씨랑 나 사이에 대한 어떤 상상으로 갑자기 진도 얘기를 하는지 그 이유 또한 모르겠고요."

"이 자식, 선배가 말하는데 한 마디도 안 지고 따박따박 말대꾸냐? 쯧."

세현의 태도에 종혁이 발끈하곤 다시 후루룩후루룩 커피를 들이켠다.

"내가 참고 있는 거예요. 천천히 가고 싶어서. 소이 씨의 주저하는 마음, 느릿한 걸음에 맞춰 주고 싶어서요."

"네가 성인군자냐? 도 닦아? 여자는 확 잡아끌어 주는 남자를 좋아해. 연애를 안 해 본 것도 아니면서 왜 그러냐? 아님, 소이 씨에게 문제라도 있냐?"

"문제는요. 그냥 상처가 많은 것 같아서 그래요. 선뜻 사람들에게 다가가지 못하는 성격이나 수줍음이 많은 거나 다 그 상처들이 이유인 것 같고. 내가 좋다고 마구 밀어붙이면 분명 도망갈걸요? 그리고 기다리겠다고 약속했으니 지켜야죠."

"약속? 쳇! 답지 않게 순정은……. 하긴. 네가 알아서 할 일이지. 뭐, 두 사람 사귀는 모습이 그리 나쁘진 않으니 나도 뭐라 할 말은 없다."

세현은 서두르거나 재촉하지 말자는 자신의 다짐과 달리 계속 흔들리는 마음을 다잡으려는 듯 조용히 앞에 놓인 커피 잔을 바라보았다. 따뜻한 커피 탓일까. 담담한 머릿속과는 달리 세현의 속 깊은 곳이 후끈 달아오르는 느낌이 들었다. 열기를 잠재우려는 듯 세현은 앞에 놓인 물을 벌컥벌컥 마셨다.

느릿느릿 커피를 마시며 세현이 커피 전문점의 커다란 유리문에 시선을 두었다. 소이와 처음 대면했던 그날이 떠올랐다. 그때만 해도 소이에게 이렇게까지 마음을 내어 줄 줄 몰랐었다. 자신이 먼저 흥미를 느낀 여자였고, 초조하게 있는 모습이 귀엽게 다가왔었다. 그뿐이라고 생각했다. 하지만 그런 생각을 끄집어낸들 예전과 별다를 것 없겠지 하는 마음이 어느새 소이로 인해 시시각각 휘몰아치는 감정들로 변해 있었다.

그때, 커피 전문점의 커다란 유리문이 열리고 한 남자와 자그마한 여자가 들어오는 것이 보였다. 저 작은 여자는 분명 소이인데 앞에선 남자는 본 적 없었다. 게다가 소이는 얼굴 가득 미소를 띠며 남자를 바라보고 있었다.

"어, 저거 소이 씨 아냐?"

종혁도 소이를 발견했는지 반가움과 호기심이 반반 섞인 목소리로 말했다.

소이와 남자는 봄 햇살이 비추는 창가 자리에 마주 보고 앉아 대화를 나누기 시작했다. 소이가 무슨 말을 했는지 앞의 남자가 호탕하게 웃는다. 잠깐 보기엔 중년 남자인 것 같은데 다시 자세히 보니 청바지에 하얀 니트를 입은 모습이 꽤 젊어 보였다. 순간 남자의 손이 소이의 어깨에 닿는다 싶더니 이내 손을 잡고 흔들었다.

지그시 노려보고 있던 세현은 알 수 없는 감정에 휩싸여 눈이 커다랗게 변하더니, 벌떡 일어나 소이가 있는 곳으로 저벅저벅 걸어갔다. 소이는 세현의 기척이 느껴지지 않는지 앞의 남자에게 시선을 고정시키고 이야기를 들으며 밝게 웃고 있었다.

저 미소는 내 것인데…….

세현은 머릿속이 혼란스러웠지만, 곧 저 남자와 소이를 멀리 떨어뜨리고 싶다는 생각이 머릿속에 가득 찼다. 세현은 유쾌하게 대화를 나누고 있는 소이의 손목을 확 낚아챘다. 소이는 갑작스레 벌어진 일에 당황한 눈으로 손목을 잡고 있는 상대방을 바라보았다.

"세, 세현 씨?"

세현은 아무 말도 없이 앞을 보고 있는 시선을 소이에게 돌리지 않고 성큼성큼 걸어갔다.

"야! 왜 그래?"

자신을 부르는 종혁의 목소리도 귀에 들리지 않았다. 소이의 뒤로 황당한 표정의 이 작가와 막 커피숍 문에 들어선 나 주임과 어린이 도서관 관장이 무슨 일이냐며 호들갑스럽게 소이를 부르고 있었다.

"세현 씨, 아파요…….

얼마를 걸었을까. 세현은 소이의 말에 퍼뜩 정신이 들어 잡고 있던 손목을 놓고 크게 심호흡을 하며 주변을 둘러보았다. 어느새 도서관 위쪽의 작은 놀이터까지 와 버렸다. 정신없이 걸어온 탓에 자신의 이마에도, 소이의 이마에도 땀이 송골송골 맺혀 있었다. 세현은 자신이 놓아준 손목을 감싸 쥐고 살짝 이마를 찌푸리는 소이의 모습을 보고, 그제야 얼마나 바보같이 행동했는지 알아채곤 얼굴이 화끈 달아올랐다. 별일이 아님이 분명한데도 순간의 감정에 저지른 일이 그를 당혹스럽게 했다.

"왜 그래요? 네?"

평소의 세현답지 않게 황망하게 서 있는 모습이 걱정스러워 소이는 조심스럽게 물었다. 세현은 한숨을 푹 쉬더니 품에서 손수건을 꺼내 소이의 이마에 맺힌 땀방울을 닦아 주었다. 내가 무슨 짓을 한 거지. 말간 눈으로 올려다보는 소이를 보며 세현은 자신의 어이없는 행동에 크게 웃음을 터뜨렸다. 멈추지 않고 웃는 세현을 바라보며 소이는 당황했는지 안절부절못한다.

"아무것도 아니에요. 소이 씨, 밥은 먹었어요?"

갑자기 자신의 손목을 낚아채 여기까지 끌고 와서는 아무것도 아니라며, 기껏 묻는 질문이 밥은 먹었냐는 소리라니. 소이는 그런 세현의 모습이 마뜩치 않아 잔뜩 찡그린 얼굴을 하고 서 있었다.

"얼굴에 주름 생겨요. 그날 이후 오랜만에 본 얼굴인데 좀 웃어 줘요."

"오랜만에 봤는데 아무 말 없이 회사 동료 다 있는 데서 여기까지 끌고 왔으면 이유라도 말해야죠."

세현은 자신이 저지른 일에 스스로도 황당해 말을 해야 할지 말아야 할지 망설여졌다. 소이의 손목을 붙잡고 여기까지 걸어오는 내내 마음속으로 '김세현, 미쳤구나.'를 얼마나 외쳤는지 모른다. 온몸을 휩쓴 '질투'라는 감정이 조금 진정되고 나서야 소이가 회사 동료들과 차를 마시러 온 것이라는 생각이 들었다. 게다가 이렇게 마주하고 나니 그 생각이 틀리지 않았다는 것도 알게 되었다.

"아까 커피 전문점에서 이야기 나누던 그 사람은 누구예요?"

"누구……."

"왜 흰 니트에 청바지 입은 남자 말이에요."

"아, 이성훈 작가님이요? 오늘 우리 도서관 전시회에 그림을 내주신 작가세요. 내가 참 좋아하는."

세현은 '내가 참 좋아하는' 이라는 말에서 왠지 울컥하는 생뚱맞은 자신의 마음에 머쓱해했다. '그런데 그게 뭐요.' 라고 묻는 소이의 눈빛을 피하려 세현은 잠시 시선을 하늘로 향했다. 늦은 봄 오후의 햇살이 뜨겁게 느껴졌다.

"……질투했어요."

"질투요? 무슨……?"

"웬 남자가 소이 씨 손을 덥석 잡으니 갑자기 화가 나서 그랬어요. 나도 참……. 어이없죠?"

"네에?"

소이는 황당한 표정으로 세현을 물끄러미 바라보다가 이내 까르륵 웃음을 터뜨렸다. 자신의 감정을 잘 조절하는 이 남자도 별것 아닌 일에 질투도 하고 화도 내는구나. 소이는 세현의 그런 모습이 귀엽다고 느껴졌다.

"이성훈 작가님은 부인도 있고 아이도 있는걸요. 게다가 내가 세현 씨 말고 다른 사람을 만날 만큼 대범한 성격도 아니잖아요?"

"그것도 그러네요."

새롭다. 늘 단정하고 담담한 그의 얼굴이 붉게 물든 것이. 소이의 앞에서 너무도 당당하고 꼿꼿해 크게만 보였던 그가 자신과 닮은 것 같아 반갑기도 했다.

세현은 자신의 부끄럽고 황당한 고백을 듣고 밝게 웃는 소이의 모습이 봄 햇살마냥 눈부셔서 오래 쳐다볼 수 없었다. 웃음소리도 청아하고 맑아 아까의 그리움이 해소되는 것 같아 좋았다. 무엇보다 종혁의 말마따나 '사춘기 소년' 같은 고민과 행동을 한 자신의 모습이 스스로도 생소해서 웃음이 났다. 어느새 세현도 소이처럼 큰 소리로 웃기 시작했다. 두 사람의 웃음소리가 놀이터를 둘러싼 나무의 잎을 흔들고 지나갔다.

"아직 점심시간 좀 남아 있죠?"

세현은 작게 끄덕이는 소이의 손을 이끌고 놀이터의 오래된 벤치로 갔다. 손을 잡고 나란히 앉은 두 사람의 모습이 더없이 풋풋했다. 소이가 봄이 오기 전 그에게 용기를 내어 고백했던 그 장소. 놀이터 주변을 지키는 나무의 앙상했던 가지엔 연둣빛 은행잎이 촘촘히 돋아나 햇볕에 점점 짙은 빛으로 변해 가고 있었고, 아무도 타지 않아 가만히 서 있는 그네는 그때의 모습 그대로 남아 있어 정겨웠다.

"여긴 오랜만에 왔는데 그렇게 많이 변하지 않았네요."

세현이 담담하게 말했다.

"변했어요."

"뭐가요?"

"풍경이 변했잖아요. 계절이 바뀌었고……. 또 우리 둘도 변했고요."

"풍경과 계절이 바뀐 것 맞지만 우리 둘은 어떻게 변했는데요?"

"마음이요. 서로를 바라보는 마음이 변했어요. 서로에게 향하는 시선의 느낌도 변했고, 서로에게 느끼는 감정도 변했어요."

차분하게 속삭이듯 말하는 소이를 세현은 가만히 바라보았다.

"세현 씨, 내 어릴 적 꿈이 개미 조련사라고 했죠?"

"그랬죠."

"어린 시절의 그 꿈은 쓸쓸하고 아팠지만, 어른이 되고 그림을 그리면서 가진 꿈은 참 좋았어요."

"무슨 꿈인데요?"

"그림책 작가요. 내 마음을 온전히 담은 따뜻한 그림책을 그리는 작가요. 그저 막연한 꿈이었는데 좋은 기회가 생겼어요. 내 그림을 본 이성훈 작가님이 그 꿈을 실현시켜도 된다는 말을 해 주셨어요. 그래서 꿈같았던 세현 씨와의 만남이 용기 하나로 계속 이어진 것처럼, 내 꿈도 용기 내서 도전해 보려고 해요."

잔잔한 소이의 목소리와는 달리 눈동자는 봄의 햇살처럼 반짝반짝 빛났다. 그 빛이 세현에게 눈부심으로 다가왔다. 아무래도 소이의 감성에 자신이 물들었나 보다.

"그리고…… 세현 씨를 만나고 좀 더 따뜻하고 행복한 꿈을 갖게 됐어요."

"……?"

"나 세현 씨랑 계속 사랑하고 싶어요. 세현 씨 말처럼 서로 다름에 상처 입고 힘들 수도 있겠지만 그 아픔도 함께 치유하면서 사랑하고 싶어요. 맹목적으로 서로에게 달려드는 사랑이 아니라 담담하고 조용하게……서로를 물들이면서 그렇게 사랑하고 싶어요."

세현을 바라보는 소이의 표정이 더없이 맑고 아름다워, 담담하게 사랑을 이야기하는 목소리가 따뜻하고 다정해 세현은 가슴 한구석이 요동치듯 움직이는 것을 느꼈다. 따뜻한 봄날, 소이의 사랑고백은 그 겨울의 수줍은 시작을 알리는 고백보다 더한 감동을 주었다.

지그시 소이를 바라보며 감동에 흠뻑 빠져 있는 세현의 뺨에 소이가 가만히 입술을 댄다. 잠시 머물던 입술이 멀어지고 소이가 붉게 물든 뺨을 감싸 쥐고 고개를 숙인다. 세현은 그런 소이를 놀란 눈으로 바라보았다. 소이의 작은 도발이 깜찍했다.

"나 참을성 없다고 했잖아요."

"네???"

"먼저 시작한 건 소이 씨예요."

커다랗게 뜬 소이의 검은 눈동자를 세현의 깊은 눈동자가 사로 잡았다. 세현은 서서히 고개를 떨어뜨리고 소이의 이마와 눈가, 코를 지나쳐 시리도록 빨간 입술에 살포시 자신의 입술을 겹쳤다. 소이가 크게 떠진 눈을 감고 파르르 떤다. 맞닿은 입술도 파르르 떨린다.

세현의 가벼운 입맞춤 한 번에 소이의 바닐라 향이 세현에게로 전해졌다.

좀 더 깊어진 두 번째 입맞춤으로 세현의 커피 향이 소이에게 옮겨 갔다.

세 번, 네 번…….

두 사람의 가늘게 떨리는 숨결이 오고 가며, 세현의 커피 향과 바닐라 향이 부드럽게 섞였다.

두 사람 사이로 잔잔하게 흐르는 바람 속에서 곧 다가올 여름의 상큼함이 느껴졌다.

07

　골목 어귀에서 아이들의 웃음소리가 들린다. 6월의 햇빛은 아이들이 뛰어놀며 골목 가득 퍼뜨리는 웃음소리마냥 싱그럽다. 어느덧 무성해진 초록의 잎을 달고 있는 나무들이 마을 입구 넓은 대로의 양옆에 서서 한껏 초록을 뽐내고 있었다. 하얀 울타리에 둘러싸인 잘 가꾸어진 크고 작은 전원주택의 운치가 지나가는 사람들의 시선을 잡아끌었다.

　콩나물과 두부가 든 봉지를 들고 동네의 작은 구멍가게에서 소이가 타박타박 걸어 나오고 있었다. 오랜만에 쉬는 토요일 아침, 늦잠을 자 버려서 식사 시간이 훨씬 지나고 말았다. 초여름의 햇빛이 강렬하지는 않았지만, 모자를 쓰지 않은 소이의 머리를 뜨겁게 달굴 만큼 따가웠다.

　소이는 고개를 들어 하늘을 바라보았다. 눈부신 햇살 때문에 잘 보이지 않는 하늘이 한 손을 눈썹 위에 대고 나니 그제야 한눈에 들어왔다. 아침에 널어놓은 빨래가 잘 마를 것 같은 날씨다. 소이는 아침 찬거리가 들어 있는 봉지를 손에 쥐고 빨래가 마르는 데 적당한 날씨에 안도하는 자신이 재밌어 괜히 웃음이 났다. 오늘은 대청소라도 해야겠다. 소이는 마음속으로 생각하며 타박타박 작은 발걸음을 옮겼다.

하얀 울타리 옆으로 소이가 길거리에서 사 온 빨간 우편함이 서 있었다. 소이는 우편함에서 우편물을 꺼내 들고 울타리문 안으로 들어섰다. 꽤 길게 자란 잔디 위로 향긋한 세제 냄새를 풍기며 빨래들이 바람에 따라 조금씩 팔락이고 있었다. 소이가 정성껏 만든 화단에는 올 봄에 마당에 심었던 해바라기가 제법 단단해진 줄기로 노란 꽃잎을 피워 낸 꽃봉오리를 받치고 서 있었다.

"날씨 참 좋다."

문득 세현이 보고 싶어진다. 이렇게 좋은 날씨에 서로의 손을 잡고 여름 향기가 물씬 느껴지는 공원을 산책하고 싶다는 생각이 들었다. 세현이 가족들과 주말을 맞아 여행을 떠난지라 소이의 생각은 그리움으로 묻어 둬야 했다. 세현이 같이 가지 않겠냐고 조심스레 제안했을 때 거절한 것이 조금 후회가 되었다. 가족과의 주말 여행. 소이에게는 낯설고 생소한 말이다.

"다녀왔습니다."

아무런 대꾸도 없는 집에 소이의 인사가 쓸쓸하게 울렸다. 밖은 싱그럽고 상쾌한데 소이의 집 안은 봄이 지나고 여름이 왔음에도 아직 겨울같이 차가웠다.

부랴부랴 콩나물을 씻어 냄비에 올리고, 두부를 썰고 냉장고 속 음식을 꺼내고……. 소이는 바지런히 식사 준비를 했다. 혼자 앉기엔 너무도 넓은 식탁 위에 소이의 늦은 아침이 차려졌다. 자리에 앉아 자신이 준비한 음식을 먹으며 언젠가 세현에게 근사한 아침 상을 차려 주고 싶다는 생각이 문득 들었다. 다시 한 번 그가 그리 워진다.

설거지를 마치고 거실에 앉아 창밖에서 하늘거리는 빨래를 멍하 니 바라보던 소이는 핸드폰의 반짝임과 작은 신호음에 얼른 화면 을 켜 보았다. 그가 보낸 문자가 화면 가득 찍혀 있었다. 잔잔히 흐르는 물가의 모습이 담긴 사진과 함께.

「가족과 함께 청평호수에 왔어요. 물에 들어가려고 겁도 없이 성큼성큼 걸어가는 조카를 잡다가 넘어졌네요. 무릎에 피가 살짝. 쓰라려요.」

세현의 문자에서 어린아이 같은 애교가 느껴져 소이는 싱긋 웃 음 지었다. 소이는 자리에서 일어나 마당과 연결된 거실의 유리문 을 열고 밖으로 나갔다. 핸드폰을 들고 마당 곳곳을 살피다가 어느 한 공간의 모습을 찰칵 하고 찍었다.

「우리 집 마당에 넌 빨래가 여름 햇볕에 정말 잘 마르고 있어 요. 마당 한가득 햇살 냄새가 나네요. 즐거운 여행 마치고 와요. 보고 싶어요.」

하얀 침대시트가 바람 따라 너울대는 사진 아래로 소이가 한 자 한 자 마음을 담아 누른 문자들이 찍혀졌다. '보고 싶어요.' 라는 짧은 문장이 마음을 간질거리게 한다.

소이는 세현에게 문자를 보낸 후 크게 심호흡을 했다. 여름 햇 볕을 받은 빨래에서 싱그러운 햇살 냄새가 나는 것 같다. 빨래가 마르면 걷어 내고 방과 거실을 정리해야지. 햇살이 따갑긴 하지만 마당의 잔디도 다듬어야겠다. 소이는 마음속으로 혼자만의 휴일을 계획하며 맑은 하늘을 향해 팔을 쭉 뻗어 기지개를 켰다.

통나무로 지어진 펜션은 짙은 녹음이 지고 있는 산에 둘러싸여 있어 여름임에도 저녁 무렵이 되면 꽤 쌀쌀했다. 길어진 해 덕에 아직 어둠이 깔리진 않았지만, 주말을 맞아 가족과 함께 또는 연인과 함께 펜션을 찾은 사람들이 이른 저녁 식사 준비로 분주했다.

세현의 가족들도 언제나처럼 왁자하게 떠들면서 펜션 안 주방과 야외테이블을 오고 가며 바비큐 준비로 여념이 없었다. 조카 지훈의 손에 이끌려 펜션 끝 쪽에 있는 작은 텃밭으로 나온 세현은 상추를 딴다고 부산을 떠는 아이를 바라보고 서 있었다. 어둠이 조금씩 내리기 시작한 펜션을 돌아보던 세현은 지훈의 작은 손길이 상추 잎의 끄트머리만 자꾸 뜯어 대는 것을 보다못해 함께 쪼그리고 앉아 소쿠리에 가득 따서 담아 주었다.

지훈이 폴짝폴짝 뛰며 소쿠리를 들고 펜션으로 들어가는 모습을 웃으며 바라보던 세현의 시선에 멀리서 천천히 걷고 있는 다정한 모습의 부부가 보였다. 조그마한 자갈이 깔린 넓은 마당을 서로의 손을 꼭 붙든 채 걷는 부모님의 모습에 세현은 저절로 미소 지어졌다. 어릴 적부터 늘 보아 온 광경이지만, 이렇게 어른이 되고서도 그 모습은 항상 감동으로 다가왔다. 사랑하는 사람이 생기고 나서일까. 두 사람의 모습이 애틋하고 아름다워 마냥 바라보고만 싶었다.

세현의 시선을 느꼈는지 아버지가 그를 바라보며 손을 흔들더니 이내 당신이 계신 곳으로 오라는 손짓을 한다. 세현은 베이지색 반바지의 주머니에 손을 꽂고 천천히 그쪽으로 향했다. 어머니의 인자한 미소에 세현 또한 다정한 미소로 답한다.

"언제부터 거기 있었니?"

"나온 지 얼마 안 됐어요. 지훈이 녀석이 자꾸 보채서 잠깐 산책이나 할 겸 데리고 나왔거든요."

"그래? 공기가 제법 서늘한데 위에 뭐라도 걸치지 않고."

반바지에 하얀 티셔츠만 걸친 세현의 등을 쓰다듬으며 어머니가 말했다. 세현은 따뜻한 어머니의 한쪽 손을 아버지가 그런 것처럼 함께 잡고 부부의 산책길에 동행했다. 그리 키가 큰 편은 아니지만 다부진 체격의 아버지와 키가 크고 호리호리한 세현의 사이에 있는 어머니는 더 작고 여리고 아담해 보였다. 세현은 자신의 옆에서 작은 몸을 꼭 붙이고 걷는 소이가 생각나 괜히 웃음이 났다. 보고 싶다. 참 많이.

세현은 가족여행에 소이를 초대하고픈 이유를 미처 잘 전달하지 못해 아쉬웠다. "같이 갈래요?"라고 말 꺼내기가 무섭게 고개를 저어 대어 가족들이 얼마나 편안하고 다정한 사람들인지를 설명하지 못했더랬다. 그래도 이 따뜻한 분위기를, 유쾌한 대화의 틈을 소이에게 내어 주고 싶은 마음은 여전했다.

"엄마, 아빠! 세현아! 빨리 오세요!"

바비큐 준비가 다 끝났는지 멀리서 세희가 부모님과 자신을 부르는 소리가 들렸다. 마음 급한 매형과 형이 고기를 굽기 시작했는지 구수한 냄새가 숯불이 타는 향과 섞여 코끝을 자극한다.

자신이 오기 전에 고기를 굽기 시작했다고 괜한 투정을 부리며 성큼성큼 앞서 가는 아버지 뒤에서 세현과 그의 어머니는 손을 맞잡고 천천히 뒤따랐다. 어느새 펜션 주변에 짙은 어둠이 깔리고, 너무도 맑아 끝이 보이지 않는 하늘에 별이 영롱하게 빛나고 있었다. 세현은 어머니와 함께 가족들의 밝은 웃음소리 속으로 젖어 들었다.

소이는 아침부터 늦은 오후까지 꽤 넓은 집의 구석구석을 정리하고 거실에 앉아 과제로 제출할 그림을 그리고 있었다. 이성훈 작가의 소개로 그림책 작가를 양성하는 '그림책학교'에 그림을 출품하고 면접을 보고 쉽게 합격한 후로, 학교와 어린이 도서관을 오고 가며 하루하루 바쁘게 보냈다.

과제제출을 위한 스케치를 마무리하고 소이는 거실의 소파에 길게 드러누워 천장을 바라보았다. 똑딱똑딱…… 거실을 울리는 시계 소리가 귓등을 때린다. 적막한 집의 분위기가 익숙함에도 좋은 기분이 드는 건 아니었다. 천장을 한참 바라보며 시계 소리에 맞춰 손가락을 까닥이던 소이가 누워 있는 자리에서 바로 보이는 방문으로 눈길을 돌렸다.

아버지 재원이 동양화가 겸 삽화가로 이름을 날리던 시절, 작품 활동을 하던 작업실이었다. 어머니가 돌아가시고 그림을 그리는 일에서 완전히 돌아선 후로 재원도, 소이도 들어가지 않는 공간이다.

소이는 부스스 자리에서 일어나 재원의 작업실 문을 열었다. 오랫동안 들어가 보지 않아 냉기가 도는 방은 커튼이 쳐져 있어 마당보다 더 짙은 어둠이 깔려 있었다. 소이는 잠시 머뭇거리다 방문을 조심스레 열고 한 발짝 내딛었다.

물감 냄새가 나는 자신의 방과 달리 동양화가였던 아버지의 작업실은 먹물 냄새가 났다. 어머니가 돌아가시기 전날 재원이 작업하던 모습 그대로 남아 있었다. 그림을 보니 어떤 책에 들어갈 삽화인가 보다. 가늘고 섬세한 붓 선이 곱고 부드러운 분위기의 그림을 만들고 있었다. 아버지는 이런 그림을 그리는 사람이었다. 소이

는 마음의 상처로 꿈을 접어 버린 아버지의 그림을 오랫동안 바라
보았다. 이 세상 단 하나뿐인 아버지가 가슴 시리게 다가와 서글퍼
졌다.

"에이…… 참……."

시큰거리는 코끝을 누르며 소이가 낮게 중얼거렸다. 오늘은 날
씨도 맑고 빨래도 상쾌하게 마르고 집을 정리해 한층 밝아졌는데
아버지 생각에 하릴 없이 젖어 드는 마음이 답답했다. 소이는 주머
니에서 핸드폰을 꺼내 들고 세현의 번호를 눌렀다. 목소리라도 들
으면 이 마음이 좀 나아질까. 또다시 그에게 아픈 마음을 기대는
자신이 많이 작다 느껴졌다.

「소이 씨?」

소이 씨. 그의 차분한 음성에 심장이 요동친다.

「아직 안 자고 있었어요? 꽤 늦은 시간인데.」

"제출할 과제를 하고 있었어요. 세현 씨는요? 왜 아직 깨어 있
어요?"

「밤하늘이 멋져서 잠시 나와 있었어요. 소이 씨가 봤으면 좋아
했을 텐데. 소이 씨가 좋아하는 별이 한가득이거든요.」

"보고 싶다."

「뭐가요? 내가요, 별이요?」

"둘 다요. 둘 다 많이 보고 싶어요."

「별만 보고 싶다고 하면 많이 서운할 뻔했어요.」

핸드폰 너머로 그의 나지막한 웃음소리가 들린다. 소이의 아팠
던 마음이 누그러지고 그가 주는 따뜻함으로 채워진다.

「언제 기회가 되면 함께 와요.」

그의 목소리에 그리움이 묻어 있다. 소이는 밤하늘 아래에서 자

신을 생각하며 미소 짓고 있을 그가 상상되었다. 분명 깊이를 알 수 없는 눈동자로 별을 담아내고 있겠지.

"네⋯⋯."

작게 대답하는 소이의 목소리에 살짝 물기가 어렸다.

「소이 씨, 울어요? 무슨 일 있었어요?」

"아니에요. 그냥⋯⋯. 세현 씨 목소리를 들으니까 많이 보고 싶어서 그래요."

「내일 얼굴 보면 되는데 뭘 울고 그래요. 조금만 기다리면 되는데.」

"헤헤⋯⋯."

「나 보고 싶다고 울면서 자지 말아요. 내일 퉁퉁 부은 눈으로 나오면 나 화낼 거예요?」

"네, 잘 자요."

「잘 자요.」

통화가 끝난 후의 여운도 잠시 느끼고 있을 때, 소이는 살짝 흔들리는 핸드폰 진동과 함께 온 세현의 문자를 바라보았다.

「드라마에서 보면 여주인공이 슬프거나 울적할 때, 남자 주인공이 노래를 불러준다는데 난 그렇게 해 줄 만큼 노래에 자신도 없고⋯⋯. 내가 어릴 적 좋아했던 동시 한 편 보낼게요. 무슨 일이 있었는지 어떤 생각을 하는지 묻지 않을게요. 울지 말아요.」

소이는 찬찬히 세현이 보낸 문자를 아래로 내렸다. '별'이라는 제목의 소이에게도 익숙한 동시다. 소이는 세현이 보낸 동시를 작게 읊조렸다.

— 즐거운 날 밤에는

한 개도 없더니
한 개도 없더니

마음 슬픈 밤에는
하나 가득
별이다.

수만 개일까.
수십만 갤까.

울고 싶은 밤에는
가슴에도
별이다.

온 세상이
별이다.

세현은 울지 말라고 했지만 소이는 눈물이 났다. 아무 말도 하지 않았는데, 자신의 마음을 헤아린 그의 세심함이 또 한 번 감동을 준다. 아버지 작업실 창문에 드리워진 커튼을 열고 밤하늘을 올려다보았다. 그가 마주하고 있는 하늘과 똑같은 하늘, 그가 보고 있는 별들과 똑같은 별들이 애잔하게 다가왔다.

세현의 가족들이 머무는 펜션 주변에 어스름이 걷히고 잔잔한 햇빛이 스며들기 시작했다. 이슬을 머금은 풀잎의 향기와 살짝 안

개가 낀 숲의 내음이 아침을 시작하는 사람들을 깨웠다. 펜션 뒤의 작은 계곡에서 나는 물소리가 새 소리와 섞여 상쾌한 기분을 더해 주었다. 아침 일찍 일어난 세현은 아직 잠들어 있는 가족들이 깨지 않게 조심스레 밖으로 나왔다. 한 손에 가방을 들고 혼자 움직이는 세현의 모습이 조심스럽지만 어딘지 모르게 들떠 있었다.

"너, 어디 가?"

인기척에 잠이 깬 세희가 부스스한 얼굴로 창문을 열고 세현을 불렀다.

"어, 누나. 깼어?"

"부스럭거리니까 깼지. 너 어디 가는데 아침부터 혼자 바쁘니?"

"나 먼저 서울로 올라갈게. 어제 아버지랑 어머니에게는 이야기 했어."

"뭐 급한 일 있니? 어디 가는데?"

"응. 만날 사람이 있어서."

세희는 팔짱을 끼고 동생의 움직임을 가만히 지켜보았다. 차분 한 말투와는 달리 들뜬 발걸음과 입가에 걸려 있는 미소가 수상했 다.

"너, 여자 생겼니?"

유난히 직감이 뛰어난 세희가 눈을 가늘게 뜨고 툭 질문을 던졌 다. 멈칫하던 세현이 뒤도 돌아보지 않고 어깨만 으쓱하고는 자신 의 차에 짐 싣는 일을 마저 한다.

"수상해."

"뭐가?"

"어제도 밖에서 누구랑 통화하는 것 같던데, 그 사람 만나는 거 지?"

꼬치꼬치 캐묻는 세희가 조금 귀찮아 세현이 찡그린 얼굴을 하고 바라보았다.

"뭐가 그렇게 궁금해?"

"너답지 않게 아침부터 실실거리고 웃고 있는 데다가 누굴 만나는지 모르지만 혼자 급하게 갈 준비나 하고. 이상하잖아. 너, 여자생긴 거 맞지? 누구야, 누군데?"

세현은 소이를 이 여행에 데려오지 않기를 잘했다는 생각이 문득 들었다. 세희의 집요한 질문을 침묵으로 뒤로하고 냉큼 차에 올라탔다. 아무런 반응이 없는 동생에게 바짝 약이 오른 세희가 움직이기 시작한 세현의 차를 향해 소리쳤다.

"야! 김세현! 누나가 얼마나 예리한데 그걸 속이려고 하냐! 서울도착해서 전화해!"

차창 밖으로 세현의 손이 불쑥 나오더니 살짝 흔들고는 이내 안으로 들어가는 모습이 보였다. 세희는 떠나는 동생의 차를 바라보며 싱긋 웃었다. 무덤덤한 동생에게 여자가 생긴 것이 분명했다. 세희는 근질거리는 입을 참을 수가 없어 아직 단잠에 빠져 있는 가족들을 깨우기 위해 돌아섰다.

"소이 씨, 일어났어요?"

기름을 넣기 위해 잠시 주유소에 차를 멈추고 세현이 소이에게 전화를 걸었다. 이미 일어났는지 상큼한 목소리다. 자신의 바람대로 그녀는 어제 저녁 울면서 잠들지 않은 듯 소이가 갖고 있는 맑고 부드러운 음성, 평소 그대로였다.

"나 지금 출발해서 서울로 가고 있어요. 집에 들렀다가 준비하고 나오면 한…… 11시쯤 소이 씨 집에 도착할 것 같은데 어디 가고 싶은 곳 있어요?"

「공원이요. 우리 집 근처 공원으로 소풍 가요. 산책도 하고 김밥도 먹고 돗자리 깔고 책도 보고.」

"이야, 너무 갑작스러운데요? 준비된 게 아무것도 없는데. 김밥, 돗자리, 읽을 책 모두 다."

「내가 준비하면 되죠.」

쿡쿡 웃으며 소이가 말했다. 세현은 소이가 준비한다는 말에 알았다고 대답하려다 말고 잠시 고민했다.

"음, 소이 씨는 함께 읽을 책만 준비해요. 나머지는 내가 준비할 테니."

「김밥이랑 물이랑 간식이랑 돗자리랑 전부요? 언제 준비하려고요.」

"걱정 말라니까요. 내가 해 주고 싶어서 그래요. 그럼 집 앞에서 전화할게요."

세현은 그럴 필요 없다는 소이의 말을 자르고 주유가 끝난 차에 시동을 걸었다. 세현은 소이와의 소풍을 위해 어떻게 준비할지 고민하며 천천히 차를 움직여 서울 방향을 가리키는 이정표를 따라 운전했다. 차창 밖으로 청평호수가 잔잔히 물결치며 반짝이고 있었다.

소이는 옷장에서 하늘거리는 쉬폰 원피스를 꺼내 입었다. 원피스 밖으로 뻗은 소이의 가느다란 팔이 여름 햇살에 전혀 그을리지 않아 하얗고 깨끗했다. 살짝 퍼진 치맛단이 무릎 위에서 움직일 때마다 살랑거린다. 소이는 거울을 보며 머리를 묶었다가 풀기를 반복하다가 위로 산뜻하게 올려 묶고 머리띠로 마무리를 했다. 소이는 거울 속 자신이 발랄하면서도 청순한 느낌이 나는 것 같아 스스로도 만족스러운 듯 빙글 돌아보았다.

몸단장을 마치고 소이는 가방을 꼼꼼히 살폈다. 커다란 가방 안에는 세현이 읽을 만한 책들과 자신이 그릴 그림도구들이 가지런히 놓여 있었다. 세현은 아무런 준비도 하지 말라고 했지만, 여행지에서 바로 올라오는 그가 미처 준비하지 못할 것 같아 아침 동안 샌드위치와 과일을 넣어 만든 도시락도 담겨 있었다. 마지막으로 그가 좋아하는 커피가 든 보온병을 가방에 넣고 소이는 창밖과 핸드폰을 번갈아 바라보며, 세현이 오기를 들뜬 마음으로 기다렸다.

시계가 11시를 가리킬 때 즈음 골목길로 세현의 차가 천천히 들어오는 것이 보였다. 반가운 마음에 뛰어 나가려던 소이가 잠시 멈추고, 핸드폰을 바라보았다. 자동차가 빨간 우편함 앞에 멈춰 서는 소리가 들리고 이어서 전화벨이 울렸다.

「지금 집 앞인데, 준비됐어요?」

창밖으로 전화를 하며 차 문을 열고 나오는 세현의 모습이 보인다. 여전히 단정한 모습의 그가 차 앞에 서서 자신의 방 창문을 바라보는 모습을 두근거리는 마음으로 내려다보았다. 소이는 통통통 경쾌하게 계단을 내려갔다. 한 걸음, 한 걸음 가까워질 때마다 설렘도 더 해졌다. 여름 햇살을 받아서일까. 눈부시게 빛나는 그가 환하게 웃고 있다.

"오늘 예쁜데요?"

소이의 모습을 찬찬히 훑어보며 세현이 말했다. 서로를 마음에 확실히 새기고 난 후 부쩍 예뻐진 그녀다. 다른 사람들이 보면 눈에 콩깍지가 씌워졌다고 놀릴 테지만 소이가 어떤 모습을 하고 어떤 말을 하든 모든 게 다 예뻐 보였다.

소이가 옆자리에 앉을 수 있도록 차문을 열어 주고 안전벨트까지 꼼꼼히 챙긴 후 세현도 운전석으로 돌아와 앉았다. 운전대를 잡은 세현의 옆모습을 마냥 싱글거리며 바라보는 소이가 백미러를 통해 보인다. 세현은 무릎 위에 가지런히 모으고 있는 소이의 손을 살짝 감싸 쥐었다. 촉촉하고 보드라운 느낌이 가슴을 뛰게 했다. 소풍 장소로 운전을 하면서 소이의 모습을 보고 싶은 시선을 앞에 두느라 세현은 진땀을 빼야 했다.

소이의 집 근처에서 조금 더 가면 있는 커다란 공원은 화창한 일요일 오후를 즐기기 위해 모여든 사람들이 여기저기에 흩어져 휴일의 여유를 즐기고 있었다. 공원 주변으로 흐르는 개천 위로 물새들이 한가로이 헤엄치고, 공원의 대부분을 차지하는 울창한 나무들이 여름 햇살 속에서 짙은 녹음을 드리우고 있었다. 무더워지는 날씨에도 간간이 불어오는 바람이 시원했다. 바람이 불 때마다 나뭇잎들이 서로 스치며 쏴아— 하며 소리를 낸다.

분수대 옆의 커다란 잔디밭에는 돗자리를 펼치고 앉아 점심 식사를 하는 가족들과 아장아장 걸어 다니는 아기를 쫓아가며 밝게 웃는 엄마, 아빠의 모습이 여유로움을 더했다.

세현과 소이는 좀 더 공원의 안쪽으로 들어가기로 했다. 공원의 안쪽은 숲이 우거져 있어서 한적하기도 했지만, 무엇보다 소이가 정말 좋아하는 산책길이 있기도 했다. 세현은 어디서 구해 왔는지 피크닉용 가방을 뒤 트렁크에서 꺼냈다. 의외의 물건에 소이는 내심 감탄하는 표정으로 피크닉 바구니와 세현을 번갈아 보았다. 집에 도착해서 소이에게 오기까지 그 짧은 시간 동안 많은 준비를 한 것 같아 자신이 준비한 음식들이 정말 간소하게 느껴졌다.

"언제 이런 걸 다 준비했어요?"

소이는 놀랍다는 목소리로 세현에게 물었다. 세현은 으쓱하며 장난기 가득한 눈을 하고 말했다.

"별것 아니에요."

"뭔지 모르지만, 나 기대해도 되는 거죠?"

"뭐 크게 기대하면 실망이 클지도 모르니까 조금만 해요."

공원 안 곳곳에 소이와 세현처럼 손을 잡고 다정한 눈길을 주고 받는 연인들이 보였고, 자전거를 타거나 조깅을 하는 사람들이 때 때로 그들에게 부러운 시선을 보내기도 했다.

그런 무리들 속을 지나쳐 두 사람은 넓은 보행로 옆에 난 고불 고불한 샛길로 들어섰다. 새의 지저귐을 따라 고개를 올리니 짙은 초록의 잎 사이로 가려진 둥지가 보였다. 맑은 여름 하늘에 닿을 듯 울창하게 뻗은 나무들이 따가운 햇살을 대신 맞고 잎의 틈새로 부드러운 햇살만 들여보내고 있었다.

나무들로 인해 그늘진 산책길은 햇빛을 가려 주긴 했지만, 서늘한 기운을 주어 옷을 얇게 입은 소이가 몸을 움츠리고 팔을 감싸 쥐었다. 그런 소이에게 자신의 온기를 나눠 주기 위해 그녀의 어깨에 손을 올리고 가까이 끌어당기는 세현이었다. 세현은 그의 행동에 부드럽게 미소 지으며 올려다보는 소이가 한없이 맑아 자신도 모르게 그녀의 뺨에 살짝 입맞춤을 했다.

나무 그늘 아래를 좀 더 걸어가니 풍성한 나뭇잎을 단 가지가 서로를 향해 펼쳐진 두 그루의 상수리나무가 나왔다. 세현과 소이는 푸른 잎이 유독 도드라지는 상수리나무 아래에 자리를 잡기로 했다.

세현이 피크닉 가방을 열고 돗자리를 꺼내어 펼쳤다. 소이를 먼저 자리하게 하고 이번엔 얇은 무릎 담요를 건넨다. 그늘 아래라 서늘한 데다 치마를 입고 나온 소이에 대한 배려였다. 소이는 세현이 세 번째로 꺼낸 작은 쿠션을 보고 까르르 웃었다. 세현은 아랑곳하지 않고 담담히 나뭇등걸에 소이가 편히 기댈 수 있도록 쿠션을 받쳐 주었다.

"기대하지 말라더니, 이렇게 감동을 주네요."

"이런 걸로 감동받으면 싱겁잖아요. 뭐, 다시 한 번 반할 만큼 세심하고 멋지긴 하죠?"

소이는 너스레를 떠는 세현에게 이끌려 상수리나무 아래 편안하게 기댔다.

"자, 이제 식사도 해야죠?"

피크닉 가방에서 도시락을 꺼내 든 세현에게 소이가 사랑이 담뿍 담긴 시선을 주었다. 여러 가지로 사람을 감동시키는 재주가 있는 사람이다. 도시락 하나하나에 유부초밥과 여러 가지 김밥들이 가지런히 놓여 있고, 어설프긴 해도 정성스레 잘 깎여진 과일들이 향긋한 냄새를 풍기며 담겨 있었다. 소이는 김밥을 하나 집어 먹고는 그 맛에 놀라 눈을 동그랗게 뜨고 세현을 바라보았다.

"세상에! 정말 맛있어요. 세현 씨한테 이런 재주가 있었는지 오늘 처음 알았네요? 이거 전부 세현 씨가 만든 거예요?"

짐짓 거드름을 피우며 앉아 있던 세현이 놀랍다는 표정으로 바라보는 소이를 보고 피식 웃었다.

"내가 만든 거 아니에요."

"에…… 그럼요?"

"김 할머니가 만든 거예요."

"김 할머니요? 세현 씨 할머니가 만드셨다고요?"

소이의 천진난만한 모습에 세현은 머쓱해진 미소를 짓고 답했다.

"아니, 우리 할머니가 만든 게 아니라……. 사실 동네 김밥가게에서 산 거예요. 내가 요리엔 재주가 없어서."

머리를 긁적이며 세현이 말하는 김밥에 대한 진실이 재미있고 황당하여 소이는 맑은 웃음을 터뜨렸다. 부랴부랴 동네 김밥가게에 들러 김밥과 유부초밥을 사서 혼자 사는 집에 있을 것 같지 않은 도시락에 정성껏 담으며 흡족해했을 세현이 상상되어 도저히 웃음을 멈출 수가 없었다.

"아……하하…… 세현 씨가 자랑스럽게 건네서 직접 만든 줄 알고 엄청 감동받았잖아요."

"실망했어요?"

"아뇨, 즐거워요. 세현 씨의 생각도 재미있고. 어쨌든 내 생각하면서 정성껏 싼 도시락이잖아요. 고마워요, 맛있게 먹을게요."

소이는 나무젓가락을 쪼개어 세현에게 건넸다. 푸른 상수리나무 그늘 아래에서 서로 김밥이며 유부초밥, 과일을 주고받으며 한가로운 둘의 점심 식사가 시작되었다. 소이도 가방에서 준비한 음식을 꺼내어 세현에게 내보였고, 세현은 소이가 직접 싼 샌드위치를 연신 감탄하며 먹었다. 푸짐하진 않아도 아기자기한 식사가 끝나고 마지막으로 세현이 보온병을 꺼냈다. 세현이 컵에 따른 차에서 향긋한 바닐라 향이 났다.

"세현 씨, 단거 싫어하잖아요. 이건 또 어떻게 준비했어요?"

"소이 씨가 좋아하는 거잖아요. 뭐, 사 놓고도 자주 먹지는 않지만 가끔씩 소이 씨 생각날 때 마시곤 해요. 혜연 씨네 카페에서 만드는 바닐라 밀크 티에 비하면 맛은 없겠지만, 이건 내 정성과 마음이 담긴 거니까."

소이도 가방에서 보온병을 꺼내어 컵에 준비한 차를 따랐다. 이번엔 부드러운 커피 향이 난다.

"가끔 우리는 서로를 생각하는 마음이 참 크다고 느껴질 때가 있어요."

소이가 건네는 커피를 마시며 세현이 말했다. 세현은 담담히 시작한 둘의 관계가 서로를 이해하며 바라보기 시작하면서 아주 작고 사소한 것까지 배려하고 아끼는 사랑으로 변하고 있음에 감사했다.

"소이 씨, 그거 알아요?"

"뭘요?"

"소이 씨의 수줍음 많고 소심한 성격 뒤에 밝고 당당한 면이 감춰져 있는 거 말이에요."

"제가요?"

"나한테 보여 주는 그런 모습들이 사랑스럽다고……. 그래서 더 설레고 감동적이라고 말해 주고 싶었어요."

소이는 세현의 말에 부드럽게 미소 지었다.

"세현 씨도 그래요. 다른 사람들에겐 무뚝뚝해도 나에겐 세심하고 한없이 다정한 점. 나에게 한없이 배려해 주고 인내해 주는 점. 소소한 일상 속에서 오늘 같은 감동을 주는 점. 세현 씨는 나에게 정말 보물 같은 사람이에요."

'사랑'이라는 느낌이 주는 설렘 속에서 두 사람은 오랫동안 시선을 교환했다. 상수리나무의 풋풋한 향기와 두 사람이 나누는 차 향이 섞여 한적한 공원의 점심 식사에 행복함이 더해졌다.

오후의 공원은 따갑게 내리쬐는 햇볕이 땅을 달구기 시작해 꽤 더워진 공기로 후덥지근했다. 사람들은 더위를 피하기 위해 산책하거나 자전거를 타는 것을 멈추고 나무 그늘 아래로 모여들었다. 점점 더워지는 날씨에도 사람들은 일요일 오후를 마음껏 즐기고 있었다.

식사를 마친 소이와 세현도 나무 그늘 아래에서 나름의 시간을 보냈다. 소이가 책장에서 신중하게 고른 수필집 몇 권을 세현이 돗자리에 드러누워 읽고 있었고, 소이는 여름의 풍경을 스케치북에 담아내고 있었다. 자신이 앞으로 그릴 그림책에 넣고 싶은 풍경이 공원 곳곳에 가득했다.

세현이 가끔씩 책을 보다 말고 그림을 그리는 소이의 옆모습을 바라보았지만, 소이는 그림 그리는 것에 몰두하고 있어 그 시선을 느끼지 못하는 듯했다. 진지하게 그림을 그리고 있는 소이에게 방해가 될까 봐 세현은 들고 있는 책에 집중하려 노력했다.

나무 사이로 불어오는 바람이 소이의 앞머리를 살짝 흩트리고 지나간다. 세현은 긴 손가락을 뻗어 소이의 앞머리를 매만졌다. 그의 손길에 흠칫 놀란 소이가 시선을 세현에게 두고 이내 말갛게 웃는다. 언제 보아도 감동을 주는 소이의 미소에 세현은 가슴속에서 이는 충동을 이기지 못하고 몸을 일으켜 빨간 입술에 천천히 자신의 입술을 가져갔다. 부드럽고 달콤한 느낌에 세현은 가슴이 세게 요동치는 것을 느꼈다.

자신의 팔로 소이의 가는 허리를 좀 더 가까이 끌어당겼다. 자연스럽게 자신을 받아 들이는 소이로 인해 세현은 머릿속이 아찔해졌다. 점점 깊어지는 두 사람의 입맞춤에 여름의 바람이 소용돌이치듯 둘 사이를 훑고 지나간다. 세현과 소이는 상수리나무 아래의 공간에서 단둘뿐인 것처럼 그렇게 서로에게 몰입하고 있었다. 한참을 소이가 전해 주는 향기에 취해 있던 세현이 더 이상 계속하면 자신을 자제할 수 없을 것 같아 낮게 한숨을 쉬고 소이에게서 떨어졌다. 반짝하고 빛나는 소이의 눈망울이 자신의 얼굴에 닿는다. 세현은 손으로 소이의 눈을 가리며 말했다.

"그런 눈으로 보지 말아요."

"……왜요?"

"내가 참을 수 없을 것 같아서 그래요. 그렇게 맑은 눈으로 보면 자꾸 소이 씨에게 다가가고 싶어지는 내 자신이 바보 같아지잖아요."

소이는 자신의 눈을 가리고 있는 세현의 손을 꼭 잡고 자신의 무릎 위로 내려놓았다. 말없이 자신을 바라보는 소이의 눈에서 수만 가지의 생각과 감정이 보이는 듯했다. 소이는 세현의 입술에 작은 입맞춤을 하더니 나지막이 말했다.

"난…… 처음엔 부끄럽고 당혹스러웠지만 지금은 세현 씨가 주는 느낌이 싫지 않아요. 그러니까 주저하지 않아도 돼요. 세현 씨가 해 주는 말도, 몸짓도 나에겐 큰 의미니까."

담담히 이야기하는 소이를 세현은 벅찬 마음에 한껏 품에 안았다. 소이에게서 나는 향긋한 바닐라 향이 여름 숲의 향기와 섞여 세현의 마음을 더욱 자극했다.

느릿느릿 천천히……. 소이를 바라보며 다짐했던 마음이 뿌리 끝부터 흔들린다. 세현은 자신의 성마른 마음을 달래려, 더 세게 소이를 보듬어 안았다.

소중하고 소중한 사람. 자신의 곁에 꽁꽁 숨겨 두기엔 아까운 사람. 세현에게 소이는 그런 의미였다. 자신의 가족만큼 소중한 소이에게 자신의 욕심을 드러내야 할지 세현은 잠시 망설였지만, 용기를 내어 말을 꺼냈다.

"사실 난, 우리 가족여행에 꼭 소이 씨를 데려가고 싶었어요. 소이 씨가 단번에 거절해서 조금 서운했었는데. 내가 너무 성급하긴 했죠?"

세현의 말에 품속에 폭 파묻혀 있던 소이가 세현에게서 떨어져 잠시 고민을 하더니 답했다.

"아직은 자신이 없었어요. 세현 씨의 제안은 고마웠지만…… 세현 씨의 가족들을 만난다는 게 막연히 두려웠거든요."

"우리 가족들, 다른 사람들에게 모질게 할 줄 모르는 사람들이에요. 소이 씨가 부담스러워하는 마음 충분히 이해하지만, 내 욕심에 소이 씨를 꼭 소개시켜 주고 싶었어요. 그냥 자연스럽게 우리 가족이 갖고 있는 분위기를 느꼈으면 했거든요."

"세현 씨를 보면 세현 씨의 가족들이 얼마나 사랑이 넘치는 사람들인지 느껴졌기 때문에 그분들이 절 어색하게 대할 거라든가 모질게 대할 거라는 생각은 하지 않았어요."

"그런데 왜 두려워해요?"

자신에게 용기 있게 마음을 연 소이가 '가족' 이란 말에 또다시 주춤한다. 세현은 소이의 입에서 나오는 '두려움' 이란 단어를 없애 주고 싶다는 생각에 성급한 질문을 던졌다. 소이는 '왜?' 라는 세현의 질문에 흔들리는 눈빛으로 한 곳을 응시하다가 머뭇거리며 말했다.

"세현 씨…… 난…… '가족' 이란 단어가 주는 따스함을 잘 몰라요. 그래서 세현 씨에겐 '가족' 이란 단어가 행복하고 단란한 이미지겠지만, 나에겐 쓸쓸하고 슬픈 이미지예요. 이런 마음으로 세현 씨 가족을 만난다면 아마 혼자 움츠러들고 겉돌 것 같아서 두려웠어요."

소이에게 가족이 주는 의미가 어떤 것인지 어렴풋이 짐작을 하고 있었지만, 그녀의 입에서 직접 나오는 아픈 마음을 어떻게 어루만져야 할지 고민에 빠졌다.

소이는 살짝 찌푸린 얼굴을 하고 검지로 톡톡톡 자신의 무릎을 두드리는 세현을 가만히 올려다보았다. 자신의 이야기에 고민을 하고 있는 것이 분명했다. 작게 한숨을 쉰 소이가 말을 이어 갔다.

"지금 세현 씨와 함께하는 이 여름은 내게 좋은 느낌을 주지만, 사실 여름은 내가 싫어하는 계절이에요. 무더운 날씨도, 답답한 공기도, 줄기차게 내리는 비도 항상 지치고 힘들다는 느낌이 들었거든요. 그리고…… 여름은 엄마가 돌아가신 계절이에요. 엄마가 죽던 날은 비가 무척 많이 내렸고 아빠가 마음을 닫은 날이기도 했고……. 그것 말고도 좋지 않은 기억이 너무도 많아서 항상 여름이 오는 게 싫었어요. 여름이 되면 잊으려고 애썼던 우리 가족의 어두운 부분이 자꾸 떠올라서 여름을 나기가 정말 힘들거든요."

목소리는 담담했지만 말을 하는 입술은 떨리고 있었다. 아마도 울음을 참으려는 것이겠지. 세현은 소이의 옆에서 자리를 옮겨 그녀와 마주 보았다. 자꾸 고개를 숙이는 소이의 얼굴을 양손으로 감싸고 자신의 눈을 바라보게 했다. 소이의 살짝 물기를 머금은 눈이 애처로워 오래 바라볼 수가 없었다. 그래도 그가 먼저 시선을 피한다면 상처를 받을지 모르는 그녀이기에 점점 젖어 드는 소이의 시선을 피하지 않고 담담히 마주하려 애썼다.

"비가 무척 많이 내리던 날 아빠가 엄마를 차에 태우고 외출을 했어요. 비가 오는 탓에 혼자 있는 집은 평소보다 더 쓸쓸하고 적막해서, 엄마와 아빠가 언제쯤이면 올까 하고 창밖으로 아빠의 차가 보이는지 보이지 않는지 무던히도 바라보았어요. 일하는 아줌마가 차려 주는 밥을 넓은 식탁에서 혼자 먹으면서도, 마루에 앉아 그림을 그리거나 장난감을 갖고 놀 때에도 집중하지 못하고 엄마, 아빠만 마냥 기다렸죠. 하지만 한참 후에 돌아온 건 아빠뿐이었어요."

소이는 커다란 눈에 맺히는 눈물이 흐르지 않도록 힘을 주어 보았지만, 어느새 잔뜩 고인 눈물이 소리 없이 떨어졌다. 그래도 자신의 아픈 기억을 토해 내려 애쓰며, 세현의 손을 꼬옥 잡았다.

"사고였어요. 빗길에서 종종 일어나는……. 아니 일어나서는 안 되는 그런 사고였어요. 엄마가 앉은 자리 쪽으로 더 큰 충격이 간 상태여서 사람들이 어떻게 할 겨를도 없이 그 자리에서 숨지셨다고 들었어요. 어릴 적이라 사람들이 사고에 대해 무어라 말을 해도 전혀 알아들을 수 없었어요. 내가 할 수 있는 일은 더더욱 없었고요."

"아버지는요? 아버지는……. 살아 계셨잖아요."

"아버지는 다행히 심하게 다치지는 않았지만, 옆에서 엄마의 사고 장면을 생생하게 목격해서 정신적인 충격이 컸다고 했어요. 그래서…… 사고 후의 일을 수습하거나 엄마의 장례를 치르는 일을 할 상황이 아니었어요. 주변에 이모 말고는 이렇다 할 친척도 없어서, 뒷수습은 이모가 다 해 주긴 했지만 난 아빠가 깨어나지 않는 병실에 혼자 있어야 했어요."

세현은 더 이상 어떤 질문도 할 수 없었다. 어린 소이에게 닥친 상황들이 자신이 감당하고 느끼기엔 너무나 힘들고 아픈 것들이어서 섣불리 위로도 건넬 수가 없을 만큼 마음이 아팠다.

"아빠는 엄마의 장례 때에도 일어나지 않았어요. 엄마의 죽음을 받아들이지 못했거든요. 아빠가 엄마에게 갖고 있던 사랑이 너무도 커서 충격이 더한 거라고 의사가 말하는 걸 어렴풋이 들었어요. 좀 더 크고 난 후에 아버지의 병명이 '외상 후 스트레스성 장애'라는 것을 알게 됐지만요. 병명을 알고 나서도 크게 달라진 건 없었어요. 엄마가 돌아가신 이후로 아빠는 말이 없었고, 빗소리에 흥분한다거나 괴로워했고, 자동차만 봐도 겁에 질려 내 힘으로 어떻게 할 수 없었어요. 난 그런 아빠의 공허한 시선이 마음 아팠고, 내게서 돌린 등이 서러웠어요."

이미 눈물이 멎은 눈동자로, 버석해진 입술로 소이는 담담하게 이야기를 했다. 아니, 담담한 목소리였지만 가슴속의 아픔과 고통을 쥐어짜고 있었다. 세현은 소이를 부드럽게 끌어안고 등을 쓰다듬어 주었다. 자신의 이런 손짓이 그녀의 마음을 다 위로할 수 없음에도 조금이라도 따뜻함이 닿기를 바라며 그렇게 움직였다.

"세현 씨, 우리 아빠는 아직도 과거의 기억 때문에 고통스러워하고 있어요. 난 점점 자라면서 아빠를 짐이라고 생각하지 않으려 무척 노력했지만, 아빠의 고통이 내 마음을 억누르는 것임은 변하지 않았어요. '가족'이라는 단어가 주는 따뜻함을 내게 주지 못하는 아버지가 원망스럽기도 하고 내게 닥친 여러 힘든 상황이 가끔은 몸서리치게 싫기도 하고……. 그래서 자꾸 각박해지는 마음에 힘겹기도 해요. 그래도 내가 어둡고 쓸쓸한 마음을 갖고 있으면, 아빠 또한 마음에서 헤어 나올 수 없음을 알기에 무던히 노력했어요. 밝고 맑게 내 주변과 상황을 바라보고, 그 안에서 감동하고 위안을 얻고, 따뜻함과 자상함을 찾고……. 그렇게 담은 내 일상들을 아빠에게 나누어 주면 좀 더 빨리 나아지지 않을까 정말 열심히 살았어요."

이렇게 소이의 아픈 기억을 끌어내려 했던 것이 아니었다. 그저 자신의 마음에 너무도 곱고 예쁜, 소중하고 감사한 소이를 자신의 다정한 가족과 자연스럽게 연결해 주고픈 욕심으로 시작한 한마디가 이렇게 그녀를 아프게 할 줄 몰랐다. 세현은 조급했던 자신을 원망하며 더 깊이 소이를 끌어당겼다.

"세현 씨의 가족을 만나면 정말 좋을 거예요. 세현 씨가 내게 주고 있는 다정함과 사랑스러움을 한가득 갖고 있는 그런 가족이겠죠. 아마, 그 안에서 내 아픔이 조금은 누그러질지도 몰라요. 세현 씨가 나를 있는 그대로 받아들였듯이 세현 씨의 가족들도 나를 그렇게 받아들이시겠죠. 하지만…… 난 아직 용기가 나질 않아요. 세현 씨의 가족들에게 자연스럽게 물드는 것도, 그 안에서 당당하게 사랑을 받는 것도 주저하게 돼요."

세현은 소이를 안고 있던 팔을 풀고 그녀의 두 손을 꼭 잡았다. 소이의 고통을 마음에 담으며 애처로웠던 눈빛이 진지하고 깊은 검은빛으로 바뀌어 있었다.

"소이 씨, 난 그저 우리 가족에게 내가 너무도 사랑하는 사람을 보여 주고 싶었을 뿐이에요. 나의 가족들에게 소이 씨를 마음껏 자랑하고 싶고, 말해 주고 싶었어요. 내가 지금까지, 앞으로도 받을 넘치는 사랑을 소이 씨에게 나누어 주고 싶었고 소이 씨가 그 안에서 또 다른 행복을 느끼길 바랐어요. 소이 씨가 우리 가족 안에서 빨리 당당해지라고, 가족이 주는 사랑이 당연한 것임을 받아들이라고 내가 강요할 수는 없어요. 모두 소이 씨 마음먹기에 달린 거니까. 소이 씨가 갖고 있는 아픔과 고통의 무게…… 내게 하나씩 천천히 내려놓으라고 했죠? 우리 가족에게도 마찬가지예요. 그들도 소이 씨에게 전부를 내놓으라고 하지 않을 거예요. 소이 씨가 나에게 그랬던 것처럼 천천히 조심스럽게 내려놓아도 돼요. 소이 씨가 마음속에 상처를 갖고 있다고 해서 움츠러들 필요도 없어요. 내가 아는 소이 씨는 자신의 상처를 감싸 안고도 당당할 수 있는 맑음이 있는 사람이니까."

한 마디 한 마디에 힘을 주어 말하는 세현을 소이는 물끄러미 바라보았다. 왠지 그의 목소리와 눈을 바라보고 있으면 자신의 마음속에 무한한 신뢰와 믿음이 생기는 것 같았다.

"소이 씨, 성급하게 우리 가족을 만나 달라 하지 않을게요. 나를 통해 소이 씨가 우리 가족의 다정함을 느꼈다면 그걸로 됐어요. 단지 조금 더 용기를 냈으면 좋겠어요. 난 소이 씨와 함께하는 인생을 꿈꾸고 있으니까……."

자신과의 미래를 말하는 담담한 어조의 세현을 소이가 놀란 눈으로 바라보았다. 세현은 진심이 담긴 눈을 하고 부드럽게 웃고 있었다. 그와 함께하는 인생. 많이 부족하고 작은 자신을 그의 당당하고 꼿꼿한 인생에 함께 넣고 싶다는 담담한 고백이 또 한 번 가슴을 울렸다.

"세현 씨가 고맙다는 말 하지 말라고 했지만…… 고마워요."

"뭐가요?"

"그냥요. 이런 날 기다려 주고 받아 줘서요. 넘치게 사랑해 주는 것도, 아픈 마음을 따뜻하게 채워 주는 그 노력도 다 고마워요."

"소이 씨, 그 고맙다는 말 내가 되돌려 줄게요."

"네?"

"소이 씨, 내 곁에 있어 줘서 고마워요. 한 여자랑 인생을 함께

하고 싶은 마음이 들게 만들어 줘서 고마워요. 무엇보다 날 사랑해 줘서 고맙고 내 조급한 마음을 다독여 줘서 고마워요."

세현과 소이는 어느새 강렬함이 사라진 여름 햇살을 받으며 누가 먼저랄 것 없이 서로의 입술을 찾았다. 좀 더 깊어진 세현의 입술은 소이의 아픔을 모두 가져가려는 듯 부드럽게 움직였고, 그를 받아들이는 소이의 입술은 그가 주는 다정함을 채우려는 듯 조심스럽게 움직였다. 여름 햇살 속에서 서로의 마음을 나누는 둘의 그림자가 상수리나무의 그늘과 함께 하나가 되었다.

공원에 조금씩 어둠이 내리기 시작할 때 둘은 상수리나무를 벗어나 산책길을 걸었다. 꼭 잡은 두 손이 그 어느 때보다 애틋했고, 서로를 바라보는 눈빛은 신뢰와 애정이 가득 담겨 있었다. 주차장까지 가는 길이 짧다고 느껴져서일까. 두 사람의 걸음걸이가 느릿느릿 여유로웠다. 세현의 차 앞에 당도하고 나자, 아쉬운 서로의 얼굴을 한참 동안 바라본다. 세현은 싱긋 웃으며 소이가 옆자리에 앉을 수 있도록 문을 열어 주었다. 헤어져야 하지만, 또 볼 수 있으니 아쉬움은 아쉬움대로 남겨 놓고 여름의 데이트를 마무리해야 했다. 어느새 하나둘 켜진 가로등 불빛을 받으며 세현의 차가 미끄러지듯 공원을 나섰다.

소이의 집 앞 빨간 우편함에서 또 한 번 긴 입맞춤을 나누고 나서야 세현은 아쉬운 표정으로 소이를 놓아주었다. 현관까지 들어가는 길에도 계속 뒤돌아보는 소이에게 미소를 보내며, 2층 소이의 방 창문에 불이 켜질 때까지 바라보았다. 돌아서서 차에 올라타는 순간에도 세현의 시선은 소이의 적막한 집에 고정되어 있었다. 2층에만 불이 켜진 집이 쓸쓸해 소이만 그곳에 남겨 놓고 가는 걸음이 좀처럼 떨어지지 않았다.

세현이 차 안으로 돌아왔을 때 핸드폰 벨소리가 울리고 있었다. 어머니의 전화다. 차 안의 시계를 보니 부모님이 여행을 마치고 집에 도착했을 시간이다. 아무래도 먼저 서울로 올라간 아들이 전화가 없어 먼저 건 것이 분명했다.

"어머니, 서울에 도착하셨어요?"

「응. 세준이가 태워다 줘서 편하게 왔어.」

"제가 모셔다 드려야 하는데…… 죄송해요. 약속이 있어서."

「아니야. 만나기로 한 사람은 잘 만났니?」

"네. 방금 헤어졌어요."

「방금? 아침 일찍 가더니 꽤 오래 같이 있었구나.」

"그렇게 됐어요."

어머니와 통화를 하던 세현이 무언가 생각이 난 듯 말했다.

"어머니, 시간이 좀 늦긴 했지만 잠시 집에 들러도 될까요?"

「지금? 내일 출근도 해야 하는데 너무 늦지 않겠니?」

"괜찮아요. 오늘 꼭 드릴 말씀이 있어서 그래요."

「……그래. 기다리고 있을게. 천천히 와.」

세현은 핸드폰을 내려놓고 차에 시동을 걸었다. 차에서 나는 작은 소음이 소이에게 방해가 될까 조심하며 어느새 어둠이 짙게 내려앉은 동네를 떠났다. 부모님의 집으로 가는 길에 세현은 자신이 전할 말과 마음을 정리했다. 자신이 사랑하는 가족들 속에서 소이의 모습을 함께하는 것. 세현은 이 마음이 과한 욕심이 아니라고 자신을 다독이며, 생각을 정리하고 또 정리했다.

"어서 오렴."

현관문을 열고 들어서는 세현을 어머니가 반겨 주었다. 어머니는 막내아들이 무슨 할 말이 있어 이렇게 급히 자신을 찾았는지 궁금했음에도 재촉하지 않았다. 거실에는 아버지뿐 아니라 형과 누나도 함께 있었다. 과일을 먹으며 대화를 나누는 아버지와 형과 달리 누나는 잔뜩 기대하는 얼굴로 세현을 바라보고 있었다.

세현은 가족들이 아직까지 모여 있을 거란 생각을 못 했기에 난감해졌다. 특히 세희는 지금부터 세현이 할 이야기에 호들갑을 떨게 분명했다.

세현은 아버지에게 가볍게 인사하고 자리에 앉았다. 어머니도 그런 막내아들을 따라 아버지 곁에 앉아 부드럽게 미소 지으며 바라보았다. 형수가 새로 과일을 깎아 차와 함께 내왔고, 세희는 목을 쭉 빼고 세현이 무슨 말을 할지 기다리기 힘들다는 표정을 하고 있었다. 묵묵히 과일을 집어 먹던 세현이 침묵을 깨고 말했다.

"어머니, 아버지. 드릴 말씀이 있어요."

"그래. 무슨 말이기에 우리 아들 표정이 이렇게 진지할까?"

어머니가 다정한 음성으로 말하며 세현의 손을 보듬어 쥐었다.

"사실, 저 지금 만나는 사람이 있어요."

"만나는 사람?"

"네. 만난 지 오래되지는 않았지만, 어머니 아버지께 말씀드려도 될 만큼의 시간이라고 판단해서 이렇게 이야기하는 거예요."

"거봐! 엄마. 내가 뭐랬어요? 세현이한테 여자가 생긴 것 같다고 내가 그랬잖아요."

아니나 다를까 세현의 말에 잔뜩 흥분하여 호들갑을 떠는 세희였다. 세희는 어머니가 눈짓으로 조용히 하라는 신호를 보내자 입을 다물었다.

"언제부터 만났니?"

"올해 초 겨울에요. 우리 치과 근처의 어린이 도서관에서 근무하는 아가씨예요. 지금은 다른 일을 준비하고 있지만."

"어머! 어린이 도서관이라면 담쟁이 어린이 도서관? 거기에 너랑 사귈 만한 아가씨는 없을 텐데. 죄다 아줌마 아니면 아저씨뿐이잖아."

"누나, 그렇지 않잖아. 지훈이 데리고 종종 가면서 왜 몰라? 그림책 읽어 주는 사람…… 그 사람이야."

세현이의 말에 세희는 눈을 동그랗게 뜨고 놀랍다는 목소리로 말했다.

"그 그림책 선생님? 어머머, 웬일이니?"

"세희는 알고 있니? 어떤 사람인지."

어머니의 질문에 세희는 옳다구나 하고 자신이 알고 있는 소이에 대한 이야기들을 거침없이 쏟아 냈다.

"나도 얼핏얼핏 지나치듯 봤지만 기억에 고운 느낌의 사람이었어요. 그림책을 읽어 주는 분위기가 참 맑아서 그 도서관에 아이와 함께 가는 부모라면 그 아가씨가 그림책 들려주는 시간을 놓치지 않으려고 할 정도인 걸요. 지훈이가 그 사람 덕에 안 보던 그림책을 다 보고 있잖아요. 어떤 사람인진 잘 모르지만……. 좀 어리게 보이던데? 그치?"

한바탕 이야기를 쏟아 내는 세희가 세현에게 시선을 돌리며 물었다. 그저 소이에 대한 자신의 마음만을 전할 생각이었는데 의도와 다르게 세세한 것까지 말해야 하는 상황이 싫었지만 세현은 꾹 참고 찬찬히 이야기를 이어 나갔다. 어찌 되었든 세희의 입에서 나오는 소이의 이미지가 자신이 말하고자 하는 것과 별반 다른 게 없었기에 나쁘지 않았다.

"스물여섯이고 어린이 도서관에서 그림책을 읽어 주는 일은 계속하고 있지만, 그림책 작가가 되려고 공부 중이에요."

"그림책 작가? 참 예쁜 꿈을 가진 아가씨구나."

"네, 꿈도 꿈이지만 심성도 고운 사람이에요. 생각하는 것도 마음 씀씀이도 남에게 보여 주기 아까울 만큼 맑아요."

애정이 듬뿍 담긴 눈을 하고 사랑하는 사람에 대해 말하는 세현의 모습을 가족들 모두 흐뭇하게 바라보았다. 세현의 어머니가 잠자코 듣고 있다가 염려스러운 듯 말했다.

"네가 말하는 것처럼 그리 맑은 사람이라면, 마음이 많이 여리겠구나. 마음이 여리면 그만큼 다치기도 쉬울 텐데……."

"어머니, 저도 처음엔 여리기만 한 줄 알았어요. 그런데 그게 아니더라고요. 나름 강단이 있고 꿋꿋한 면도 있는…… 생각보다 마음이 단단한 사람이에요."

"그래……."

"사실, 마음에 상처도 많은 사람이에요. 그런데도 항상 주변에서 좋은 것을 찾으려고 하고, 작은 것에도 감동할 줄 아는 사람이에요. 처음엔 그저 호기심이었는데 이젠 제가 많이 아끼고 사랑하게 됐어요."

"마음의 상처라면……?"

"어머니가 일찍 돌아가셨어요. 아버지도 지금 좀 아프시고…… 그래서 우리 가족처럼 따뜻한 느낌을 갖고 살지 못했던 것 같아요."

"저런……."

세현은 소이의 아버지가 갖고 있는 병명까지 말을 하려다 멈추었다. 아버지가 갖고 있는 상처가 크고 그 무게가 소이를 짓누르고 있는 것을 알고 있지만, 굳이 지금 모든 걸 다 말할 필요는 없다고 생각했다. 소이의 맑고 청아한 여름 하늘 같은 모습만 가족들에게 알리고 싶었다.

"어머니, 저 그 사람 많이 사랑해요. 다른 사람에게 뺏긴다면 못 견딜 거란 생각이 들 만큼이요. 그래서 빨리 곁에 두고 싶은 마음에 성급하게 졸랐어요. 우리 가족들 사이에 있는 그 사람 모습을 보고 싶어서 이번 여행에 함께 가자고 제안했거든요."

"그래. 그건 좀 성급했던 것 같구나."

"어머니, 아직은 그 사람 두려움이 커서 당장 보여 드릴 순 없지만 조만간 마음을 좀 더 열고 용기가 생기면 꼭 보여 드리고 싶어요. 그때…… 저에게 그러하셨던 것처럼 다정하게 웃어 주시고 부드럽게 보듬어 주시겠어요? 지금 당장 알아 달라는 말이 아니라, 찬찬히 살펴보면서 마음에 담아 주셨으면 해요."

세현의 진심 어린 고백에 가족들 모두 아무 말도 하지 않았다. 그렇지만 세현에게 건네는 눈빛과 미소에서, 다정하게 어루만지는 손길에서 그러마 하는 마음이 느껴졌다.

"이 녀석! 도통 자기 일은 입 밖에 내지 않더니 여자 생기고 달라졌구나!"

잠시의 적막을 깨고 아버지가 호탕하게 웃으며 말했다.

"우리는 여기서 가만히 기다릴 테니까, 그 아가씨가 오고 싶은 마음이 들거든 언제든 함께 오너라. 맛있는 밥 한 끼 대접하면서 네 말처럼 찬찬히 살펴보면 되니까. 그리고 네가 그 아가씨를 소중히 여기는 마음은 충분히 알았으니, 그 마음 변하지 않도록 해라. 그게 네가 그 아가씨에게 해 줄 수 있는 커다란 일 중 하나일 테니."

아버지의 말에 세현은 말없이 고개를 끄덕였다. 변치 않는 마음. 아버지가 어머니에게 그러했던 것처럼, 형이 형수에게 그러했던 것처럼, 누나가 매형에게 그러했던 것처럼 자신 또한 소이에게 변치 않는 마음을 주리라.

"자, 차가 식었구나. 다시 내올 테니까 천천히 먹고 가."

어머니는 세현의 볼을 쓰다듬고 다정한 미소를 건네며 자리에서 일어났다. 가족들 모두 세현의 말이 끝나자, 아까의 모습으로 돌아가 아무 일 없었다는 듯 담소를 나누었다. 가능한 빨리 소이를 이곳으로 데려와야겠다. 가능한 빨리.

08

"날씨도 참 을씨년스럽네."

혜연이 투덜거리며 카페 문을 열고 메뉴가 적힌 블랙보드판을 꺼내어 놓았다. 시원한 음료수를 마시러 오는 손님들로 여름 한 철 장사가 제법 잘됐었는데, 요즘의 여름 날씨는 화창한 날보다 비오는 날이 더 많아 장사를 하는 데 그다지 도움이 되지 않았다. 혜연은 원망스러운 듯 하늘을 한 번 흘겨보고는 카페 안으로 들어갔다.

"언니!"

카페 문이 열리는 방울 소리와 함께 반가운 목소리가 들린다. 혜연은 찌푸렸던 표정을 화사하게 바꾸고 뒤를 돌아보았다. 앞부분에 길게 단추가 달린 하늘빛 원피스를 입고 단정하게 머리를 푼 소이가 밝게 웃으며 들어서고 있었다.

"어서 와, 소이 씨! 오늘 참 예쁘네? 사랑의 힘인가?"

"사랑의 힘은요. 저 예뻐요?"

"그래, 예쁘다. 칭찬해 주니까 그렇게 좋니?"

예쁘다는 말에 소녀처럼 좋아하는 모습이 영락없는 소이다. 혜연은 부랴부랴 차를 내올 준비를 했다. 비가 내릴 듯 서늘한 날씨에 차가운 차보다는 따뜻한 것이 더 낫겠지. 혜연은 잘 우려낸 바닐라 향의 홍차에 따뜻한 우유를 부었다. 소이가 카페 가득 퍼지는 향기에 눈을 사르륵 감고 음미하는 모습이 보인다. 그 모습이 행복해 보여, 혜연은 절로 기분이 좋아졌다. 저렇게 맑고 고우니 그 잘난 치과의사가 절절매는 것이 당연하다 느껴졌다.

혜연과 소이가 이런저런 이야기를 나누고 있을 때, 세현이 카페 문을 열고 들어왔다. 여전히 군더더기 없이 깔끔한 모습. 반팔의 셔츠 아래로 호리호리 하면서도 다부진 몸매가 살짝 드러난다.

혜연은 자신은 안중에도 없는지 연인들이라면 그렇듯 둘만의 달콤한 시선을 교환하는 세현과 소이를 보면서 작게 혀를 찼다. 왠지 우중충한 날씨가 원망스럽다. 혜연은 둘의 모습을 못 봐 주겠다는 듯 둘 사이를 가로질러 서서 세현을 위한 카푸치노 한 잔을 내려놓았다.

"노처녀 가슴에 불 그만 지르고, 적당히 하지? 눈꼴시어서 못 봐주겠네."

툴툴거리는 목소리지만 정감이 어려 있었다. 소이는 살짝 얼굴을 붉히며 세현에게 고정된 시선을 혜연에게로 돌렸다. 세현도 작게 헛기침을 하며 카푸치노 잔을 바라보았다. 혜연의 말마따나 좀 노골적이긴 했다.

"소이 씨, 오늘은 우리 뭐할까요?"

세현이 소이에게 기울었던 몸을 바로하고 물었다.

"오늘요?"

"어제는 공원에서 데이트했으니까 오늘 또 다른 데이트를 해야죠."

"비도 많이 오는데……."

소이가 쓸쓸한 눈동자를 창밖으로 던지며 말했다.

"비 오는 날의 데이트도 좋잖아요? 우산 속에서 나란히 걷는 거 난 좋던데. 소이 씨랑 좀 더 가까이 붙어 있을 수도 있고."

"정말…… 그런 음흉한 속셈 때문이었어요?"

"음흉하다니요. 섭섭하게."

까르륵 소이가 웃는다. 그녀도 이제 제법 세현의 말을 여유롭게 맞받을 줄 알았다. 부끄럼 많고 소심한 소이가 한 겹 껍질을 깨고 나니 생각보다 훨씬 밝고 맑아 세현에게 더없는 감동을 주었다.

신나게 웃고 떠드는 사이, 출근 시간까지 얼마 남지 않았다. 어느새 카페 밖에는 조금씩 비가 내리기 시작했다. 골목길 담쟁이넝쿨은 빗물이 닿을 때마다 흔들거리며 물방울을 튕겨 냈다. 세현은 우산을 펼쳐 들고 소이의 어깨를 보듬어 안았다. 소이 또한 우산을 준비했지만 꺼내지 않고 세현이 이끄는 대로 커다란 우산 아래 함께했다.

혜연은 점점 멀어지는 두 사람의 다정한 모습을 부럽다는 듯 바라보았다. 서로의 일터로 가는 갈림길에 서서 마주 보는 두 사람의 모습이 우산에 가려져 보이지는 않지만, 애틋하고 다정하리라.

"아, 부러워라……."

혜연은 하나의 우산에서 두 개의 우산으로 나뉘어져 다른 방향으로 걸어가는 두 사람의 모습을 바라보며, 나지막이 중얼거렸다.

담쟁이 어린이 도서관의 벽을 따라 푸른 잎의 덩굴이 위로 위로 올라가고 있었다. 초록빛 천으로 덮인 듯 도서관의 한쪽 벽면이 싱그러운 빛을 띤다. 물기를 가득 머금은 초록빛 잎 사이로 빗물이 소리 내어 떨어지고 있었다. 비가 내려 잔뜩 찌푸린 날씨였지만 도서관의 통유리로 비추는 밝고 환한 빛이 여름 햇살마냥 빛났다. 빗소리만 들리는 조용한 골목길과 달리 도서관은 비오는 날씨에도 그림책을 보러 온 아이들의 목소리로 활기를 띠고 있었다.

소이는 그림책을 읽어 주는 시간까지 조금 여유가 있어, 그림책 학교에 제출할 과제들을 살펴보았다. 해바라기와 나팔꽃이 그려진 수채화가 잔잔하고 부드러운 느낌을 주고 있었다. 꼿꼿하게 서 있는 세현을 닮은 해바라기 옆에 여린 줄기를 어딘가에 의지하고 자라나는 자신을 닮은 나팔꽃. 소이는 그림을 보며 이런저런 생각에 빠져들었다.

비가 참 줄기차게도 내린다. 세상의 모든 티끌을 쓸어가기라도 하는 듯 요란하게 내리는 비에 소이는 살짝 눈살을 찌푸렸다. 비 오는 날을 유독 두려워하는 아버지가 걱정이 된다.

축 처진 마음을 되살리려는 듯 소이는 고개를 세차게 젓고, 스케치북을 덮었다. 한쪽 손으로 턱을 괴고 창밖에 내리는 비를 바라보던 소이의 표정이 좀처럼 나아지지 않는다. 그 모습을 지켜보던 나 주임이 걱정스러운 듯 다가와 물었다.

"무슨 고민이라도 있어? 표정이 영 좋지 않은데?"

"비가 오는 게 싫어서요."

"소이 씨답지 않네? 어떤 날씨든 어떤 계절이든 다 예쁘게만 볼 줄 알았는데?"

"저라고 항상 그러는 건 아니에요. 주임님."

"그래, 그건 그렇지. 소이 씨 말대로 비 한번 무섭게 내린다. 화단에 잘 자라고 있는 채소모종이 다 쓰러지겠어."

빗물에 채소모종이 다칠까 걱정하는 나 주임과 아버지에 대한 걱정을 하는 소이. 두 사람은 함께 창밖을 응시하며 서로 다른 느낌의 생각에 잠겼다. 잠시의 침묵을 깨고 나 주임이 소이에게 말을 건넸다.

"학교는 어때? 다닐 만해? 아휴, 소이 씨가 편하게 학교 다닐 수 있게 배려해 주고 싶은데, 관장님은 소이 씨 절대 놓치지 말라고 하셔서……. 우리가 무리해서 욕심낸 거 아닌가 싶네?"

"괜찮아요. 한 주에 3번만 가면 되고, 분위기도 자유로워서 일을 하면서 다니기에 부담이 되는 곳은 아니에요. 또, 이 작가님도 여러 모로 도와주시고요."

"그렇다면 다행이고. 소이 씨가 만든 그림책 나오면 제일 먼저 우리 도서관에 보내 줘야 해."

나 주임의 말에 소이는 싱긋 웃으며 고개를 끄덕였다.

소이는 눈앞에 놓인 자신의 핸드폰을 만지작거렸다. 비오는 날은 싫었지만, 세현은 보고 싶었다. 그와 함께라면 비로 인해 울적해진 마음을 달랠 수 있겠지.

"비 오는 날의 데이트라……."

소이가 손가락 끝으로 책상을 톡톡톡 두드린다. 어느새 닮아 버린 세현의 오랜 습관대로.

「비오는 날의 데이트! 마중 나오기, 손잡고 담쟁이 돌담길 걷기, 함께 맛있는 저녁 식사하기.」

문자를 보내놓고 나니 거창한 데이트가 아니라 소소하고 일상적인 데이트여서 웃음이 났다.

이제 아이들에게 그림책을 읽어 주는 시간이다. 소이는 준비한 그림책을 들고 2층으로 향했다. 2층에는 도서관에서 가장 사랑하는 공간이 소이가 오길 기다리고 있었다.

비는 하루 종일 내렸다가 멈췄다가를 반복하고 있었다. 퇴근 시간이 가까워져 오는데 비는 그칠 생각을 하지 않고 더 거세어졌다. 세현은 퇴근할 채비를 마치고 핸드폰의 시간을 확인했다. 천천히 걷다보면 제 시간 안에 도서관까지 갈 만큼의 여유가 있었다. 세현은 아까 확인한 문자를 다시 읽어 보았다. 소소한 데이트 코스가 소이다워 웃음이 나왔다.

"무슨 생각을 하는데 그렇게 실실거리고 있냐?"

종혁의 말에 퍼뜩 정신을 차리고 세현은 언제 그랬냐는 듯 담담한 표정을 지어 보였다.

"별로요. 선배야말로 평소랑 달리 퇴근 준비를 서두르셨네요?"

"지현이가 '아빠, 빨리 와. 보고 싶어. 빗길 조심해.' 이러잖아. 정말 예뻐 죽겠다."

자신의 어린 딸을 깨물어 주고 싶다는 표정으로 종혁이 말했다. "나는 딸 바보다!" 하고 외치고 싶은 모습의 종혁을 세현이 살짝 밀었다.

"빨리 가요. 지현이랑 형수님 목 빠지겠네요."

"너야말로, 소이 씨 목 빠지겠다. 얼른 가라."

"저는 제가 알아서 해요. 지현이 말처럼 빗길 조심하고요, 선배."

종혁은 알았다는 듯 싱긋 웃고는 먼저 병원 문을 나섰다. 세현은 남아 있는 치위생사들에게 종혁 대신 마지막 지시를 하고 소이와의 소소한 데이트를 위한 발걸음을 옮겼다.

밖을 나서니 생각보다 많은 비로 큰 우산을 썼음에도 옷과 바지 끝이 젖어 들었다. 아무래도 '손잡고 돌담길 걷기'는 포기해야겠다. 담 치과가 있는 골목을 빠져나와 소이의 어린이 도서관이 보이는 골목으로 들어섰다.

울타리 문 앞에 소이가 우산을 받치고 서 있었다. 소이의 우산은 꽤 작아서 거센 빗물을 다 막아 내지 못하고 있었다. 아니나 다를까 발걸음을 서둘러 다가가니 하늘빛의 원피스가 빗물에 젖어 짙은 빛을 내고 있었다.

"비가 이렇게 오는데 안에서 기다리지 왜 밖에 나와 있어요?"

세현은 꾸중하듯 소이에게 말했다. 소이는 웃기만 한다.

"사실, 이 비가 좋진 않지만 세현 씨 기다리면서 서 있으니까 우산에 떨어지는 빗소리도 음악 같던데요?"

"음악이고 뭐고 옷 다 젖었잖아요. 바보같이. 뭐예요? 이게."

세현은 주머니 안에서 손수건을 꺼내, 소이의 가는 팔에 맺힌 물방울을 닦아 냈다. 소이를 이대로 두었다간 완전히 푹 젖을 것 같아 세현은 서둘러서 길을 재촉한다. 자신의 커다란 우산 한쪽을 기울여 소이가 가능한 비에 젖지 않도록 애쓰며 빠른 걸음으로 돌담길을 빠져나갔다.

"오늘 손잡고 돌담길 걷기는 결국 못 하겠네요."

천진한 소이의 말에 세현은 살짝 얼굴을 찡그리며 말했다.

"그건 나중에 해도 돼요. 이러다가 다 젖겠어요. 감기 걸리면 어쩌려고 그래요?"

"그럼 세현 씨가 간병해 주면 되죠."

"물론 그렇게 하겠지만 그래도 아픈 건 싫어요."

세현이 소이의 어깨에 두른 팔에 힘을 주며 걸음걸이를 더욱 빠르게 했다. 그렇게 버스정류장까지 당도했을 무렵엔 세현도 소이도 거센 비에 흠뻑 젖어 눅눅한 모습을 하고 있었다. 세현은 한숨을 푹 쉬더니 잠시 고민에 빠졌다.

"소이 씨, 안 되겠어요. 잠깐만 여기서 기다려요."

세현은 버스정류장 근처의 음식점을 가리키며 말했다.

"맛있는 저녁 식사는요?"

"소이 씨, 정말……. 일단 여기서 기다려요. 우리 집이 바로 이 근처니까 차 끌고 올게요. 이대로 가면 정말 감기 걸리겠어요. 차 안에서 몸을 좀 녹이고 식사를 하든 집에 가든 하자고요."

세현은 자꾸 투정 부리는 소이가 살짝 원망스러웠다. 자신은 소이가 잘못될까 이렇게 노심초사하는데, 소이의 여유가 가득한 천진함이 답답했다. 세현은 소이를 식당의 넓은 지붕 아래 세워 놓고 자신의 집으로 뛰듯이 걸어갔다.

얼마나 지났을까. 소이는 문득 불어오는 바람에 으슬으슬 추워지는 몸을 팔로 감싸고 세현이 간 방향을 바라보았다. 여름의 비는 정말 싫다. 이 빗속에 혼자 덩그러니 서 있는 것도 싫었다. 그래서 계속 응석 부리듯 말했던 것인데 세현은 알아주지도 않고 제 말만 하고 가 버려서 괜히 서운해졌다.

소이는 찬 기운에 소름이 돋은 팔을 뻗어 손안에 빗물을 받았다. 잠깐 그리했을 뿐인데 한가득 물이 고인다. 이 모습을 세현이 보면 또 걱정하겠지. 소이는 팔을 내리고 물을 탁탁 털고는 하염없이 내리는 빗물을 바라보았다.

멀리 빗속을 뚫고 세현의 차가 다가오고 있었다. 급하게 나왔는지 그가 젖은 옷 그대로 차에서 내려 소이에게 다가온다. 그래도 소이에게 걸쳐 줄 카디건 하나는 챙겼나 보다. 회색 카디건을 소이에게 입혀 주고 자신의 곁으로 바짝 끌어당기고는 세워 놓은 차쪽으로 뛰어갔다.

히터를 틀어 놓아 훈훈한 공기가 감도는 차 안에 앉으니 소름이 돋았던 소이의 팔이 제 모습을 찾았다. 하지만 찬 기운에 파래진 입술은 그렇질 못했다. 세현은 하얗다 못해 파리한 소이가 걱정이 되어 안절부절못했다.

"소이 씨, 놀라지 말고 들어요. 우리 저녁 식사 멀리 가지 말고 우리 집에서 해요."

"네? 세현 씨 집이요?"

"그러니까 놀라지 말고 들으라고 했잖아요. 정말 걱정돼서 그래요. 부담 갖지 말고 가요. 아니, 가지 않겠다고 해도 내가 억지로 데려갈 거니까 그렇게 알아요."

세현의 강경한 말에 소이는 아무 말도 못 하고 창밖을 바라보았다. 그치지 않고 내리는 비, 으슬으슬 떨리기 시작한 몸, 그리고 세현의 집. 소이는 머릿속이 복잡해지는 것을 느끼며 초조하게 앉아 있었다. 세현은 그런 소이의 모습을 흘끗 보며 진정이 되지 않는 가슴속 고동을 감추려는 듯 담담한 표정으로 자동차의 속력을 올렸다.

"들어와요."

세현이 원룸의 불을 켜며 말했다. 현관에 들어서서 어찌할 바를 모르는 소이를 바라보다가 손을 낚아채 성큼성큼 안으로 데리고 들어왔다. 소파에 소이를 앉히고 수건으로 머리의 물기를 털어 주더니, 목덜미와 팔에 남아 있는 빗물을 닦기 시작했다.

"세현 씨, 내가 할게요. 이리 줘요."

화가 난 듯 거칠게 움직이는 세현에게 당황했는지 소이가 떨리는 목소리로 말했다. 세현은 한숨을 푹 내쉬고 순순히 수건을 건네주었다. 둘 사이에 흐르는 적막함과는 달리 세현은 후끈 달아오르는 몸 때문에 가만히 있을 수가 없었다. 소이가 물기를 닦아 내는 동안 세현은 초조하게 방 안을 왔다 갔다 했다.

"소이 씨, 일단 몸부터 씻어요. 아니, 하기 싫다고 하지 말고 그렇게 해요. 내 부탁이니까."

"세현 씨⋯⋯."

"나 진짜 화낼 거예요. 갈아입을 옷은⋯⋯ 일단 내 옷을 내줄 테니까 옷 말릴 동안 입고 있으면 되고⋯⋯. 아! 수건은 욕실 수납장에 있으니까 꺼내 써요. 비누랑 타월도 다 있고. 또⋯⋯."

"세현 씨, 알았어요. 세현 씨 말대로 할 테니까⋯⋯."

소이는 초조하게 말을 내뱉는 세현에게 당황하여, 그의 손을 붙들고 말했다. 겁에 질린 소이의 눈을 보고 나니 세현은 자신이 지금 뭘 하는 짓인가 싶어, 호흡을 고르고 멀거니 서 있었다. 소이가 비에 젖어 감기에 걸릴까 하는 걱정에 충동적으로 집에 데리고 오긴 했지만, 단둘이 한 공간에 있으니 초조하고 떨리는 감정이 자꾸 자신의 머릿속을 복잡하게 했다.

소이는 세현이 건네는 옷을 받아 들고 욕실로 들어갔다. 잠시 후 물줄기 소리가 들리고, 세현은 가만히 소파에 앉아 한 곳을 뚫어져라 응시했다. 갑자기 몸이 섬뜩하니 춥다. 이제 보니 자신 또

한 젖은 옷을 입은 채로 있다는 사실을 알아챘다.

세현은 부랴부랴 옷장 문을 열고 일단 마른 옷부터 꺼내 입었다. 옷을 입는 내내 온 신경이 욕실에서 들리는 물줄기 소리에 쏠렸다. 세현은 이런 자신의 마음을 떨쳐 내려는 듯 고개를 휘휘 저어보았지만, 도저히 진정이 되질 않았다.

냉장고에서 찬물을 꺼내 벌컥벌컥 들이켜고 있을 때 소이가 빠끔히 욕실 문을 열고 나왔다. 세현의 셔츠가 소이의 몸엔 턱없이 컸지만, 젖은 옷보다는 따뜻했고 좋은 세제 냄새가 나 부끄러웠지만 한결 마음이 편해졌다. 세현의 트레이닝복 바지도 바닥에 질질 끌릴 만큼 소이에겐 길었다. 세현은 메마른 눈빛으로 소이를 가만히 바라보았다. 소이는 얼굴을 들어 그의 갈 곳 없이 방황하는 눈동자를 바라보았지만 어떤 생각도 읽을 수가 없어 당황스러웠다.

세현은 자신의 마음을 다시 한 번 다독이며, 젖은 옷 때문에 차가워진 몸을 녹이기 위해 욕실로 향했다. 따뜻한 물로 인해 습기가 찬 욕실에서 자신이 쓰는 비누의 향기가 났다. 세현은 따뜻한 물을 틀려다 말고 찬물을 확 틀어 버렸다. 머리부터 쏟아지는 차가운 물줄기에 정신이 번쩍하고 뜨였다.

"김세현, 정신 차려. 김세현, 정신 차려……. 김세현, 정신…….차려."

수없이 되뇌는 말에서 점점 초조함이 사라지고, 냉정함과 침착함이 되돌아오고 있었다. 세현은 거울에 비친 자신의 모습을 바라보며, 두 손으로 철썩 소리가 나도록 뺨을 때리고는 크게 심호흡을 했다. 주섬주섬 옷을 입고 문을 열고 방 안에서 소이의 흔적을 찾았다. 보이지 않는 소이의 모습에 세현은 당황한 듯 두리번거렸다.

소이는 소파의 한쪽 끝에 미동도 없이 웅크리듯 앉아 있었다.

세현은 조심스런 발걸음으로 소이에게 다가갔다. 떨리는 손끝으로 촉촉하게 젖어 있는 소이의 머리를 매만졌다.

"음……."

고단한 듯 소이가 몸을 뒤척인다. 조금만 건드려도 쓰러질 듯 여린 몸이 애처로워 머리를 매만지는 손끝을 소이의 뺨으로 가져갔다. 따뜻한 물이 닿아서인지 파리했던 얼굴빛과 입술이 제 색으로 돌아와 있었다. 세현은 소이를 번쩍 안아 들고 자신의 침대에 조심스레 눕히고 이불을 덮어 주었다. 소이가 잠이 든 것에 안도하는 자신의 모습에 허허롭게 웃었다. 어느새 창밖에 빗물이 잦아들고 있었다.

세현은 소이가 편히 잠들 수 있도록 베개를 다시 받쳐 주고 일어나서 주방으로 향했다. 소이가 깨면 뭐라도 먹여야 했다. 어쩔수 없이 자신의 집으로 저녁 식사 초대를 하게 되었지만, 요리에 영 자신이 없어 난감했다. 세현은 일단 전기밥솥에 쌀을 씻어 넣고, 냉장고 문을 열었다. 다행히 어머니가 보내 준 음식이 있었다. 그릇에 조금씩 덜어 식탁에 차리고, 수저를 꺼내 올렸다. 상차림이 끝나고 세현은 소이가 잠든 침대로 다가갔다.

꼭 감은 눈두덩이 파르르 떨리는 것 같았다. 오똑하지만 날이 서지 않은 작은 코와 그 아래의 붉은 입술이 한눈에 들어왔다. 가끔씩 작은 신음을 내며 살짝 눈썹을 찌푸리다가 이내 미소 짓는 모습이 풍부한 이야기의 꿈이라도 꾸는 듯했다.

세현은 미소 지으며 침대 옆에 앉아 찬찬히 소이를 바라보았다. 이 집에 들어올 때만해도 두려움 가득하더니 이렇게 무방비하게 잠든 걸 보면, 소이가 마냥 소심한 것은 아닌가 보다. 어쩌면 시작하기까지의 과정이 어려울 뿐이지 한 번 시작하면 대범해질지도 모르겠다.

세현은 소이의 얼굴에 자신의 손을 얹고 긴장으로 차가워진 손에 소이가 갖고 있는 온기를 담았다. 갑자기 세현이 벌떡 일어나한 발짝 성큼 뒷걸음질 쳤다. 자신이 쓰는 비누 향이 소이에게서풍겨 오자 가슴이 주책없이 뛰기 시작했다.

'진정하자……. 진정해.'

수십 번을 마음속으로 외쳐도, 진중한 자신의 이성보다 세현 안의 남자란 존재가 갖는 힘이 더 커졌다. 세현은 털썩 침대에 앉아소이의 입술에 지그시 자신의 입술을 가져갔다. 살짝 닿는 느낌이미칠 것만 같았다.

다시 한 번, 또 한 번…….

잠이 든 소이의 입술을 훔치는 자신이 짐승 같다고 느껴졌지만,그 마음이 잘 제어되지 않는다.

이번이 마지막이다.

세현이 다시 한 번 소이의 입술을 머금으려 할 때 순간 그녀의눈이 반짝하고 떠졌다.

말갛다. 크고 까만 소이의 검은 눈동자가 너무도 맑아 조급한세현의 표정을 선명하게 비추고 있었다. 소이의 투명한 시선이 자신의 속마음을 낱낱이 파고드는 것 같아 세현은 가까이 기울어지고 있는 몸을 바로 세우려 애썼다. 하지만 머릿속 생각과 달리 몸은 본능에 따라 움직였다.

큰 눈을 깜박이며 가까이 다가오는 세현을 멀뚱히 바라보던 소이의 얼굴이 삽시간에 붉어졌다. 뭐라 말할 새도 없이 살짝 벌어진입술 틈으로 세현이 비집고 들어왔다. 다정하고 부드럽게 이어지던 예전의 키스와는 달리 오늘따라 성급하고 거친 느낌의 세현이 당혹스러웠다.

소이의 양옆으로 기울어지는 몸을 받치고 있던 세현의 손과 팔이 자연스럽게 그녀의 허리를 감싸 안았다. 세현은 흠칫 떨리는 소이의 몸이 팔을 통해 느껴졌지만 멈출 수가 없었다. 침대에서 살짝 몸이 일으켜져 어정쩡한 자세로 세현에게 안겨 있던 소이가 자꾸 무너져 내리는 몸을 가누려고 손을 들어 세현의 가슴에 얹었다. 마구 요동치는 세현의 심장박동이 두 손으로 고스란히 느껴졌다.

세현은 소이의 입속을 모두 가져가려는 듯 성마르게 움직였다. 아득해지는 정신을 바로잡으려 안간힘을 썼지만 실패했다. 둘뿐인 원룸 안에 세현의 거친 호흡과 소이의 떨리는 숨소리만 가득할 뿐, 다시 내리기 시작한 빗소리는 이 세상 저편의 것인 양 두 사람에게 들리지 않았다.

어느새 소이도 눈을 지그시 감은 채 세현의 조급하고 초조한 몸짓을 고스란히 느끼고 있었다.

세현은 점점 짙어지는 입맞춤을 하며 소이가 입고 있는 자신의 셔츠 자락 속으로 길고 가느다란 손가락을 밀어 넣었다. 전해져 오는 소이의 체온으로 인해 세현의 마음 한구석이 뜨거워지는 듯했다. 소이는 자신의 등과 허리, 그리고 아랫배를 부드럽게 쓰다듬는 세현의 손길에 쿵쾅거리는 심장박동으로 호흡이 점점 가빠 왔다.

소이에게는 너무도 생소한 느낌에 세현의 가슴에 얹고 있는 손을 옮겨야 할지 말아야 할지 갈피를 잡을 수 없었다. 복잡한 머릿속은 세현의 손길로 점차 새하얗게 변해 갔다. 그가 주는 온기와 알 수 없는 이 느낌을 어떻게 다루어야 할지 모든 것이 처음인 소이는 당혹스러웠지만, 어느새 그에게 온전히 자신을 맡기고 있었다.

갈급하게 움직이던 세현의 손이 우뚝 멈추는가 싶더니, 자신의 몸으로 소이의 여린 몸을 천천히 내리누르기 시작했다. 소이도 세현의 가슴에 얹고 있던 손을 그의 등 뒤로 살며시 돌려 품에 다 안을 수 없는 커다란 등을 어루만졌다.

서서히 소이의 등이 닿고, 목덜미가 닿고, 그리고 부드럽게 펼쳐진 머리카락과 함께 소이의 머리가 침대시트에 닿았다. 세현의 시선과 소이의 시선이 한데 얽혔다. 소이가 본 세현의 눈빛은 걱정하지 말라고 말하는 듯했다. 세현이 본 소이의 눈빛은 두려움이 서려 있었지만, 어느 한구석에 신뢰가 담겨 있었다.

세현이 숨을 고르며 소이의 이마와 눈두덩에 살며시 입을 맞추었다. 조급하지 않게 천천히……. 소이의 귓불과 뺨에도 다정하게 입을 맞추었다. 그리고 마침내 방금까지의 접촉으로 더욱 붉게 물든 입술을 한껏 머금었다.

소이는 다시 눈을 감고 그의 심장박동을 느끼고, 숨소리를 듣고, 그가 주는 떨림을 느꼈다. 그의 손이 셔츠의 단추에 다다랐을 때, 소이의 귓가에 세찬 빗소리가 들려왔다. 몽롱했던 정신이 순식간에 맑아졌다.

이렇게 비가 오던 날, 아버지의 자동차 옆자리에 앉으며 미소 짓는 엄마의 모습이 떠올랐다. 빗속에서 미친 듯이 울부짖는 아버지의 모습이 아른거렸다. 자신에게 차갑게 등을 돌린 아버지의 공허한 눈빛이 떠올랐다. 어두운 방 안에서 아버지를 기다리며, 어린 몸을 웅크리고 빗소리를 듣던 자신이 생각났다. 덜컥. 소이의 마음에 제동이 걸렸다.

셔츠의 단추를 풀던 세현의 손등 위로 소이의 손길이 느껴졌다. 이어서 자신의 몸 아래에서 부들부들 떨고 있는 소이가 느껴졌다.

세현은 갑자기 망치로 머리를 맞은 것처럼 멍해졌다. 그리고 벌떡 일어나 소이를 내리누르던 자신의 몸을 멀찌감치 떨어뜨렸다.

대체 지금 무얼 하고 있던 거지. 세현은 떨리는 손길로 흐트러진 자신의 머리를 쓸어 올렸다. 소이의 하얀 얼굴이 창밖을 향하고 있다. 셔츠 깃을 잡고 있는 손이 파르라니 떨리고 있었다. 세현은 자괴감에 얼굴을 감싸 쥐고 털썩 소파에 앉았다.

소이의 그런 반응을 전혀 예상하지 않고 행동한 자신이 부끄러웠다. 아니, 부끄러운 감정보다 그렇게 자신의 온 마음을 거부한 소이에게 서운한 감정이 앞섰다. 그 서운한 감정으로 순식간에 차갑게 식어 버린 못난 자신에게 화가 났다.

이러기 위해 집으로 데려온 것이 아니었다. 그저 염려와 걱정의 순수한 마음뿐이었다. 이성을 흔드는 소이의 모습과 향기에 취해 잠시 미쳤었나 보다. 세현은 떨리는 손으로 욱신거리는 눈두덩을 지그시 눌렀다. 미안한 마음, 부끄러운 마음, 서운한 마음, 두려움이 한데 섞여 방금 전 이성이 사라져 버렸던 머릿속을 복잡하게 얽어매고 있었다.

"……세현 씨……."

소이가 떨리는 음성으로 세현을 불렀다. 소이의 부름에도 세현은 꼼짝하지 않고 앉아 있었다. 소이는 덜컥 겁이 났다. 자신의 마음에 걸린 제동이 그에게 큰 상처가 된 건 아닐까. 맞잡고 있던 두 손이 덜덜 떨렸다. 소이는 손톱으로 손끝을 초조하게 뜯었다. 소이의 손끝이 빨개지는 동안에도 세현은 고개를 숙이고 있었다.

"……세현 씨……."

물기가 어려 잠긴 목소리로 소이가 이름을 연거푸 부른다.

세현을 눈 위를 덮고 있던 손을 내려놓고 소이에게 시선을 주었다. 무언의 두려움이 소이의 눈동자에 어려 있었다. 자신의 초조한 손길로 더듬었던 하얀 셔츠가 흐트러진 채로 소이의 가녀린 몸을 감싸고 있었다. 방금 전의 열기가 가시지 않은 듯 붉게 상기된 두 뺨이 세현의 마음속을 버석거리게 했다.

"……세현 씨, 나요."

"아무 말도 하지 말아요."

갈라진 음성으로 세현이 소이의 말을 가로막았다. 소이에게서 시선을 거두고 창밖을 바라보는 눈동자에 상처가 남아 있었다. 소이는 눈물이 나오는 것을 애써 참으며, 눈에 힘을 주었다. 파르르 떨리는 입술 사이로 가는 신음 소리가 흘러나왔다. 세현은 그 소리를 듣지 않으려고 창문에 거세게 부딪히는 빗소리에 온 신경을 집중했다.

"집에 데려다 줄게요. 옷은 건조기에 넣어 두었으니 말랐을 거예요. 너무…… 늦었어요."

세현은 그 말만 하고 차키를 들고 밖으로 나갔다. 소이는 툭, 손등에 떨어지는 눈물을 바라보았다. 그가 자신이 건 제동에 상처를 받았다. 늘 다정하고 따스했던 그가, 느리기만 한 자신을 인내하며 기다려 주었던 그가 상처받은 얼굴로 등을 보이며 나가 버렸다. 아버지와 똑같은 차가운 등을 자신에게 보이며.

손을 들어 귀를 감싸고 소이는 부들부들 떨었다. 늘 여름이 되면 듣기 싫었던 빗소리가 귓등을 때린다. 더 이상 듣고 싶지 않았다. 자꾸 좋지 않은 어린 시절의 기억이 떠오른다. 소이는 자신의 무릎을 덮고 있는 이불에 얼굴을 푹 파묻었다. 이불에서 그의 체취가 배어 나와 코끝을 아프게 한다.

한참을 그렇게 울고 있던 소이가 파리해진 얼굴을 들고 천천히 일어났다. 건조기에서 세현에게 보여 주기 위해 입었던 하늘빛 원피스를 꺼내 들었다. 그와 자신의 온기가 남아 있는 세현의 셔츠와 바지를 벗고 원피스를 입었다. 부들부들 떨리는 손으로 단추를 채우며 소이는 식탁에 세현이 차려 놓은 음식들을 바라보았다.

준비할 때는 따뜻한 느낌이었을 식탁이 차갑게 식어 버린 국처럼 서늘한 냉기를 뿜어낸다. 소이는 자신을 위해 열심히 준비한 세현의 정성이 깨어져 버려 가슴이 먹먹해졌다.

그의 사랑을 거절하고 뿌리친 건 자신이었다.

소이의 집으로 가는 차 안에서 두 사람은 각각 다른 곳을 바라보며 아무 말이 없었다. 묵묵히 앞만 보고 운전을 하는 세현과 창밖으로 흐르는 풍경을 텅 빈 눈으로 바라보고 있는 소이의 사이에 항상 존재하던 온기가 느껴지지 않았다. 둘 중 어느 누구라도 말을 꺼내면 팽팽하게 당겨져 있는 긴장이 툭 하고 끊어질 것 같았다.

소이가 옆자리에 앉아 있으면 손을 뻗어 꼭 잡아 주던 세현의 손은 핏줄이 툭 하고 불거질 정도로 세게 핸들만 잡고 있었다. 운전을 하는 세현의 모습을 설렘이 가득한 눈으로 바라보던 소이의 시선은 말간 빛이 사라지고 차오르는 눈물로 흐릿하기만 했다.

어느덧 소이의 집에 당도하고 세현이 먼저 차에서 내렸다. 가만히 앉아 있는 소이 쪽의 문을 열고 세현이 아무 말 없이 서 있었다. 소이는 가만히 차에서 내려 그와 마주했지만 시선은 다른 곳을 향해 있었다.

아무런 말도, 인사도 없이 그렇게 둘은 이미 그친 비로 인해 서늘해진 공기를 마시며 한참을 서 있었다.

"들어가요. 바람이 차요."

가까스로 입을 연 세현의 말에는 걱정이 담겨 있는데 목소리는 전에 없이 차가웠다.

"……세현 씨……."

소이가 용기를 내어 세현의 이름을 중얼거리듯 불렀다. 들릴 듯 말 듯 가녀린 목소리가 적막한 소이의 집을 울리듯 퍼졌다. 세현은 주머니에 손을 꽂은 채 툭툭 발끝으로 애꿎은 땅만 두드렸다.

"소이 씨…… 오늘은 내가 감정 조절이 잘 안 되네요. 무슨 말을 물어도, 어떤 말을 원해도 난 대답해 줄 수 없어요. 서로 생각이 정리되면, 그때 우리 제대로 이야기해요. 지금은…… 아닌 것 같아요."

언제나 먼저 손 내밀었던 세현이 자신을 밀어내자 소이는 마음한구석이 저릿하게 아파 왔다. 세현은 소이의 머리에 얹으려 손을 뻗다가 멈칫하고는 다시 주머니 속으로 넣었다.

"오늘은…… 아무 생각하지 말고 자요. 알았죠?"

세현은 말을 마치고 차에 올라탔다. 늘 소이가 집에 들어갈 때까지 기다렸던 그가 잠시의 망설임 없이 차를 돌려 소이에게서 멀어져 갔다. 그렇게 점점 멀어지는 차 속의 그를 보며 소이는 무너지듯 주저앉았다.

누군가의 차가운 등을 보는 것. 세현으로 인해 더 이상 그 모습을 볼 일이 없다고 생각했는데, 그가 먼저 등을 돌렸다. 그를 그렇게 만든 건 분명 자신인데 소이는 세현의 뒷모습이 서럽기만 했다.

이래서 여름이 싫었다. 비가 내리는 여름은 더더욱 싫었다. 자꾸 자신을 뒷걸음치게 만드는 아버지란 존재도 싫었다. 무엇보다 바보 같은 자신이 싫었다. 소이는 가로등 불빛을 맞으며 소리 없이 흐느껴 울었다.

마당에서 자라고 있던 해바라기가 빗물을 잔뜩 머금고 고개를 숙이고 있었다.

자꾸 눈앞에 상처 입은 눈동자로 자신을 바라보는 소이의 모습이 아른거렸다. 세현은 그 모습을 지우려 핸들을 잡은 손에 힘을 주었다. 자신도 모르는 새 한쪽 손의 검지가 톡톡톡 핸들을 두드리고 있었다. 좀처럼 지워지지 않는 기억 때문에 마음이 초조해진다. 세현은 휙 하고 핸들을 틀어 갓길에 차를 세우고 핸들에 이마를 댔다.

"젠장!"

속에서 끓어오르는 분노로 입안이 바짝바짝 타들어 가는 것 같다.

"김세현! 이 바보 같은 자식!"

그러는 게 아니었다. 자신의 주체할 수 없는 욕망으로 저지른 일을 소이가 다 받아들이지 못할 거란 것을 예상했어야 했다. 그녀가 갑자기 닫아 버린 마음에 상처받아서는 안 되었다.

분명 상처받을 것이 분명한데, 그렇게 먼저 등을 돌리고 나가 버리는 것이 아니었다. 자신에게 어떤 대답을 구하며 바라보던 눈빛을 외면하지 말았어야 했다.

자신의 성급함을 받아들이던 손길이 일순 멈춘 이유가 무엇이었을까? 분명 그녀도 원하고 있었다. 아니, 모든 걸 다 원하지 않더라도 자신을 받아들이려는 노력을 하고 있었다. 마음이 통했다고 느꼈는데 왜 갑자기 마음을 닫아 버린 걸까?

세현의 머릿속은 소이에게 미처 묻지 못한 질문들로 가득 찼다. 이 모든 의문을 스스로 해결할 수는 없었다. 막연한 두려움이 앞섰다. 이렇게 바보같이 소이를 잃을 수는 없다. 그녀의 아픔을 보듬어 주겠다고 약속한 것은 자신이 아니었던가?

성급했던 건 나다…… 세현은 마음속으로 수없이 외쳤다. 세현의 외침은 마음속에서 공허하게 울릴 뿐 어떤 결론도 내려 주지 못했다. 차창을 거세게 때리는 빗소리가 그의 마음을 더욱 무겁게 짓누르고 있었다.

며칠째 그로부터 연락이 오질 않는다. 소이는 재원의 곁에 앉아 무릎 위에 놓인 핸드폰을 멍하니 바라보았다.

계속해서 내리던 비가 그치고 오랜만에 여름 햇살이 구름 사이로 젖은 땅을 비추고 있었다. 날씨는 점점 맑아지는데 소이의 마음속은 구름이 잔뜩 낀 듯 어둡기만 했다.

재원 또한 한동안 내린 비로 불안해진 마음을 진정시키기 위해 처방된 약을 먹고 무기력하게 앉아 있었다.

방 안의 적막하고 답답한 공기에 소이는 자리에서 일어나 창문을 활짝 열었다. 아직 젖어 있는 땅에서 나는 흙냄새가 물씬 풍겨 왔다. 소이는 창가에 서서 요양원 밖의 풍경을 바라보며 재원에게 혼자만의 이야기를 꺼내기 시작했다.

"아빠, 난 바본가 봐요. 아니면 엄청난 위선자거나, 감정에 솔직하지 못한 거짓말쟁이거나."

코끝을 스치는 흙냄새가 그날의 기억을 떠올리게 한다. 소이는 재원에게서 등을 돌린 채 계속 말을 이어 나갔다.

"그가 주는 온기 속에서 난 비겁하게 도망쳤어요. 그가 느리기만 한 날 무던히 기다려 준 걸 알면서도 또 주저했어요. 그가 보여 준 진심을 그렇게 막아 버렸어요. 그러면 괜찮다고 생각했는데 두려움으로 그를 밀어냈어요. 그의 기다림을, 인내를…… 포용력을 이용한 건 나예요. 그의 입으로 이런 내가 싫다고 말을 해도 어쩔 수 없는 거겠죠. 분명 내 행동으로 상처 입었을 테니까요. 난 그가 이젠 못 참겠다고, 기다릴 수 없다고, 그래서 떠나겠다고 말해도 붙잡을 수 없어요. 그가 나에게 다시 한 번 손을 내밀어 준대도 난 결코 잡을 수 없을 거예요."

재원이 창밖에서 불어온 바람에 몸을 살짝 돌리고 이불을 덮었다. 또다시 보이는 등……. 소이는 재원의 뒷모습에서 세현이 보이는 듯해 왈칵 눈물이 났다.

"아뇨. 아빠, 방금 한 말도 위선이에요. 그를 놓을 수 없어요. 천천히 시작했던 감정이 이젠 걷잡을 수 없을 만큼 급격하게 변해서, 그가 준 사랑이 내 마음속 깊이 자리해 버려서 그가 싫다고 말하며 가 버리면 숨 쉴 수 없을 것 같아요. 아빠도 그랬어요? 엄마에 대한 사랑이 너무 커서 엄마가 그리 가 버렸을 때 숨 쉴 수 없을 만큼 고통스러웠어요? 네?"

물기가 묻은 목소리로 소이가 다그치듯 재원에게 물었다. 재원은 듣기 싫다는 표정으로 얼굴을 찌푸리고 머리끝까지 이불을 뒤집어쓴다.

소이는 그런 재원의 움직임을 억지로 멈추게 하고 이불을 걷어냈다. 자꾸 피하는 재원의 시선을 바로잡으려고 두 손을 뻗어 얼굴을 붙잡고 자신을 향하게 했다. 공허한 재원의 눈빛이 흔들리는 것 같았다.

"아빠 때문이에요. 내가 가족이란 단어에 목마른 것도, 사랑이 주는 느낌에 주춤하는 것도 다 아빠 탓이에요. 엄마에게 맹목적이었던 아빠 때문에 난 그가 주는 사랑을 자꾸 맹목적으로 갈구할 것 같아서 주저하는 거예요. 아빠가 내게 지워 준 짐이 버거워서 자꾸 멈칫거리는 거라고요!!"

소이가 격앙된 목소리로 외쳤지만, 재원은 시선을 떨굴 뿐 아무 말도 하지 않았다. 아니, 고개를 숙이고 신음소리를 내며, 소이의 시선과 다그침을 피하려고만 했다. 자신의 말에 어떠한 대꾸도 하지 않고 숨어 버리는 아버지가 세현을 상처 입힌 자신과 같아 덜컹 가슴이 내려앉았다.

약을 먹고 겨우 진정된 재원이 몸을 떨며 웅크리고 있었다. 소이는 그런 재원의 모습을 아무런 감정 없이 내려다보다가 이내 정신을 차리고 부둥켜안았다. 자신의 손길로 아버지의 떨림이 잦아들길 바라며 계속 등을 어루만졌다.

소이의 손길에 재원이 떨리는 몸을 천천히 가누고 바로 누웠다. 꼭 감은 두 눈이 슬펐다.

"미안해요, 아빠. 미안해요……."

재원과 연결된 끈을 놓는 것도, 세현과 연결된 끈을 놓는 것도 할 수 없는 자신이 서글퍼 자꾸 눈물이 나왔다.

"세현아!"

"형……."

세현이 먼저 세준에게 전화를 해 만나자고 한 건 오랜만의 일이었다. 반가운 표정의 세준과는 달리 세현은 착잡한 얼굴로 그와 마주했다. 세현의 표정과 시선에서 아픔과 고통이 느껴졌지만 세준은 아무 말 없이 동생을 이끌고 병원 밖으로 나왔다.

세준은 병원 근처의 작은 포장마차로 세현을 데리고 가서 한자리를 차지하고 앉았다. 주문에 따라 나온 소주를 세현에게 건네고 배가 고팠다며 막 만들어 내어 김이 모락모락 나는 국수를 후루룩 들이켰다. 연거푸 술을 들이켜는 세현을 바라보다가 세준이 걱정되는 듯 다시 술병에 뻗는 그의 손을 붙잡았다.

"천천히 마셔."

형의 말에 피식 웃으며 세현이 비어 있는 술잔에 손끝을 걸쳤다. 손가락으로 둥근 잔의 모양을 따라 그리다가 툭 하니 뒤집는다.

"형…… 형은 형수 많이 사랑하지?"

"응? 당연하지, 사랑하니까 평생 같이 하려고 결혼한 것 아니겠어?"

"형은 형수랑 만날 때 어땠어? 초조하고 두렵고 그랬어?"

세현답지 않은 질문에 세준이 부지런히 젓가락을 놀리던 손을 멈추고 세현을 바라보았다.

"왜…… 그런 걸 물어봐? 만난다는 아가씨랑 뭐가 잘 안 되는 거야?"

세준의 질문에 세현은 자조적인 웃음을 짓더니 술잔에 술을 따랐다. 술을 한입에 털어 넣으니 금세 취기가 돌았다…….

"형, 그 사람을 보면 만지고 싶고, 안고 싶고, 내 것으로 만들고 싶다는 마음이 잘못된 건 아니지? 그렇지? 남자라면…… 누구나 다 갖는 감정인 거지?"

"뭐, 그렇지."

"그런데 그런 걸 두려워하는 사람에게는 성급하게 굴면 안 되는 거겠지? 참고, 인내하고…… 마음을 열 때까지 기다려야 하는 거겠지?"

"세현아……."

"그런데 초조하고 두려워. 앞서 가는 감정 때문에 그 사람에게 자꾸 부담을 주는 것 같아서 무서워. 마음 가는 대로 한 행동에 상처받은 모습이 자꾸 눈에 밟혀서 아파."

세준은 괴로운 표정으로 읊조리듯 말하는 동생을 바라보며, 자신 앞에 놓인 술잔을 들어 쭉 들이켰다.

"김세현. 무슨 일이 있었는지는 모르지만, 그 아가씨 사랑한다고 온 가족이 모인 곳에서 고백한 네 감정이 쉽게 깨어질 것 같진 않다. 그때의 내 눈빛, 말투. 모두 진심이 어려 있어서 동생이지만 멋지다고 생각했거든. 네 사랑이 변함없을 거라고 다짐했던 것처럼, 그 아가씨의 너를 향한 마음도 변함없을 거라 믿도록 해 봐. 그게 아니면 둘 사이의 신뢰감은 종잇장처럼 얇은 거겠지."

"신뢰감이라……."

"그래, 신뢰감. 몸과 마음을 전부 부딪쳐서 이루어 내는 사랑도 멋지지만, 신뢰감이 굳건하게 쌓여 이루어진 사랑은 더 질기고 오래가는 법이니까. 내가 알고 있는 너라면 분명 그 아가씨에게 충분히 신뢰감을 주었을 것 같은데."

"노력은 했어. 요즘 사람답지 않게 한 템포 느린 걸음을 맞춰 주려고 노력했고, 마음의 상처를 어떻게든 아물게 하려 노력했어. 내가 그 사람을 사랑하는 마음도 숨기지 않고 표현하려 했고……. 그런데 그 사람이 나를 향한 마음에 제동을 거는 게 보여서 서운하고 화가 나. 이런 게 조급한 것 아닌가?"

"상처가 많은 아가씨라면 주저하는 것에 이유가 있을 거야. 그걸 먼저 찾아내서 보듬어 주는 것이 네 몫 아닐까? 조급한 마음도, 화가 나고 서운한 마음도 당연한 거야. 사랑한다고 해서 무조건 관대하기만 한 건 말이 안 되지. 아무리 완벽하다고 해도 사람은 사람이니까. 사람이 갖고 있는 수많은 감정이 사랑이란 이름으로 하나로 모아지지는 않거든. 그러니까 사람들은 다투기도 하고 울고 웃기도 하면서 사랑을 이어 나가는 거야."

"그래도…… 너무 큰 상처를 줬어. 내가 먼저 시작하고, 그녀가 멈춰 버리긴 했지만, 단지 내 욕구가 받아들여지지 않았다는 치졸한 서운함으로 그 사람이 보낸 눈길을 외면해 버렸거든. 누구보다도 외면에 상처가 깊은 사람임을 알면서도 말이야. 나, 참 못났지?"

"그래! 못났다. 하지만 세현아, 거기서 끝나지 않고 끊임없이 고민하고 그 사람과 이어지려 애쓰는 넌 결코 못나지 않았어."

세현의 어깨에 손을 올리며 세준이 말했다. 늘 한결같은 자신의 형이 오늘따라 더 든든하고 고마웠다. 세현은 술잔을 들어 형의 잔에 부딪히며 한결 편해진 표정으로 미소 지었다. 소이가 미치도록 그리워지는 밤이다. 보고 싶고, 또 보고 싶은 마음에 차가워진 심장이 다시 세차게 고동쳤다.

재원의 병실에서 나와 소이는 터덜터덜 버스정류장으로 향했다. 실컷 울고 나니 응어리진 것이 어느 정도 풀린 것 같았다.

집으로 가는 버스에 올라타고 나서도 울리지 않는 핸드폰을 계속 만지작거렸다. 전화를 할까 말까 수없이 고민하며 핸드폰의 화면을 껐다 켜는 행동을 반복했다. 소이는 크게 심호흡을 하고 세현의 번호를 꾹꾹 눌렀다. 통화 버튼을 누르는 순간까지도 머릿속 가득 주저하는 생각을 지우려 애썼다.

핸드폰 너머로 울리는 벨소리가 몇 번이 반복되어도 세현은 전화를 받지 않았다. 지금은 전화를 받을 수 없다는 음성메세지가 들리자 소이는 힘없이 핸드폰을 무릎에 내려놓았다. 그는 내 전화를 받기 싫은가 보다. 소이는 이대로 끝인 건가 싶어 서글펐다.

마음의 정리를 하고 이야기를 하자 했던 것은 그였다. 그런데 자신이 용기 내어 걸어 본 전화도 받지 않고, 아무런 답도 없이 자신의 마음을 옥죄는 그에게 자꾸 화가 났다. 자신에게 차갑게 등을 보이고 가 버린 그가 야속했다.

소이는 집 앞 버스정류장에서 내려 넓은 대로변의 나무 아래를 천천히 걸었다. 그에게 향하는 화를 잠재우고 싶었다. 구름이 걷힌 하늘을 올려다보았다. 영롱하게 빛나는 별이 소이를 내려다보고 있었다. 세현이 들려준 동시와 달리, 오늘 바라본 별은 아무런 위로가 되지 못했다.

하늘을 바라보던 시선이 땅을 향해 있었다. 힘없는 발걸음이 눈에 보여, 더 착잡해지는 마음에 소이는 살짝 고개를 들어 집을 바라보았다. 불이 꺼져 있어 더 쓸쓸해 보이는 집으로 들어가기가 주저되었다. 소이는 한숨을 푹 쉬고 우편함으로 시선을 돌렸다. 그런데 집 앞에 사람의 그림자가 보인다.

그림자를 따라간 눈동자에 세현의 모습이 비쳤다. 너무도 그리워했던 그가 서 있다. 소이는 왈칵 눈물이 나와 걸음을 멈추고 촉촉해진 눈으로 세현을 바라보았다. 그가…… 웃고 있었다. 아무 일 없다는 듯이.

"소이 씨, 한참 기다렸잖아요. 왜 이제 와요?"

담담한 그의 목소리에서 온기가 느껴졌지만 아무렇지도 않게 질문하는 그가 미워져 소이는 대답 없이 서 있었다. 세현이 손을 뻗어 소이의 손을 잡으려 했지만, 소이는 뿌리쳐 버렸다. 다시 손을 잡으려는 세현과 뿌리치려는 소이 사이에서 실랑이가 벌어졌다.

세현은 자꾸 자신의 손을 쳐 내는 소이를 물끄러미 바라보았다. 화가 난 모습마저 이토록 사랑스러운데, 내 감정에 치우쳐 상처를 주고 말았다. 세현은 소이의 손목을 휙 낚아채고 끌어당겨 자신의 두 팔 안에 소이의 몸을 단단히 가두었다.

"미안해요……."

귓가에 속삭이듯 말하는 그의 목소리에 물기가 서려 있는 것 같아 소이는 두 눈을 질끈 감았다.

"미안해요…… 미안해요, 소이 씨."

"왜 그랬어요? 왜…… 그렇게 등을 돌리고 가 버린 거예요? 난…… 나도 미안했는데……. 그래서 어쩔 줄 몰랐는데……. 왜 내 말은 들어 주지 않고 그렇게 뒤돌아섰던 거예요? 내가 세현 씨가 이끄는 대로 발을 맞추지 않고 자꾸 뒤처져서, 그래서 싫증 난 건가요? 그런 거예요?"

소이의 끊임없는 질문에 세현은 답 없이 묵묵히 서 있었다. 질문을 할 때마다 더더욱 세게 소이의 몸을 끌어안았다.

"미안했단 말이에요. 난 갑작스런 감정에 움츠러든 것 뿐이라고, 그렇게 말하고 싶었다고요. 받아들일 수 없다는 거부가 아니라, 주저한 것뿐이라고 해명하고 싶었어요. 그런데……."

소이는 더 이상 말을 할 수 없었다. 세현이 자신의 입술로 소이의 입을 막았기 때문이었다. 성마르게 자신을 찾았던 그날 밤의 느낌이 아닌, 따뜻하고 부드러운 느낌으로 세현은 소이의 입술을 천천히 담아냈다.

뺨을 타고 흐르는 소이의 눈물이 느껴져 세현은 밀착하고 있던 몸을 떼고 소이를 바라보았다. 자신이 받은 상처보다 더 큰 상처를 받은 소이의 눈물에 가슴 아팠다.

"소이 씨, 나 한참을 서 있어서 다리가 좀 아픈데. 잠깐만 쉴 수 있게 해 줄래요?"

세현이 소이와 시선을 맞추며 물었다. 소이는 고개를 끄덕이고 현관으로 통하는 길로 그를 인도했다. 소이의 뒤를 따라가며 세현은 알 수 없는 감정을 진정시키려고 주변을 둘러보았다. 소이가 정성껏 기르는 해바라기가 굵고 튼튼해진 줄기 위로 크고 상큼한 노란 꽃잎을 바람에 따라 파르르 떨며 서 있었다.

불이 꺼진 집은 적막감이 감돌았다. 자신이 외면했던 시간 동안 넓은 거실에 덩그러니 있었을 소이에 마음이 아팠다. 아무도 함께하지 않는 식탁에서 아픔을 꾹꾹 누르며 외롭게 식사했겠지. 세현은 자신의 이기적인 외면을 또 한 번 자책하며 가늘게 신음했다.

소이가 거실의 불을 켜자, 조명 덕에 환해져 적막감이 어느 정도 사라졌다. 소이는 거실의 소파에 세현을 앉히고 차를 내오기 위해 주방으로 갔다. 컵을 꺼내고, 물을 끓이는 소이의 움직임을 세현은 하나도 놓치지 않고 지켜보았다.

소이는 커피를 탁자 위에 내려놓았다. 그리고 세현의 옆에 앉아 가만히 그가 차를 마시는 것을 바라보았다. 세현은 커피를 한 모금 마시고 탁자에 내려놓고 소이와 마주 보았다. 세현의 따뜻한 시선에 소이의 눈빛이 흔들린다. 세현은 살짝 떨고 있는 소이의 손을 잡고 차분한 표정으로 말했다.

"소이 씨가 나에게 서운했던 마음, 아팠던 마음 다 풀라고 하지 않을게요. 그 마음도 소이 씨가 내게 갖는 감정이니까 그냥 담아 두어도 돼요. 나도 그렇게 할 거예요. 비 내리던 그날, 내 방 안에서 소이 씨에게 느꼈던 떨림, 초조함, 서운함, 아픔 모두 소이 씨를 사랑하는 마음이 담겨 있는 감정들이니까 잊지 않고 기억할 거예요. 떨림과 초조함은 설렘이라는 감정으로 남겨 두고, 서운함과 아픔은 다음번에 또 느끼게 될 때 좀 더 의연하게 대처할 수 있는 발판으로 남겨 놓을게요. 그러니까 소이 씨도 그렇게 해 줘요. 짧은 순간과 긴 기다림 동안 느꼈던 수많은 감정도 그대로 담아 둬요. 우리 둘, 앞으로 사랑하며 살아갈 날들을 위해 꼭 필요한 느낌들이니까."

주저하는 자신을 또다시 이끄는 세현의 말들……. 그래, 그는 이토록 깊이 있는 사람이었음을 잊을 뻔했다. 소이는 세현의 목을 끌어당겨 길게 입맞춤을 했다. 따뜻한 온기가 전해져 그로 인해 추웠던 마음이 다시 제자리로 돌아가는 것이 느껴졌다.

"세현 씨 말대로 나, 그때의 감정도, 지금의 감정도 꼭 담아 둘게요. 세현 씨가 떨렸던 만큼 나도 떨렸고, 세현 씨가 초조했던 만큼 나도 초조했어요. 그때 감정을 모두 내놓지 않고 멈춰 버려서 미안해요."

"괜찮아요."

괜찮다고 말하는 세현의 눈빛이 한없이 다정했다. 소이는 지금이라면 자신의 모든 응어리를 풀어 버릴 수 있을 것 같았다.

"사실은…… 빗소리 때문에 그랬어요."

"빗소리요?"

"네…… 빗소리요. 그렇게 비가 많이 내리는 날이면 항상 그렇게 움츠러들었어요. 엄마와 아빠가 교통사고를 당했던 날에 혼자 집에서 들었던 빗소리도, 장례식을 치르면서 아빠 없이 차가운 관 앞에서 들었던 빗소리도 끔찍할 만큼 싫었어요. 빗소리가 주는 울림이 차갑고 슬퍼서 자꾸 가라앉는 마음 때문에 비가 오는 여름이 싫었어요. 그리고…… 아빠가 날 버린 날에도 비가 내렸어요."

"……?"

"엄마가 돌아가시고 난 후, 마음의 갈피를 못 잡고 방황하던 아빠는 나와 있는 것이 괴롭고 힘들었나 봐요. 난 엄마가 없는 쓸쓸함을 아빠에게서 채우고 싶었는데, 아빠는 그게 아니었어요. 아빠는 엄마가 없는 쓸쓸함을 술이나 담배로 대신 채우고 있었어요. 아빠가 술에 잔뜩 취해서 들어오는 날이면, 방구석에 가만히 앉아서 아빠의 울음소리를 들어야 했어요. 그 소리가 꼭 비가 내리는 것 같아서 더 싫었지만, 너무 어려서 어떻게 할 수도 없었죠. 어떻게든 견뎌야 했어요. 무엇이든 혼자 해야 했어요. 씻는 것도, 머리를 묶는 것도, 밥을 차려 먹는 것도, 주변을 정리하는 것도……. 무기력한 아버지에게 기댄다는 건 있을 수 없었으니까요. 그래도 언젠간 되돌아오겠지, 뒤돌아봐 주시겠지 하고 하릴없이 기대했었죠. 하지만 아버지는 돌아오지 않았어요. 아니, 아예 나 같은 건 마음 속에도, 안중에도 없다는 듯 그렇게 집을 나가 버렸어요."

침착한 말투로 마지막 남은 응어리를 내뱉는 소이를 세현은 그저 바라만 보았다.

"비가 무섭게 내렸어요. 아빠가 사라진 그날부터 난 아빠가 일을 나갔구나 생각하고 혼자 밥 먹고 놀고, 자는 일을 계속 반복했어요. 일하는 아주머니가 이상하게 생각했는지 이모한테 전화를 하고 나서야, 아빠가 날 버렸다는 걸 알게 됐어요. 그런데 분명 어렸는데도 그 상황을 당연하게 받아들이는 내가 신기했어요. 아마도 아빠에게 정을 바라면서도 언젠간 버림받을 것이라는 막연한 생각도 함께 갖고 있었나 봐요."

버림받을 것을 예감했다니. 굳이 묻지 않아도 세현은 어린 소이가 얼마나 불안하고 두려웠을지 가슴깊이 그 아픔이 전해져 알 수 있었다.

"실종 신고를 하고 경찰들이 들락거리고, 이모가 새된 목소리로 누군가와 통화해도 난 창밖에 내리는 빗줄기만 바라보고 있었어요. 그렇게 하루, 이틀…… 한 달이 넘게 지나도 아빠를 찾을 수 없었어요. 그렇게 아빠를 기다리고 있던 어느 날, 가슴이 먹먹해지는 기분에 갑자기 울음을 터뜨렸어요. 이모가 달려와 안아 주었지만 멈출 수가 없었어요. 엄마가 죽은 것도, 아빠가 그렇게 가 버린 것도 커다란 상처여서 참았던 울음이 멈춰지질 않아 힘겨웠어요. 그렇게 울던 날도 지겹게 비가 왔어요. 그래서 비 내리는 날이면 그때의 기억이 자꾸 떠올라서 멈칫하게 돼요."

세현은 소이를 꼭 끌어안고 이마에 입을 맞추었다. 아무도 없는 방 안에서 잔뜩 웅크린 채 외로움에 떨었을 어린 소이에게 보내는 입맞춤이었다. 다시 한 번 그가 입을 맞춘다. 큰 상처를 안고서도 씩씩하고 맑게 세상과 마주한 소이에게 보내는 입맞춤이었다. 그리고 또 한 번. 울거나 아파하지 않고 담담하게 모든 응어리를 풀어낸 소이에게 감사함을 담은 입맞춤이었다.

자신에게 온전히 보여 준 마음이 감사했다. 이제 따뜻함을 채워 줄 일만 남았다. 세현은 그렇게 생각하며 소이를 힘껏 껴안았다. 소이는 세현의 품 안에서 중얼거리듯 말했다.

"소이 씨, 고마워요. 나에게 힘들지만 다 털어놔 주어서."

"세현 씨라면 내가 갖고 있는 여름의 안 좋은 추억들 대신 싱그럽고 밝고 맑은 추억을 줄 수 있겠죠? 그러니까 나 놓지 말아요. 나도 그렇게 할 테니……."

세현은 대답 대신 소이의 입술에 길게 입을 맞췄다. 서로의 모든 것을 알아내려는 듯 깊어지는 입술의 틈새로 둘의 숨소리가 한데 섞여 거실을 채웠다. 어느 순간 자연스럽게 서로의 몸을 어루만지는 손길이 성마르지 않고 침착했다. 거세게 뛰는 심장박동도 같은 속도로 움직였다.

그렇게 한참 동안 서로를 찾던 두 사람 중 먼저 몸을 뗀 건 세현이었다.

세현은 까맣게 가라앉은 눈빛으로 소이를 바라보았다. 그 눈빛에는 성급한 욕망도, 초조함도 보이지 않았다. 그저 담담함 속에 소이에 대한 넘치는 사랑만 있을 뿐이었다. 그의 시선을 마주하는 소이의 눈동자도 깊어져 있었다. 눈동자 안엔 주저함이나 망설임이 아니라, 그를 향한 신뢰로 가득 차 있었다.

세현은 낮게 가라앉은 목소리로 말했다.

"무서워요?"

소이가 도리질하며 미소 짓는다.

"아니오……."

세현은 소이의 수줍은 대답에 벅차오르는 가슴을 주체할 수가 없었다. 그는 소이를 번쩍 안아 들고 2층으로 향하는 계단을 천천히 올라갔다. 방문을 여니 수채화 물감의 은은한 향기가 느껴졌다.

세현은 소이를 침대에 살며시 눕히고 이마와 눈가, 콧방울과 귀에 천천히 입맞춤을 했다. 떨지 않고 자신을 바라보는 소이의 눈가에 입을 맞추며 부드럽게 미소 지었다. 세현의 미소를 따라 소이도 잔잔하게 웃어 보였다.

창가에 은은하게 퍼지는 달빛에 소이의 얼굴이 더없이 맑고 아름답게 보였다. 세현은 참을 수 없다는 듯 소이를 꼭 보듬어 안고 오랫동안 그렇게 누워 있었다. 소이가 팔을 세현에 허리에 두르고 파르르 떨었다. 그가 주는 이 감동이 자꾸 마음을 떨리게 한다.

세현은 소이의 손가락 하나하나에 입을 맞추고 자신의 뺨에 가져갔다. 소이의 손이 뜨겁게 달궈져 있어서 닿은 자리가 화끈거리는 것 같았다. 세현은 소이의 손바닥에 입을 작게 입을 맞추고 다시 소이의 붉은 입술에 찾아들었다.

세현의 손이 조금은 다급하게 소이의 옷 속으로 들어갈 때도 소이는 잠자코 숨을 죽이고 세현의 움직임을 지켜보았다. 그가 이끄는 대로 자신을 내맡기는 소이가 세현은 사랑스러워 작게 숨을 내쉬었다. 그렇게 둘의 밤이 시작되었다.

서로를 원하는 둘의 손길에 주저함도, 망설임도 없었다. 그렇다고 초조함이나 불안함 또한 느껴지지 않았다.

천천히 느릿느릿…….

부드럽고 따뜻하게…….

고요하고 침착하게…….

그렇게 둘은 서로의 모습을 바라보고 또 바라보며 서로에게 찾아들었다. 맞잡은 두 손이 다시는 놓지 않겠다는 듯 꼭 쥐어졌다. 소이의 몸을 덮은 세현의 넓고 하얀 등이 창밖에서 비추는 달빛을 받아 반짝이며 빛났다.

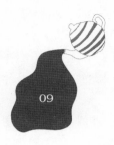

09

아침 햇살이 커튼 틈을 비집고 들어와 잠든 세현의 등을 어루만져 주었다.

그 눈부심에 세현이 살짝 눈을 뜨고 옆을 바라보았다. 세현의 품속에서 잠들었던 소이의 모습이 보이지 않았다. 어젯밤의 일이 꿈인 듯 세현은 더듬더듬 빈자리를 손으로 쓰다듬었다. 아직 남아 있는 온기에 세현은 꿈이 아님을 안도하며 작게 미소 지었다.

부스스 기지개를 켜고 일어나 소이의 방을 휘휘 둘러본다. 소이다운 아기자기한 방. 소이다운 올망졸망한 그림들. 물감 냄새에 섞여 있는 소이의 바닐라 향. 그녀의 방에서 맞이하는 아침이 낯설지 않고 행복했다.

침대를 정리하려 돌아선 그의 시선에 곱게 개어져 있는 옷가지가 들어왔다.

—아빠가 입던 옷이에요. 괜찮다면 입으세요.

　　소이가 준비한 옷을 입고 세현은 아래층으로 내려갔다. 이른 아침부터 준비했는지 식탁에 차려진 음식의 냄새가 식욕을 자극한다.

　　세현이 내려오는 기척에, 거실에 앉아 그림을 그리던 소이가 고개를 들고 그를 바라보았다. 세현의 부드러운 미소 속에 쑥스러움이 묻어 나와 소이도 괜히 부끄러워져 이내 고개를 떨구어 버렸다. 가슴이 주책없이 방망이질 한다.

　　두 사람의 심장에서 들리는 소리가 거실을 채우는 것 같아 세현도, 소이도 당황스러운 마음에 어쩔 줄 몰라 하며 한동안 못 박은 듯 자리했다.

　　세현이 먼저 용기를 내어 소이를 향해 한 발 내딛었다. 그리고 그 앞에 가만히 무릎을 내리고 앉아 고개를 숙인 소이를 올려다보았다. 홍조 띤 얼굴이 오늘따라 더욱 눈부시게 느껴지는 건 왜일까?

　　세현은 두 손으로 소이의 뺨을 감싸 쥐고 입술에 살짝 입을 맞췄다. 크게 떠진 소이의 눈동자에 실없이 웃고 있는 자신의 얼굴이 담겨 있었다.

　　"잘 잤어요?"

　　세현의 첫마디에 소이는 잘 잤다고 말해야 할지, 두근거리는 마음에 잠을 설쳤다고 말해야 할지 잠시 망설였다. 자신을 품에 꼭 끌어안은 채로 새근거리고 잠든 세현의 얼굴을 꼼꼼히 바라보며 설레었던 지난밤이 떠올라 소이는 또다시 얼굴을 붉혔다.

　　"에이, 대답하지 않을 거예요? 나도 용기 내서 물어본 건데."

세현은 장난스럽게 또 한 번 소이의 입술에 작게 입맞춤을 했다.

"목소리 들려줄 때까지 계속 이럴까요?"

"아니에요! 잘, 잘 잤어요."

눈을 질끈 감고 더듬거리며 큰 목소리로 외치는 소이가 사랑스럽기만 하다. 세현은 자신의 가슴에 안긴 그녀를 보듬으며 그녀에게서 은은히 풍겨 오는 바닐라 향을 음미했다.

"우리 소이 씨가 또 부끄럼쟁이가 됐네요."

세현의 말을 부정하려는 듯 소이가 세차게 고개를 흔들고 팔을 들어 그의 등을 감싸 안았다. 하지만 어젯밤의 느낌이 뇌리에서 떠나지 않아 그를 마주 보는 것은 차마 할 수 없어 가슴에 코를 묻고 작게 한숨을 쉰다.

"뭐 하고 있었어요?"

세현은 소이를 놓아주고 화제를 돌렸다. 지금 놓아주지 않으면 아침 내내 소이를 끌어안고 있을 것 같았다.

"그, 그림…… 그림 그리고 있었어요."

아직 진정되지 않았는지 소이가 더듬더듬 말하며 스케치북을 쑥 세현에게 건넸다. 스케치북에는 해바라기와 그 줄기를 타고 올라가는 나팔꽃이 그려져 있었다.

"해바라기와 나팔꽃이네요."

자신의 그림을 펼쳐 보는 세현의 모습이 평소와 같아 긴장이 스르르 풀렸다. 소이는 조심스레 세현의 옆에 기대어 앉아 함께 그림을 바라보았다. 어느새 붉어졌던 뺨도, 하릴없이 뛰던 가슴도 제자리로 돌아왔다.

"……여기 이 해바라기는 세현 씨예요. 여기 나팔꽃은 나고요."

"왜 내가 해바라기죠?"

세현의 물음에 소이는 나지막하고 투명한 목소리로 답했다.

"내가 본 세현 씨는 꼿꼿하고 당당하게 한 곳만 바라보는 사람이에요. 나를 끝까지 지켜보고 지탱해 주는 모습처럼 해바라기도 해를 향해서 꼿꼿하고 당당하게 고개를 들고 있잖아요. 그래서 세현 씨가 꽃이라면 해바라기일 거라고 생각했어요."

"그럼 소이 씨는 왜 나팔꽃이에요?

한숨처럼 작은 목소리로 소이가 말했다.

"나팔꽃은 작고 여려서 꼭 나 같다 여겼어요. 누군가에게 의지해야 위로 뻗어 나갈 수 있는 나팔꽃처럼 나도 그렇잖아요. 나팔꽃이 꼭 나를 닮아 애처롭다가도 정감이 갔어요. 내가 만약 꽃이라면 나팔꽃일 거라고 늘 생각해 왔어요."

세현은 소이의 말에 오랫동안 그림 속 나팔꽃을 바라보았다. 해바라기를 감고 올라가는 나팔꽃이 다른 의미로 소이 같다 느껴졌다.

"내 생각은 달라요, 소이 씨."

"뭐가요?"

"나팔꽃이 꼭 여리다고 생각하지 않아요. 나팔꽃은 누군가를 의지해서 위로 올라가는 것이 아니라, 스스로 길을 찾아 힘을 내서 나아가는 거예요. 꼭 소이 씨처럼."

"……."

"그거 알아요? 나팔꽃의 영어 이름은 아침의 영광이란 거. 나에게 소이 씨는 그런 존재예요. 아침의 영광. 영원이 빛이 나는……. 아니, 아침뿐만 아니라 오후도, 저녁도 모두 소이 씬 내게 영광스런 존재예요."

세현은 들고 있던 스케치북을 내려놓고 소이와 마주 보았다. 그리고 무릎에 올려진 소이의 손을 들어 손바닥에 얼굴을 묻고 잘게 입을 맞추었다. 소이는 세현의 느릿한 움직임에 눈을 떼지 못하고 빨려 들어갔다.

"내게 있는 힘껏 내어 준 이 손에 감사하다는 의미예요."

세현은 소이의 손을 그러잡고 그녀의 두 무릎에도 잘게 입을 맞추었다.

"내게 오기까지 멈추지 않고 힘껏 달려 준 이 다리에 감사하다는 의미예요."

세현의 말에 소이는 주체할 수 없는 감동으로 먹먹해진 눈을 질끈 감았다. 그런 소이를 물끄러미 바라보던 그가 이번엔 가슴과 입술과 눈가에 천천히 입을 맞추었다.

"내게 아낌없이 내어 준 마음과 사랑한다고 말해 준 입술과 날 끝까지 신뢰하며 바라봐 준 눈동자에게 감사하다는 의미예요."

"세현 씨……."

"고마워요, 소이 씨. 날 믿고 온전히 맡겨 줘서. 이젠 등을 보이고 떠난다거나 이 손을 놓는다거나 하지 않을게요."

이 눈동자와 이 미소와 넘치는 다정함을 어떻게 놓을 수 있을까? 소이는 고개를 끄덕이며 그가 붙들고 있는 손에 힘을 주었다.

"배고파요. 우리 밥 먹어요."

소이는 세현이 내미는 손을 잡고 일어났다. 소이가 바라는 단란하고 따뜻한 아침 식사가 세현과 함께 시작되었다.

함께 손을 잡고 출근하는 길. 세현은 소이의 손을 놓칠세라 꼭 붙들고 있었다. 버스를 타기 위해 늘 걷는 길이 왠지 생소한 느낌으로 다가온다.

소이는 옆에서 뭐가 그리 좋은지 싱글거리는 세현을 흘끗 쳐다보았다. 식탁을 정리하고 설거지를 할 때도, 함께 이를 닦으며 거울을 바라볼 때도, 소이가 살짝 구겨진 세현의 셔츠를 다려 줄 때도 그는 소이에게 시선을 떼지 않고 지금처럼 웃기만 했다.

"나도 어쩔 수 없는 남자였나 봐요."

"네?"

"아니, 그냥 그렇다고요. 아! 버스 왔어요."

세현의 말을 알아들을 수 없다는 표정을 지으며 소이가 자신의 손을 붙든 채 달리는 세현을 쫓았다.

"왜 자꾸 웃어요."

버스 안에서 싱글거리며 바라보는 세현 때문에 소이는 시선을 둘 곳을 찾느라 바빴다. 결국 창밖으로 지나쳐 가는 가로수의 숫자를 세며 애써 세현의 시선을 외면하려고 했지만, 헛수고였다.

"좋아서요. 소이 씨가 내 사람이라는 것이 마냥 좋아서요. 창밖에다가 '소이 씨는 내 거다!' 크게 외칠까 봐요."

손을 뻗어 창문을 열려고 하는 세현의 팔을 소이가 꽉 붙잡는다. 고개를 세차게 저으며 바라보는 눈동자에 당혹함이 가득했다.

"농담이에요, 농담. 마음은 진짜지만."

서로의 마음을 굳게 다잡으려는 듯 깍지 낀 손에 힘이 들어갔다. 그래, 이 손을 절대 놓지 말아야지. 세현으로 인해 소이의 마음이 점점 부풀어 오른다. 둥실둥실 청량한 여름 하늘 위로 떠오르는 것 같다.

한참을 달린 버스가 그들이 처음 마주한 장소에 도착했다. 멀리 횡단보도가 보인다. 세현과 나란히 걸으며 소이가 작게 웃음을 흘렸다.

"왜 그래요?"

"아니, 예전 일이 생각나서요."

"예전 일이요?"

"네, 세현 씨는 모르는 일이에요. 내 기억 속에만 있는. 궁금하죠? 가르쳐 줄까요 말까요?"

"지금 내가 떼쓰고 보채는 거 유도하는 거죠?"

"떼쓰고 보채게요?"

"뭐, 궁금하긴 하니까……. 그래도 막상 하라고 하면 그렇게는 못 할 것 같네요."

세현이 난처하게 웃으며 말했다. 이 진중한 이미지의 남자에게 어리광은 정말 안 어울릴 것 같긴 하다.

"대단한 건 아니고…… 세현 씨는 기억하지 못하겠지만 나 이 횡단보도에서 처음 세현 씨를 봤어요."

"뭐, 항상 다니는 출근길이니까요."

"신호를 기다리며 서 있는데 세현 씨가 옆에 있었어요. 나보다 한참 큰 세현 씨가 만드는 그림자랑 내 작은 그림자가 묘하게 어울려서 살짝 옆을 훔쳐봤어요."

"그랬더니 잘생긴 남자가 서 있었다?"

세현의 너스레에 소이가 살짝 눈을 흘기고 말을 이어 나갔다.

"뭐, 말끔하게 생긴 사람이긴 했죠. 그런데 어쩜 그리 꼿꼿한지 단 한 번도 눈길을 주지 않고 신호가 바뀌자마자 성큼성큼 걸어가는데, 오기가 생겨서 열심히 쫓아갔지만 저만치 멀어지더라고요."

"아쉬웠나 보네요? 그럼 소이 씨가 나한테 한눈에 반한 건가?"

"절대요. 오기가 생긴 거라니까요. 그 후로 혜연 언니 카페에서 매번 마주쳐서 흥미가 생기긴 했지만."

"솔직해져요, 소이 씨. 사실 나 계속 훔쳐봤잖아요."

세현의 말에 소이가 놀라서 커진 눈을 깜박거리며 세현을 올려보았다.

"뭘 놀라고 그래요? 내가 아무리 무심해도 매일 마주치는 사람이 그렇게 바라보면 당연히 알게 되지."

"그런가……?"

"한눈에 반한 남자에게 말 한 번 못 건네고 끙끙 앓았겠네요? 부끄럼쟁이 소이 씨."

"오기였다니까요! 정말. 또 놀린다."

빨갛게 달아오른 뺨을 한 손으로 꼭꼭 누르는 소이를 보니 자꾸 놀리고 싶은 마음이 든다. 세현은 터져 나오는 웃음을 꾹 참으며 소이의 머리를 쓰다듬었다.

"알았어요. 오기라고 해 두죠. 하지만 곧 인정하게 될걸요? 내게 한눈에 반했다는 사실을."

"아휴! 세현 씨, 정말! 괜히 말했어요. 그냥 마음속에 담아 둘걸."

"장난이에요. 고맙네요, 소이 씨."

"뭐가요?"

"날 발견해 줘서요. 소이 씨가 날 발견하고 그렇게 바라봐 주지 않았다면 우린 아마 스쳐지나가는 평범한 인연이었을 테니까."

"……그 말, 세현 씨에게 돌려줘도 돼요?"

"……?"

"고마워요. 내가 바라보는 시선 놓치지 않고 기억해 줘서요. 기억해 주고 먼저 말을 걸어 주고…… 이렇게 많이 사랑해 줘서 고마워요."

세현이 고개를 숙여 소이의 뺨에 입을 맞춘다. 사랑스러워 못
견디겠다는 얼굴로.

"아! 날씨 참 좋다! 그죠?"

세현이 잡은 손을 앞뒤로 크게 흔들며 말했다. 세현의 말처럼
한동안 내린 비가 거짓말인 것처럼 맑게 갠 하늘이 싱그러웠다.

"난 다 봤다."

환자의 치료를 마치고 차트를 정리하는 세현의 옆에 서서 음흉
한 미소를 지으며 종혁이 말했다.

"뭘요?"

"소이 씨랑 화해했나 보지? 아주 달짝지근하다 못해 녹아내리던
데? 분위기가."

"아…… 아침에요? 그게 왜요?"

대수롭지 않은 듯 제 할 일을 하는 세현의 반응에 종혁은 약이
바짝 올랐다.

"며칠 동안 어두침침한 얼굴로 안절부절못하고 애꿎은 사람들에
게 화만 내던 그 김세현 맞냐?"

"내가 그랬어요?"

"그래! 네 녀석 때문에 병원 안이 완전 살얼음판이었는데! 너답
지 않게 조금만 실수해도 뭐라고 하고……! 불쌍한 병원 사람들만
눈물 쏟았잖아."

"그 일은 일일이 사과했어요."

"그래, 지금은 완전 딴사람이니까. 네 녀석이 아침부터 사랑과 이
해의 오라를 뿌려 대는 바람에 병원 사람들 모두 어리둥절하더라."

"다들 내 변화에 관심이 많아요? 자기 일들이나 열심히 할 것이지."

"우리 치과에 남자라곤 나랑 너 단둘뿐인데 당연한 거 아니냐? 총각은 너뿐인 데다 난 배나온 유부남이니까. 네 녀석 애인 생긴 거 알고 난 후 한풀 꺾이긴 했지만. 뭐, 화해했다니 다행이네. 애써라."

툭툭 세현의 등을 두드리고 종혁이 진료실 밖으로 나갔다. 종혁의 말처럼 그렇게 자신이 다른 모습인가 싶어 멀리 놓인 거울에 비친 자신의 얼굴을 바라보았다. 입가에 걸려 있는 미소가 실없는 사람처럼 보이게 한다. 세현은 입을 꼭 다물고 일에 열중하려 애썼다.

하지만 자꾸 어젯밤의 일이 떠오른다. 부끄러워 눈을 꼭 감은 채로 온전히 자신에게 몸을 내맡긴 소이가 눈을 뜨고 맑은 눈동자에 자신을 담길 바랐다. 바람대로 소이의 눈동자에 자신의 얼굴이 비출 때, 그 눈동자에 빠져들어 마지막 이성까지 끊어질까 두려워 질끈 눈을 감아 버린 건 자신이었다.

세현은 고개를 휘휘 젓고 벌떡 일어나 창가로 다가갔다. 창문 밖 멀리 어린이 도서관이 보인다. 헤어진 지 얼마 되지 않았는데도 그립고 또 보고 싶다.

"중증이다. 김세현……."

빨리 그녀를 옆에 두어야겠다는 욕심이 차오른다. 자신의 곁에서 사랑받고 사랑하고 그녀가 주는 사랑으로 충만해진 하루를 보내고…… 그렇게 함께하고 싶다.

"김세현, 조급해하지 마라. 초조해하지 마."

아직은 아니다. 거쳐야 할 것이 남아 있다. 그녀의 가족. 그녀에

겐 아픔뿐인 아버지. 그를 보듬고 이해하고 받아들여야 하는 시간
이 필요했다. 아직은…… 아니다.

"지훈아! 기다려."

세희는 손을 놓고 달려가는 지훈을 불러보았지만, 한껏 들떠 있
는 아이를 막기란 어려웠다.

"지훈아! 앞!"

아니나 다를까 작은 지훈이 앞장서서 가던 사람에게 부딪혀 바
닥에 쿵 하고 엉덩방아를 찧는다.

"아휴, 참! 그러게 엄마가 뭐랬어?"

세희가 다가가기도 전에 지훈과 부딪힌 사람이 아이를 일으켜
세우고 눈높이를 맞춰 앉아 미소 짓고 있었다. 세현의 그녀다. 세
희는 걸음을 멈추고 소이를 살펴보았다. 지나치듯 봤을 때는 앳된
얼굴이 참 맑은 사람이다 느꼈었는데, 지금 다시 보니 단아하면서
도 어딘지 모르게 사람의 시선을 잡아끄는 묘한 매력이 있었다.

"고맙습니다."

세희가 지훈의 손을 잡으며 소이에게 인사를 건넸다.

"아니에요. 제가 눈치챘어야 하는데. 다치진 않은 것 같으니 다
행이에요."

목소리가 차분하고 예쁘다. 세희는 지훈의 머리를 쓰다듬으며
부드럽게 미소 짓는 얼굴에서 시선을 떼지 못하고 있었다. 소이가
커다란 눈을 들어 의아하게 바라보고 나서야 퍼뜩 정신을 차리고
자리를 떴다.

"아유, 나도 참 주책이라니까. 저 아가씨는 모르고 있는데 하마
터면 말 걸 뻔했네."

동생이 사랑한다고 고백한 이여서일까. 자신의 마음에 선하게 담기는 저 아가씨가 아무 이유 없이 좋아질 것 같았다.

"세현아, 나."

지훈이 소이가 들려주는 동화를 듣기 위해 이야기 방으로 들어가고 나서 북카페에 앉아 세현에게 전화를 걸었다.

「이 시간에 무슨 일이야?」

"너는 누나가 오랜만에 전화를 했으면 반갑게 받을 일이지 무뚝뚝하게. 정말 멋없어."

「무슨 일이냐니까.」

"나 지금 어디에 있게?"

「그걸 내가 어떻게 알아.」

"어린이 도서관이지. 그 아가씨 만났다."

휴대폰 너머로 우당탕하는 소리가 들린다. 세현이 적잖이 당황한 모양이다. 세희는 쿡쿡 웃으며 말했다.

"뭘 놀라고 그래?"

「거긴 왜 가? 그리고 말은 왜 걸어? 누나, 좀!」

"오지랖 떨지 말라고? 왜 가긴. 지훈이 동화 듣는 날이라 왔지. 그리고 말 걸지 않았어. 우연히, 아주 우연히 잠깐 대화한 거지."

「끝나면 곧장 나와. 괜히 아는 척하지 말고.」

"어휴, 치사하다, 김세현. 그렇게 꽁꽁 숨겨 두고 싶니? 내가 해코지라도 할까 봐?"

「그런 게 아니고. 그 사람 부끄럼이 많아서 그래. 내가 나중에 천천히 소개시켜 준다니까.」

"너답지 않게 당황을 다하고. 그 아가씨가 많이 좋긴 한가 보다?"

「누나!」

"알았어. 소리 좀 그만 질러. 내가 그 아가씨 덕에 흥분한 너를 다 보고 별일이다."

「누나!」

"알았다니까. 끝나면 뒤도 안 돌아보고 갈 테니까 걱정하지 마. 뭐, 엄마한테는 이 재미있는 이야깃거리를 꼭 해 드려야겠지만. 끊는다."

세희는 세현이 자신의 이름을 부르짖는 소리를 모른 척하며 전화를 끊어 버렸다.

'김세현! 네가 저 아가씨에게 단단히 빠졌구나.'

왠지 동생의 사랑에 박수 쳐 주고 응원해 주고 싶은 세희였다. 예전에는 사귀는 여자가 있어도 별다른 내색을 하지 않던 동생이 온 가족이 모인 자리에서 사랑한다고 고백한 사람이 아닌가?

세희의 시선을 느꼈는지 소이가 살짝 고개를 들어 바라보았다. 마주친 시선에 소이가 부드럽게 미소 짓더니 동화의 마지막 부분을 읽어 내려갔다. 소이가 그림책을 덮으며 잠시 아이들과 대화를 나누고 일어나 문밖에서 기다리고 있는 엄마들에게 아이들을 한 명씩 인계하며 인사를 나누었다.

세희는 다가가지 않고 사람들이 아이의 손을 잡고 흩어질 때까지 기다렸다. 뒤도 안돌아보고 가겠다는 세현과의 약속은 이미 머릿속에서 지워진 지 오래다.

"저기……."

지훈과 이야기를 나누는 소이를 세희가 조심스럽게 불렀다. 소이가 가볍게 목례를 하고 바라본다.

"실례가 아니라면 이름을 물어봐도 될까요?"

가끔 나이가 몇이냐고 묻는 사람들은 있었지만, 이름을 묻는 사람은 처음이라 소이가 의아해하며 대답했다.

"이소이라고 해요. 그런데 왜……?"

"아니, 그냥 문득 궁금해져서요. 아이가 무척 좋아하기도 하고, 그리고 또 만나면 반갑게 인사할 때 이름을 불러 주면 좋잖아요?"

"네에."

뜬금없는 세희의 말에 별다른 의심 없이 수긍하는 소이를 보니 저절로 미소가 지어진다. 세현을 잡아끈 매력이 저런 순수함 때문이리라.

"그럼, 다음에 또 봐요."

스스럼없이 이름을 묻고 돌아서는 낯선 이의 뒷모습을 바라보며 소이가 고개를 갸우뚱거렸다. 어디선가 본 듯한 얼굴. 눈썹 사이를 좁히고 골똘히 생각해 봤지만 또렷이 떠오르는 사람은 없었다. 도서관에 자주 오는 부모들 중 하나여서 낯이 익었나 보다.

그렇게 생각하며 소이는 그림책을 품에 안고 1층을 향해 종종걸음으로 내려갔다.

"세현 씨!"

병원 계단을 내려오는 세현을 부르는 소리에 고개를 드니, 소이가 손을 흔들며 서 있었다. 빙그레 웃으며 한달음에 소이 곁으로 다가가는 세현을 종혁이 고개를 절레절레 흔들며 뒤따라왔다.

"그렇게 좋냐? 이 팔불출아."

종혁의 말은 들리지 않는지 세현은 소이를 애틋하게 바라본다.

"소이 씨, 이 녀석이 속 썩였던 것 같은데 괜찮아요?"

"선배, 안 가요? 오붓한 시간 방해하지 말고 어서 가시죠."

"이 자식, 말도 참 곱게 한다. 그래! 간다, 가! 소이 씨, 이 녀석이 또 힘들게 하면 말해요. 내가 다시는 그러지 못하게 마구 부려 먹어 줄 테니까."

종혁의 말에 소이가 밝게 웃으며 고개를 젓는다.

"괜찮아요. 조금 속상한 일이 있긴 했지만, 그 덕에 더 좋아진 걸요."

"하하하, 그거 다행이네요. 둘이 좋은 시간 보내요. 난 이만 사라질 테니."

종혁이 사라지자마자 세현은 기다렸다는 듯 소이를 한껏 품에 안았다. 소이가 품 안에서 세현을 올려다보며 그가 좋아하는 맑은 웃음을 보낸다.

"계속 이렇게 있을 거예요?"

소이의 속삭임에 세현이 소이의 손을 마주잡고 한동안 바라보았다.

"왜 그렇게 봐요?"

"어제도 보고, 오늘 아침도 함께였고, 지금도 이렇게 같이 있는데 계속 보고 싶은 이 마음은 뭘까요?"

"세현 씨, 팔불출이 맞네요."

소이가 작게 웃음을 흘리며 말했다.

"왜 병원 앞까지 왔어요? 내가 데리러 가면 되는데."

"세현 씨랑 나도 같은 마음이었거든요. 빨리 보고 싶었어요. 그리고…… 세현 씨랑 꼭 가야 할 곳도 있고."

"어딘데요?"

"우리 아빠가 있는 곳이요."

소이가 웃음을 거두고 진지한 눈빛을 세현에게 건넸다. 무언가

결의에 찬 것 같은 눈동자가 맑고 깊어 소이를 보며 설레었던 마음이 차분하게 가라앉았다.

"갑자기 왜……?"

"세현 씨가 아침에 그랬죠? 내가 누군가를 의지해서 위로 올라가는 것이 아니라 스스로 가야 할 길을 찾아가는 나팔꽃 같다고. 세현 씨에게 가는 길을 스스로 찾아봤어요. 세현 씨가 해바라기처럼 바라보는 곳을 나도 바라보려면, 내가 가진 것을 모두 보여야겠다고. 아빠는 내게 제일 큰 아픔이고 상처고 슬픔이어서 혼자만 아파하고 참고 견디자고 항상 생각했어요. 다른 사람들이 아빠에게 보내는 차가운 시선이 견디기 힘들어서 더욱 그랬고요. 하지만 세현 씨라면…… 모자라지도 넘치지도 않게 우리 아빠를 마음에 담아 줄 수 있을 거라고 생각했어요. 혹시 이 마음이 세현 씨에게 부담이 될까요?"

조심스런 소이의 말에 세현이 고개를 젓는다. 잡은 손을 더욱 강하게 그러쥐며 꿋꿋한 눈빛으로 소이와 마주했다.

"아직도 내려놓지 못하는 마음을 이젠 다 털어 버리려고 해요. 세현 씨라면 내가 갖고 있는 아픔을 기꺼이 함께 바라볼 수 있을 거라는 믿음이 더 강해졌으니까, 나 그렇게 생각하고 세현 씨 따라가도 되는 거죠?"

"기특하네요, 소이 씨. 소이 씨가 이런 결정을 하기까지 얼마나 많이 고민하고 힘들었을지 나 잘 알아요. 그러니까 내게 부담이 될 거라는 걱정은 절대 하지 말아요. 소이 씨 말처럼 기꺼이 당신의 아픔을 함께 바라볼게요. 그렇게 내가 버팀목이 되어 줄게요."

소이가 웃는다. 아픔이나 슬픔으로 어딘지 모르게 쓸쓸한 미소가 아닌, 그 어느 때보다 밝고 맑은 미소를 짓는다. 그에 대한 무

한한 애정이 담겨 있는 웃음에 세현은 뭉클하고 올라오는 감정을
꾹 눌러 담으려 애썼다.

"우리 아빠를 세현 씨에게 소개시켜 주고 나면 나도 세현 씨의
가족에게 소개시켜 줄래요? 세현 씨의 가족을, 그 따스함을 나눠
가져도 될까요?"

"물론이에요, 소이 씨. 우리 꼭 그렇게 해요."

신뢰로 가득한 두 사람의 시선이 오랫동안 오고 갔다. 서로의
마음속에 '영원'이라는 글자가 새겨졌다. 영원히 함께. 그렇게 걷
기 시작한 길에 더 이상 아픔이 없기를 바라는 두 사람이었다.

"그전에 소이 씨, 옷 좀 갈아입으러 가요."

"네?"

"어제부터 계속 이 옷이잖아요. 소이 씨 아버지에게 잘 보여야
하는데."

세현의 스스럼없는 말에 부끄러운 듯 소이가 보일락 말락 미소
를 지었다.

"아빠, 나 왔어요."

가만히 자리에 앉아 한 곳만 뚫어져라 바라보는 재원의 시선이
소이에게 돌아오지 않고 허공에 머물렀다. 소이는 담담하게 웃더
니 재원의 손을 꼭 보듬어 잡았다.

"아빠, 나 소개시켜 줄 사람 있는데. 잠깐 나 좀 봐 줘요."

결코 고개를 돌리지 않는 재원에게로 세현이 조심스레 다가갔
다. 소이의 어깨에 손을 올리고 용기를 주듯 지그시 잡아 본다. 소
이가 고개를 들어 세현을 바라보았다. 잔잔한 세현의 눈빛에 다시
한 번 마음을 잡고 재원에게 말을 건넸다.

"아빠, 내가 사랑하는 사람이에요. 아빠뿐이었던 내 마음을 차지한 사람이에요. 봐요, 진짜 멋지죠? 날 누구보다 아끼고 사랑해 주는 사람이에요."

재원의 고개가 살짝 돌아가더니 세현에게 공허한 시선을 보냈다. 세현은 그런 재원의 시선과 당당히 마주했다. 흔들리던 재원의 시선이 점점 차분하게 가라앉았다. 세현은 재원을 잡고 있는 소이의 손 위에 자신의 손을 포갰다. 두 사람의 온기가 재원의 야윈 손에 전해졌다.

"아버님, 안녕하세요? 소이 씨 남자 친구 김세현입니다."

낮고 침착한 목소리로 세현이 말했다. 재원은 한동안 세현을 바라보더니 등을 돌려 몸을 누였다. 소이가 작게 한숨을 쉬고 재원에게 이불을 덮어 주며 등을 토닥였다. 항상 아픈 가슴을 끌어안고 살아가는 아버지가 편히 잠들길 바라면서.

"잘 부탁드립니다. 다음에 또 뵙겠습니다."

재원의 등 뒤에 대고 세현이 정중하게 말했다. 돌아보지 않는 재원에게 꾸벅 인사를 하는 세현이 든든해 소이는 아버지의 등이 쓸쓸하거나 아프게 느껴지지 않았다.

"우리 아빠 잘생겼죠?"

"소이 씨랑 많이 닮으셨네요. 소이 씨가 내 눈엔 정말 예쁘니까, 아버지도 멋지게 보이는데요?"

"옛날엔 더 멋지셨어요. 항상 당당했고. 지금이야 아프셔서 저렇게 야위었지만요."

"소이 씨, 좋아지실 거예요. 마음의 상처는 보듬어 주는 사람들의 몫이니까요. 상처를 치료해야 하는 사람도, 치료해 주는 사람도 서로에게 보내는 시선과 마음이 변함없이 따뜻하고 다정하다면 시간이 오래 걸리더라도 반드시 치유될 수 있어요. 아버지의 상처도 그렇게 나아질 수 있을 거예요."

"네, 나 그렇게 믿을게요. 이젠 힘들고 지친다고 뒤로 숨는 게 아니라 아빠랑 제대로 마주 볼게요."

"그래요. 그런 마음이 가장 중요한 거예요. 정말 기특하네요, 소이 씨."

자신의 머리를 어루만지는 세현을 소이가 예쁘게 눈을 흘기며 말했다.

"어린애 다루듯 할 거예요?"

"껍질을 깨고 나왔으니 당연하죠. 이제 무럭무럭 자라는 일만 남았네요."

"정말……! 짓궂어요, 세현 씨."

두 사람의 웃음소리가 차가웠던 재원의 병실에 따스함을 옮겨 주었다. 둘의 웃음소리 속에서 재원은 고른 숨소리를 내며 깊은 잠에 빠졌다. 꼭 다문 입술에 살짝 미소가 감도는 것처럼 느껴져 소이는 마냥 행복했다.

「어머니, 저예요. 세현이.」

"그래, 우리 아들. 무슨 일로 전화했니?"

「이번 주말에 시간 어떠세요?」

"별일 없는데. 왜?"

「전에 말했던 그 아가씨 보여 드리려고요. 괜찮죠?」

"우리야 언제나 환영이지. 그 아가씨가 용기를 냈나 보지?"

「제가 보챘죠. 어머니, 그냥 집으로 갈게요. 그게 어머니도 편할 것 같고.」

"그러렴. 기다리고 있을게. 잘 데리고 와. 그 아가씨한테 너무 부담 갖지 말고 오라고 꼭 전해 주고."

「네, 그렇게 할게요. 주말에 봬요.」

"누구, 세현이?"

부드럽게 미소 지으며 전화를 끊는 어머니를 보며 세희가 물었다.

"응, 그때 말한 아가씨 데려온다네."

"어머, 정말? 언제?"

"언제 데리고 오면, 너도 오게?"

"그럼! 당연하지. 울 막내가 처음으로 데려오는 아가씬데 보고 싶은 게 당연하잖아."

"주말에 온단다. 세희 너 괜히……."

"아유, 엄마나 세현이나! 오지랖 떨지 말라는 말이잖아. 염려 붙들어 매세요."

"그런데 세희야, 엄만 조금 걱정돼."

"뭐가요?"

"아픔이 많다고 세현이가 그랬잖니? 나야 우리 세현이 믿지만……. 상처가 많은 사람일수록 마음을 열기 힘들 텐데. 상처받기도 쉽고. 아버지도 아프다고 하고. 세현이가 힘들지는 않을까?"

"무슨 그런 걱정을 해. 세현이가 어련히 알아서 할까. 엄마답지 않게. 우리는 있는 그대로 보아주면 되는 거 아냐? 엄마랑 아빠랑 우리 남매에게 늘 해 주던 말이잖아요. 부담 갖지 말고 오라고 말해 놓고 엄마가 지레 걱정하면 어떡해? 그냥 엄마는 맛있는 음식 차려 놓고 '어서 와라.' 하고 맞이해 주면 그만이야."

"그렇지?"

살짝 주름진 고운 얼굴에 걱정이 서린 어머니의 마음을 달래 주며 세희가 밝게 이야기했다.

"엄마, 세현이 믿어요. 세현이가 얼마나 진실되고 속이 깊은지 우리가 더 잘 알잖아. 그런 녀석이 좋다고 하는 아가씨니까 믿어 보자고요. 알았죠?"

"그래, 네 말이 맞다. 내가 괜한 걱정을 했나 보다."

세희와 어머니의 대화를 멀리서 듣고 있던 아버지가 부드럽게 미소 지었다. 막내 녀석이 데리고 올 아가씨가 어떤 고운 모습일지 벌써부터 기대가 된다.

"나 어때요?"

"예뻐요. 벌써 다섯 번째 말해 주는 것 같은데."

소이는 세현이 데리러 간 순간부터 옷은 어떤지 머리 모양이나 화장은 어떤지 계속 물어보았다. 단정하게 풀어내린 머리도, 옅게 화장한 얼굴도, 깔끔한 옷차림도 세현의 눈에는 마냥 예쁜데 소이는 긴장했는지 계속 걱정만 늘어놓는다.

싱글거리며 대답하는 세현이 마뜩치 않았는지 소이는 뾰로통한 얼굴로 앉아 창밖만 바라보았다. 세현이 손가락으로 부풀어 오른 볼을 쿡쿡 찌른다.

"아침부터 옷을 몇 벌이나 갈아입었는데요. 화장도 계속 고치고. 그냥 단순히 예쁘다고만 하지 말고 세현 씨 부모님이 좋아할지 말해 주면 안 돼요?"

"소이 씨, 내 눈에 예쁘면 우리 부모님 눈에는 당연히 예뻐 보일 거예요. 우리 부모님 마음에 충분히 들 만큼 고우니까 걱정 말고 가요."

"진짜죠?"

"진짜라니까요. 예뻐요. 정말로."

소이는 세현의 말에 긴장이 풀렸는지 그의 집으로 가는 길 내내 밝게 웃으며 재잘거렸다. 밝고 경쾌한 목소리가 귓가를 두드린다. 세현은 들뜬 마음으로 자동차의 속력을 살짝 올렸다.

세현의 자동차가 한강변 대로를 지난다. 싱그러운 여름 하늘 아래 잔잔히 흐르는 강물이 햇빛을 받아 부서지듯 빛났다. 소이의 맑은 눈동자에 강물이 비쳐 함께 너울댄다. 한껏 부푼 마음을 심호흡으로 다잡는 소이의 기척에 세현은 웃음이 나왔다.

이 아가씨가 가족들 앞에서 바짝 긴장해 버리면 안 될 텐데. 앞서던 걱정이 소이의 표정을 보니 안심이 되었다. 누군가를 만날 때 비쳤던 두려움이나 걱정보다 설렘과 자신감이 어려 있는 눈동자가 맑게 빛나고 있었다. 세현이 이끌어 주지 않아도 지금의 소이라면 자신이 갖고 있는 고운 면을 주저하지 않고 보여 주리라.

멀리 집 앞에 서서 세현을 기다리는 어머니가 보인다. 세현의 차를 발견한 어머니가 인자한 미소를 짓고 손을 흔들었다. 세현은 집 앞 주차장에 차를 세우고 어머니에게 다가가 보듬어 안았다.

아들의 등을 토닥이며 미소 짓는 어머니의 모습이 소이에게 애틋하게 다가왔다. 소이는 다시 한 번 심호흡을 하고 차에서 내려 세현에게 다가갔다. 소이를 발견한 세현이 손을 잡고 어머니 앞으로 끌어당겼다.

"어머니, 제가 전에 말한 아가씨예요."

"이소이라고 합니다."

허리를 굽혀 인사하는 소이의 모습을 찬찬히 살펴보는 어머니의 입가가 부드럽게 휘어졌다.

"어서 와요, 소이 양. 오느라 힘들지는 않았어요?"

"네, 세현 씨 덕에 편하게 왔어요."

"그래요. 어서 올라와요. 다들 기다리고 있어요."

다들 기다린다는 말에 소이가 살짝 경직된 표정으로 세현을 바라보았다. 세현이 싱긋 웃으며 소이에게 몸을 낮추고 속삭였다.

"우리 가족이 좀 유별나거든요. 내가 집으로 데려온 여자는 소이 씨가 처음이라 아마 다 모여 있나 봐요."

"갑자기 긴장돼요."

"긴장할 것 없어요. 소이 씨가 편하게만 하면 우리 가족은 그 이상으로 대해 줄 거예요."

소이는 세현에게 이끌려 천천히 대문으로 들어섰다. 아담하면서도 오밀조밀한 정원과 적당한 크기의 집이 벌써부터 따뜻한 분위기를 풍긴다. 간간이 새어 나오는 웃음소리에 소이도 저절로 웃음이 지어졌다.

"어서 와!"

먼저 세현과 소이를 맞이한 건 세희였다. 꾸벅 인사를 하고 고개를 든 소이의 눈이 세희와 마주치자마자 동그랗게 변했다.

"어!"

"소이 씨는 나랑 구면이죠?"

세희가 눈을 찡긋하며 말하자, 옆에 있던 세현이 미간을 찌푸리며 세희를 쏘아보았다.

"뭐야, 설마 그때 뒤도 안 돌아보고 간다더니, 또 설레발친 거야?"

"어머, 설레발은? 우연히 인사 나눈 거라니까? 그죠? 소이 씨."

세희의 밝은 마중에 소이가 긴장했던 마음을 풀고 웃어 보였다.

소이의 맑은 모습에 세희가 덥석 손을 잡더니 가족들이 모두 모여 있는 곳으로 소이를 안내했다.

"자! 우리 막내 세현이의 그녀가 왔습니다!"

거실 안 사람들의 시선이 소이에게로 쏠렸다. 그 시선들에 처음 본 사람에 대한 낯설음과 품평보다 다정하고 살뜰한 마음이 넉넉하게 담겨 있어 소이는 더더욱 편안해졌다. 빈자리에 소이를 앉히고 세희도 지훈을 무릎에 안고 건너편에 자리했다. 세현은 들떠 있는 세희를 곱지 않게 바라보며 소이의 옆에 앉았다.

소이는 찬찬히 주변을 둘러보았다. 넓고 텅 빈 쓸쓸한 자신의 집 거실과는 정말 다른, 밝고 온화한 분위기의 보통 가정집이었다. 거실엔 세현의 가족들이 뿜어내는 다정한 공기로 가득 차 있었고, 은은한 조명이 그런 느낌을 더욱 돋보이게 했다.

작고 아담한 마당을 향해 있는 테라스에 갖가지 화초들이 놓여 있었다. 가꾼 이의 정성이 느껴지는 크고 작은 화초들이 싱그러웠다.

"화초들이 참 예뻐요."

소이의 첫 마디가 거실에 울렸다. 맑고 투명한 듣기 좋은 울림에 거실에 모인 사람들의 입가에 미소가 걸렸다.

"저도 집에서 여러 가지 식물들을 기르지만, 여기의 화초들은 따뜻하고 다정하네요. 사랑이 가득 담겨 있어서 늘 보는 초록빛인데도 묘하게 시선을 끌어요."

소이의 말에 세현의 어머니가 일어나 베란다에서 작은 화분을 들고 나왔다. 올망졸망하고 귀여운 풀잎이 여려 보였다.

" '천사의 눈물' 이라고 하는 화초예요."

" '천사의 눈물' 이요?"

"예전에는 '또래기'라고 불렸었는데 지금은 '천사의 눈물'이나 '병아리눈물'로 불리지요."

"이름이 참 예뻐요."

"겉으로 보면 약해 보이지만 추위에도 강하고, 자칫 말라 죽어도 조금만 물을 주면 씩씩하게 되살아나는 풀이죠."

"와아……! 정말 멋진 풀이네요."

순수하게 눈을 빛내며 감탄을 하는 소이의 모습에 세현의 어머니가 흐뭇하게 웃으며 화분을 소이에게 건넸다.

"소이 양과 잘 어울리는 화초네요. 소이 양이 키우면 분명 더 예쁘게 자랄 거예요."

소이는 감동이 가득 담긴 표정으로 세현을 바라보았다. 부드러운 시선을 소이에게 보내며 세현이 흔쾌히 받아도 좋다는 뜻을 담아 고개를 끄덕였다.

"정말 고맙습니다. 잘 키울게요. 어머니……."

소이의 입에서 나오는 '어머니'란 단어가 세현의 마음을 젖어들게 한다. 수없이 생각했던 가족들 속 소이 모습이 상상과 전혀 다르지 않아 그 또한 감동이었다. 소이는 자연스럽게 세현의 가족들에게 녹아들고 있었다. 항상 그 자리에 있었던 사람처럼 너무도 편안하고 담담했다.

"소이 양이라고 했나?"

"네."

"나한테도 불러 봐요."

"네?"

세현의 아버지가 놀라서 크게 뜬 소이의 눈을 보며 호탕하게 껄껄 웃는다.

"우리 마누라한테 '어머니'라고 불렀으니 나에겐 '아버지'라고 불러야지."

'아버지'란 단어에 목이 메어 온다. 항상 소이에게 아픈 단어였는데 '아버지'라고 스스럼없이 불러 달라는 말에 여러 가지 감정이 물밀듯 몰려왔다. 세현이 그런 소이의 마음을 눈치챘는지 자신의 손으로 소이의 손을 따뜻하게 덮어 주었다.

"네, 아버지……."

목구멍에 뜨겁게 걸린 느낌을 꾹 누르고 소이가 작게 대답했다.

소이의 대답에 다시 한 번 호쾌하게 웃는 아버지에게서 세현과 닮은 따뜻함이 묻어 나왔다.

"반가운 손님도 왔고, 이젠 익숙해진 것 같으니 즐겁게 식사하죠."

세현의 어머니와 형수, 그리고 세희까지 합세해 준비한 음식들이 식탁에 정갈하게 차려져 있었다. 소이가 아무리 혼자 노력해도 느껴지지 않던 풍성하고 따뜻한 느낌의 식탁에 그의 가족들과 함께했다. 자리에 앉아 세현의 어머니가 덜어주는 음식을 먹으며 소이는 그 어느 때보다 충만한 행복을 느끼고 있었다.

소이가 탄 세현의 차가 골목을 빠져나갈 때까지 그의 가족들은 배웅을 했다. 식사를 마치고 나서도 계속되는 유쾌한 대화 속에서 익숙하지 않은 분위기에 지지 않고 어울렸다. 오히려 말이 없던 건 세현이었을 정도로.

"나 오늘 잘했어요?"

생글거리며 소이가 세현에게 묻는다.

"네! 참 잘했어요. 내가 감동받을 만큼. 소이 씨를 우리 가족에게 데려간 것을 정말 후회하지 않을 정도로 잘했어요."

정말 그랬다. 가족들 속에서 누구보다 반짝반짝 빛이 나는 소이를 바라보느라 형과의 대화를 자꾸 놓쳤던 그였다.

"나도 그래요. 용기를 내길 잘했어요. 세현 씨의 가족이라면 분명 부족한 나라도 스스럼없이 받아 줄 거라고 생각했는데 틀리지 않았어요. 아니, 생각했던 것보다 훨씬 많을 걸 받아서 이 마음을 어떻게 해야 할지 모르겠어요."

"그냥 간직해 둬요. 앞으로 더 많이 받아야죠. 소이 씨에게는 주고 또 주고 싶으니까."

세현의 말을 들으며 소이는 선물받은 화분을 꼭 끌어안았다.

"나 세현 씨 가족들 속에 들어가도 되는 거죠? 그렇게 함께 있어도 되는 거죠?"

"당연하죠."

"고마워요, 세현 씨."

"요즘 들어 그 소리 참 자주 듣네요. 고마워할 것 없어요. 당연하게 받아들여요."

"그래도 고맙다고 할래요. 정말 세현 씨를 못 만났다면 난 어떻게 살고 있을까요?"

"지금 만나지 못했더라도 다른 시간에 꼭 만났을 거예요. 소이 씨랑 나 서로에게 느낀 이끌림은 어떤 날 어떤 곳에서든 분명 다시 시작될 수 있을 테니까. 지금이 아니었다면 그때에도 난 소이 씨를 쫓아갈 거고, 뒤돌아보게 할 거고…… 지금처럼 사랑할 수 있어요."

어떻게 이 남자를 사랑하지 않을 수 있을까? 소이는 애정 어린 시선을 세현에게 보냈다. 운전을 하느라 소이를 바라보지는 못하고 있지만 잔잔하게 걸린 미소에 소이에 대한 사랑이 담뿍 담겨 있었다. 소이는 몸을 길게 뻗어 세현의 뺨에 입을 맞추었다. 소이의 움직임에 세현이 빙그레 웃는다.

"자꾸 옆에서 도발하면 나 못 참는다니까요."

"……사랑해요."

"네?"

"사랑한다고요, 세현 씨. 정말 많이 사랑해요. 어제도, 오늘도, 내일도 앞으로도 쭉 사랑해요."

"소이 씨, 나 운전 못 할 것 같아요."

"네?"

"지금 당장 소이 씨 안아 주지 않으면 나, 조바심에 분명 사고 낼 것 같은데."

세현은 골목길 주차장에 차를 세우고 소이를 지그시 바라보았다.

"소이 씨는 순진한 건지 대범한 건지 내 마음을 들었다 났다 하는 재주가 있어요."

세현이 눈을 빛내며 소이를 꼭 끌어안았다. 몸을 가로지르는 안전벨트가 불편해 툭 하고 벗겨 버린다. 나긋하게 팔에 감기는 소이의 허리를 좀 더 세게 보듬어 안으며 소이에게서 나는 향긋한 체취를 마음껏 들이켰다. 잠깐 진정되지 않던 마음이 차분하게 가라앉았다.

"내게 평생 사랑한다고 말해 줄래요? 아침에도, 점심에도, 저녁에도…… 매일매일 눈을 마주칠 때마다, 내 곁에서 지금처럼 사랑한다고 얘기해 줄래요?"

세현의 말을 가만히 들으며 소이가 의아한 표정으로 바라보았다. 세현의 소이의 입술을 자신의 입술로 담아 본다. 자신의 움직임대로 쫓아오는 소이가 사랑스러워 안고 있는 팔에 힘이 들어갔다.

"나 끝까지 함께 있어 달라고 고백하는 거예요. 내 곁에서 떠나지 말고 있어 달라고요. 무슨 뜻인지 알겠어요?"

"잘 모르겠어요."

"언제가 될지 모르지만, 소이 씨 곁을 지켜 주는 사람이 나였으면 좋겠다는 뜻이에요. 같은 곳을 바라보며 웃고 떠들고 사랑하며 살고 싶다는 그런 말이에요. 그렇게 해 줄 수 있어요?"

"네…… 네……. 그렇게 할게요."

떨리는 목소리로 소이가 답한다. 세현은 다시 한 번 길게 입을 맞추고 소이를 그윽하게 바라보았다.

"이제 어디 가면 안 돼요. 꼭 내 곁에 붙어 있어야 해요."

"네……."

"사랑해요, 소이 씨. 내 감정이 제어가 안 될 만큼 당신을 사랑해요."

구름 없이 맑은 여름 하늘에 별이 빛난다. 서로를 바라보는 두 사람의 눈동자도 그 어느 빛보다 아름답게 빛이 났다.

10

"세현 씨, 물 좀 마시고 해요."

무성하게 자란 풀을 다듬느라 비 오듯 땀을 흘리고 있는 세현에게 소이가 얼음이 든 물 잔을 건넸다. 목에 두른 수건과 챙이 넓은 밀짚모자를 쓴 모습이 단정한 세현의 외모와 묘하게 어긋나 보여 소이는 킥킥거리며 웃었다.

"왜 웃어요?"

시원하게 물을 들이켠 세현이 수건으로 땀을 닦으며 말했다.

"안 웃었어요."

"웃었잖아요. 내 모습이 그렇게 웃겨요?"

"세현 씨는 흰 가운도 어울리지만, 밀짚모자랑 목에 두른 흰 수건도 잘 어울리네요."

"그럼 이참에 소이 씨네 정원사로 취직할까요?"

"네에?"

"월급은 주지 않아도 되니까 식사 제공, 잠자리 제공 어때요? 밑지는 장사는 아닌데."

세현의 말에 소이가 청아한 음색으로 웃음을 터뜨린다.

비가 오고 난 후 연일 맑은 날씨에 정원의 풀이 소이 혼자 손질하기엔 감당이 안 될 정도로 자라 버려 세현에게 도움을 청한 터였다. 꽤 오랜 시간 뜨거운 여름 햇살 아래에서 혼자 작업을 했으니 힘들 법도 한데 참 여유로운 그다.

"세현 씨, 뭐 도와줄 거 있어요? 내가 다 해 줄게요."

"도와줄 거요? 도와줄 건 없고…… 하고 싶은 건 있는데."

"뭔데요?"

"일단 이거!"

세현이 소이의 입술을 스치듯 입 맞추고 아무 일 없었다는 듯 싱그럽게 웃는다.

"뭐예요……."

"하나 더 있는데."

장난이 가득 담긴 얼굴과 달리 눈빛은 더없이 그윽했다. 세현은 자신의 얼굴이 가까이 다가가자 스르르 눈을 감는 소이를 보며 싱긋 웃었다. 방금 전보다 길고 깊은 입맞춤이 이어졌다. 조금씩 보조를 맞추며 움직이는 모습과 달리 수줍은 소이의 표정에 그가 다시 한 번 크게 웃음을 터뜨린다.

"소이 씨는 이제 익숙해질 법도 한데 아직도 그래요?"

"세현 씨도 참……. 몰라요. 식사 준비나 할래요."

소이는 세현에게 눈을 가볍게 흘기고 벌떡 일어나 주방으로 들어갔다. 돌아서는 얼굴에 미소가 만연하다.

"자, 그럼 난 좀 더 힘내 볼까요? 오후가 되면 햇빛도 강해질 테고."

소이는 기합을 넣고 일을 시작하는 세현을 바라보았다. 소이의 일이라면 발 벗고 나서 주는 그가 참 든든하고 고맙다. 땀을 닦는 모습도, 일어나 허리를 두드리는 모습도, 이따금 하늘을 바라보며 햇빛을 가늠하는 모습도 왜 이리 눈이 부시는지.

그를 위한 점심을 준비해야지. 주방으로 가 냉장고에서 갖가지 재료를 꺼내 손질하는 소이의 손이 분주해졌다.

소이가 정성 들여 만든 음식이 식탁에 가지런히 놓일 무렵, 샤워를 마치고 세현이 머리의 물기를 닦아 내며 나왔다. 그에게서 상큼한 비누 향이 난다. 소이는 늘 있는 일상인 양 자연스러운 세현의 모습이 참 좋았다. 아마도 그가 있음으로 해서 외롭고 쓸쓸한 커다란 집에 따뜻함이 물들기 시작했기 때문이리라.

"이야, 이걸 언제 다 준비했어요?"

소이 혼자 준비한 정성이 가득한 식탁 풍경에 제현이 감탄을 하며 자리에 앉았다. 연신 감탄을 하며 식사를 하는 세현을 소이가 턱을 괴고 물끄러미 바라보았다.

"소이 씨, 안 먹어요?"

"먹는 모습 보기만 해도 배부르다는 말이 이해가 되네요."

"그런 말을 이해하면 어떡해요? 보기만 한다고 배부른 게 말이 돼요? 얼른 먹어요."

세현이 소이의 밥 위에 노릇한 계란말이 하나를 올려 주며 말했다. 소이가 한 숟갈을 먹으면 바로 반찬을 올려 주는 세현으로 인해 소이는 밥 한 공기를 금세 비워 냈다.

"신혼부부 같아요. 우리."

소이가 들뜬 목소리로 말했다.

"신혼부부라. 듣기 좋은 단어인데요?"

소이의 입에서 나온 단어 하나에 둘의 마음이 붕붕 떠오른다.

식사를 마치고 설거지를 하겠다며 팔을 걷어붙이고 나선 세현의 옆에 서서 그가 심심할세라 소이가 재잘재잘 이야기를 건넨다. 도서관이나 그림책학교에 있었던 크고 작은 일상들을 소이가 말하면, 세현은 크게 웃거나 맞장구를 치며 소이의 이야기에 귀를 기울였다. 잘 모르는 사람이 본다면 정말 행복한 신혼부부 같다고 느껴질 만큼 다정했다.

편안한 자세로 거실에 앉아 책을 보는 세현의 곁에서 소이가 그림을 그리며 한가로운 오후를 보냈다. 정원 쪽을 향해 있는 커다란 유리문으로 햇살이 쏟아져 내렸다.

소이의 몸을 포근하게 감싸 주는 햇살을 만져 보고 싶다. 세현은 슬쩍 손을 뻗어 소이의 뺨에 대어 보았다. 보들보들한 감촉은 햇살이 주는 느낌일까, 소이의 피부에서 전해 오는 느낌일까.

"세현 씨."

부드럽게 뺨에 닿은 손을 잡으며 소이가 세현을 바라보았다.

"나 꿈이 하나 더 생겼어요."

"뭔데요?"

소이가 하얀 도화지에 아담한 모양의 집을 그린다. 꼭 세현의 집 같은.

"예전에 어떤 그림을 본 적이 있어요. 예쁜 벽돌집 앞의 흔들의자에 앉은 노부부가 손녀딸이 그네를 타는 모습을 그윽하게 바라보는 풍경이 담겨 있었어요. 그 노부부는 젊었을 때에도 그렇게 앉아 아들, 딸들이 자라는 모습을 지켜봤겠죠? 아들, 딸들이 자라고 사랑을 하고 결혼을 해서 행복한 가정을 만드는 걸 바라보며 큰 행복을 느꼈을 거예요."

소이가 그린 흔들의자와 작은 그녀가 아담한 집과 예쁘게 어울렸다.

"그런 집에서 세현 씨 가족과 같은 가정을 만들고 싶어요. 우리 집처럼 크고 넓은 집이 아니더라도, 그냥 작고 아담한 집이어도 좋으니까 그림에서 본 풍경처럼 다정하고 따뜻한 분위기의 집을 만들고 싶어요. 아침에 일어나면 서로를 바라보면서 사랑한다고 말하고, 함께 하는 식사는 항상 따뜻하고, 가끔 싸우고 토라질 때도 있겠지만 결국은 웃으며 손을 맞잡는 그런 집이요."

"소이 씨가 만들고 싶은 가정에 나도 들어 있는 거죠?"

세현의 물음에 소이가 고개를 끄덕이며 미소 짓는다.

"그렇다면 소이 씨의 꿈은 어려운 것이 아니에요. 우리 둘의 모습이, 서로를 향한 시선이 지금 같기만 하면 돼요."

그림 속의 집에 해바라기와 나팔꽃을 그려 넣는 소이의 손을 꼭 잡으며 세현이 말했다. 소이의 손이 움직일 때마다 세현의 손도 따라 움직였다.

"소이 씨가 바라는 가정에 난 한 가지 더하고 싶은데요?"

"어떤 걸요?"

"소이 씨 아버지요. 소이 씨 아버지가 그 풍경에 포함되어 있다면 더할 나위 없이 좋을 것 같아요."

"우리 아버지는……."

"알아요. 아직은 그럴 상황이 아니라는 거. 그래서 소이 씨가 만들어 나가는 예쁜 모습의 가정을 보여 드리고 싶은 거예요. 소이 씨가 밝고 맑게, 예쁘게 스스로의 힘으로 살아온 모습을 아버지가 꼭 보아주셨으면 하는 바람 때문에 더더욱 그렇게 하고 싶어요."

세현이 소이의 손에서 연필을 뺏어 들고 두 개의 흔들의자 옆에 또 하나를 그려 넣었다.

"두 개의 흔들의자는 우리 것, 여기의 하나는 소이 씨 아버지가 앉을 흔들의자예요. 셋이 나란히 앉아 우리의 아이가 스스로 발을 굴려서 하늘 높이 그네를 타고 오르는 모습을 바라보는 풍경. 난 벌써부터 기대되는데요?"

소이가 살며시 세현의 얼굴에 걸린 안경을 벗기고, 작고 여린 손을 그의 뺨에 올리고 한동안 바라보았다. 흐릿하게 보이는 소이의 얼굴 표정이 궁금해 살짝 눈을 찌푸리는 세현의 미간에 소이가 입을 맞춘다. 그리고 이어서 그의 눈가에도 입을 맞추었다.

"세현 씨, 우리 꼭 그런 가정을 만들어요. 세현 씨라면, 세현 씨를 사랑하는 나라면 우리 아빠가 함께 있는 따뜻한 가정을 만들 수 있을 거예요."

소이가 세현에게 안경을 씌워 주며 말했다. 다시 선명하게 보이는 소이의 얼굴에 사랑이 가득했다. 세현은 길고 깊은 입맞춤으로 대답을 대신했다.

이성훈 작가의 특강은 많은 사람들의 호응 속에 이루어졌다. 소이도 열심히 강의 내용을 받아 적으며 이성훈 작가의 이야기를 경청했다. 사람들과 함께 따라 웃고, 진지한 눈빛으로 대화를 나누며 소이는 한 시간의 강의를 즐겁게 들었다. 강의가 끝나고 삼삼오오 강의실을 나서는 사람들의 뒤를 소이가 뒤따랐다.

"소이 씨."

이성훈 작가의 부름에 소이가 뒤를 돌아보고 밝게 인사를 했다.

"전에 제출한 과제는 잘 보았어요. 소이 씨다운 섬세하고 따뜻한 느낌의 그림이라 보는 사람 모두 감탄했어요."

"감사합니다."

"이른 감은 있지만 소이 씨만의 이야기를 만들어 봤으면 하는 데……. 어때요?"

"정말요?"

"이례적인 일이긴 한데, 소이 씨라면 좋은 그림책을 만들 가능성이 크다고 생각했어요. 한번 도전해 보는 것도 결과가 좋든 나쁘든 좋은 경험이 될 거예요."

"아, 감사합니다."

반짝하고 빛나는 소이의 눈을 이 작가가 웃으며 바라보았다.

"그림책은 어른들이 아이들의 시선에 맞추어 그리는 이야기예요. 소이 씨라면 충분히 아름다운 이야기를 만들 수 있을 거예요. 힘내요."

어깨를 토닥이고 돌아서는 이 작가의 뒤에서 소이가 깊게 허리를 굽혀 인사를 했다. 갑자기 찾아온 기회가 꿈인가 싶어 한쪽 뺨을 꼬집어 본다. 아릿하게 아픈 걸 보니 꿈은 아닌가 보다.

"세현 씨!"

「무슨 일이에요.」

세현에게 제일 먼저 알리고 싶어 건 전화 너머로 그가 작게 속삭인다.

"바빠요?"

「그런 건 아닌데, 왜요?」

"세현 씨에게 자랑할 것이 생겼어요. 나요……."

「소이 씨, 중요한 것이 아니면 나중에 해요. 미안해요.」

소이는 툭 끊긴 전화를 한동안 바라보았다. 왠지 서운한 마음에

풀이 죽어 버렸다.

"치……. 바쁘면 그렇다고 말하지 툭 끊어 버릴 건 뭐야."

소이가 볼멘소리로 중얼거리며 하늘을 올려다보았다. 또 비가 오려고 하는지 하늘에 회색 빛 구름이 한가득이다. 회색의 하늘을 바라보고 있으니 마음이 더 축 처지는 것 같아 소이는 작게 한숨을 쉬었다.

"아빠나 보러 가야겠다."

소이는 가방을 고쳐 메고 버스정류장으로 향했다. 한 방울씩 떨어지기 시작한 비를 가방으로 가리며 막 도착한 버스에 올라탔다.

"또 비네……."

점점 굵어지는 빗방울이 차창을 때린다. 여름의 비를 좋아하려 노력했지만, 주변을 온통 회색으로 적시는 모습을 좋아하긴 힘들다.

똑똑.

대답이 있을 리 없는 병실 문을 두드리고 잠시 호흡을 가다듬었다. 항상 병실에 들어서기 전 의식처럼 하는 행동이다.

"들어오세요."

병실에서 낯익은 음성이 들렸다. 소이는 문을 살며시 열고 들여다보았다. 낯익은 등이 보인다.

"세현 씨?"

"왔어요?"

"여기서 뭐해요?"

"비도 올 것 같고, 소이 씨는 오늘 강의가 있으니 늦을 거고. 아버지 혼자 두면 안 될 것 같아서 왔어요."

"나한테 말해 주지 않고요……."

소이는 세현이 전화를 끊어 버려 서운해했던 것이 미안하여 말 끝을 흐렸다.

"아버지는 어땠어요? 비가 다시 내리기 시작해서 걱정이었는 데."

"비를 보고 좀 불안해하시기에 커튼을 내리면서 옆을 봤더니 얼핏 소이 씨의 그림이 보이더라고요. 한 장 한 장 보여 드리면서 소이 씨와 내 이야기를 했더니 반응을 보이시던데요?"

"그렇구나."

"어쨌든 아버지가 관심을 보이는 것이 하나라도 있다는 게 중요하잖아요. 우리가 노력하면 돼요."

"그럴까요?"

"그럼요. 아마 우리가 원하는 모습이 되실 때까지 무던히 참고 기다려야겠지만, 혼자 참고 견디는 것보다 내가 있으면 더 든든하잖아요."

소이가 가만히 세현의 가슴에 얼굴을 묻었다. 잔잔히 뛰는 심장 소리가 바깥에서 들리는 빗소리에 혼란스러웠던 마음을 진정시킨다.

"참! 소이 씨 이것 봐요."

세현이 건네는 팸플릿을 보고 소이가 환하게 웃었다. 갖가지 원 목의자가 가득한 사진 속에서 오래된 느낌의 흔들의자에 동그라미가 그려져 있었다.

"소이 씨가 말하는 그런 가정에 꼭 어울리는 흔들의자죠? 이거 주문했어요."

"어디다가 두려고요?"

"소이 씨 집에다 두죠. 여기에 앉아서 소이 씨랑 내가 가꾼 정원을 바라보면서 차 한 잔 하면 근사할 것 같지 않아요?"

"그림 속에서 보았던 흔들의자랑 똑같아요. 멋진데요?"

"아버지 것도 주문했어요. 우리가 만드는 풍경에 아버지도 함께하려면 소이 씨가 많이 강해져야 할 거예요. 아버지도 마찬가지고요. 내가 도와줄게요."

소이는 차오르는 눈물로 몽글하게 부풀어 오른 눈동자를 발끝으로 향하며 떨리는 목소리로 말했다.

"내가 이렇게 자꾸 욕심을 내도 되는 건지 모르겠어요. 자꾸 욕심만큼 커다래진 꿈이 현실이 되니까 겁이 나요."

"벌써 겁을 내면 어떡해요? 계속 욕심이 생기고, 지금보다 더한 꿈이 자꾸 생겨날 텐데. 소이 씨가 생각한 꿈들은 내가 이뤄 준 게 아니잖아요. 소이 씨가 스스로 잡은 것들이에요. 난 소이 씨의 용기에 격려를 해 주고, 소이 씨의 부름에 대답해 준 것밖에 없어요. 그러니까 이젠 당당하게 받아들여요."

소이가 팸플릿 속 흔들의자를 가만히 바라보며 벅찬 미소를 지었다. 소이의 하얀 손을 세현의 크고 따뜻한 손이 감싸듯 덮었다. 두 사람 모두 잠이 든 재원을 바라보았다. 둘의 행복한 마음을 재원은 얼마나 느끼고 있을까.

토독토독. 창가를 두드리는 빗소리가 재원을 깨울까 염려하며 소이가 이불을 어깨까지 끌어당겨 덮어 주었다.

며칠째 거세게 내리는 비로 곳곳에 물웅덩이가 깊이 패여 빗물이 넘치듯 고여 있었다. 뉴스에서도 연일 비로 인한 피해를 보도하고, 가끔 빗길 교통사고 소식을 전했다.

빗길에서 일어난 커다란 추돌 사고의 소식을 바라보며 소이가 아랫입술을 지그시 깨물었다. 흘끗 본 달력의 날짜에 동그라미가 쳐져 있다. 엄마의 기일. 어린 날의 기억이 되살아난다.

때마침 울리는 벨소리에 소이가 퍼뜩 정신을 차리고 휴대폰을 들었다.

「소이니?」

"이모……."

「잘 지냈어? 연락도 한 번 없고……. 이모가 전화하지 않으면, 목소리를 들을 수 없으니.」

"미안, 이모. 내가 먼저 전화했어야 하는데."

느지막이 결혼을 해 미국으로 건너간 후 자주 보지 못하는 이모의 전화에 소이의 가슴 한구석이 먹먹해졌다. 어린 소이를 곁에서 지키며 함께 아파하며 힘든 시간을 견뎠던 이모의 목소리에 반가움보다 그리움과 아픔이 앞섰다.

「……며칠 있으면 엄마 기일이지?」

"응……."

「형부는…… 좀 어때?」

"늘 똑같지, 뭐."

「대체 형부는! 아니, 아니다. 이모가 엄마 기일에 맞춰 가고 싶은데 사정이 여의치가 않아. 너 혼자서 괜찮겠니?」

"이모는. 내가 앤가, 뭐? 괜찮아. 내가 다 알아서 할게."

「그래도……. 형부가 이맘때면 증세가 악화되곤 하니까 불안해서 그래.」

"괜찮다니까. 아빠도 많이 나아지고 있어. 이모가 걱정할 정도는 아니니까 신경 쓰지 않아도 돼."

「후…….」

"또 한숨 쉰다. 이모가 전화할 때마다 그렇게 한숨만 쉬니까 내가 전화를 하지 않는 거야."

「미국으로 데려오고 싶은데 네가 그리 고집이니까 그렇지. 자꾸 눈에 밟히는 걸 어떡해. 형부도 형부지만……. 소이야, 형부도, 너도 자꾸 아픈 기억 끌어안고 한국에 있지 말고 이리로 건너오는 건 어때?」

"이모, 나 지금까지 씩씩하게 잘 살았잖아. 나도 아빠의 아픔을 끌어안고 나쁜 기억이 있는 곳에 사는 거 한숨이 나올 만큼 힘들었지만 지금은 아니야."

울음 섞인 이모의 목소리에 소이가 애써 웃으며 말했다.

"이모, 나 진짜 괜찮아. 지금은 나 혼자가 아닌걸. 곁을 든든히 지켜 주는 사람도 있고……. 그러니까 이모 그렇게 아파하지 마."

「지켜 주는 사람? 누구?」

"이모 한국에 오면 소개시켜 줄게. 나 평생 함께하고 싶은 사람 생겼어."

「정말?」

"응, 그러니까 이모도 괜한 걱정으로 울지 말고 지내. 난 씩씩하게 잘 지내는데 이모가 자꾸 그러면 내 마음만 무겁잖아."

「그래……. 소이야, 이모가 많이 미안해. 너한테 형부가 큰 짐인 걸 알면서도 그렇게 떠나서.」

"괜찮아. 아빠를 짐이라고 생각하지 않는걸."

「그 사람, 좋은 사람이니? 아니, 아니다. 어떤 사람인지 묻지 않아도 소이 네가 선택한 사람이라면 틀림없이 마음 따뜻한 사람이겠지. 그렇게 믿어도 되지?」

"응, 믿어도 돼. 그 사람이 있어서 아빠랑 제대로 마주 볼 용기가 더 많이 생겼어."

「소이야, 이모가 엄마 기일에는 못 가지만 가능한 빨리 한국 들어갈게. 그때 꼭 보여 줘야 해?」

재원을 잘 부탁한다는 마지막 당부를 하며 이모가 전화를 끊었다. 정원의 잔디밭에 흐르는 물길을 바라보며 소이가 잠시 생각에 잠겼다.

엄마, 교통사고, 비, 아빠, 장례식, 이모, 또다시 비……. 아빠의 가출, 눈물, 상처…… 그리고 비. 머릿속이 복잡해진다.

"소이야, 힘내야지."

세현, 그로 인해 단단해진 마음이 충분히 이 감정을 다스릴 수 있다고 소이는 자신을 다독이고 또 다독였다. 그래도 마음 한구석이 계속 불안하게 울렸다.

빗줄기가 창문을 시끄럽게 때리는 소리에 재원이 눈을 떴다. 어젯밤부터 머리가 묵직해서 지금껏 잠을 잔 터라 창밖의 풍경을 인식하는 데 잠시의 시간이 걸렸다.

"비……."

멍하니 창밖을 바라보는 재원의 중얼거림이 한동안 계속됐다. 아픔, 슬픔, 고통. 내리는 비를 바라보는 그의 눈동자에 감정이 흘러넘친다.

재원은 머리를 감싸 쥐고 고통스럽게 신음했다. 떠올리기 싫은 기억이 머릿속을 빙빙 맴돌아 어지럽기까지 했다.

"그림……."

가까스로 고개를 들고 더듬더듬 탁자의 서랍을 열었다. 소이의 그림이 촤르륵 바닥으로 쏟아졌다. 재원은 부들거리는 몸을 억지로 일으켜 바닥에 흩어진 그림을 주섬주섬 가슴에 품었다.

"집……."

집에 가야 한다. 아내와 딸이 있는 집으로. 재원은 비틀비틀 발걸음을 옮겼다. 텅 빈 눈동자와 야윈 품에 끌어안고 있는 그림들. 그는 지친 몸을 이끌고 어딘가로 향했다.

무료하게 오후가 흘러갔다. 비가 그치지 않아 음울한 마을의 분위기가 기분까지 축 늘어지게 만든다. 엄마의 기일이기 때문에 더욱 그랬다.

한산한 도서관에서 그림책을 정리하며 소이가 창밖을 바라보았다. 통유리를 끊임없이 흘러내리는 물줄기 때문에 창밖 풍경이 어그러져 흐리게 보인다. 아침부터 불안하게 떨리는 가슴을 한 손으로 꼭 누르며 창가로 가까이 다가가 물줄기 사이의 초록 잎을 바라보려 애썼다.

"소이 씨, 병원에서 전화 왔는데?"

불안한 예감이 맞은 것일까? 소이는 덜덜거리는 손을 꼭 맞잡았다. 순식간에 땀이 차오른다. 걱정 어린 눈길로 나 주임이 건네는 수화기를 손에 쥐고 크게 심호흡을 한 후 귓가에 가져갔다.

소이의 얼굴이 점점 창백해지는가 싶더니, 눈을 질끈 감고 입을 다문다. 수화기를 쥔 손이 멀리에서도 흔들리는 것이 한눈에 보일 정도로 심하게 떨렸다.

"소이 씨, 왜 그래? 무슨 일이야?"

"주, 주임님……. 저 잠깐 외출 좀 할게요."

"무슨 일인데? 이 빗속에 어딜 가려고?"

"나중에 말씀드릴게요. 제가 많이 급해서 그래요. 죄송해요."

떨리는 음성으로 간신히 말을 내뱉고 넋이 나간 표정으로 소이가 비척비척 도서관 문을 밀고 나갔다. 빗물을 막으려 펼쳐 든 우산을 잡은 손이 애처로울 정도로 떨리고 있었다.

재원이 사라졌다. 수화기를 통해 맨 먼저 들려온 말은 그것이었다. 병원 곳곳을 다 찾아봤지만 찾을 수가 없다. 경찰서에 연락을 해야 하는 건 아니냐. 빨리 병원으로 와 달라. 다급하게 제 할 말만 하는 수화기 너머의 목소리에 머릿속이 새하얘졌다.

아빠가 사라졌다. 정신없이 앞만 보고 뛰듯이 걸으며 소이의 머릿속에 같은 말만 빙빙 맴돌았다. 어린 시절 아빠가 사라진 어두컴컴한 집이 떠오른다. 그때 이모가 어떻게 했었지? 흥분한 이모의 모습만 떠오를 뿐 아무 생각이 나질 않는다.

소이의 뛰던 발걸음이 우뚝 멈춰 섰다. 골목길 끝 빨간 우체통 앞. 내리는 비에 젖은 옷이 온몸을 무겁게 휘감고 있었다. 이마에 달라붙은 머리카락을 쓸어 올리며 소이는 망연하게 서 있었다. 자신을 도와줄 누군가가 절실히 필요했다.

소이는 그대로 몸을 돌려 골목길을 미친 듯이 달리기 시작했다. 머릿속에 떠오르는 사람은 오직 하나, 그였다.

"어! 소이 씨! 여긴 어떻게……! 세현아! 야! 김세현!"

병원 문을 열고 들어오는 소이를 보고 종혁이 놀라 소리쳤다. 종혁의 외침에 방문을 열고 나온 세현의 눈동자가 커다랗게 변했다.

"소이 씨!"

흠뻑 젖은 모습에 공허한 눈빛. 그녀에게 무슨 일이 생긴 것이 분명했다.

"세현 씨, 아빠가…… 아빠가……!"

울음을 참으려 끅끅거리며 소이가 더듬더듬 입을 열었다. 웅성거리는 주변의 시선에 아랑곳하지 않고 세현이 소이를 끌어당겨 품에 안았다. 조금이라도 진정시키려고 등을 어루만졌지만 끊임없이 몸을 들썩였다.

"소이 씨, 무슨 일이에요. 울지 말고 말해 봐요."

소이의 커다란 눈망울에서 눈물이 후드득 떨어졌다.

"세현 씨, 나 좀 도와줘요. 아빠가…… 병원에 없대요. 아무리 찾아도 보이지 않는대요. 어떻게 해요? 나, 어쩌면 좋아요?"

쿵. 심장이 내려앉는다. 소이가 또다시 상처를 받았다. 눈물을 가득 머금은 눈동자가 너무도 또렷이 그런 사실을 세현에게 전해 주었다.

"선배! 나 차 좀 빌릴게요. 뒷일은 부탁해요. 미안해요."

"아니, 괜찮아. 빨리 가라."

종혁이 건네는 차키를 받아 들고 세현이 방에서 자신의 옷을 가져다가 소이의 어깨에 걸쳐 주었다. 비틀거리며 제대로 걷지 못하는 소이를 부축하듯 안고 빠르게 병원을 빠져나갔다. 계단을 내려가면서 계속 주저앉는 소이를 억지로 일으키며 세현은 조급해지는 마음을 진정하려고 애썼다. 이 상황을 정리하려면 빨리 냉정해져야 했다.

요란하게 창문에 부딪히는 빗소리를 듣지 않으려고 소이가 여린 손으로 귀를 막고 작게 몸을 웅크렸다. 세현은 저릿하게 아파 오는 가슴을 주먹으로 누르며, 침착하게 운전을 했다. 핸들을 잡고 있는 손을 놓고 소이를 보듬어 안고 싶었지만, 지금은 그럴 시간이 없었다.

'대체 왜!'

재원이 원망스러워진다. 자신의 마음을 입 밖으로 내진 못했지만, 세현은 침착해진 마음 한구석에 재원에 대한 원망이 차오르는 것을 느꼈다. 그를 이해하려 소이와 함께 노력하고 있었는데. 소이가 용기를 내어 그를 당당하게 마주하려 했는데. 앞으로 소이와 함께할 시간 속에 그를 포함시키기로 마음먹었는데. 왜 또다시 거부하는 것일까. 이건 아니다. 소이에게 못할 짓이다.

"소이 씨, 소이 씨!"

넋을 놓고 앉아 있는 소이를 세현이 거칠게 불렀다. 소이가 흠칫 떨며 세현을 바라본다. 빨갛게 충혈된 눈이 아팠다.

"소이 씨, 경찰에 연락했어요?"

"……아니오."

"그럼 경찰서에 먼저 가요. 실종신고를 먼저 해야겠어요."

"실……종……신고요?"

"내가 알아서 할 테니까 소이 씨는 일단 마음부터 추슬러요. 제발…… 부탁이에요."

실종신고. 이 네 글자가 가슴을 친다. 무섭게 비가 내리던 날, 차갑고 어두운 집에 혼자 남겨진 날, 그 아팠던 날의 반복이다. 볼을 타고 눈물이 흘러내린다. 소이는 눈물을 닦을 생각도 하지 않고 소리 없이 울었다. 어느 순간 꼭 쥔 주먹으로 가슴을 치기 시작했다. 입 밖으로 새어 나오는 울음소리가 희미했지만 적막한 차 안에서 슬프게 울렸다.

"소이 씨, 울지 말아요. 울지 말아요……."

같은 말만 되풀이하는 세현과 그의 말이 들리지 않는지 끊임없이 눈물을 흘리는 소이의 숨소리를 점점 거세어지는 빗소리가 집어삼켰다.

분주하게 움직이는 사람들로 복잡한 경찰서의 한쪽 구석에 앉아 소이가 멍하니 창문을 바라보았다. 그치지 않는 비를 보며 아무런 생각도 할 수 없었다. 그저 재원이 또다시 자신을 버렸다는 생각만 머릿속에 가득 찼다.

세현은 재원의 인상착의와 지금 그가 어떤 상태인지 차분한 목소리로 이야기했지만 소이를 바라보는 눈빛은 흔들리고 있었다. 빨리 소이의 옆으로 가야 하는데 실종신고 처리가 쉽게 끝나지 않는다.

힘들게 실종신고를 마치고 세현이 소이에게 다가갔다. 새하얗게 질린 얼굴과 몇 시간 새에 수척해진 모습. 주먹을 꼭 쥐고 있어 손톱자국으로 붉어진 손바닥과 울음이 멈추지 않아 충혈된 눈동자. 이 모두가 소이의 마음을 대변해 주고 있었다.

차갑게 식은 소이의 손을 꼭 잡아 보았지만, 소이는 세현을 돌아보지 않았다. 세현은 낮게 한숨을 쉬고 다시 한 번 힘을 주어 손을 잡았다.

"아빠는…… 날 또 버린 거예요. 아빠는 결국 빗소리와 엄마의 기억에 또다시 져 버렸어요."

"소이 씨."

"찾을 필요 없어요. 왜 찾아야 하는데요? 평생 아빠의 아픔을 끌어안고 살려고 했어요. 어떻게든 닫힌 마음을 돌려 보려고 했어요. 그런데 그걸 거부한 건 아빠예요."

"소이 씨……."

"난! 이제 아빠 때문에 지친 마음을 끌어안고 살기 싫어요. 그냥 잘라 버릴래요. 이젠 더 못 버티겠어요."

"소이 씨, 왜 자꾸 못나게 행동해요."

세현의 말에 소이가 차가운 시선을 그에게 던졌다. 한 번도 세현에게 보여 주지 않았던 눈빛에 세현은 신음했다.

"못나게요? 나 원래 그런 사람이에요. 아닌 척, 밝은 척 했지만 하루에 수십 번도 더 아빠를 마음속에서 버리고 싶었어요. 하지만 참았어요. 그래도 아빠니까. 내가 사랑해야 하는 아빠니까. 이 세상에 단 하나뿐인 아빠니까. 그래서 돌려받지 못하는 사랑을 내가 대신 주려고 했어요. 나도 필요한 사랑인데 있는 힘껏 쥐어짜서 아빠에게 돌려주려 했어요. 그런데 이게 뭐예요? 결국 돌아오는 건 외면이잖아요. 이제 싫어요. 세현 씨가 그러지 말라고 부탁해도 이젠 못 하겠어요."

세현이 소이의 어깨에 손을 가져갔다.

탁.

소이의 뿌리침에 세현의 손이 힘없이 떨어졌다. 끈질기게 소이의 어깨를 잡으려는 세현의 손길을 소이는 차갑게 쳐 냈다.

"세현 씨……."

얼마나 시간이 흘렀을까. 침묵하고 있던 소이가 메말라 꽉 잠겨 버린 목소리로 그를 불렀다.

"말해요."

"우리 아빠는 어디 있을까요? 괜찮겠죠? 비도 많이 오는데……. 옷도 제대로 입지 못해서 추울 텐데……. 우리 아빠 괜찮겠죠?"

"소이 씨."

"난 왜 이리 바보 같을까요? 아빠를 담지도, 버리지도 못하고 이렇게 보낸 세월이 죽을 만큼 싫은데……. 결국은 또 제자리예요.

우리 아빠 찾을 수 있겠죠?"

"소이 씨, 나 좀 봐 줘요."

세현의 애원에 소이가 멍하니 그의 눈을 바라보았다. 애처로움
이 가득한 눈동자에 비친 자신의 모습이 서글펐다.

"소이 씨, 지금 갖고 있는 원망을 담아 두지 말아요. 아버지를
만나면 꼭 전해요. 원망하는 마음도, 사랑하는 마음도, 그동안 아
팠던 마음도 다 털어놔요. 그러니까 아버지를 버리겠다는 말, 더
이상 못 하겠다는 말 지금은 하지 말아요. 아버지에게 직접 말해
요. 똑바로 눈을 마주 보고. 듣든 듣지 않든 일단 찾고 난 다음에
가슴속에 있는 이야기 다 꺼내 놔요."

"힘들어요. 나 지금 이 모든 일이 꿈이었으면 좋겠어요."

"자꾸 도망가지 말아요. 이 상황이 소이 씨에게 얼마나 괴로울
지 알지만, 그래도 지금은 당당하게 그 감정과 싸워야 해요. 그래
야만 해요."

소이가 가만히 세현의 어깨에 머리를 기댔다. 비는 잦아들고 있
었지만 여전히 세상은 회색빛이었다.

"이재원 씨 실종신고하신 분 누구죠?"

경찰의 부름에 세현과 소이가 동시에 벌떡 일어났다. 경찰에게
다가가는 그 짧은 시간 동안 안도와 원망의 감정이 교차했다.

"이재원 씨 찾았답니다."

"어디서요?"

"길거리를 헤매고 있는 걸 지나가는 사람이 붙잡았나 봅니다.
자세한 건 가 봐야 알겠지만, 환자복을 보고 병원으로 전화했다는
군요. 지금 근처 병원에 있다고 하니까 가 보시면……."

경찰의 말에 소이가 정신없이 경찰서 문을 열고 밖으로 나갔다.

아직 내리는 비에 몸이 젖는 줄도 모르고 내달리는 소이를 세현이 함께 뒤쫓았다. 간신히 소이의 팔을 붙잡아 차에 태우고 경찰이 말한 병원으로 향했다. 흘긋 본 소이의 표정이 차갑게 얼어붙어 있었다.

응급실의 한쪽 침대에 몸을 웅크리고 있는 재원이 보였다. 입구에 멈추어 선 소이의 눈빛이 매섭게 변하는가 싶더니, 성큼성큼 재원에게로 다가갔다. 소이에게서 풍기는 팽팽한 긴장감이 돌아선 재원의 등이 보이자마자 툭 하고 끊겨 버렸다.

"왜! 왜!"

부들부들 떨리는 주먹으로 재원의 등을 거세게 내려치며 소이가 부르짖었다. 세현이 막아 보려 했지만 여린 몸에서 갑자기 분출한 힘을 막기엔 역부족이었다. 주변에 있던 의사들이 몰려와서 재원에게서 소이를 간신히 떼어 놓았다.

세현이 소이를 품에 끌어안았다. 흐느낌으로 들썩이는 몸을 아무리 부둥켜안아도 감정이 한꺼번에 폭발한 소이가 전혀 진정이 되질 않는다.

"이재원 씨 보호자 되십니까?"

의사의 부름에 세현이 고개를 들고 끄덕였다.

"지금은 안정됐지만 많이 흥분한 상태였고, 체력적으로도 약해진 상황에서 비를 많이 맞아 좀 더 경과를 지켜봐야 할 것 같습니다. 병력을 보아하니 '외상성 스트레스 증후군'이라고 명시되어 있던데……. 맞습니까?"

"네."

"일단 환자의 감정 상태를 알아봐야 하는 상황이라 보호자께서 가능한 곁에 계셔 주셨으면 하는데요."

"네, 그렇게 하겠습니다."

세현은 소이에게 고정된 시선을 떼지 않고 의사와 이야기를 나누었다. 두 사람의 대화를 듣던 소이가 세현이 붙들고 있는 팔을 억지로 떼어 내고 그의 품에서 벗어났다.

"소이 씨?"

세현이 부르는 소리가 들리지 않는지 응급실 문 밖으로 비틀거리며 나갔다.

"소이 씨!"

의사와의 이야기를 대강 마무리 짓고 세현이 소이를 따라가 손을 붙들었다. 식은땀으로 축축해진 손의 감촉과 가늘게 떨리는 파리한 입술이 소이가 어떤 상태인지 굳이 알려고 하지 않아도 느껴지게 했다. 벽을 짚고 비틀비틀 한 걸음씩 떼던 소이가 순간 무너지듯 주저앉았다.

"소이 씨!!!"

그대로 정신을 잃은 소이를 부둥켜안고 세현이 부르짖었다. 세현의 목소리가 복도를 울리고 지나갔다.

11

"소이 씨, 좀 어때?"

근무하고 있는 병원에 소이가 입원했다는 소식을 들은 세준이 수술을 마치고 병실을 찾았다. 파리하게 누워 있는 소이의 옆에서 하루 사이 퍼석해진 얼굴을 감싸 쥐고 앉아 있던 세현이 고개를 들어 바라보았다. 퀭한 눈동자와 헝클어진 머리카락이 급박하게 흘러간 시간 동안 얼마나 많은 생각과 감정과 함께 싸웠는지 보여 주고 있었다.

"긴장한 상황에서 비도 많이 맞았고, 한꺼번에 마음을 놓으면서 의식을 잃은 거래. 형, 열이 안 떨어져. 저렇게 열이 높으면 신음 소리라도 내야 할 텐데 아무런 기척도 없고. 불안해 미치겠어."

세준이 세현의 등을 아무 말 없이 쓰다듬었다. 세준이 보기에도 소이의 상태가 좋아 보이지 않았다.

"내가 할 수 있는 게 아무것도 없어. 소이 씨의 아픈 몸을 낫게 하는 것도, 다친 마음을 낫게 하는 것도……. 내가 할 수 있게 아무것도 없어."

"세현아."

"형, 오늘만큼 내가 치과의사라는 게 싫어. 쓸데없어. 지금의 나에겐."

"네가 마음을 잘 다잡아야지."

"모르겠어. 대체 어떻게 해야 하는지. 머릿속이 너무 복잡해서 힘들어."

눈을 지그시 누르며 세현이 갈라진 목소리로 말했다. 쓰러진 소이를 다급하게 들쳐 업고 응급실로 뛰어 들어가며 정신없이 의사를 외쳐 불렀다.

소이를 누인 침대 옆에 가만히 웅크리고 누워 그 상황을 지켜보고 있는 재원을 신경 쓸 겨를도 없었다. 아니, 신경 쓰고 싶지 않았다. 재원을 보게 된다면 어떤 말을 내뱉을지 모를 정도로 감정이 흔들리고 있었기 때문에 더더욱 그랬다.

"두려워, 형. 상처 입어 아파하는 소이 씨 곁을 지키겠다고 맹세했는데……. 소이 씨가 먼저 붙잡은 손을 놓아 버릴까 봐 무서워. 나 어떻게 해야 하지? 아무 생각이 안 나."

"세현아, 일단 너도 눈부터 붙여. 소이 씨 곁을 지킬 사람은 너밖에 없잖아. 네가 먼저 마음을 추스르고 기운을 내야지."

세현은 아무 말도 하지 않고 열로 인해 뜨거워진 소이의 손을 꼭 붙잡았다. 소이의 얼굴에서 눈을 떼지 못하는 세현의 어깨를 다독이고 세준이 조용히 병실 밖으로 나갔다.

탁.

문이 닫히는 소리가 적막한 병실 안을 크게 울렸다. 하지만 그 어떤 소리도 세현과 소이의 귀에 들리지 않았다. 소이는 소리조차 들리지 않을 정도로 희미한 숨을 내쉴 뿐, 미동조차 하지 않고 누워 있었다.

"눈 좀 떠 봐요, 소이 씨."

적막함을 견디지 못하고 세현이 버석해진 목소리로 말했다.

"내가 다 받아 줄 테니까 눈 좀 떠 봐요. 못난 말을 해도 좋고, 모진 소리를 해도 좋으니까 이렇게 속으로 숨지 말고 일어나요. 제발 부탁이에요."

버석한 음성에 물기가 어린다. 갑자기 맺히는 눈물을 참으려고 세현이 아랫입술을 꽉 깨물었다. 목구멍이 꽉 막힌 것처럼 답답했다. 세현은 소이의 손바닥에 얼굴을 묻고 한동안 그렇게 있었다. 소이의 손에서 나온 땀인지, 자신의 눈에서 나온 눈물인지 모르는 물기가 차오른다.

"흑……!"

기어이 억지로 밀어 넣던 울음이 터져 나왔다. 높은 열로 분명 괴로울 텐데 앓는 소리조차 입 밖으로 내지 않고 무의식적으로 꾹꾹 눌러 담고 있는 소이의 아픔이 고스란히 느껴진 탓이다. 어쩌면 두려워서일지도 모른다. 소이가 그와 만들어 가고 있는 행복한 현재와 미래를 외면할지도 모른다는 생각이 고통스러웠다.

한참을 숨죽여 흐느끼던 세현이 불현듯 고개를 들고 시린 눈으로 소이를 바라보았다. 세현이 사랑하는 맑은 눈동자가 꼭 닫은 눈꺼풀에 가려져 보이지 않는다. 그 모습이 재원과 겹쳐졌다.

세현은 벌떡 일어나 차갑게 식은 얼굴을 하고 어디론가 뚜벅뚜벅 걸어갔다. 발걸음이 조금씩 빨라지더니 복도를 달리기 시작했다.

"세현아!"

소이의 이야기를 전해 듣고 병원을 찾은 아버지와 어머니를 무의식적으로 지나쳤다. 자신을 부르는 소리가 세현의 귀에 들리지 않았다. 발걸음과 온 신경이 오직 한곳으로 향하고 있었다.

병실 문이 벌컥 하고 열렸다. 멍하니 창밖을 보고 있던 재원이 고개를 돌려 세현을 바라본다. 여전히 텅 빈 눈동자가 세현의 시선에 잡혔다. 순간 끓어오르는 분노를 결국 잠재우지 못하고 세현이 재원의 손목을 홱 낚아챘다. 세현의 강압적인 행동에 재원이 당황한 듯 흔들리는 시선으로 바라보았다. 하지만 세현은 그 눈빛을 알아채지 못한 채 손목을 잡아끌고 병실 문을 나섰다.

세현이 이끄는 대로 재원이 뒤따른다. 무언가 할 말이 있는지 입술을 움찔거리며. 세현도 아무 말 없이 재원을 붙잡고 걸었다. 날카로운 세현의 눈빛에 그 상황을 막기 위해 쫓아오던 간호사도, 간병인도 주춤하고 물러섰다.

누군가가 세현의 팔을 잡고 막아섰다. 아버지다.

근엄한 표정으로 고개를 저으며 그만하라는 눈빛을 보냈지만 세현을 거세게 팔을 뿌리치고 거친 몸짓으로 앞을 향해 걸었다. 지금은 그 어떤 사람의 말도 들리지 않았다.

"이걸 봐요!"

재원을 소이가 잠들어 있는 침대 곁으로 내동댕이치듯 잡아끌어 앉히고 세현이 소리쳤다. 송곳처럼 날카로운 음성에 재원이 흠칫 놀란다.

"이걸 보라고요! 피하지 말고 똑바로 봐요!"

자꾸 소이에게서 시선을 떨어트리는 재원의 얼굴을 두 손으로 잡는다. 재원이 세현의 손을 잡아떼려 했지만, 있는 힘껏 쥐고 있는 그를 이길 힘을 재원은 갖고 있지 않았다.

"당신 딸이 어떤 모습인지 보라고요! 당신이 가진 아픔 때문에 외면한 딸이 지금 어떤 상태인지, 어떤 고통을 갖고 저렇게 있는지 느껴 봐요……. 소이 씨가 느꼈던 것만큼 당신도 아파 보라고요!"

세현의 외침에 재원이 가늘게 신음을 하며 눈을 꼭 감는다.

"도대체 왜……! 아프게 하는 거예요. 한없이 맑은 이 사람…… 왜 힘들게 하는 거예요. 그냥 한 번 돌아보고 웃어만 줘도 충분히 행복해했을 사람인데……. 행복해지기 위한 길을 나와 함께 걸어가려는 사람인데……. 왜 또 그걸 막는 거냐고요!!!!"

재원이 세현의 목소리를 차단하려는 듯 귀를 막고 주저앉았다. 그 모습을 놓치지 않고 세현이 억지로 일으켜 세우고 재원이 소이에게 등을 돌리지 못하도록 꼭 잡았다.

"도망가지 마요! 당신은 그럴 자격 없어요. 충분히 긴 세월 도망만 다녔으니까. 그만큼 당신을 힘들게 쫓아가는 소이 씨에게 씻을 수 없는 상처를 줬으니까 당신은 그러면 안 돼요."

재원이 고개를 들고 소이를 가만히 바라본다. 파리한 얼굴로 누워 있는 소이를 보자마자 얼굴이 일그러졌다. 세현이 꽉 잡은 두 팔이 아팠지만 뿌리치지 못했다.

"돌려줘요……. 소이 씨, 제자리로 돌려놔요. 그게 당신이 해야 할 일이에요."

울음 섞인 세현의 목소리를 따라 재원도 어깨를 들썩였다. 흐느끼고 있는 두 사람을 떼어 놓은 건 세현의 아버지였다. 어깨를 축 늘어뜨리고 소이를 바라보는 재원을 병원 관계자들에게 인계하고 세현을 밖으로 데리고 나왔다.

상당히 놀란 얼굴의 어머니가 눈물로 흐릿해진 시야에 들어왔다. 굳은 얼굴로 입을 꼭 다물고 있는 아버지의 표정에 자신이 벌인 일에 대한 책망이 담겨 있었다. 복도 한쪽의 휴게실 의자에 세현이 무너지듯 앉아 두 손으로 얼굴을 감싸 쥐었다.

"너답지 않더구나."

세현의 아버지가 얼굴을 감싸 쥐고 있는 그에게 캔 커피를 건네며 말했다. 세현이 아직 물기가 걷히지 않은 눈을 들고 아버지를 바라보았다.

"꼭 그렇게까지 할 필요는 없었어."

"……"

"소이 양에게 어떤 사정과 아픔이 있는지는 굳이 알려고 하지 않아도 충분히 느껴지지만, 네 행동은 옳다고 할 수 없구나."

"……알아요. 저도. 제가 한 행동이 소이 씨 아버지에게 큰 상처가 될 거란 것도, 치과의사긴 해도 의사란 직업을 갖고 있으면서 아픈 사람에게 못할 짓을 했다는 것도요. 하지만 그럴 수밖에 없었어요."

"안다. 단지, 이 일이 소이 양 아버지에게 어떤 영향을 미칠지는 생각해 봐야겠구나."

세현의 등을 토닥이며 아버지가 일어섰다. 빨갛게 충혈된 눈으로 세현은 소이가 잠들어 있는 병실 문을 뚫어져라 바라보았다. 차다. 마음이 너무 차서 그녀의 곁으로 갈 수가 없다. 세현은 한숨을 내쉬며 다시 고개를 숙였다.

"세현인 좀 어때요?"

소이의 곁을 지키고 있던 세현의 어머니가 아버지에게 물었다.

"녀석이 스스로 해결해야 할 감정이니까 많은 말을 해 주진 않앉어."

"……잘했어요."

두 사람의 시선이 동시에 소이에게로 향했다. 그 난리 속에서도 눈을 꼭 감고 미동도 없이 누워 있는 소이가 아프게 다가왔다.

"저 아이…… 생각보다 더 고통이 많은 아이네요."

"그래……."

"난…… 나도 어쩔 수 없는 부모라 저 아이보다 세현이가 더 걱정돼요."

"여보……."

"저렇게 아픈데도 표현하지 못하고 저리 누워 있는 저 아이가 안타깝긴 하지만, 저 아이로 인해 아파하는 세현이 때문에 마음이 많이 아프고 쓰려요. 소이 양을 원망하고 싶진 않은데, 우리에게 보여 준 맑은 모습만 기억하고 싶은데 지금은 그게 잘 안 되네요."

조심스럽게 말을 하면서도 아픈 마음에 어머니가 지그시 눈을 감았다. 세현이 행복한 미소를 지으며 당당하게 사랑한다고 외친 이였다. 상처가 많고 힘든 상황에 있다 하여 염려했던 마음을 덮어 버릴 정도 맑고 예쁜 이였다. 그래서 정말 오랫동안 함께한 가족처럼 그렇게 보듬자고 생각했었다.

하지만 항상 단정하고 차분했던 세현이 괴로워하며 재원을 다그치는 모습을 보고 있자니, 가슴이 먹먹해져서 그 상황을 똑바로 바라볼 수 없었다. 그렇다고 세 사람을 외면할 수도 없었다.

"여보, 우리가 세현이에게 해 줄 수 있는 건 지금 아무것도 없어. 녀석이 스스로 해결해야 할 문제야. 소이 양에 대한 것도, 그 아이의 아버지에 대한 것도, 이번 일로 생긴 복잡한 녀석의 감정도……."

"알아요. 내가 어찌해 본다 한들 소용없는 짓이라는 거. 그냥…… 지금은 세현이가 안타깝고, 일부러는 아니지만 그렇게 만든 저 아이가 원망스럽고 그러네요."

"일단 집으로 갑시다. 우리가 여기 있어 봤자 세현이에게 어떤 도움도 줄 수 없으니. 당신도 마음을 정리해야 할 것 같고……."

"정리……. 정리할 것이 있나요? 난 세현이의 엄마고, 저 아이 세현이가 정말 사랑하는 사람이고, 난 엄마로서 그런 세현이를 지켜봐야 한다는 것. 그건 변해서는 안 되는 것이니까요."

세현의 어머니가 소이의 손을 보듬어 잡고, 한 손으로 이마를 쓸어 올려 주며 작게 한숨을 쉬었다. 이 아이를 어떻게 해야 하나…….

고민을 지우려는 듯 고개를 젓고 일어났다. 이 맑은 아이가 깨어났을 때 세현의 고통스러운 표정보다는 따뜻하고 다정한 시선을 받길 바라는 마음은 사라지지 않는다. 단지 그녀도 보통의 어머니였을 뿐이었다.

병실을 나서며 멀리 휴게실에 앉아 있는 세현의 뒷모습을 물끄러미 바라보았다. 단 한 번도 본 적이 없는 아픈 아들의 등에 눈시울이 붉어졌다. 그냥 돌아서서 가려다 발걸음을 돌려 세현에게 다가갔다.

"세현아……."

어머니의 부름에 세현이 뒤를 돌아본다. 앉아 있는 동안 생각을 정리했는지 방금 전에 비해 훨씬 침착해진 얼굴이라 안심이 되었다.

"어머니……."

"괜찮니?"

"……못난 모습 보여서 죄송해요. 실망하셨죠?"

"아니야. 네가 어떤 마음으로 그리했는지 전부는 알 수 없어도 조금은 느껴지니까."

"이해해 달라고 말하진 않을게요. 어머니…… 그땐 그럴 수밖에 없었어요. 감정을 조절했어야 하는데……."

고개를 숙이고 말을 하는 세현을 바라보며 어머니는 잠시 망설였다. 눈을 들어 곁에서 아무 말 없이 서 있는 아버지를 바라보았다. 전하고 싶은 말을 어떻게 풀어놓아야 할지 고민이 가득한 어머니의 모습에 아버지가 고개를 끄덕인다. 어머니가 담담하게 세현을 마주 보고 말을 이어 갔다.

"세현아. 지금부터 엄마가 하는 말, 마음에 깊게 담지 말고 들어 줄래?"

"얘기하세요."

"세현아, 감당할 수 있겠니? 소이 양, 그냥 어린 시절이 외롭고 쓸쓸하기만 한 아이가 아니더구나. 너무도 큰 상처를 갖고 있고, 그 상처의 원인이 해결되지도 않은 그런 아이더구나."

"어머니."

"내 말이 모질다고 생각되겠지만 그래도 들어 줬으면 해."

"……."

"내 마음에도 소이 양, 참 애틋하고 곱단다. 마음 씀씀이가 큰 것도, 저런 상황에서 말고 반듯하게 자란 것도. 내 딸마냥 곱고 귀해서 가족이 된다면 정말 잘해 나갈 수 있을 거라고 생각했어. 하지만 저 아이를 짓누르고 있는 고통의 무게가 너무 크구나. 네가 앞으로 저 아이와 함께 걸어갈 길이 그리 순탄할 것 같지만은 않아서 엄마는 그게 자꾸 마음에 걸려."

"어머니, 전……."

"엄마가 너무 통속적이라 좀 그렇지? 하지만 나도 보통의 엄마인걸. 어떤 엄마라도 나와 같은 생각을 할 거라고 내가 말한다면 이해할 수 있겠니? 아니, 네가 이해할 수 없다고 해도 이게 엄마 마음이야."

더없이 차분한 목소리로 말하는 어머니의 손을 세현은 가만히 잡았다. 차가워진 손에 어머니의 온기가 전해져 가슴이 뭉클해졌다.

"어머니, 무슨 뜻인지 잘 알겠어요. 하지만 제 생각은 달라요. 소이 씨가 갖고 있는 고통의 무게가 어머니나 다른 사람들에게는 크고 버겁다 느껴지겠지만, 저도, 소이 씨도 그렇게 생각하지 않았어요. 그 사람을 만나고, 서로 마음을 열고부터 조금씩 아픔을 풀어내기로 약속했고, 소이 씨는 정말 힘겨워했지만 천천히 하나씩 풀어냈어요. 그래서 처음엔 커다랬던 짐이 지금은…… 많이 줄었다고 생각해요. 우리가 나누었던 말들과 감정들을 다 말씀드릴 순 없지만, 그것들이 다른 사람이 봤을 때 이상적인 것이고 현실적이지 않다 느껴질 수 있어요. 저 또한 두렵고 걱정이 앞서서 서로에게 상처를 줄 거라는 생각을 하지 않은 건 아니에요. 그래도 어머니……."

"그래, 말해 봐."

"전 계속 소이 씨 곁을 지키고 싶어요. 평생을 제 곁에 두고 싶어요. 저도 그렇게 마음이 넓은 사람은 아닌지라 온전히 다 감싸 안아 주진 못하겠지만, 소이 씨가 상처받은 마음, 쓸쓸함, 외로움을 감싸 주고 싶어요."

그렇게 말하며 어머니를 바라보는 세현의 눈동자가 예전과 같이 깊고 진실된 빛을 띠고 있었다. 세현의 이야기를 가만히 듣고 있던 어머니가 소이가 잠들어 있는 병실을 바라보았다.

세현의 말에서 느껴지는 소이에 대한 사랑이 생각보다 깊었다. 담담한 목소리도, 진중한 태도도, 곁을 지키겠다고 말하며 빛내는 눈빛도. 어머니의 염려를 덮어 버리고도 남을 만큼 큰 사랑을 느끼게 했다.

한동안 소이가 있는 곳을 보고 있던 어머니가 부드럽게 미소 지으며 세현을 보듬어 안았다. 어머니의 작은 품에 세현이 다 들어가지는 못했지만, 어머니의 마음이 전해져 오자 세현은 눈을 꼭 감았다.

"엄마는 세현이를 믿어. 네 마음이 그렇다면 엄마도 더 이상 아무 이야기하지 않을게. 지금과 같은 마음을 가진 너라면······ 소이 양도, 너도 이 상황을 잘 견딜 수 있을 거야."

"네······ 아까는 성급하게 행동했지만 그렇게 할게요."

세현을 품에서 놓으며 어머니가 빙긋 웃었다.

"엄마도 집에 가서 다시 생각해 볼게. 지금은 세현이한테 마음이 더 많이 기울어 있지만, 소이 양에게 마음을 기울일 수 있도록 해 볼게."

"고마워요, 어머니."

"소이 양 일어나거든 엄마한테 말해 줄래? 그때쯤이면 엄마도 편견 없이 소이 양을 품을 수 있을 테니까 다시 한 번 제대로 보고 싶구나."

"그럴게요. 꼭 그렇게 할게요."

어머니가 세현의 손을 힘주어 잡고 다시 한 번 웃어 보였다. 아들의 짐을 조금은 덜어 주려는 듯이. 자신을 믿고 지켜봐 달라는 바람을 담아 세현도 어머니에게 미소 지었다.

어머니와 아버지를 배웅하고 돌아온 세현이 오랫동안 잠든 소이의 모습을 바라보았다. 열로 인해 가빴던 숨이 조금씩 안정되어 가고 있었다. 하지만 여전히 굳은 표정으로 누워 있는 모습에 마음이 아팠다.

세현은 더 이상 흔들리지 않게 소이의 손을 꼭 잡았다. 다행히 손에서 느껴지는 온기에 안심을 하게 된다. 세현은 소이의 손을 잡은 채 엎드렸다. 하루 사이 벌어진 일들로 갑자기 피로가 한꺼번에 몰려온다.

세현은 소이의 가슴에 얼굴을 기대고 심장 소리를 귀에 담으며 깊은 잠에 빠져들었다.

12

세현은 소이의 작고 가는 손을 잡아 자신의 **뺨**에 가져갔다. 손의 찬 기운이 세현의 온기로 미적지근하게 바뀌어 갔다.

"일어나요, 제발."

까칠해진 목구멍에서 메마른 목소리가 흘러나왔다. 제대로 잠을 청하지 못해 머리가 묵직했다. 세현은 바깥공기라도 마셔야 정신이 맑아질 것 같아 억지로 몸을 일으켰다. 소이가 덮고 있는 이불을 꼼꼼히 살펴 주고 난 후, 병실 문을 열었다.

문 앞에 마른 몸의 사내가 서 있었다. 고개를 숙이고 있는 재원을 보고 세현은 내심 놀랐다. 창밖만 바라보고 누워 있을 거라는 생각을 깨고 재원 스스로 소이를 찾아온 것이었다.

세현이 놀라움을 숨기고 냉정을 가장한 눈으로 바라보다가 한숨을 내쉬었다.

"소이 씨 보러 왔다면, 들어가세요. 왜 여기 이렇게 서서 계신 겁니까?"

세현의 서늘한 말투에 재원의 어깨가 움찔했다. 땅을 딛고 서
있기가 힘에 부치는지 떨리는 다리가 그의 시선에 잡혔다. 재원이
여기까지 오며 얼마나 많은 고민을 하고, 잘 가누지도 못하는 몸을
이끌고 오느라 힘겨웠을지, 얼굴 표정과 지금의 상태를 보니 알 수
있을 것 같았다.

세현은 재원의 어깨를 살며시 잡고 병실로 들어갔다. 그리고 소
이를 잘 볼 수 있게 의자를 끌어당겨 앉혀 주었다. 그 순간까지도
재원은 차마 고개를 들지 못하고 가늘게 몸을 떨고만 있었다.

"보러 오셨으면, 제대로 보고 가세요."

재원의 뒤에 서서 세현이 부드럽게 말하려 노력했다. 재원의 갈
곳을 잃은 시선이 침대 끝에서 헤매다가 천천히 소이의 얼굴로 향
했다. 꼭 감은 두 눈과 파리한 얼굴. 재원은 소이의 얼굴로 뻗었던
손을 거두고 자신의 얼굴을 감싸 쥐었다.

"정말 버리려고 했던 겁니까?"

재원의 어깨가 움찔했다. 얼굴을 덮고 있는 손가락 사이로 흐느
낌 같은 한숨이 새어 나왔다.

"소이 씨는 노력했습니다. 상처 속에 갇혀 외면만 하는 당신을
마주하려고 했어요. 당신이 준 상처가 깊이 남아 있는데도, 정말
꿋꿋하게 참고 인내하며 곁을 지켰습니다. 단 한 번만이라도 마주
봐 주었다면 소이 씨가 지금처럼 이렇게 아파하지 않았을 겁니다."

재원이 품속에서 종이뭉치를 꺼냈다. 비에 젖어 눅눅해진 종이
위에는 소이의 것이 분명한 그림들이 그려져 있었다.

"이건……."

"소이의 그림……."

굳게 닫혀 있던 재원의 입이 가까스로 열렸다. 세현은 가슴이 뛰었다. 어쩌면 실낱같은 희망을 잡을 수 있을 것 같았다.

"이 그림을 들고 어디로 갔던 거죠?"

"아내……가 있는 집에……."

"소이 씨의 그림을 보여 주러 갔던 겁니까?"

재원이 고개를 끄덕였다.

"도망……친 게 아니었군요."

또다시 재원이 힘없이 고개를 끄덕인다. 세현은 눈을 질끈 감았다. 도망친 것이 아니었다는 사실에 안심이 되면서도, 재원이 옛 상처에서 벗어나려면 힘겨운 싸움을 더해야 한다는 걱정 또한 사라지지 않았다.

생각에 잠겨 있던 세현이 재원이 앉은 의자를 돌려 자신과 마주하게 했다. 그리고 시선을 맞추기 위해 무릎을 굽히고 재원을 바라보았다. 당혹스러운 듯 재원의 눈이 다시 방황을 한다. 하지만 세현은 인내심을 가지고 그를 바라보는 시선을 거두지 않았다.

어느 순간 재원의 시선과 세현의 시선이 마주쳤다. 세현은 부드럽게 미소 지으며 최대한 담담하게 하고픈 이야기를 풀어냈다.

"당신이 소이 씨를 사랑하지만 표현하는 방법을 찾지 못했을 뿐이라고 생각하겠습니다. 원망스러운 마음이 없다면 거짓말이겠지만, 어쨌든 힘들게 여기까지 와 주셨으니 그 마음도 접겠습니다. 하지만 제가 이렇게 생각한다고 해서 소이 씨까지 그럴 것이라고 말씀을 드릴 수 없습니다. 저는 지켜보아야 할 입장이고, 풀어 나가야 할 사람들은 당신과 소이 씨니까요."

재원이 고개를 돌려 잠든 소이를 바라보았다. 떨리는 재원의 손이 소이의 뺨에 닿았다.

"한 가지만 약속해 주시겠습니까?"

세현의 말에 재원이 잠자코 고개를 끄덕인다.

"소이 씨가…… 소이 씨가 깨어난다면, 그래서 당신과 마주할 용기를 갖고 찾아간다면 단 한 마디라도 좋으니 마음속에 담긴 말을 전해 주세요. 부탁……드립니다."

아무 말 없는 재원의 손을 세현이 감싸 쥐었다.

"제 이야기 끝까지 들어 준 것, 시선을 마주치려고 노력하신 것, 감사합니다. 그 용기와 노력을 이제 소이 씨에게 보여 주세요."

재원이 눈을 감고, 또다시 고개를 끄덕였다.

잠시 후 세현이 호출한 간호사가 재원을 데리고 병실을 나갔다. 재원이 문이 닫히는 순간까지 소이를 바라보고 있다는 것을 세현은 놓치지 않았다.

소이의 옆에 앉아 손을 꼭 잡고 다른 한 손으로 이마를 쓰다듬었다.

"소이 씨, 아직 희망이 있어요. 그러니까 정말 일어나요."

세현이 소이의 귓가에 다가가 나지막이 속삭였다.

파르르, 감은 눈을 뜨고 소이가 멍하니 천장을 바라보았다. 낯선 천장과 묵직한 머리 때문에 이마를 찡그리고 부스스 몸을 일으켰다. 팔에 꽂혀 있는 링거바늘을 짜증스럽게 뽑아 버리고 침대맡에 놓인 슬리퍼를 신고 일어났다.

소이는 땀에 젖은 머리를 매만지며 하늘을 바라보았다. 하늘을 가로질러 흘러가는 구름들은 새하얗기만 했다. 많은 비로 인해 생긴 물웅덩이에 비친 나무들의 초록빛이 바람이 만드는 잔물결에 따라 일렁이고 있었다.

하지만 창밖으로 보이는 맑게 갠 여름 풍경은 소이의 말라 버린 마음에 아무런 감동을 주지 못했다.

"어, 소이 씨. 일어났어요?"

어디를 다녀왔는지 양손에 짐을 잔뜩 든 세현이 문을 열고 들어왔다. 무덤덤한 소이의 눈동자가 세현의 가슴을 파고들었지만, 세현은 짐짓 모른 척하며 침대 옆에 짐을 내려놓고 소이와 마주 보았다.

"이제 좀 괜찮아요? 열이 높아서 꼬박 사흘을 잠만 잤어요."

세현이 소이의 이마를 짚고 걱정스럽게 물어보았다. 소이가 세현의 손을 떼어 내고 털썩 침대에 앉았다. 세현은 아무렇지도 않게 싱긋 웃고 가져온 짐 속에서 무언가를 꺼내기 시작했다.

"오늘 어머니 집에 잠시 들렀었는데, 소이 씨 일어나면 먹으라고 죽을 좀 싸 주셨어요. 병원식도 나쁘진 않지만 그래도 어머니 정성이 담긴 거니까 우리 같이 먹어요."

"……"

"날도 좋은데 바깥에 가서 먹을까요? 아니, 아직 회복이 다 된 건 아니니까 그냥 여기 있는 게 낫겠다. 소이 씨 어떻게 할래요?"

"왜 왔어요."

"왜 오긴요. 소이 씨 간병해 주려고 왔지."

"내 말은 굳이 이렇게까지 할 필요 없다는 거예요."

"내가 좋아서 하는 일이에요. 소이 씨가 걱정할 필요 없어요."

세현이 곧은 시선을 소이에게 던지며 말했다. 소이의 눈빛이 흔들린다. 소이는 세현에게 자신의 감정을 들킬까 봐 눈을 감았다. 무릎 위에서 꼭 쥐어진 손에 세현이 준 반지가 제 빛을 띠며 반짝였다.

"오지 말아요."

"왜 그래야 하는데요? 소이 씨는 지금 아프고 옆을 지킬 사람이 필요해요. 난 기꺼이 그렇게 할 거고, 소이 씨가 싫다고 해도 곁에 있을 거예요."

"내가 알아서 해요."

"고집부리지 말아요, 소이 씨. 지금 몸도, 마음도 많이 지쳐 있어요."

"내가…… 내가 싫다고 하잖아요!"

소이가 꽉 잠긴 목소리로 소리쳤다. 세현은 꿋꿋이 짐 속에서 책이며 소이의 그림도구를 탁자 위에 늘어놓았다.

"왜 이래요, 대체."

자신의 내침에 별다른 반응 없이 제 할 일을 하는 세현을 보며 소이가 말했다.

"소이 씨야말로 왜 그래요. 나 다시는 안 볼 사람처럼."

"보기 싫으니까요. 지금은 세현 씨 보기가 괴로우니까. 그냥 나 혼자 있게 내버려 뒀으면 좋겠으니까. 그러니까 이러지 말고 돌아가요."

"……내가 안 보이면 소이 씨, 살 수 있어요?"

"뭐라고요?"

"내가 곁에 없으면, 눈에서 멀어지면 버틸 수 있겠어요?"

세현이 고개를 들고 진지한 목소리로 물었다. 세현의 깊은 눈동자에 소이는 숨이 턱 막히는 것 같았다. 분명 차갑게 식은 마음일진대 가슴이 두근거리는 이유는 대체 무엇일까.

"난 살 수 없어요."

"세현 씨!"

"난 소이 씨 옆에 있어야만 숨을 쉴 수 있고, 웃을 수 있고, 행복할 수 있는 사람이에요. 소이 씨가 아무런 말도 없이 누워 있는 사흘 동안 내가 어떤 마음이었는지 알아요?"

"……."

"아니, 꼭 알 필요 없어요. 삼 일 동안의 마음을 안정시킨 덕에 지금은 이렇게 평온하게 소이 씨를 담을 수 있으니까."

"세현 씨……. 난…… 당신이 옆에 있으면 힘들고 지칠 것 같아요. 지금은 내 마음이 그래요. 그러니까……."

"내 숨을 끊고 싶다면 뜻대로 할게요. 하지만 난 앞으로 소이 씨와 함께 살아갈 날이 많이 남아 있는 사람이니까 소이 씨 옆에 꼭 붙어 있어야겠어요."

세현의 단호함에 소이가 깊게 숨을 들이쉴 뿐 아무런 말도 하지 못하고 망연히 앉아 있었다. 세현이 갑자기 무릎을 꿇고 소이를 올려다보았다.

"왜 이래요?"

"소이 씨, 나 피하지 말고 제대로 봐 줘요. 소이 씨가 지금 어떤 심정인지 알아요. 지치고 힘든 마음에 내가 끼어드니 귀찮고 짜증스러운 것도 알아요. 하지만 소이 씨에게는 내가 필요해요. 아니라고 부정해도 결국엔 내가 필요하다고 생각할 거예요."

"무슨 근거 없는 자신감이에요?"

"내가 당신이 필요하니까. 소이 씨의 몸은 날 밀어내지만, 눈빛은 필요하다고 말하고 있으니까. 내가 소이 씨를 깊이 사랑하고 있으니까. 소이 씨 또한 변함없이 날 사랑하고 있다고 느껴지니까. 내 눈을 보면서도 이 말이 틀렸다고 말할 수 있어요?"

"난……."

세현이 보내는 시선이 여전히 꼿꼿하고 당당해 소이의 버석한 마음에 파문을 일으킨다.

"소이 씨, 지금 눈앞의 날 밀어내 버리면 일어설 수 없어요. 나랑 함께 가요. 소이 씨가 다시 힘들고 지쳐 걸을 수 없다면, 내가 살짝 등을 밀어 줄게요. 그 힘으로 앞으로 다시 나아가요. 소이 씨는 그렇게 할 수 있는 사람이잖아요. 내가 사랑하는 소이 씨는 그런 사람이잖아요."

"세현 씨……."

"내가 뭘 가져왔는지 볼래요?"

세현이 부드러운 시선을 보냈다. 소이가 그 시선을 피하지 않고 제대로 마주하고 있다. 세현은 품에서 사진 하나를 꺼내었다.

"우리 집 해바라기잖아요."

"잘 봐요. 해바라기 말고 뭐가 또 보이는지."

사진 속 해바라기는 거센 비에도 꺾이지 않고 꼿꼿이 하늘을 향해 서 있었다. 그런 해바라기의 줄기를 타고 여린 나팔꽃이 해바라기 꽃잎까지 올라가 있었다.

"봐요, 소이 씨 정원의 이 꽃들도 그 빗속에서 씩씩하게 자라고 있잖아요. 해바라기가 나팔꽃의 버팀목이 되어 주고, 나팔꽃은 줄기를 감싸고 올라가 단단히 해바라기를 지켜 주고……. 나도, 소이 씨도 이 꽃들처럼 할 수 있어요."

소이의 손을 잡고 있는 세현의 손등에 물방울이 톡 하고 떨어졌다. 세현은 눈물이 흐르는 소이의 뺨에 입술을 가져댔다. 입술에 닿는 눈물이 따스했다.

"세현 씨……. 난 두려워요. 아빠를 마주할 자신이 없어요. 얼굴을 보면, 어떤 말을 어떤 목소리로 내뱉을지 나조차도 잘 모르겠어요."

"그렇게 말하는 소이 씨의 가슴 한쪽에 아버지가 다칠까 염려하는 마음이 있잖아요? 이대로 아버질 버릴 수 있는 소이 씨가 아니잖아요. 아버지로 인해 다시 한 번 받은 상처를 이젠 참지 말고 풀어내야 해요. 곪아서 터졌을 때 마지막까지 다 쥐어짜 내어야 소이 씨가 더 당당해질 수 있을 거예요."

소이가 세현의 목에 팔을 두르고 이마를 마주 댄다. 이렇게 하면 자신이 입으로 내지 못하는 생각들이 그에게 전해질까 하며. 세현은 좀 더 몸을 내밀어 소이의 입술을 머금었다. 아팠던 이틀 동안 까칠하게 마른 입술을 자신의 입술로 축이며 그렇게 천천히 안으로 들어갔다. 입술과 입술이 만나고, 두 개의 혀가 만나고…….두 눈동자가 부드럽게 얽혔다.

잠시 떨어져 세현을 바라보는 소이의 입가에 미소가 살며시 떠올랐다. 차갑게 식어 있던 눈동자가 맑게 빛났다.

한참 동안 그를 그윽하게 바라보던 소이가 고개를 숙이고 먼저 세현의 입술에 찾아들었다. 세현은 소이가 주는 달콤한 느낌에 설레면서도 눈물이 나왔다. 마음을 닫고 돌아설까 고통스럽게 염려했던 그녀가 자신이 내민 손을 밀쳐 내지 않고 다시 잡아 주었다. 소이에 대한 고마움과 감동이 주책없이 눈시울을 뜨겁게 만든다.

"아빠에게 갈래요."

세현의 머리를 품에 안으며 소이가 나지막이 말했다. 세현은 소이의 허리를 그러안으며 눈물을 보이지 않으려고 소이의 가슴에 얼굴을 깊게 파묻었다.

"세현 씨…… 울어요?"

가슴에서 느껴지는 촉촉함에 소이가 묻는다. 세현은 천천히 고개를 저었다.

"안 울어요……."

"목소리가 떨리고 있잖아요."

"아니, 울고 있어요. 소이 씨가 많이 아프고 힘들 텐데 무너지지 않고 내가 아는 소이 씨 그대로여서…… 그래서 감동받아 눈물이 나는 거예요."

"……사랑해요."

"나도 사랑해요."

"세현 씨. 나요, 세현 씨를 정말 많이 사랑해요."

"소이 씨."

"네?"

"이제는 정말 내가 소이 씨 곁에 있을 자격이 있나요?"

"그 자격은 항상 세현 씨가 갖고 있었는걸요. 잠시 내 목마름에 흔들리긴 했지만, 그 누구에게도 아닌, 세현 씨에게만 줄 수 있는 자격이에요."

세현이 손을 뻗어 가는 손가락에 입을 맞추었다. 그리고 소이의 손가락 사이사이에 자신의 손가락을 밀어 넣고 꼭 잡았다. 소이의 차가워진 손에 세현의 온기가 스며들었다…….

맞잡은 두 손이 허공에서 흔들거리며 움직인다. 재원이 있는 병실까지 찬찬히 걸으며 이틀간 있었던 일을 소이에게 들려주었다.

"아빠는…… 어때요?"

일부러 세현이 재원의 이야기는 피하는 것 같아 소이가 조심스럽게 물었다.

"소이 씨가 직접 봐요. 직접 만나면 알게 될 거예요."

알 수 없는 미소를 지으며 세현이 말했다. 소이는 긴장되는 마음을 큰 심호흡으로 정리하며 어느새 다가간 재원의 병실 앞에 섰다.

똑똑똑.

"들어오세요."

분명 들릴 리 없는 문 안쪽의 목소리에 소이가 멍한 눈으로 세현을 바라보았다. 세현은 고개를 끄덕이며 소이에게 웃어 보였다. 문을 열고 들어선 병실에 재원이 등을 돌리고 앉아 있었다. 오랫동안 보아온 등인데 무언가 예전과 다른 느낌에 소이의 눈가에 순식간에 눈물이 차올랐다.

세현이 소이의 등을 살짝 떠밀어 재원에게 다가갈 힘을 주었다.

"아빠……."

가늘게 떨리는 목소리로 소이가 재원을 불렀다. 재원이 잠시 머뭇거리더니 천천히 몸을 돌린다. 흐르는 눈물 때문에 재원의 얼굴이 흐릿하게 보인다. 세현이 소이의 어깨를 살며시 잡고 재원에게 좀 더 가까이 다가갔다.

"아버지, 소이 씨예요. 저랑 약속하셨잖아요."

세현이 부드럽게 말하자 재원이 손을 뻗어 소이의 얼굴을 잡았다. 쉽게 입을 열지 못하고 파르르 입술을 떠는 재원을 보며 세현이 다정한 눈길로 재촉했다.

"미……안……하다."

쥐어짜듯 내뱉는 재원의 목소리. 소이는 이제 소리 내어 울기 시작했다. 뭔가 말을 해야 하는지 어떤 말도 꺼낼 수가 없었다.

"미……안해. 소이야……."

재원의 입에서 나오는 자신의 이름. 자신의 이름이 갑자기 낯설게 느껴졌다. 소이는 세차게 고개를 저으며 재원을 보듬어 안았다. "괜찮아요."라고 말하고 싶은데 뜨겁게 치밀어 오르는 마음에 도리질만 했다.

"미안해."만 반복하는 재원과 재원이 말할 때마다 고개를 젓는 소이를 세현이 뭉클한 눈으로 바라보았다. 세현이 다시 재원을 찾았을 때 그의 눈빛에서 작은 희망이 느껴졌다. 항상 공허한 눈동자에 많은 생각이 담겨 있었다.

세현을 보고 움츠리긴 했지만 차분하게 소이의 아픔과 고통을 이야기하는 그의 낮고 깊은 목소리를 재원은 분명하게 들어 주었다. 갑작스럽게 몰려든 감정 때문이었을까. 소이에게 기대고 있던 재원이 힘이 드는지 어깨를 축 늘어뜨렸다. 세현이 소이의 품에서 재원을 떨어뜨리고 조심히 침대에 누였다.

"누군가와 이야기하거나 시선을 마주하는 걸 아직은 힘들어하세요."

재원의 여윈 손을 소이의 손에 쥐여 주며 세현이 말했다. 소이는 잠든 재원의 얼굴에서 시선을 떼지 않고 세현의 이야기를 가만히 듣고만 있었다.

"소이 씨가 잠들어 있을 때 아버지가 찾아왔었어요. 이걸 들고서요."

세현이 침대 옆의 서랍에서 종이뭉치를 꺼내어 소이에게 건넸다. 비에 젖어 쭈글쭈글해진 종이뭉치는 소이가 재원에게 그려 주었던 그림들이었다.

"아버지는 소이 씨를 버리려고 했던 게 아니었어요. 그저 그림을 어머니께 보여 주고 싶었던 것뿐이었어요."

"우리 엄마요? 대체 어디를 가던 중이셨을까요?"

"소이 씨 집이요. 아버지를 처음 발견한 사람에게 전해 들었어요. 집으로 가서 소이 씨 그림을 어머니께 보여 주려고 했대요. 어머니가 돌아가셨다는 걸 망각하고 있었는데, 자신을 붙잡은 사람이 이것저것 물어보니까 사고의 기억이 되살아나셨던 것 같아요. 결국 쓰러진 아버지가 병원으로 이송되었고요."

"아빠…… 내 그림에 반응을 보이긴 했지만 이렇게까지 소중하게 생각할 줄은 몰랐어요."

소이가 재원을 물끄러미 바라보며 미소 지었다.

"아빠가 날 돌아봐 준 것이 꿈은 아니겠죠? 꿈이라면 깰까 봐 무서워요. 아얏!"

세현이 소이의 코를 살짝 깨물고 빙그레 웃는다.

"꿈이 아니죠?"

"세현 씨…… 정말……."

"현실이에요, 소이 씨. 아버지가 완전히 회복되기까지 아직 좀 더 시간이 필요하지만, 소이 씨에게 마음을 연 것만은 사실이에요."

"세현 씨 덕분이에요. 이 모든 걸 어떻게 다 갚을 수 있을까요?"

"흔들의자요."

"네?"

"주문한 흔들의자 세 개가 도착했는데……. 그게 직접 조립해야 하더라고요. 만들 때 좀 도와줘요."

세현이 눈을 찡긋하며 밝은 목소리로 말한다. 소이는 까르륵 웃으며 그의 어깨에 살며시 기대었다. 소이의 어깨에 팔을 두른 세현의 손에 자신의 작은 손을 포개어 온기를 느꼈다.

"기꺼이…… 함께할게요."

두 사람이 보내는 따뜻한 시선을 받으며 재원이 평온한 표정으로 깊은 잠을 자고 있었다.

13

　맑은 하늘로 길게 뻗은 나뭇가지에 매달린 짙은 초록의 잎들이 바람에 따라 움직이며 서로 스치는 소리가 싱그럽게 울려 퍼졌다.

　세현의 귀에는 바람 소리도, 잎이 스치며 내는 소리도 모두 음악처럼 들렸다. 콧노래를 작게 흥얼거리며 걸어가는 그의 발걸음이 가볍게 움직인다.

　한 손에는 소이의 집에서 가져온 화분을 들고, 다른 한 손에는 어머니가 챙겨 준 도시락을 들고 소이가 쉬고 있는 병실까지 한달음에 걸어갔다. 그리고는 혹시 자고 있을까 염려하며 조심히 문을 열고 안을 들여다보았다.

　아무도 없는 텅 빈 병실. 세현은 소이를 기다리며 침대맡에 앉았다. 쉬는 동안 그림이라도 그렸는지 침대 위에 그림도구가 어지러이 놓여 있었다. 세현은 화분을 소이가 잘 볼 수 있는 자리에 올려 두고 그림도구를 하나하나 정리하기 시작했다.

"별을 품은 아이……."

홀로 서 있는 아이와 노란 별 그림이 가득 그려진 도화지 위에 소이가 적어 놓은 글씨를 읽으며 세현이 씩 웃었다. 소이와 처음 마주한 겨울 날 그의 시야에 항상 들어오던 그녀의 별 가방이 문득 떠올랐다.

주변을 정리한 지 한참 되었는데 소이가 오지 않는다. 세현은 창문 밖으로 보이는 나뭇잎 사이로 반짝이는 햇빛을 바라보다가 일어섰다. 소이가 어디에 있을지 짐작이 갔다.

엘리베이터를 타고 재원의 병실로 향했다. 재원과 제대로 마주하게 된 후로 매일매일 그의 곁을 지키는 소이가 오늘도 분명 그곳에서 부녀만의 시간을 갖고 있을게 분명했다. 병실 문을 살살 두드리고 조심스레 여니 세현의 예상대로 소이가 재원의 곁에 앉아 있었다. 세현은 소이의 곁으로 조용히 다가갔다.

"소이 씨."

"쉿!"

들뜬 목소리의 세현을 바라보며 작게 입을 오므리고 손가락 하나를 입에 가져 대는 소이였다.

"지금 막 잠드셨어요."

"아……."

속삭이는 목소리로 소이가 세현의 귓가에 대고 말한다. 그녀의 소리가 닿는 부분이 간질거린다.

"요즘 이것저것 다시 검사를 받으면서 여러 사람을 만나 대화를 나눠 많이 피곤하셨나 봐요. 나랑 잠깐 이야기 나누었을 뿐인데 금세 잠이 드셨어요."

"무슨 이야기를 했어요?"

세현의 질문에 소이가 밝게 눈을 빛내며 웃는다. 며칠 앓고 난 후 많이 수척해진 얼굴임에도 행복이 가득해 생기가 넘쳤다.

"그냥 내 이야기요. 세현 씨 이야기랑 내 그림 이야기랑 세현 씨의 가족 이야기랑……. 내가 가장 사랑하는 이야기를 해 드렸어요."

"아버지가 좋아하시죠?"

"딱히 감정 표현을 하는 건 아니지만, 제대로 내 눈을 보고 끝까지 이야기를 들어 주세요. 나는 이야기하고 아빠는 들어 주고……. 세현 씨, 난요. 그것만으로도 정말 좋고 행복해요. 아빠가 내 눈을 똑바로 바라봐 준다는 그 사실이 정말 기뻐요."

세현이 소이의 머리를 쓰다듬는다. "잘했어요."라고 칭찬해 주는 그의 손길에 소이가 더욱더 맑은 미소를 세현에게 보냈다. 세현이 재원에게 잠시 시선을 돌렸다.

여전히 야윈 얼굴과 이마에 굵은 주름들이 오랫동안 마음속에 갇혀 있던 세월을 말해 주었지만, 얼굴에 가득한 평온한 미소는 지금 그의 마음을 나타내는 것 같아 안심이 되었다. 또 소이의 작은 손을 꼭 쥐고 있는 재원의 가는 손가락 마디마디에 힘이 담겨 있어, 멀리 돌아 간신히 함께하게 된 이 부녀에게 좋은 일만 남았다는 느낌을 주었다.

"우리 좀 걸어요."

세현이 소이를 일으켜 세우며 말했다. 소이가 재원의 손을 살며시 풀고 이불 속에 가지런히 넣어 주며 그의 귓가에 속삭인다.

"아빠, 잘 자요. 또 올게요."

그 모습이 꼭 그림 속 다정한 부녀의 모습 같아서, 어린 시절의 소이로 돌아간 것 같아서 세현은 코끝이 시큰해졌다. 요즘 부쩍 눈물이 많아진 자신이 당황스럽기만 하다.

　세현이 소이 손을 이끌고 병원의 작은 정원으로 갔다. '힐링가
든'이라는 이름의 정원이 마음에 들었는지 소이가 세현의 손을 놓
고 통나무를 잘라 만든 동그란 나무 길을 폴짝폴짝 뛰어간다. 그
모습이 마냥 어린아이 같아 세현은 웃음이 나왔다.
　"그렇게 좋아요?"
　"네! 정말 좋아요. 이 정원에서 하늘을 보면 탁 트인 모습이 가
슴을 뻥 뚫리게 하거든요."
　"나도 좋네요. 이렇게 행복해하는 소이 씨를 보니."
　하늘을 바라보던 소이가 빙글 세현을 향해 몸을 돌리고 화사하
게 웃었다.
　"내 행복은 세현 씨가 만들어 준걸요. 정말 싫었던 이 여름을
아름답고 예쁘다고 느낄 수 있게 해 준 것도 세현 씨고, 아빠와 내
게 고통뿐이었던 여름이란 이 계절을 찬찬히 돌아보고 함께할 수
있게 해 준 것도……. 모두 세현 씨가 내게 준 선물이에요."
　세현이 소이처럼 나무 길은 한 발 한 발 뛰듯이 따라 걸으며 소
이에게 다가갔다. 훌쩍 키가 큰 세현이 다가갈 때마다 그를 향한
소이의 얼굴이 따라 올라갔다. 올려다보고 내려다보는 시선이 한
없이 다정했다.
　"소이 씨가 만든 여름에 내가 들어 있는 것뿐이에요. 그 아름다
운 풍경에 난 작은 한자리를 차지했을 뿐이지 소이 씨 스스로 그
려 낸 여름이에요."
　"그렇지 않아요. 세현 씨가 아니었다면 난……."
　"고맙다는 말보다 난 사랑한다는 말 한 마디면 족해요. 난 그저

소이 씨가 가는 길을 조금 더 평탄하게 만들어 준 것 뿐인걸요. 길을 만들어 걸어간 건 소이 씨예요."

소이는 까치발을 들어 그의 목에 팔을 둘렀다. 좀 더 가까워진 두 사람의 시선이 맑게 갠 하늘처럼 청아했다. 세현이 먼저인지 소이가 먼저인지 모르게 서로에게 찾아든 두 사람의 긴 입맞춤이 이어졌다. 나뭇잎의 향을 얹은 바람이 두 사람을 스쳐 지나가며 머리카락을 살짝 헝클어뜨렸다.

멀리서 들려오는 아이들의 웃음소리에 소이와 세현이 멀어졌다. 쑥스러운 듯 붉어진 두 뺨의 소이가 여름 햇살 아래에서 아름답게 세현을 바라보았다. 소리 없이 소이가 입을 움직인다.

'사. 랑. 해. 요.'

소이의 고백을 들은 듯 세현이 살며시 소이를 품에 안았다. 이대로 가만히 있기만 해도 좋았다. 가슴에 살며시 얹고 있는 소이의 왼쪽 약손가락을 살며시 만져 본다. 세현이 몸을 떼고 손을 들어 그 손가락에 입을 맞춘다.

"이 손가락에 꼭 어울리는 반지를 선물할게요. 정식으로 프러포즈도 하고."

"괜찮아요. 세현 씨는 늘 내게 반지보다 값진 프러포즈를 해 준걸요."

"내가요?"

"세현 씨가 해 준 이야기 하나하나가 나에겐 그랬어요. 그러고 보니 난 이 세상에서 프러포즈를 가장 많이 받은 사람이 되나요?"

소이가 까르륵 웃는다. 세현과 소이는 그렇게 손을 맞잡고 정원을 천천히 걸어갔다. 크고 작은 나무가 만들어 주는 그늘이 여름 햇살을 다 가려 주진 못해도 시원한 그늘 한 자락을 다정한 둘에게 내어 주었다.

"소이 씨랑 내 아이는 정말 예쁠 거예요."

"세현 씨 닮아서요?"

"아뇨, 소이 씨 닮아서요. 소이 씨 닮은 크고 맑은 눈동자랑 예쁜 코랑 붉은 입술을 가진 그런 아이일 거예요."

"음…… 나는 세현 씨 닮아 단정한 눈매랑 입매, 멋진 콧날을 가진 그런 아이였으면 좋겠는데요?"

소이의 말에 세현이 피식 웃었다. 벌써부터 아이를 가진 부모가 된 것처럼 상상을 하는 둘의 모습과 생각이 너무나 닮아 있었다.

"우리 정말 예쁜 집을 만들어요. 항상 웃음소리가 끊이지 않는."

소이가 작은 나뭇가지를 들고 쪼그리고 앉아 흙바닥에 쓱쓱 그림을 그리기 시작했다.

"방은 세 개였으면 좋겠어요."

커다란 네모 속에 작은 방 세 개를 그린다.

"하나는 나와 세현 씨가 함께하는 방, 하나는 우리 아이의 방…… 하나는……."

"소이 씨 아버지의 방."

어느새 옆에 똑같은 자세로 앉은 세현이 소이와 마주 보며 말했다.

"뭘 놀라고 그래요? 아버지 방도 하나 있어야, 소이 씨 곁에서 편하게 쉴 수 있죠."

"세현 씨……. 정말 그래도 돼요?"

"소이 씨 아버지를 처음 만난 날부터 그렇게 생각했는걸요. 아아…… 흔들의자도 세 개 놓아야 하고, 그네도 하나 있으려면……. 마당도 무척 넓어야겠는데요?"

"아! 그렇구나……."

"거기에 우리 소이 씨가 그림 그릴 작업실도 하나 있어야 하고……."

소이의 그림에 덧붙여 방과 마당을 그리는 세현의 손을 보며 소이가 살짝 찡그린다.

"왜요?"

"난 작고 아담한 집을 생각했는데 집이 점점 커지잖아요."

"그런가?"

함께 그린 그림을 바라보며 심각한 표정으로 둘은 한동안 그렇게 앉아 있었다. 쪼그리고 앉아 엉뚱한 고민을 하는 서로의 모습이 당사자들이 보아도 우스웠는지 누가 먼저랄 것도 없이 크게 웃음을 터뜨렸다.

"내가 점점 소이 씨를 닮아 가네요."

웃느라 눈가에 맺힌 눈물을 훔쳐 내며 세현이 말했다.

"우리 이렇게 상상하고 행복해하는 것도 좋지만, 가장 근본적인 것부터 해결해야 하지 않겠어요?"

"근본적인 거요?"

"일단, 소이 씨가 빨리 훌훌 털고 일어나 일상으로 돌아가는 것. 또 하나는 소이 씨 아버지가 소이 씨의 집에서 마음을 놓고 생활할 수 있을 만큼 우리가 도와 드리는 것 말이에요."

세현이 소이의 눈을 지그시 들여다보며 말을 이어나갔다.

"빨리 나아요. 이렇게 야윈 모습으로 병원에서 만나는 것보다, 난 건강한 모습으로 멋진 풍경 속에서 소이 씨와 함께하는 것이 더 좋으니까."

세현이 일어나 기지개를 켜며 소이를 일으켜 세웠다.

"어!"

장난스럽게 눈을 빛내던 세현이 소이를 획 안아 들고 성큼성큼 정원을 빠져나갔다.

"세, 세현 씨. 이러지 말아요."

"가만히 있어요. 얼마나 가벼워졌는지 가늠해 보려는 거니까."

"그럴 필요 없는데……."

"봐요, 이렇게 가볍지. 소이 씨가 빨리 나으려면 많이 먹여야겠어요."

자신을 안고 앉았다 일어서는 세현의 품에 소이가 얼굴을 묻은 채로 매달려 있었다. 세현은 그런 소이를 놓칠세라 안고 있는 팔에 힘을 주고 병실까지 힘차게 걸어갔다.

병실에 도착해서야 소이를 내려놓고 세현이 이마에 맺힌 땀을 닦으며 가쁜 숨을 쉬었다. 그런 세현을 곱게 흘기며 소이가 툴툴거린다.

"가볍다면서 뭘 그리 숨을 헐떡거려요? 사람들은 다 쳐다보고, 부끄러워 죽는 줄 알았잖아요. 이러다 온 병원에 소문 다 나겠어요."

"소문나면 좋지요, 뭐. 누가 봐도 부러운 커플일 텐데, 너무 다른 사람들 염장을 지르는 건가?"

"정말……."

"자, 그만 흘겨보고 앉아요."

세현이 소이의 어깨를 잡고 침대에 앉혔다. 환자용 침대의 식탁을 내리고 세현이 가져온 도시락을 하나둘씩 펼쳤다. 정성이 가득 담긴 도시락에서 고소하고 맛깔스러운 냄새가 퍼져 나왔다.

"이게 다 뭐예요?"

"우리 어머니가 준비해 주신 거예요."

"어머니……가요?"

"소이 씨, 이거 다 먹어야 해요. 어머니가 건강한 모습으로 찾아오지 않으면, 얼굴 보지 않을 거라고 꼭 전해 달라고 하셨어요."

소이는 세현이 건네는 젓가락을 받아 쥐고, 오물오물 음식을 먹기 시작했다. 입안 가득 어머니의 마음이 퍼지는 것 같아 목이 메었다.

"어머니도 아세요? 나 여기 있는 거."

"네, 알고 계세요. 소이 씨 보러 오시기도 했는걸요."

"정말요? 혹시…… 우리 아빠도 보셨어요?"

"네. 사실 오셨던 날, 내가 못난 모습으로 소이 씨 아버지에게 나쁘게 행동했어요. 그걸…… 어머니와 아버지가 우연찮게 보셨어요."

"아…… 그랬구나……."

말끝을 흐리며 소이가 도시락으로 시선을 떨구었다. 어떤 심정이었을지 묻지 않아도 어머니의 마음이 느껴지는 것 같아 고개를 들 수 없었다. 그 모습을 보던 세현이 소이의 턱에 살며시 손을 놓고 고개를 자신에게 향하도록 했다.

"소이 씨, 어머니는 나에게 실망했지 소이 씨에게 그런 마음을 가지지 않으셨어요. 조금 염려하긴 하셨어도 지금은 그 누구보다 소이 씨가 훌훌 털고 일어나길 바라고 계세요."

"정말요?"

"내 눈을 보고도 못 믿겠어요? 아니, 이 도시락을 보고서도요? 어머니가 소이 씨 얼마나 많이 생각하고 계시는데요."

"분명 많이 실망하고 마음에 차지 않으셨을 텐데……."

"소이 씨는 내가 사랑하는 사람이에요. 내 마음이 이렇게 변하지 않는데 누가 뭐라고 하겠어요? 우리 부모님도 마찬가지세요. 소이 씨에게 처음 느꼈던 것을 버리지 않겠다고 하셨어요."

"내가 그 마음까지 다 받아도 되는 거예요? 세현 씨가 주는 것만으로도 차고 넘치는데. 난 아직 많이 부족하고……."

"소이 씨가 우리 부모님에게 보여 준 첫 느낌이 얼마나 큰 건지 모르죠? 내가 소이 씨에게 처음 느낀 감동만큼 우리 부모님도 똑같은 걸 느끼셨어요. 그러니까 그렇게 걱정하지 않아도 돼요."

세현이 젓가락으로 반찬을 집어 소이의 입에 쏙 넣어 주며 싱긋 웃었다.

"자, 빨리 먹어요. 우리 어머니 참을성이 많은 분이지만 소이 씨 이러고 있는 거 오래 못 기다리실걸요? 이거 다 먹고 기운 내서 빨리 나아야 해요? 소이 씨 다 나을 때까지 난 부지런히 우리 어머니표 도시락을 배달할 거니까."

"아휴…… 어머니 번거롭게 하지 말아요."

"그러니까 빨리 나아요. 알았죠?"

소이는 작게 고개를 끄덕였다. 그리고 세현의 어머니가 싸 주신 도시락을 정말 맛있게 하나도 남김없이 먹었다.

"소이 씨, 몸은 좀 어때?"

"괜찮아? 걱정했어."

"너무 야위었다. 어떡하니……."

어린이 도서관에 들어서자마자 소이를 둘러싼 사람들이 너나 할 것 없이 소이에게 쏟아 내는 말들로 아침이 정신없이 시작되었다.

카페에서 혜연도 눈물을 훔치며 소이를 꼭 껴안고, "다행이다."를 연이어 말하며 소이의 등을 토닥였더랬다. 나 주임은 멀찌감치 서서 인자하게 웃으며 말없이 소이의 복귀를 환영하고 있었다.

"휴우……."

나 주임이 일을 시작하라며 사람들을 물리고 나서야 간신히 자신의 자리에 앉은 소이가 숨을 고른다. 많은 사람들의 위로와 환영에 벅찬 가슴으로 오랜만에 자신의 책상을 돌아보았다. 소이가 오기를 기다리듯 가지런히 놓여 있는 소지품들에서 도서관 사람들의 배려가 느껴졌다.

「무사히 잘 도착했어요?」

휴대폰의 깜박임에 화면을 보니 세현의 문자가 남겨져 있었다. 방금 웃으며 헤어졌는데, 그새를 못 참고 문자를 보낸 세현이었다.

「잘 도착했어요. 치과랑 도서관이랑 그리 먼 거리도 아닌데 왜 걱정을 해요.」

「중간에 예쁜 우리 소이 씨 누가 채 갈까 봐 그러죠.」

세현의 실없는 말에 피식 웃음을 터뜨렸다. 아무래도 함께 살면 애처가가 될 게 분명하다.

「오늘 하루도 행복하게 보내요.」

"세현 씨도요."

세현이 보내온 문자를 바라보며 소이가 작게 중얼거렸다. '행복'이란 단어를 굳이 입에 담지 않아도 이미 마음속에 충만하게 차오르고 있었다.

소이가 없는 동안 밀린 일을 정신없이 처리하고 있을 때쯤 아이와 함께 엄마들이 하나둘씩 도서관으로 들어섰다. 컴퓨터 화면을 뚫어져라 바라보며 일에 집중하고 있는 소이에게 누군가가 다가왔다.

"소이 씨."

명랑하고 경쾌한 목소리의 주인공은 다름 아닌 세희였다. 소이는 세희를 알아보고 벌떡 일어나 꾸벅 인사를 하며 얼떨떨한 표정으로 바라보았다.

"뭘 그렇게 격식을 차려서 인사해요? 몸은 좀 괜찮아요?"

세희도 역시 소이의 소식을 들어 알고 있었나 보다. 소이는 살짝 긴장했지만 이내 미소를 짓고 고개를 끄덕이며 대답했다.

"네, 덕분에요."

"덕분은 무슨. 난 병문안도 못 갔는데. 엄마가 소이 씨한테 부담된다고 한사코 가지 말라고 말리셔서 꼭 가서 얼굴 보고 싶었는데 못 했지 뭐예요?"

"무슨 하실 이야기라도……."

"할 이야기야 많았죠."

세희의 말에 소이가 긴장으로 두근거리는 가슴을 한 손으로 지그시 누르며 심호흡을 했다.

"뭘 그렇게 긴장해요?"

"아니, 저……."

"잠깐만요."

세희는 긴장으로 붉어진 얼굴의 소이를 잠시 둔 채 나 주임에게 가 무어라 말을 하더니, 다시 소이에게 다가와 밝게 웃으며 말했다.

"허락도 받았으니 잠깐 나 좀 볼래요?"

세희의 미소에 잠시 안심이 되었지만 우물쭈물 그녀의 뒤를 쫓아 2층의 북카페로 가 마주 보고 앉고 나니 다시금 긴장으로 얼굴이 빳빳하게 굳어 버렸다.

"자, 이거 받아요."

애처로울 정도로 긴장하는 소이에게 세희가 비닐봉지를 불쑥 내밀었다. 소이가 엉거주춤 봉지를 받아 들고 조심스레 안을 들여다보았다. 안에는 갖가지 과일이 가득했다. 의아한 표정으로 세희를 바라보자, 턱을 괴고 싱글벙글 소이를 향해 웃고 있었다.

"소이 씨가 어떤 과일을 좋아하는지 몰라서요. 그냥 이것저것 사 왔어요. 내가 생각하기에 과일은 만병통치약이니까. 이건 단지 내 생각이고, 뭐든 먹어서 나쁠 건 없으니까 꼭 먹어 둬요."

세현의 어머니가 보낸 도시락부터 세희의 과일 봉지까지……. 그의 식구들에게 어지간히 여리고 약하게만 보였나 보다. 소이는 중얼거리듯 작게 감사의 인사를 전하고 세희가 입을 열 때까지 가만히 기다렸다. 세희는 멀리 놀이터에서 놀고 있는 지훈에게 손을 들어 주고는 다시 소이를 바라보았다.

"소이 씨, 엄마에게 이야기는 들었어요."

"네……."

"많이 힘들고 아팠죠?"

"아니에요."

"사실 소이 씨 사정을 듣고 엄마도, 나도 많은 생각을 했어요."

세희의 말에 소이는 눈을 질끈 감았다. 어느 정도 예상했던 일이었지만 막상 맞닥뜨리니 초조해지는 마음을 다스릴 길이 없었다.

"세현인 소이 씨를 우리 가족에 포함시키고 싶어 하는 것 같은데 맞나요?"

"……네."

"그 생각은 소이 씨도 가지고 있고요?"

"네."

"흐음⋯⋯."

잠시 정적이 흘렀다. 소이는 눈을 들어 세희를 조심스럽게 바라보았다. 고민에 빠진 표정에서 어떤 생각도 읽을 수 없어 답답했다. 소이는 세희에게 들리지 않게 심호흡을 하며 긴장되어 두근거리는 마음을 다스렸다. 지금 흔들려서는 안 된다. 세현이 재원까지 함께하겠다는 마음을 보인 이상, 세현의 가족 속에 들어가려면 어쨌든 거쳐야 할 일이었다.

"사실 엄마와 난 현실적인 생각을 먼저 했어요."

침묵을 깨고 세희가 말을 이어 갔다. 담담하게 말하는 세희의 눈빛이 세현과 많이 닮아 있었다.

"소이 씨가 갖고 있는 세월의 무게와 아픔이 우리는 쉽게 느끼기 힘들 정도로 큰 것이어서, 과연 세현이가 그것을 견딜 수 있을지 걱정했어요. 두 사람이 언제부터 결혼까지 생각을 했는지는 모르지만, 결혼은 서로 다른 두 집안이 만나 가족이 되어 가는 과정이잖아요? 사랑하는 두 사람에게는 당장 행복한 기분만 줄지 모르지만, 살아온 세월이 다르기에 겪어야 할 갈등은 반드시 있기 마련이에요. 그 갈등이 평범한 것이라면 문제될 것이 없지만 소이 씨의 지난날과 아버지로 인해 비롯된다면 두 사람이 감당할 수 있을까 그게 염려되었어요."

세희의 말을 들으며 소이는 마음을 차분하게 가라앉혔다. 세현을 너무도 사랑하는 가족이라면 응당 해야 할 고민들이었고, 소이 또한 했던 생각이었기에 담담히 받아들일 수 있었다. 복잡한 마음과 생각이 정리된 소이는 세희에게 맑게 갠 눈빛으로 또박또박 이야기를 하기 시작했다.

"어머님과 누님이 걱정하는 마음 충분히 이해해요. 당연하다고 생각하고요. 저와 아버지가 가진 아픔이 누구나 쉽게 겪을 수 있는 것이 아니란 것도 알고 있어요. 하지만……."

"하지만?"

"누구보다도 세현 씨를 사랑하고 있고, 그를 신뢰하고 있어요. 지금이야 서로를 향한 마음이 마냥 애틋하고 행복해서, 어쩌면 제가 가지고 있는 상처를 그냥 지나치고 있을지도 몰라요. 이번 일을 계기로 아버지와의 관계가 변하고 있기는 하지만, 언제 다른 갈등을 만날지 모르는 상황인 것도 사실이고요."

"잘 알고 있군요."

"네, 너무나 뼈저리게요. 세현 씨를 만나면서 늘 했던 생각이기도 하고요. 그래서 주저했던 적도 있었어요. 하지만 지금은 아니에요. 예전엔 아버지의 일에 마음이 흔들리기도 했지만 이제는 그렇지 않아요. 세현 씨가 버팀목이 되어 주고, 제가 그것을 발판 삼아 당당하게 걸음 할 수 있는 힘을 주었거든요. 이젠 제 여리고 약한 마음에 지지 않을 자신이 있어요."

어느새 말 한 마디, 한 마디에 힘주어 말하는 소이를 세희가 부드러운 미소로 대하고 있었다.

"저……."

"편하게 말해요."

"욕심이 나요."

"네?"

"세현 씨 가족들이요. 세현 씨가 언뜻 들려주는 이야기 속에서 느꼈던 것들, 직접 뵙고 나서 느꼈던 것들이 한목소리를 내고 있었어요. 이 가족들 속에 들어간다면 나도 행복해질 수 있다고…….

세현 씨도 욕심이 나는 사람이어서 이 마음이 옳은 것인지 두려웠지만, 저도 행복해지고 싶은 사람인지라 어느새 그의 가족까지 욕심을 갖게 되었어요. 이기적이라고 생각하셔도 좋아요. 그렇지만 제 마음이 그랬어요. 정말 세현 씨와 그렇게 살아가야지 하고 생각했어요. 말씀대로 서로 다르게 성장한 두 사람이지만 서로에게 갖고 있는 사랑과 믿음이 충분히 그렇게 해 줄 거라고 확신했거든요. 세현 씨가 지치면 제가 뒤에서 밀어 주고, 제가 지치면 세현 씨가 앞에서 끌어 주고…… 그렇게 평생을 사랑하며 살아갈 수 있는 믿음이, 이번 일을 계기로 더욱 확고해졌어요."

"소이 씨."

세희의 부름에 소이가 몸을 다시 바로하고 담담하게 마주했다. 세희 또한 담담하게 소이의 시선을 눈동자에 담았다.

"우리도 소이 씨가 욕심이 난다면 믿겠어요?"

"네?"

"엄마와 내가 현실적인 고민 끝에 내린 결론이에요. 물론 세현이의 소이 씨에 대한 정성이 크게 작용을 했지만. 엄마와 나는…… 아니, 우리 가족 모두는 처음 만난 날 소이 씨가 보여 준 모습에 감동했었어요. 그렇게 아파하면서도 정말 맑고 예쁘게 주변을 돌아볼 수 있다는 것이 얼마나 어려운 일인지 잘 알거든요. 그 모습이 기특하고 고와서 참 좋은 느낌으로 소이 씨를 볼 수 있었어요. 그리고 지금의 소이 씨를 보니 더더욱 욕심이 나네요. 믿음도 가고. 만약 소이 씨가 내 이야기에 움츠러들고 피하기만 했다면 최소한 나는 마음이 돌아섰을 거예요. 하지만 내 기우였네요. 소이 씨라면 정말 당당하고 아름답게 세현이와 멋진 미래를 만들 수 있을 거란 확신이 생겼어요."

"아……."

소이가 눈가에 맺힌 눈물을 보이지 않으려 고개를 숙이고 파르르 떨리는 눈꺼풀을 지그시 내렸다. 세희는 그런 소이의 손을 다정하게 토닥이며 바라보았다.

"소이 씨, 왜 울어요? 이제 정말 웃을 일만 남았는데."

"행복해서요. 웃고 싶은데 바보같이……."

"자! 엄마의 전언이에요. '소이 양, 아픈 것도 다 나았다고 하니, 내가 해 주는 맛있는 식사 하러 꼭 와요. 언제든지 환영할게요.' 이상! 난 분명히 전했어요."

"네, 꼭 그럴게요."

"그리고 한 가지 더."

세희가 몸을 숙이더니 작은 소리로 속삭였다.

"세현이에게는 내가 왔었다는 말하지 말아요."

"왜요?"

"소이 씨 시험하러 왔었다는 사실을 알면 분명 저한테 난리칠 게 분명하거든요. 그 녀석이 나를 못된 시누이쯤으로 생각하는 것 같아서 분하긴 하지만…… 시험하러 온 것이 사실이기도 하니까."

"시험이요?"

"뭐, 그렇게 됐네요. 소이 씨가 내가 원하는 답에 근접한 결론을 말해 준, 완벽한 시험이랄까? 어쨌든 세현이에겐 말하지 말아요. 오늘 나와의 대화는 둘만 아는 비밀이에요. 알았죠?"

"네, 그럴게요."

"왠지 소이 씨랑 멋진 시누이와 올케 사이가 될 것 같네요. 바쁜데 내 오지랖 받아 줘서 고마워요. 그럼 조만간 집에서 봐요."

세희가 일어서며 손을 내민다. 소이는 세희의 따뜻한 손을 맞잡으며 맑게 웃음 지었다.

지훈의 손을 잡고 도서관을 나서는 세희를 배웅하는 소이를 그
녀가 등을 떠밀며 빨리 들어가 보라고 재촉한다. 지훈과 마주 보며
다정한 시선을 보내는 세희의 뒷모습을 소이는 골목 너머로 사라
질 때까지 바라보고 또 바라보았다.

주방에서 끓이는 커피 향이 온 집 안 가득 퍼졌다. 소이는 자신
의 컵에 담긴 커피에 우유와 바닐라 시럽을 따르고, 세현의 컵에는
시럽 한 스푼을 넣어 저었다. 밖을 보니 세현이 햇살 아래에서 웅
크리고 앉아 열심히 제 할 일을 하느라 분주했다. 살짝 그을린 팔
이 망치질을 할 때마다 힘줄이 도드라져 보인다.

요란스럽게 들리는 매미의 울음소리가 넓은 테라스에 앉아 흔들
의자를 조립하는 세현의 머리 위로 쏟아져 내렸다. 정원의 해바라
기는 마지막 색을 뽐내는 듯 짙은 갈색의 얼굴과 노란색의 머리칼
을 높이 쳐들고 있었다. 멀리 보이는 산자락도 마지막 힘을 다해
초록빛을 뿜어낸다. 뜨거운 햇빛도 가끔씩 지나가는 커다란 뭉게
구름에 가려져 시원한 그늘을 만들다가도 이내 세현의 몸으로 따
갑게 비쳤다.

설명서를 보면서 골똘히 생각을 하는 세현의 머리 위로 동그란
그늘이 생겼다. 이마에 맺힌 땀을 닦으며 올려다보니, 소이가 커다
란 우산을 꺼내 들고 서 있었다.

"웬 우산이에요?"

"너무 볕이 강해서요. 이렇게라도 해 주면 시원하지 않을까 해
서……."

"소이 씨, 팔 아파요. 그냥 내 옆에 앉아 있어요."

세현이 소이의 팔목을 잡고 옆으로 끌어당겼다. 그 힘에 비틀거리며 풀썩 주저앉은 소이가 작게 주먹을 그러쥐고 세현의 어깨를 톡 하고 두드린다. 세현이 과장된 표정으로 어깨를 문지르며 소이에게 웃어 보였다.

소이는 옆에 놓았던 쟁반의 얼음이 가득 담긴 냉커피를 세현에게 건넸다. 세현은 갈증이 났는지 커피를 단숨에 벌컥벌컥 들이켰다.

"잘되어 가요?"

"전혀요. 생각보다 까다롭네요."

등받이와 좌석판을 연결하며 끙끙거리는 세현을 물끄러미 바라보다가 소이가 들고 있던 우산을 세현에게 불쑥 건네고 말했다.

"이리 줘 봐요."

"소이 씨 힘으로는 안 돼요. 나도 힘이 드는데."

"됐으니까 이리 줘 봐요."

소이의 표정이 사뭇 진지해서 세현이 떨떠름하게 소이에게 자리를 내어 주고 우산을 들고 멀뚱히 일어났다.

소이가 요리조리 조립해야 될 부분과 설명서를 살펴보더니 등받이와 좌석판, 팔걸이를 순식간에 뚝딱 하고 맞추었다. 소이가 세현을 올려다보며 "나 잘했죠?"라는 표정을 지어 보인다. 자신이 30분 동안 끙끙거리며 헤맸던 일을 10분도 채 안 되어 해낸 소이를 머쓱한 표정으로 바라보던 세현이 피식 웃고는 동그란 이마에 쪽 하고 입맞춤을 한다.

"소이 씨, 재주가 좋은데요?"

"음……. 우리 아빠 닮아서 손재주가 있나 봐요. 생각보다 쉬운데요?"

"난 어려웠는데……. 소이 씨가 그렇게 쉽게 해 버리니까 갑자기 의욕이 사라지네요. 흔들의자를 만들겠다고 부산을 떤 건 난데……."

풀이 죽은 목소리로 세현이 말하자, 소이가 크고 맑게 웃으며 그를 등 뒤에서 꼭 안았다. 커피 향이 섞인 그의 땀 냄새도 좋고, 넓은 등도 좋고, 땀이 맺힌 긴 목덜미도 좋았다.

"세현 씨도 은근히 귀여운 구석이 있다니까요? 막내라서 그런가?"

"뭐라고요?"

"처음의 냉정하고 차가운 이미지는 다 어디 갔을까요?"

소이의 장난 가득한 놀림에 세현이 진중한 표정을 짓고 말했다.

"소이 씨 말대로 냉정하고 차가운 진지한 마음으로 난 흔들의자 만드는 작업을 해야겠군요."

"오늘 안에 다할 수 있을까요?"

"다 할 수 있어요. 내가 만들어 주기로 했으니, 한나절이 걸려도 완성할 거예요."

"내가 도와줄까요?"

"아, 내가 할 수 있다니까 그러네. 소이 씨는 들어가서 쉬고 있어요."

세현은 싱글거리는 소이의 등을 떠밀며 집 안으로 들여보내고 크게 기합을 넣더니, 다시 웅크리고 앉아 흔들의자를 조립하기 시작했다. 왠지 어설픈 손길이 조마조마했지만 소이는 소파에 앉아 물끄러미 그의 뒷모습을 바라보았다.

정원에서 불어오는 바람이 시원하게 소이의 얼굴을 스치고 지나간다. 그 나른한 느낌에 소이가 길게 하품을 하더니 어느새 새근거리는 숨소리를 내며 잠이 들었다.

"소이 씨, 이것 봐요. 하나 다 완성했어요."

세현이 거드름을 피우며 뒤를 돌아보았다. 고개를 옆으로 누인 채 잠이 든 소이를 보니 괜히 머쓱해져 머리를 긁적였다. 몸에 묻은 땀과 먼지를 대강 닦아 내고 소이의 곁으로 다가갔다. 감은 눈 아래로 긴 속눈썹이 드리워져 파르르 떨리고, 좋은 꿈을 꾸는지 붉은 입술의 꼬리가 살짝 올라가 있었다.

세현은 소이가 깨지 않게 조심스럽게 안아 들고 2층으로 올라갔다. 오래된 나무계단에서 세현이 한 발 내딛을 때마다 '끼익' 하는 울음소리가 나, 올라가는 내내 긴장을 해야 했다. 천천히 나무계단을 올라가 소이의 방 침대에 살며시 누이고 가만히 내려다보았다.

"이렇게 보고 또 보아도 설레고 그리운데……. 소이 씨 당신과 매일 밤 어떻게 헤어져야 하나요?"

세현은 중얼거리며 손으로 소이의 뺨을 덮었다. 자신의 큰 손에 가려질 만큼 작고 하얀 얼굴이 감동스럽다. 지그시 뺨에 입술을 대고 작게 숨을 고른다. 자신의 뜨거운 입술이 부드러운 소이의 뺨을 녹일까 낮게 신음을 하고 소이에게서 멀어졌다.

"김세현, 이것도 병이다, 병……."

아무것도 모른 채 편안하게 잠든 소이를 한동안 바라보다가 세현이 흔들의자를 만들기 위해 마당으로 내려갔다. 어느새 푸르던 하늘이 옅은 주홍빛으로 물들며 마당 주변으로 어스름이 깔리기 시작했다.

"음……."

소이가 몸을 뒤척이다가 벌떡 일어났다. 창밖을 보니 마당의 가로등이 불을 밝히고 있었고 이미 마을에는 짙게 어둠이 깔려 있었다. 큰 눈을 깜박이며 창밖을 한동안 바라보던 소이가 소스라치게 놀라 부랴부랴 1층으로 내려갔다.

거실에 앉아 세현이 책을 보고 있다가 소이가 내는 요란한 기척에 고개를 들었다.

"세현 씨, 깨우지 않고요."

울상이 된 소이를 바라보며 세현이 부드러운 표정으로 일어났다.

"너무 곤히 자서요. 무슨 꿈을 꾸는지 행복해 보여서 깨우지 않았어요."

"벌써 시간이 이렇게 지난 줄도 모르고……. 배고프죠?"

"배고프지 않아요. 소이 씨 자는 모습 한참 바라봤더니 허기진 게 채워지더라고요."

"아휴, 농담은 그만해요."

소이가 주방으로 가기 위해 몸을 돌리자 세현이 뒤에서 안아 왔다.

"식사도 식사지만, 그전에 해야 할 일이 있어요."

세현이 다시 소이를 돌려세워 눈을 맞췄다. 의아해하는 소이를 말없이 이끌어 마당으로 데리고 갔다. 나란히 놓여 있는 흔들의자가 해바라기 정원을 향해 놓여 있었다.

"어, 완성했네요."

"그럼요. 한 번 익숙해지니까 순식간에 뚝딱 만들었죠."

한쪽 눈을 찡긋하며 세현이 고개를 쳐들고 너스레를 떤다. 흔들의자를 쓰다듬는 소이의 표정에 감동이 한가득이다.

"앉아 봐요."

세현의 말에 따라 소이가 흔들의자 가운데에 자리했다. 세현이 좋아하는 짙은 갈색의 흔들의자 위에 바닐라체크의 쿠션이 놓여 있었다. 소이가 자리에 앉자 세현이 언제 준비했는지 무릎담요를 가져와 덮어 준다.

"어때요?"

세현의 물음에 흔들의자에 앉아 살짝 힘을 주자 앞뒤로 작게 흔들거린다. 흔들의자가 움직일 때마다 눈앞의 해바라기도, 머리 위의 하늘도 함께 출렁였다. 앞에서 흐뭇하게 바라보는 세현도 같이 흔들렸다. 소이는 대답 대신 밝게 웃음 지으며 세현의 시선을 사로잡았다.

흔들거리는 하늘을 바라보는 소이 앞에 세현이 한쪽 무릎을 세우고 앉았다. 흔들의자의 팔걸이에 놓인 소이의 손을 잡고 세현이 그윽한 시선을 건넸다.

"세현 씨?"

"쉿, 잠깐만요."

세현이 주머니에서 검정색의 케이스를 꺼내어 소이에게 열어 보였다. 두 개의 동그란 원이 연결되어 있는 가운데에 박힌 다이아몬드가 맑은 빛으로 반짝였다. 세현은 반지를 꺼내어 소이의 약지에 끼워 주며 진지하고 단단한 목소리로 말했다.

"이 반지에 연결되어 있는 동그라미처럼 우리도 이렇게 연결되길 원해요. 이 빛나는 보석처럼 우리의 사랑과 앞으로의 인생이 영원히 빛나길 바라요."

"세현 씨……."

"소이 씨, 당신에게 아픔뿐이었던 이 집에서 당신과 함께하며 따듯하고 행복할 수 있게 해 줄래요? 이 흔들의자에 같이 앉아 우리의 아이가 성장하는 모습을 함께 지켜볼 수 있게 해 줄래요? 나와 결혼해 주세요."

소이의 눈에 순식간에 눈물이 차오른다. 아픔도, 슬픔도 아닌 행복한 눈물이. 소이는 말없이 세현에게 길게 입을 맞추고 살며시 미소 지었다. 자신을 바라보는 깊고 검은 그의 눈동자에 행복한 자신의 얼굴이 담겨 있었다.

"대답해 줘요."

세현이 촉촉해진 목소리로 재촉한다. 소이는 고개를 끄덕이며 세현의 얼굴을 끌어당겨 안았다.

"네, 네. 그럴게요."

소이의 대답에 세현이 벅차오르는 마음으로 그녀의 가슴에 더욱 깊게 얼굴을 묻었다. 소이도 그의 머리카락에 얼굴을 묻고 한동안 그가 풍기는 커피 향을 담았다.

바람이 분다. 바람 따라 해바라기의 커다란 얼굴이 살짝 흔들리다가 이내 꼿꼿이 하늘을 향한다. 바람 따라 나뭇잎이 서로를 스치며 부드럽게 움직인다. 나뭇잎이 보내는 음악 같은 소리가 둘의 앞날을 축복해 주는 듯했다.

14

촤르륵—

커튼이 걷히는 소리와 함께 눈부신 햇살이 세현의 원룸을 환히 밝혔다. 갑작스러운 빛에 세현이 덮고 있던 이불을 머리끝까지 끌어당기고 뒤척였다.

"세현 씨, 일어나요."

꿈인가. 밤새도록 듣고 싶었던 목소리가 귓가에 들리니 세현이 몸을 꿈틀거리며 게슴츠레 눈을 떠 보았다. 흐릿한 시야에 보이는 실루엣이 익숙했다. 꿈인가 보다. 세현이 몸을 웅크리고 다시 잠을 청한다.

"아이참. 세현 씨, 일어나라니까요."

웅크린 몸을 흔드는 손길에 세현이 살며시 눈을 뜨고 햇빛에 반사되는 누군가의 모습을 잠이 덜 깬 눈으로 멍하니 바라보았다.

"소이 씨?"

"벌써 열 시예요. 세현 씨답지 않게 늦잠이네요?"

세현이 벌떡 몸을 일으켜 더듬더듬 침대 옆의 협탁에 놓인 안경을 찾아 걸치고 맑아진 시선으로 소이를 바라보았다. 다정한 미소를 지으며 침대에 팔을 올리고 앉아 자신을 올려다보는 소이가 실제 있었다. 꿈은 아니었다.

"이 시간에 무슨 일이에요?"

"어머, 오늘 세현 씨 부모님께 가기로 한 날이잖아요. 잊었어요?"

"내가 데리러 간다고 했잖아요."

"들떠서 눈이 일찍 떠졌어요. 세현 씨 오는 거 기다리는 시간도 무료하고……. 혹시 내가 너무 폐를 끼친 건가요?"

잠이 덜 깨서인지 무뚝뚝하게 내뱉는 말투 때문에 소이가 걱정을 비치며 조심스럽게 묻는다. 세현은 그러한 염려를 떨쳐 주기 위해 소이의 머리를 매만지고는 부드럽게 미소 지었다.

"폐는요. 아침에 일어나자마자 보고 싶은 얼굴이었어요."

가만히 세현의 눈을 바라보고 있던 소이가 그의 이마에 살짝 입술을 대고 웃는다. 막 일어나 흐트러진 모습도 단정한 모습만큼 좋았다.

"세현 씨, 씻고 밥 먹어요."

소이가 세현의 손을 붙잡고 일으켜 세운다. 헝클어진 세현의 머리카락을 가지런히 해 주는 손길에 마음이 간질거린다.

소이의 손끝에 입을 맞추고 세현이 욕실로 들어갔다. 세면대 위의 거울에 비치는 자신의 모습을 바라보았다. 실없는 사람처럼 얼굴 가득 웃음을 머금고 있는 자신이 보인다.

"이소이 효과군."

세현은 머쓱하게 턱을 쓰다듬었다. 손끝에 까칠한 감촉이 느껴진다. 시원한 물로 세수를 하고, 면도를 하고⋯⋯. 쓱쓱 머리를 빗어 내리고 나니 항상 그렇듯 깔끔한 모습이 되었다.

문을 열고 나오니 그새 준비했는지 아침상이 차려져 있었다. 간만의 늦잠으로 허기진 배를 자극하는 냄새에 세현이 식탁 앞으로 이끌리듯 걸어갔다. 단출한 식탁이었지만 정성이 넘쳐나 괜히 흐뭇해진다.

주방과 바로 연결된 침실에서 앞치마를 두른 소이가 침대를 가지런히 정리하고 있었다. 창문으로 비추는 햇살 때문인지, 자연스럽게 자신의 공간에 어울리는 소이의 모습 때문인지 눈이 부시다. 세현은 조심조심 소이에게 다가가 와락 껴안고 그대로 침대에 뛰어들었다.

"세현 씨?"

"잠깐만 이렇게 하고 있어요, 우리."

소이를 뒤에서 꼭 안고 어깨에 얼굴을 묻었다. 오늘도 그녀에게서 달콤한 바닐라 향이 난다.

"빨리 매일 아침 소이 씨가 날 깨워 줬으면 좋겠어요."

세현이 한숨 섞인 목소리로 말한다. 무언가 애가 타는 그의 말투에 소이가 작게 웃음을 흘린다.

"언제가 좋을까요?"

"난 지금 당장도 좋은데⋯⋯."

"지금이요?"

"마음은 그렇다고요. 하지만 소이 씨 웨딩드레스 입은 모습을 놓칠 수는 없으니, 내가 참아야죠."

세현의 말에 소이가 몸을 돌려 그와 마주 보았다. 소이가 키득

거리며 세현의 입술에 잘게 입을 맞춘다. 코에도, 뺨에도, 어느새 감긴 그의 눈가에도. 소이의 입술이 닿았다가 떨어질 때마다 스치듯 불어오는 가는 숨결이 간지러워 세현이 눈을 찡긋거린다.

소이의 입술이 세현의 입술에 닿는 순간 세현이 몸을 돌려 소이를 침대에 눕히고 자신의 몸으로 덮었다. 반짝하고 커진 소이의 눈망울이 당황한 듯 세현을 바라보더니, 이내 반달처럼 휘어지며 웃음을 머금었다. 팔을 뻗어 세현의 목덜미에 감고 끌어당기는 소이의 움직임을 세현은 순순히 따라가며 그녀가 주는 달콤함에 빠져들었다.

창문을 통해 비추는 햇살이 거추장스러웠는지 세현이 이불을 끌어당겨 빛을 차단하려 했지만, 아침임에도 여전히 강렬한 늦여름의 햇살을 막기엔 역부족이었다. 세현은 눈을 질끈 감았다. 그렇게라도 하지 않으면 소이에게 취해 몽롱해질 것 같았다. 하지만 그게 끝이었다. 소이가 작게 흘리는 웃음소리에 세현이 모든 것을 다 빨아들이려는 듯 입술과 입안을 가득 머금었다.

깊어진 두 사람의 움직임에 따라 이불 안이 뜨거운 숨결과 호흡 소리로 가득차기 시작했다. 소이의 허리에 감고 있는 팔에 점점 힘이 들어갈수록 소이의 몸이 세현의 가슴에 밀착되어 갔다. 요동치는 심장만큼 소이도, 세현도 가늘게 떨리는 몸을 어찌할 수 없이 서로에게 몰입하고 있었다.

세현의 길고 가는 손이 소이의 봉긋한 가슴으로 올라갔다. 소이가 가늘게 떨리는 숨을 내뱉으며 세현을 바라보았다. 맑고 투명한 눈빛을 마주하니 그것 또한 주체할 수 없는 감동이었다. 세현은 입술을 겹치고 소이가 풍기는 바닐라 향을 마음껏 들이마셨다. 가슴을 배회하던 손이 소이의 손과 맞붙어 꼭 쥐어졌다. 그렇게 두 입술도, 몸도 한참을 떨어지지 못하고 서로를 찾고 있었다.

소이가 주는 나긋함에 취해 있던 세현이 소이의 머리카락에 얼굴을 묻고 크게 심호흡을 했다. 정신없이 소이를 어루만지던 손도 침착하게 그녀를 안고 있었다.

"이대로 소이 씨를 안고 싶지만, 오늘은 참을래요."

세현의 중얼거림에 소이가 그의 품으로 파고들었다. 폭 안기는 소이의 등을 천천히 쓰다듬으며 흐트러진 호흡을 가다듬기 위해 낮게 신음을 흘렸다.

"조금만 참으면 소이 씨를 내 품 안에서 놓지 않고 있을 수 있으니까……."

소이가 세현의 단정한 얼굴을 쓰다듬으며 아직 흥분이 가라앉지 않아 발갛게 달아오른 얼굴에 애정을 가득 담고 바라보았다. 세현이 가만히 시선을 마주하다 깊게 한숨을 쉰다. 정말 이대로 품에 가두고 하루를 보내고 싶은 심정이다. 아니, 하루가 아니라 평생. 세현은 흔들리는 마음을 책망하며 고개를 내젓고는 벌떡 일어났다.

"자, 늦었지만 우리 아침 식사해요. 이렇게 있다간 어머니와 아버지가 목이 빠져라 기다리실 텐데 늦겠어요."

떨리는 마음을 스스로 다독이며 세현이 소이를 이끌었다. 식탁에 마주앉아 함께 하는 아침이 끝이 아님을 알고 있었지만, 자꾸 조급해지는 마음을 그녀가 알까 싶어 괜히 초조해진다. 그런 자신과는 달리 어느새 담담해진 표정으로 식사에 열중하는 소이가 야속하기도 했다.

"뭔가 입장이 바뀐 것 같아요."

"뭐가요?"

볼멘소리로 세현이 툭 내뱉는다. 소이는 대충 짐작이 갔지만 짐짓 모르는 척하며 세현을 바라보았다.

"예전에는 담담하고 침착한 건 대부분 나였던 것 같은데, 지금은 소이 씨가 더 그런 것 같으니까요. 난 하루하루가 빨리 갔으면 하고 초조한데 소이 씨는 의외로 느긋한 것처럼 보여요."

"아직 시기가 정해지지 않았고 늦어질 일도 없으니까요. 초조해한다고 빨리 시간이 흐르는 것도 아니고. 물론 같은 공간에 쭉 있을 수는 없지만 매일매일 보고 있는걸요."

"흐음……. 확실히 달라졌어요, 소이 씨."

눈을 가늘게 뜨고 세현이 바라본다. 소이는 어깨를 으쓱하며 당연하다는 듯 말했다.

"세현 씨 닮아 가나 보죠. 서로 닮아 가는 것 좋잖아요?"

서로 닮아 간다. 소이의 말이 맞았다. 지난겨울 어색하고 조심스러웠던 둘이 함께 계절을 보내면서 천천히 서로에게 물들어 갔고, 이제는 자연스럽게 서로에게 스며들어 있었다.

"정말 다른 색깔의 둘이었는데…… 그죠?"

세현이 소이를 닮은 꿈꾸는 눈동자를 하고 말한다.

"하나의 색은 아니지만 수채화 속 색감처럼 정말 자연스럽게 어울리게 되었죠."

소이가 세현을 닮은 담담한 눈동자를 하고 답한다. 서로를 닮아 가는 시선이 부드럽게 얽혔다. 정말 이대로 둘만 있어도 좋을 만큼 따뜻한 시간이 흐르고 있었다.

"그게 뭐예요?"

세현의 옆에 종이봉투를 품에 안은 채 소이가 자리해 있었다.

세현이 안전벨트를 매 주며 흘끗 안을 들여다보자 소이가 가슴 가까이 끌어당기며 애교 넘치게 말했다.

"보면 안 돼요."

"뭔데요?"

"세현 씨 어머니 선물이요. 내 그림액자예요. 전에 화분 받았던 것 늦었지만 답례해 드리고 싶었어요. 어머니 생각하면서 준비한 거예요. 세현 씨에게는 비밀로."

"벌써부터 나 따돌리는 거예요? 서운해지려고 하네."

"어머니한테 예쁨받고 싶은 내 마음을 몰라주는 세현 씨가 더 서운하네요."

소이가 콧잔등을 찡그리며 말하자, 세현이 귀엽다는 표정으로 그 코끝을 손으로 살짝 비틀었다.

"아얏! 아파요."

"소이 씨는 있는 그대로 보여 드리는 것으로 충분히 예쁨받을 수 있어요."

"알아요. 나도 충분히 사랑받을 만큼 매력 있다는 거."

어깨를 으쓱거리며 말하는 소이의 당돌함에 세현이 큰 소리로 웃음을 터뜨렸다. 항상 조심스럽고 수줍음이 많았던 소이가 아니었다. 그 모습은 그것 나름으로 충분히 세현에게 사랑스럽게 어필되었다.

"그런 자신감 보기 좋은데요? 이제 소이 씨는 내 손 필요 없겠어요."

세현이 흘끗 소이를 쳐다보았다. 편안한 미소로 창밖을 바라보며 콧노래를 작게 흥얼거리는 모습에 덩달아 행복해지는 기분이다.

멀리 세현의 집이 보인다. 소이는 앞으로 길게 몸을 빼고 바라보다가 이내 자세를 고쳐 앉고 밝게 웃었다.

"왜 웃어요?"

"나 좀 봐요. 빨리 세현 씨네 가족들을 만나고 싶은가 봐요. 이렇게 몸을 앞으로 한다고 먼저 도착하는 것도 아닌데 저절로 움직이는 걸 보면."

"앞으로 평생 볼 텐데요. 그때마다 그럴 거예요?"

"네! 그럼요. 만나면 항상 반갑고 행복할 거고, 헤어지면 아쉽고 서운할걸요? 그만큼 세현 씨의 가족을 사랑할 수 있을 거예요."

소이의 말에 세현이 한숨을 푹 쉬며 말했다.

"소이 씨 말에 우리 가족에게 질투하는 나는 대체 뭘까요?"

"어머 질투했어요? 세현 씨도 참. 그 가족들엔 세현 씨도 포함되어 있는걸요."

"물론 그렇지만요……."

스스로 생각해도 어이없는 말에 멋쩍게 웃으며 말끝을 흐렸다. 세현은 머쓱해진 마음을 들키지 않으려 헛기침을 하고 자세를 바로잡았다. 아무래도 소이에게만은 무한한 애정을 평생 바치지 않을까 싶었다. 어쩌면 소이와 자신에게서 나온 아이들에게까지 질투를 하는 건 아닌지 순간 고민이 되는 세현이었다.

주차를 하고 차에서 내려 소이에게 손을 내밀었다. 소이의 손가락에서 빛나는 반지가 닿는다. 반지를 손끝으로 만지작거리며 세현이 소이와 마주 보았다.

보고 또 보아도 질리지 않고 여전히 설레는 마음을 갖게 하는 그녀와 이제 평생 함께하기 위한 한 단계를 밟아야 했다. 자신의 가족에 대한 믿음, 소이의 눈동자에 가득한 신뢰감과 행복이 세현에게 당연한 자신감을 준다.

"어서 와. 기다리고 있었어."

차에서 들리는 소리에 현관문을 열고 나온 어머니의 다정한 목소리가 담장을 타고 들려왔다. 세현도, 소이도 어머니에게 부드러운 미소를 보내며 천천히 다가갔다. 소이를 바라보는 어머니의 시선이 애틋했다.

이미 식구들이 모두 모여 앉아 두 사람을 기다리고 있었다. 세현의 형수가 얼른 자리에서 일어나 둘이 앉을 곳을 마련해 주며 소이의 손을 꼭 잡았다. 말없는 미소에 많은 감정과 이야기가 담겨 있어, 소이가 최대한 밝고 맑게 웃음을 지어 보냈다.

일상적인 대화가 오고 가는 속에서 가족들 중 그 누구도 소이에게 일어난 일련의 사건들을 입에 담지 않았다. 평범함에서 묻어 나오는 가족의 단란함 속에 소이를 끌어들이려는 듯 작은 배려를 언뜻 내비칠 뿐이었다. 소이 또한 그들의 그런 배려가 마음에 닿아 그 분위기에 편안하게 물들어 갔다.

그 모습을 흐뭇하게 지켜보던 세현의 어머니가 다과를 좀 더 준비하기 위해 주방으로 들어갔다. 그 뒤를 소이가 조용히 뒤따랐다.

"어머니."

"어? 앉아 있지 않고. 내가 준비할 테니까 소이 양은 세현이 옆에 앉아 있어요."

"저…… 드릴 게 있어서요."

소이가 수줍게 웃으며 포장된 액자를 건넸다. 의아한 얼굴로 선물을 받아 든 어머니가 조심조심 포장을 뜯는다. 갈색의 깔끔한 액자에는 소이의 그림이 들어 있었다. 올려다보는 아이를 두 팔로 품에 안고 다정하게 미소 짓는 어머니의 그림. 부드러운 색감의 그림이 풍기는 다정한 분위기에 세현의 어머니는 절로 미소가 지어졌다.

"멋지네요."

"제가 느낀 어머니를 그려 봤어요. 괜찮으시다면…… 받아 주시겠어요? 어머니가 제게 주신 마음에 대해 꼭 감사드리고 싶었어요."

어머니가 소이의 손을 보듬어 잡았다. 그저 두 사람 사이에 흐르는 기운으로 두 마음이 통했음이 느껴졌다.

"어머니, 제가 도와 드릴게요."

"그럴래요?"

소이가 살갑게 사과를 들고 말하자, 흔쾌히 과도를 건네고 그 옆에 섰다. 아무런 대화도 오고 가지 않았지만 가끔씩 마주치는 시선이 다정했다. 멀리서 그 모습을 지켜보는 세현은 가슴 깊이에서 올라오는 감동을 그대로 느끼고 있었다.

"저 결혼하고 싶습니다."

두 사람의 모습에 결심이 선 세현이 살짝 헛기침을 하고 진지한 어조로 말했다. 준비된 과일 접시를 들고 자리에 앉던 어머니와 소이가 놀란 표정으로 세현을 바라보았다. 대화가 끊어진 가족들의 시선도 일제히 세현에게 닿았다. 진지하고 단호한 말투와는 달리 입이 귀에 걸릴 듯 웃고 있는 세현의 모습에 가족들이 모두 크게 웃음을 터뜨린다.

"야, 김세현! 목소리랑 표정이랑 너무 따로 노는 거 아니야?"

"도련님은 당연한 이야기를 뭘 그렇게 진지하게 해요?"

세현의 얼굴이 붉어질 정도로 놀리는 가족들과 달리, 어머니는 잔잔한 미소를 지으며 소이의 손을 잡았다. 약지에 끼워진 반지를 어루만지며 소이를 바라보는 표정이 따뜻해 소이도, 세현도, 웃고 있던 가족들도 뭉클해졌다.

"소이 양, 난 아니, 우리는 소이 양을 우리 가족으로 꼭 맞이하고 싶은데 그렇게 해 줄 수 있어요?"

"어머니……"

"사실 소이 양에게 모진 마음을 먹었던 적도 있지만, 다 부질없는 것이라는 생각이 들었어요. 소이 양은 소이 양대로 정말 곱고 맑게 세현이를 사랑해 주는 사람이고, 세현이는 세현이대로 진지하고 흔들림 없이 소이를 사랑하고 있으니까요. 두 사람의 모습에 잠시 들었던 그 마음이 부끄러웠어요. 소이 양이 허락한다면 우리 가족 모두 축복해 줄 수 있을 것 같은데."

세현에게 준 큰 사랑만큼, 아니 그 이상의 사랑으로 감싸 주는 어머니의 마음에 소이는 결연한 표정으로 당당하게 시선을 마주했다.

"저야말로 어머니가 내어 주신 손길 이렇게 잡아도 되는지 모르겠어요. 저 잘할게요. 어머니 말씀처럼 곱고 맑게, 흔들림 없이 세현 씨와 사랑하며 살겠습니다."

어머니가 한 손을 들어 소이의 볼을 부드럽게 토닥였다. 다른 손으로는 반지가 끼워져 있는 손을 보듬어 잡았다.

"난 이 결혼 반대다."

행복이 감도는 정적을 깨고 아버지가 굳은 표정으로 말했다. 아버지를 바라보는 가족들의 표정에 일순 당혹감이 감돌았다.

"소이 양."

"네?"

"이제 '소이 양'이 아니고, '소이야'라고 편안하게 부를 수 있게 해 줄래요? 그리해 주지 않으면 이 결혼은 허락할 수 없어요."

굳은 표정이 부드럽게 풀리고 눈동자에 장난이 가득하다. 마치 세현이 그런 것처럼. 무슨 농담을 그렇게 하냐는 세희의 핀잔을 들은 척, 만 척 하며 아버지가 눈짓으로 대답을 재촉했다. 소이는 당황했던 표정을 바꾸고 크게 고개를 끄덕였다.

"그렇게 불러 주신다면 더없이 행복할 것 같아요."

소이의 말과 함께 가족 모두의 웃음이 다시금 터져 나왔다. 소이는 와자지껄한 미래의 가족들 안에서 벅차오르는 마음에 행복한 웃음을 지었다.

소이는 자신이 제출한 포트폴리오를 꼼꼼히 살피는 이성훈 작가의 모습을 긴장한 표정으로 바라보고 서 있었다. 한참 페이지를 넘기던 이 작가의 시선이 한곳에서 멈춰졌다.

"'별을 품은 아이'라……. 소이 씨가 준비하고 있는 작품인가 보죠?"

"네."

툭 질문만 던지고 다시 찬찬히 살펴보는 이 작가의 표정이 사뭇 진지하다. 소이는 긴장으로 주먹을 쥔 손에 땀이 차오르는 걸 느끼고 손을 풀고는 무슨 말이라도 하길 바라며 망연히 자리했다.

이 작가의 손에 들려 있던 포트폴리오가 '탁' 소리와 함께 덮였다. 깍지 낀 손으로 턱을 괴고 포트폴리오와 긴장한 소이를 번갈아 바라보던 이 작가의 얼굴에 웃음이 떠올랐다.

"좋네요."

"네?"

"그동안 소이 씨가 과제로 제출한 그림 속에서 느껴졌던 다정하고 따뜻한 분위기가 이 그림들마다 느껴지는군요."

"감사합니다."

"그리고 이 작품 말인데……."

이 작가가 '별을 품은 아이'라고 제목 붙여진 그림을 펼쳐 들고 손가락으로 짚었다.

"아직 완성된 작품은 아닌가 봐요?"

"네…… 제가 여러 가지 사정이 있어서……."

"그래요. 더미책으로 만들어 보면 어떨까 하는데."

"더미책이요?"

"표지랑 소이 씨가 짜 놓은 스토리를 봤을 때 꽤 괜찮은 그림책이 만들어질 것 같다는 인상이 강했어요. 급하게 하라는 뜻은 아니고……. 천천히 생각을 정리하면서 만드는 것이 더 좋은 작품이 나올 테니까 차근차근해 봐요."

"아! 감사합니다."

이 작가의 말에 소이가 벅찬 마음으로 꾸벅 인사를 하며 크게 외쳤다. 그 모습을 인자하게 바라보던 이 작가가 서랍에서 무언가를 꺼내어 소이에게 건넸다.

"결혼 준비를 하고 있다고 들었어요. 맞나요?"

"네, 올 가을로 예정하고 있어요."

행복한 표정의 소이를 물끄러미 바라보던 이 작가가 건넨 봉투를 열어 보라는 눈짓을 보냈다. 소이는 고개를 갸우뚱하며 봉투 속에 들어 있는 서류와 팸플릿을 꺼내어 보았다.

"결혼을 준비하고 있는 사람에게 이런 제안을 해도 되는지 모르겠지만, 내가 지금까지 지켜본 소이 씨에게 더없이 좋은 기회가 될 것 같아서 준비했어요."

봉투 안에는 세계 각지의 그림책 관련 작가들의 워크샵에 참가할 작가 지망생들의 참가 신청서와 소이를 위한 이 작가의 추천서가 들어 있었다.

"일본과 뉴욕, 영국과 이탈리아에 흩어져 있는 '그림책 작가 양성학교'에서 석 달 동안 주최하는 프로그램이에요. 세계 각국의 작가 지망생이 자신의 작품을 서로 비교하고, 분석하며 실력을 쌓을 수 있고, 우수한 그림책 작가들의 강의를 들을 수 있는 기회지요. 충분히 어필할 수 있는 자신만의 작품이 있다면 드물긴 하지만 출판의 기회가 제공되기도 하고요."

"와, 멋져요. 그런데 제게 왜 이런 좋은 제안을 하시는지 전 잘 모르겠어요. 본격적으로 시작한 지 얼마 되지 않았고……. 저보다 실력이 뛰어난 사람들이 많은데요."

"사실 소이 씨는 졸업을 하려면 좀 더 시간이 필요하지만, 갖고 있는 재능과 그림에서 묻어 나오는 분위기들이 충분히 이 프로그램에 참가할 자격이 있다고 생각했어요."

"그런데 참가 시기가 얼마 남지 않았네요."

"사실 빨리 전해 주었어야 했는데, 소이 씨 사정이 여의치 않다는 말을 듣고 기다리고 있었어요. 결혼이 가을쯤이라고 했는데……. 시기가 겹쳐서 좀 그렇긴 하지만 난 소이 씨가 이 기회를 놓치지 않았으면 좋겠어요."

"이 작가님, 전……."

"지금 당장 대답할 필요는 없어요. 충분히 생각하고 나서 결정해 주세요. 하지만 빠른 대답을 듣길 바라요. 소이 씨가 만약 참가하지 못한다면 다른 사람에게 기회를 주어야 하니까."

이 작가에게 인사를 하고 문을 닫으며 소이는 크게 심호흡을 하였다. 꿈에 한 발 다가섰다는 기쁨과 함께 벅차오르는 마음을 주체할 수 없었다. 기쁜 소식을 누구보다 세현에게 전하고 싶어 핸드폰을 꺼내 든 소이가 화면을 바라보며 주춤했다.

세현과의 결혼 시기와 겹치는 일정이 못내 마음에 걸렸다. 석 달이라는 시간 동안 홀로 있을 재원도 걱정이 되었다. 소이는 핸드폰을 만지작거리다가 주머니에 넣고 봉투를 가슴에 품은 채로 거리로 나섰다.

천천히 거리를 걷던 소이의 걸음이 한 웨딩샵에서 멈췄다. 쇼윈도에 전시된 하얀 웨딩드레스가 시선을 사로잡았다. 저 드레스를 입고 세현과의 미래를 시작할 날이 얼마 남지 않았는데 갑자기 주어진 기회가 못내 아쉬워지는 마음에, 기대에 부풀어 하루가 빨리 지나길 바라는 세현에게 미안해졌다. 소이는 고개를 저으며 봉투에서 서류를 꺼내 보았다. 자꾸 마음이 기운다.

결혼 이야기가 본격화된 후, 매일매일 세현은 둘의 앞날에 대해 때로는 진지하게, 때로는 들뜬 모습으로 이야기하곤 했다. 주말에는 소이의 집으로 찾아와, 재원과 함께할 공간을 정리하기도 하고, 어떻게 꾸밀지 거창하게 말하는 모습은 마냥 아이 같았다. 소이보다 더 들뜬 모습에 핀잔을 주기도 했지만, 소이 또한 세현과 같은 마음이었기에 그의 아이 같은 모습을 바라만 보아도 좋았다.

3개월. 긴 시간이다. 세현만큼 평생을 함께할 약속을 모두의 앞에서 할 날을 손꼽아 기다리고 있던 소이였기에 3개월이라는 시간을 참을 수 있을지 의문이 들었다. 그렇다고 쉽게 얻을 수 없는 기회 또한 놓치고 싶지 않았다.

"후우……."

소이가 한숨을 쉬며 하늘을 바라보았다. 거리에서 빛나는 조명 때문에 별이 잘 보이지 않는다. 높은 건물들 사이에 가려진 반쪽자리 밤하늘이 답답한 마음을 풀어 주지 못했다. 문득 재원이 떠올랐다. 매일 밤 병실에서 자신이 오기만을 기다리는 아버지가 눈에 밟힌다.

"기회는 언제든 또 올 테니까……."

소이는 체념한 듯 중얼거리고 씩씩하게 앞을 바라보고 걸어갔다. 아버지에게 향하는 발걸음이 점점 빨라졌다.

"소이야."

기운은 없지만 반가운 기색이 가득한 아버지의 목소리가 들린다. 아직도 지난날의 아픔에서 완전히 벗어나지는 않았지만, 그래도 조금씩 생기를 되찾아 가는 눈동자가 소이에게 희망을 안겨 주었다.

"오늘은 뭐하면서 보냈어요?"

재원의 손을 꼭 잡으며 침대 옆에 자리한 소이가 물었다. 살짝 찌푸린 얼굴로 재원이 하루의 기억을 더듬는다. 누워 있는 시간이 많았던 지난날 쇠약해진 몸을 되찾기 위한 재활치료와 정신과 상담이 이어지는 늘 똑같은 하루였지만 소이는 재원의 입에서 나오는 이야기를 듣는 걸 좋아했다. 소이는 더듬더듬 이야기를 늘어놓는 재원을 바라보며 흐뭇한 미소를 지어 보였다.

"그건……."

재원이 소이가 탁자에 놓아 둔 서류봉투를 가리키며 흥미를 보였다. 소이는 서류봉투를 들고 잠시 망설이다가 안에 들은 서류들을 하나둘 늘어놓기 시작했다. 그중 하나를 집어 든 재원이 꼼꼼히 훑어보다가 소이를 바라보았다.

"3개월이래요. 그 프로그램에 참여하는 시간이. 아빠를 혼자 두고 가기엔 너무 긴 시간이죠? 그래서 그냥 다른 사람에게 기회를 주려고 해요."

"왜……."

"꿈을 가지고 있으면 기회는 또 오니까요. 사실 무척 아쉽긴 하지만……. 세현 씨랑 아빠랑 함께할 앞으로가 더 중요하잖아요."

침묵이 흘렀다. 소이를 바라보던 재원의 시선이 창밖으로 향했다. 말없이 창밖을 바라보는 재원의 뒷모습이 쓸쓸하게 느껴졌다.

"나 때문이라면…… 걱정하지 말고 가는 게 어떠니."

"아빠……."

"나 때문에 네가 그동안 많이 참고 희생한 거 알고 있다. 3개월이 긴 시간처럼 느껴지겠지만, 그동안 네가 힘낸 시간에 비하면…… 무척 짧은 시간이지 않니?"

쥐어짜듯 힘겹게 말하는 재원의 목소리가 진지했다. 그렇게 말하며 바라보는 눈빛 또한 마찬가지였다.

"하지만……."

"뭘 망설이는 거냐. 너라면 충분히 자격이 있다고…… 생각해. 세현 군도 그렇게 이야기해 줄 거다."

"아빠를 이렇게 두고 가기가 망설여져요. 세현 씨도 마찬가지고."

"난 괜찮아. 나도…… 힘낼게. 소이 네가 그동안 나를 위해 힘내 준 만큼 열심히 노력할게."

소이가 가만히 재원을 가슴에 머리를 댄다. 소이의 작은 어깨를 보듬은 재원의 팔이 포근했다. 눈을 지그시 감고 소이가 마음을 정리했다. 잠시의 헤어짐일 뿐 완전한 이별은 아니니 자신의 곁을 든

든히 지켜 준 세현이라면, 그런 그를 사랑하는 자신이라면 재원의
말처럼 참고 기다릴 힘은 충분하니까.

여름의 끝을 아쉬워하는 듯 짙은 초록을 마음껏 뽐내며 조금은
선선해진 바람을 따라 흔들리는 담쟁이 잎이 담장을 뒤덮고 있었
다. 초록의 담장 옆을 천천히 걸어가며 학교 사무실에 이 작가로부
터 건네받은 서류를 제출하고 받은 3개월간의 일정과 준비목록을
소이가 바라보고 있었다.

"진짜네……."

일본과 미국, 영국과 이탈리아로 이어지는 일정이 꽤 빡빡했다.
각종 세미나와 소이가 존경해 마지않는 작가들의 강연들로 가득한
시간표가 마음을 들뜨게 한다. 마음만큼 경쾌한 발걸음을 내딛으
며 주변의 공기를 마음껏 들이마셨다. 여름의 끝자락에 묻어 나오
는 가을의 선선함이 몸속 깊숙이 차오르는 느낌에 날아갈 것 같다.

서류를 품에 안고 혜연의 카페로 향하는 오르막을 올랐다. 마음
을 굳히고 일사천리로 일을 진행시키면서 세현과 못 만난 지 꽤
많은 시일이 지나고 있었다. 오늘은 도서관에 가지 않는 날이었지
만 그에게 자신의 결정을 꼭 전해야 했기에 수업을 마치고 바로
이곳으로 온 터였다.

"어머, 이 시간에 소이 씨가 웬일이야?"

여름 막바지 팥빙수를 주문한 손님에게 먹음직스러운 팥빙수 포
장을 건네며 혜연이 소이를 반긴다.

"곧 결혼한다며?"

"어떻게 알았어요?"

"이 동네가 워낙 좁잖아. 소문이 파다하던걸. 김 선생이 담 치

과에서 유일한 총각이니까 그만큼 관심도 큰 거지, 뭐."

소이에게 시원한 음료수를 건네며 혜연이 부러운 시선을 던졌다.

"예쁘네……."

"뭐가요?"

"소이 씨 말이야, 결혼을 할 때가 돼서 더 그런가? 참 예뻐."

갑자기 고개를 푹 숙이고 혜연이 한숨을 내쉰다.

"아아! 부럽다! 난 언제 멋진 님 만나 알콩달콩 살아 볼까. 소이 씨!"

"네?"

"부케는 내가 접수했어. 알았지?"

혜연의 말에 소이가 밝은 웃음소리를 흘렸다. 그렇게 혜연과 실없는 농담을 주거니 받거니 하며 시간을 흘려보냈다. 몇몇의 손님이 오고 가는 모습을 바라보며 소이는 이 마을과 잠시 이별이라는 것에 쓸쓸함이 피어오르는 걸 느꼈다. 멀리 보이는 어린이 도서관의 다정한 사람들과 예쁜 분위기와도 잠시 이별이다. 그리고 세현과도.

"혜연 언니, 음료수 잘 마셨어요."

"김 선생 만나러 가니?"

"네, 제 결심을 말하러 가야 해요."

"결심? 무슨 결심. 좋은 거? 나쁜 거?"

혜연의 호들갑스러운 질문에 소이는 그저 웃으며 인사를 건네고 돌아섰다. 소이의 뒷모습에 대고 궁금증을 표하는 혜연에게 살짝 손을 흔들어 보이고 담 치과를 향해 천천히 걸어갔다.

"힘내, 소이야. 그라면…… 이해해 줄 거야."

자신만 들을 수 있는 작은 소리로 소이가 중얼거렸다. 얼마 떨어지지 않은 곳에 담 치과의 간판이 보인다. 아까의 설렘이 거짓말처럼 사라지고 긴장된 마음 탓에 내뱉는 심호흡으로 작은 가슴이 오르락내리락한다.

건물 앞 화단에 걸터앉아 곧 퇴근할 세현을 기다리며 주변을 둘러보았다. 조용하고 차분한 분위기를 주택가의 풍경이 마음을 가라앉힌다. 세현이 일하고 있는 건물의 위층을 물끄러미 바라보았다. 내가 다른 나라의 풍경을 담고 있는 동안 그는 이곳에서 소소한 일상을 보내며 저 창문 너머로 가을로 접어드는 마을의 풍경을 바라보겠지. 그러면 그렇게 담담하게 자신을 기다려 주리라.

"어, 소이 씨가 여기엔 어쩐 일이에요?"

어느새 퇴근 시간이 되었는지 건물을 빠져나온 세현이 소이를 발견하곤 반갑게 달려왔다. 얼굴을 보지 못한 지 고작 며칠이 지났을 뿐인데 많이 그리웠는지 소이의 손을 잡고 옆으로 흔들거리며 세현이 해맑게 웃었다.

"나 하루 종일 소이 씨 생각만 했어요. 소이 씨는요?"

"나두요."

세현의 들뜬 모습을 물끄러미 바라보던 소이가 작게 미소 지었다. 사실 마음을 굳히고 일사천리로 일을 진행하느라 그의 생각을 아주 조금밖에 안 했기에 그의 질문에 긍정의 답을 하기가 미안했다.

세현은 소이의 손을 붙잡고 콧노래를 흥얼거리며 걸었다. 그의 발걸음을 좇으며 소이는 고민에 빠졌다. 행복하면서도 무언가 마음 한구석이 불편한.

"이 작가님이랑 하려던 이야기는 잘 끝냈어요?"

세현이 침묵을 깨고 여전히 들뜬 목소리로 물었다.

"네……."

"대답이 시원찮은데? 왜 그동안 수업 빠졌다고 혼이라도 났어요? 내가 가서 혼내 줄까요?"

"아니, 아니에요. 그런 거."

"그런데 뭘 그렇게 고민하고 있어요. 나를 봤으면 기쁜 표정이 가득해야지 이마에 주름지겠어요."

"세현 씨."

소이가 걸음을 멈추고 진지한 눈빛으로 세현과 마주 보았다. 세현은 싱글거리며 소이를 바라보다 분위기가 이상해 미소 짓던 표정을 담담하게 바꾸었다.

"세현 씨, 나 할 말 있어요."

"뭔데요?"

"우리 저기서 이야기해요."

소이가 손가락으로 가리킨 곳은 초록빛의 은행잎이 무성하게 자라 그늘을 드리우고 있는 작은 놀이터였다. 세현은 궁금증이 일었지만 꾹 참고 소이가 이끄는 대로 뒤따랐다.

소이가 그네에 앉아 앞뒤로 발을 놀린다. 소이를 태우고 낮게 움직이던 그네가 점점 하늘 높이 날아오른다. 소이와 그네의 움직임을 좇던 세현의 눈동자가 하늘을 향했다. 무언가 고민이 있는 것일까. 아무 말 없이 그네를 타는 소이의 모습이 답답했다.

"무슨 이야기인지 말해 주지 않을 거예요?"

그네에서 나오는 삐걱거리는 소리를 세현의 낮은 목소리가 덮었다. 소이는 천천히 발을 땅에 내려 그네를 멈추고 세현을 올려다보았다. 그의 눈동자에 걱정이 서려 있다. 소이는 용기를 내기 위해 그녀의 줄을 잡은 손에 힘을 주었다.

"사실 며칠 전에 이 작가님이 내게 제안을 하나 했어요."

"무슨 제안이요? 좋은 거예요? 나쁜 거예요?"

"나에게 좋은 거지만, 세현 씨에겐 어쩌면 나쁜 것일지도 모르겠어요."

"나에게 나쁜 것이라······."

"세현 씨, 나요. 좋은 기회가 생겼어요. 이 기회로 내 꿈을 한 발 더 다가갈 수 있는."

"돌려 말하지 말고 말해요."

뜸을 들이는 소이를 세현이 재촉한다. 좋은 일이든 나쁜 일이든 빨리 들어야 마음이 편해질 것 같았다. 소이는 가방에서 서류봉투를 꺼내 세현에게 건넸다. 주섬주섬 봉투에서 서류를 꺼내들고 읽기 시작한 세현의 얼굴이 일순 굳었다가 점차 미소가 피어올랐다.

"이거 굉장한데요?"

"네?"

"소이 씨에게는 더없이 좋은 기회잖아요. 견문도 넓힐 수 있고, 소이 씨가 좋아하는 작가들을 가까이에서 만날 수 있는. 이야, 장한데요?"

순수하게 기뻐하는 세현의 모습을 상상하고는 있었지만, 실제로 그러하니 소이는 얼떨떨해졌다.

"우리 결혼은요. 나 3개월이나 세현 씨와 떨어져 있어야 하는데 괜찮겠어요?"

조심스럽게 묻는 소이의 앞에서 세현이 살며시 한쪽 무릎을 꿇고 시선을 마주했다.

"당연하죠."

"정말요?"

"소이 씨, 내가 30년이라는 세월을 특별한 인연 없이 흘려보낸 건 소이 씨를 만나기 위함이었어요. 소이 씨를 만나기 위해 30년을 기다렸는데 단 3개월을 못 기다릴까요? 잘 다녀와요."

"정말 그래도 돼요?"

"가서 좋은 것만 보고, 좋은 것만 듣고, 그 맑은 눈에 깨끗한 마음을 한가득 채우고 나랑 다시 마주해요. 난 이 마을 곳곳에 스며들어 있는 소이 씨와의 추억을 되새기며 기다릴게요."

세현이 소이의 동그란 이마에 자신의 이마를 맞대고 속삭였다.

"난 소이 씨의 1호 팬이니까, 늘 든든하게 곁에서 지원해 줄게요."

세현의 말에 소이가 빙긋 웃음을 띠며 가방에서 종이 한 장을 꺼내 세현의 손에 쥐여 주었다.

"이게 뭐예요?"

"내 1호 팬에게 주는 선물이요."

"어, 이 그림……."

"아직 완성되지 않은 나의 그림책이에요. 이 작가님은 더미책으로 만들어 보라고 했지만 난 세현 씨와 함께 완성하고 싶어요. 이 이야기는 세현 씨를 만나면서 시작된 것이니까. 3개월 동안 세현 씨 말대로 많을 걸 배우고 담으면서 우리 둘의 이야기를 천천히 완성하려 해요. 이 그림책이 완성되는 날 돌아올게요. 세현 씨 곁으로."

소이 옆의 그네에 올라탄 세현이 발을 굴린다. 그를 따라 소이도 힘차게 발을 굴렀다.

앞으로 뒤로……. 두 개의 그네가 조금씩 하늘과 가까워진다. 그네가 높아질 때마다 가까워지는 은행나무도, 그 사이로 보이는 하늘도, 둘의 등을 밀어 주는 것 같은 가을 내음이 나는 여름 끝의 바람도 모두 하나같이 다정하고 포근했다.

15

　"자, 치료 끝났습니다."

　세현이 마스크를 벗고 옆에 놓인 수건으로 손을 닦으며 말했다. 입을 헹구고 일어나는 할아버지를 부축해 드리기 위해 세현이 손을 뻗었다.

　"김 선생은 친절해서 좋아."

　"아하하, 칭찬 감사합니다. 아프셨죠?"

　"아니, 치료해 주는 손길도 꼼꼼하고 친절해서 괜찮았어."

　할아버지의 말에 세현이 더욱 친절한 미소를 띠며 접수데스크로 안내했다.

　"그런데 항상 같이 있던 그 작은 아가씨는 어디 갔나? 요즘 같이 있는 걸 도통 보지 못해서."

　소이를 이르는 말인가 보다. 담 치과의 멋진 의사 세현과 담쟁이 어린이 도서관의 착하고 고운 소이의 관계를 이 작은 동네사람들이 대부분 알고 있다는 것이 놀랍지 않았다. 겨울부터 가을의 문턱까지 많은 시간을 그녀와 함께 시시각각 변하는 마을의 담쟁이 덩굴 옆을 걸어왔으니까.

"공부하러 잠시 떠났어요."

"헤어진 건 아니고?"

"헤어지긴요. 몸은 멀리 떨어져 있어도 마음은 가까이 있습니다."

세현이 넉살 좋게 웃으며 말했다. 세현의 말과 행동에서 소이를 향한 마음이 확고하게 느껴졌는지 할아버지가 짐짓 서운한 표정을 지으며 말했다.

"항상 둘이 붙어 다니는 모습을 보다가, 근래 그런 모습이 보이지 않아서 난 헤어졌나 했지. 그런 거라면 우리 손녀딸이나 소개시켜 줄까 했구먼."

"하하하, 말씀 감사합니다. 영광인데요?"

할아버지를 배웅하고 세현은 방으로 돌아와 창밖을 바라보았다. 드문드문 보이는 주택가의 나무들이 색색으로 물들어 고운 빛을 띤다. 가을바람에 떨어진 낙엽들을 치우느라 분주한 비질 소리가 골목길을 타고 올라온다. 소이가 없는 담쟁이 담장의 이 마을은 또다시 새로운 계절을 잔잔하고 행복하게 담아내고 있었다.

하얀 머그컵에 따뜻한 커피를 따르고 책상 앞에 자리했다. 따뜻한 커피가 목구멍을 타고 흘러내려 이내 몸속을 훈훈하게 덥혀 준다. 하지만 쓸쓸한 마음 한구석까지 그렇게 만들어 주지는 못했다.

공항의 출국게이트 앞에서 아쉬움에 붙든 손을 놓지 못하고 그렇게 서 있었다. 비행탑승 시간이 거의 다가오고 나서야 손을 놓고, 주저하는 소이의 등을 살짝 떠밀어 주었다. 그녀가 더 당당하게 다녀올 수 있도록.

자꾸 뒤를 돌아보는 소이가 출국장 문 뒤로 사라질 때까지 웃어 주었다. 아쉽고 쓸쓸한 마음을 감춘 채. 그렇게 그녀를 보내고 다시 돌아오겠다는 3개월의 시간이 조금씩 가까워져 오고 있었다.

"세현아, 소이 씨로부터 우편물이 왔다."

종혁이 문을 벌컥 열고 들어와 노란 봉투를 건넸다. 각기 다른 우표 위에 또 다른 날짜를 새긴 아홉 번째의 우편물. 드문드문 보내는 우편물 안에 들어 있는 동화가 이미 많은 이야기를 풀어내고 있었다.

"끝났냐?"

"아니요, 끝이 아니네요."

여러 장의 그림과 그 안의 올망졸망한 소이의 글씨를 찬찬히 보고 있던 세현이 한숨처럼 말했다. 그런 세현을 바라보는 종혁도 실망한 눈치다.

"잘 지내고 있다지?"

"잘 지내고 있겠죠."

"무슨 대답이 그렇게 신통치 않냐?"

종혁의 말에 세현이 싱긋 웃으며 쓸쓸한 표정을 짓는다. 소이가 떠난 후로 간간이 전화 통화를 했는데, 그것도 점점 줄어 어느새 노란 봉투에 담긴 그림들로 소통할 뿐이었다. 소이가 이야기를 보내올 때마다 그리움으로 마음이 젖어 들어 소이에게 전화하고픈 충동을 억지로 누르곤 했다.

"미련한 놈."

"뭐가요?"

"소이 씨 꿈이 너한테 얼마나 중요한지 난 잘 모르겠지만, 그렇게 쓸쓸한 표정으로 지낼 거면 참지 말고 전화라도 할 일이지."

"걱정해 주는 겁니까?"

"걱정은 무슨……. 답답해서 그런다."

세현이 종혁을 물끄러미 바라보다가 다시 창밖으로 고개를 돌렸다. 가을바람에 노랗게 물든 은행나무가 출렁이며 움직인다. 소이가 보낸 그림 속의 별처럼 샛노란 은행나무가 눈동자에 박혔다.

"다짐 같은 거예요."

"무슨 다짐?"

"소이 씨가 스스로 선택해서 떠난 길을 조용히 지켜봐 주기로 마음먹었거든요. 목소리가 듣고 싶으면 전화를 하지 그러냐고 다들 그렇게 말하지만, 목소리를 들으면 얼굴이 보고 싶고, 얼굴이 보고 싶으면 곁으로 달려가고 싶고, 곁으로 달려가면 그대로 손을 잡고 억지로 데려오고 싶어질 것 같아서……. 그래서 쓸쓸하지만 참고 있는 거예요."

"네 녀석도 참 대단하다. 3개월이 그리 짧은 시간이 아닐 텐데……."

"길죠. 하루하루 보내기가 어쩔 땐 답답할 만큼. 그래도 조금만 참으면 그 후론 평생 함께이니까."

세현의 쓸쓸한 눈동자가 맑게 개였다. 소이를 입에 담을 때 보여 주는 행복함이 눈동자에 깃들어 있어 종혁은 힘내라는 말을 굳이 할 필요가 없겠다는 생각이 들었다. 종혁이 세현의 어깨를 툭치고 나가고 난 후 세현은 소이가 보낸 그림을 책상에 펼쳐 보았다. 까만 밤하늘에 촘촘히 박힌 노란 별들이 섬세하게 펼쳐져 있었다.

조금씩 마무리되어 가는 소이의 이야기. 하지만 그림 아래의 소이의 글씨에 '끝'이라는 단어가 언제쯤 찍혀 있을지 세현은 가늠

할 수 없었다. 그저 달력이 가리키는 날짜가 소이가 그의 곁으로 올 시간으로 점점 다가가고 있어 작은 위안이 될 뿐이었다.

"보고 싶다……."

세현은 소이의 그림에 가만히 이마를 대고 낮게 중얼거렸다. 그렇게라도 하면 그녀가 좀 더 빨리 돌아오지 않을까. 세현은 그리움으로 먹먹해지는 마음에 허허롭게 웃음 지었다.

"……서른, 서른하나, 서른둘……."

매트에 누워 천장을 바라본 채로 다리를 구부렸다 펴기를 반복하는 재원의 이마에 땀이 맺혔다. 물리치료사가 옆에서 재원에게 좀 더 힘내라 격려하며 계속해서 숫자를 센다. 꽤 살이 오른 얼굴에 생기가 감돌기 시작한 재원의 미소 짓는 얼굴을 세현이 멀리서 지켜보고 있었다. 건강을 조금씩 되찾기 시작한 재원은 정말 소이와 많이 닮아 있었다.

"어! 세현 군! 왔는가?"

흐뭇한 미소를 짓고 있는 세현을 발견한 재원의 얼굴에 더더욱 화색이 돌았다.

"열심이시네요."

재원에게 타월을 건네며 세현이 말했다. 타월로 이마에 맺힌 땀을 닦으며 재원이 숨이 차는지 잘게 심호흡을 한다. 세현이 물리치료사와 무언가 이야기를 하더니, 재원을 부축해 일으켜 세웠다.

"제 약속을 어기지 않고 잘 지키신다면서요?"

"자네가 으름장을 놓으니 그렇지. 계속 침대에만 누워 있으면 소이와 결혼식장에 함께 들어가지 못하게 한다고 말하지 않았나?"

"기억하고 계시네요."

"그럼. 자네 말에 이렇게 열심이지 않은가? 물리치료사들도, 의사들도 칭찬 일색이네."

'허허.' 하고 웃는 재원의 주름진 눈매가 소이처럼 휘어진다. 재원은 세현의 부축을 받지 않고 스스로 걸어 보려 애썼다. 가끔 휘청댔지만 발걸음이 더없이 경쾌했다.

재원의 병실에 들어선 세현이 조심스레 그를 눕히고 그 옆의 의자에 앉았다. 조금 열린 문틈으로 서늘한 바람이 들어와 재원이 몸을 움츠린다. 세현이 창문을 닫기 위해 일어서자, 재원이 만류한다.

"그냥 두게. 공기는 차도 병원 냄새보다 바깥 냄새가 더 좋으니."

"빨리 퇴원하셔야죠."

세현이 옷걸이에 걸린 카디건을 재원의 어깨에 걸쳐 주며 세현이 말했다.

세현은 소이가 떠난 후로 틈틈이 집에 들러 재원의 방과 소이와 자신이 함께할 방을 정리하고 꾸미며 두 사람을 맞이할 준비를 거의 마쳤다. 세 개의 흔들의자에 먼지라도 앉을까 염려하며 늘 반짝반짝하게 닦는 것도 잊지 않았다.

"물리치료사 말이, 건강이 많이 회복되셨다던걸요? 아까 담당의에게도 잠시 들렀는데 다른 사람과 생활하기에 큰 무리가 없을 거라고 했고."

세현의 말에 재원이 침묵하며 창밖을 바라보았다. 주저하는 눈빛이 살짝 서려 세현이 재원의 손을 따뜻하게 붙잡았다.

"소이 씨가 그 집으로 돌아왔을 때 따뜻하게 맞아 주셔야죠. 저도 마찬가지고요."

"내가 그 집으로 돌아가도 되겠나?"

"왜…… 그런 말을 하세요?"

"염치가 없어서. 커다란 집에 그 어린 것을 버려두고 내 마음만 아프다고 그리 방치했으니……. 소이에게도, 내게도 아픈 곳이지 않나."

"그러니까 더욱더 빨리 돌아가셔야죠. 그게 소이 씨에게 보상하는 일이에요. 소이 씨가 바라는 일이기도 하고요."

세현의 말에 재원이 부드럽게 미소 짓는다. 소이가 한국을 잠시 떠난 후부터 그녀 대신 자신의 곁을 지켜 주며 담담하게 응원해 주는 세현이 아들처럼 든든했다.

"보고 싶지 않나? 우리 소이."

"보고 싶죠. 정말 많이요. 어떻게 시간을 보냈는지 아득해질 정도예요. 아버지, 이참에 확 한눈팔아 볼까요?"

"에끼, 이 사람. 내가 두 눈 시퍼렇게 뜨고 있는데 무슨 소린가?"

"하하하! 농담입니다. 제가 그럴 리가 있겠습니까."

세현의 큰 웃음소리와 재원의 잔잔한 웃음소리가 창문 틈으로 흘러 나갔다. 그 따뜻함에 몽글하니 가슴이 벅차오르는 세현과 재원이었다.

"웅크린 소녀가 있었습니다. 웅크린 소녀의 마음엔 언제나 바람이 불었습니다. 어느 날, 소녀는 웅크린 몸을 세워 밤하늘의 별을 바라보았습니다. 반짝반짝. 반짝반짝. 소녀는 빛나는 별들을 갖고 싶었습니다."

몇 번이고 읽어 이미 외워 버린 소이의 이야기를 읊조리며 세현이 소이의 작업실로 쓸 작은 방 천장에 야광으로 된 별을 붙이고 있었다. 의자 위에서 까치발을 든, 키 큰 세현의 그림자가 방 안을 가득 채운다. 고개가 계속 천장을 향하고 있어서 뻐근했는지 세현이 주먹으로 목덜미를 통통 두드렸다.

"소녀는 까치발을 들고 밤하늘로 손을 뻗었습니다. 반짝이는 별은 닿지 않았습니다. 깡충깡충 뛰어 보았습니다. 그래도 별은 닿지 않았습니다."

까치발을 들고 하늘로 손을 뻗은 작은 소녀의 그림과 지금 자신의 모습이 어울리지 않았지만 묘하게 겹쳐져 웃음이 나왔다. 세현이 의자에서 훌쩍 뛰어내려 소이의 책상 앞에 섰다. 그동안 소이가 보낸 그림들이 길게 한쪽 벽면을 차지하고 걸려 있었다.

— 두리번두리번.
소녀는 하늘 가까이 닿을 만큼 기다란 사다리를 발견했습니다.
영차영차.
한 발 한 발 사다리를 타고 올라가 소녀는 별을 땁니다.
한 개, 두 개, 소녀의 바람뿐인 가슴에 별이 담겼습니다.

사다리를 타고 올라가 별을 따고 있는 긴 머리의 그림 속 소녀가 처음 만난 날의 소이 같았다. 그때 소이의 가슴속엔 바람뿐이었구나. 참 소심하고 여렸던 소이가 떠올라 뭉클해진다.

— 간질간질 콕콕콕.
별들은 소녀의 마음속에서 작게 움직였습니다.

바람뿐이었던 마음이 별빛으로 따스해집니다.

소녀는 행복했습니다.

"간질간질 콕콕콕······."

소이를 가슴에 품고 느꼈던 자신의 마음도 저러했을까? 열정적으로 사랑을 나누지는 않았어도 그녀와 잔잔하게 천천히 사랑을 나누었던 지난 기억에 다시금 간질간질 콕콕콕······. 심장이 뛰었다.

벽에 걸린 소이의 그림을 손으로 찬찬히 훑어본다. 별을 품은 소녀가 한 아이에게 별을 건네는 모습이 부드러운 색감의 밤하늘과 초승달 아래에 오밀조밀하게 그려져 있었다.

── "나도 반짝이는 별이 갖고 싶어. 나에게 네 가슴속 별 하나를 줄 수 있니?"

별을 품은 소녀에게 한 아이가 다가왔습니다.

아이의 가슴은 구름으로 가득 차 있었습니다.

소녀는 망설였지만, 가슴속에 품은 많은 별 중 하나를 꺼내 아이에게 건넸습니다.

간질간질, 콕콕콕.

구름이 걷히고 별빛만큼 환해진 가슴의 아이가 풀짝풀짝 소녀에게서 멀어집니다.

소녀는 행복했습니다.

미소 짓는 소녀의 표정을 따라 세현도 함께 미소 지었다. 마치 소이와 마주하는 것 같은 착각이 든다. 보고 또 보고, 읽고 또 읽고 그렇게 세현은 소이의 이야기를 다시금 담아내며 한동안 작업실에서 떠나지 못하고 있었다.

집 안을 환기시키려고 열어 놓은 커다란 유리문으로 상쾌한 공기가 넘치듯 들어온다. 해바라기가 꼿꼿이 서 있던 정원에 색색의 국화꽃이 흐드러지게 피어 있어 공기를 통해 국화향이 향긋하게 퍼져 올랐다.

세현은 주방으로 가서 잘 닦여진 찻잔을 하나 꺼내 들고 아까부터 내리고 있던 커피 한 잔을 따랐다. 세희가 쇼핑을 갔다가 소이가 생각나 샀다며 세현에게 떠넘기듯 건넨 찻잔에서 커피 향을 머금은 하얀 김이 모락모락 올라왔다.

세현은 찻잔의 온기를 느끼며 마당의 흔들의자에 앉았다. 세 개의 흔들의자 가운데에서 세현의 몸짓으로 한 번에 흔들흔들 의자가 앞뒤로 움직인다. 왼쪽 한 번, 오른쪽 한 번. 세현이 양옆의 흔들의자를 번갈아 바라본다. 비어 있는 옆자리가 외롭다.

— "나도 반짝이는 별이 갖고 싶어. 나에게 네 가슴속 별 하나를 줄 수 있니?"

별을 품은 소녀에게 작은 아이의 손을 잡은 한 어머니가 다가왔습니다.

어머니의 가슴은 한숨으로 가득 차 있었습니다.

소녀는 흔쾌히 별 하나를 꺼내 어머니에게 건넸습니다.

간질간질, 콕콕콕.

별빛이 주는 따스함에 한숨이 걷힌 어머니가 아이를 보듬어 안고 소녀에게서 멀어집니다.

소녀는 행복했습니다.

소이의 이야기 속 어머니와 작은 아이가 일찍 세상을 뜬 그녀의 어머니와 어린 소이일까. 세현은 가만히 왼쪽의 흔들의자를 바라보았다. 어린 소이를 보듬어 안고, 재원이 그토록 사랑한 그녀의 어머니가 앉아 있는 듯했다. 세현이 한숨처럼 작게 심호흡하며 오른쪽의 의자로 시선을 돌렸다.

　— "나도 반짝이는 별이 갖고 싶구나. 나에게 네 가슴속 별 하나를 주련?"
　별을 품은 소녀에게 구부정한 허리에 지팡이를 짚은 할아버지가 다가왔습니다.
　할아버지의 가슴은 빗물로 가득 차 있었습니다.
　소녀는 주저하지 않고 별 하나를 꺼내 할아버지에게 건넸습니다.
　간질간질 콕콕콕.
　별빛으로 빗물이 사라진 할아버지가 구부정한 허리를 곧게 펴고 소녀에게서 멀어집니다.
　소녀는 행복했습니다.

건강과 함께 삶의 의욕을 되찾아 가고 있는 재원을 세현이 상상 속에서 오른쪽의 흔들의자에 앉혔다. 소이와 자신이 꿈꾸는 일상이 현실이 된 것처럼 벅차오른다.

소녀가 할아버지에게 건넨 별은 소이가 재원의 손을 놓지 않고 주었던 정성과 사랑이리라. 구부정한 허리를 곧게 펴고 당당하게 걸어가는 할아버지는 소이의 마음으로 가슴속에 별을 품은 재원이리라.

이야기 속에 담겨 있는 소이의 마음들이 세현에게 닿았다. 소이
는 그렇게 그림 하나하나, 이야기 하나하나를 풀어 나가면서 성장
하고 있었다.

— 소녀는 길을 걸으며 만나는 이에게 별을 나누어 주었습
니다.

그림자가 가득한 이에게도, 눈물이 가득한 이에게도, 새벽
의 어스름이 가득한 이에게도…….

간질간질 콕콕.

소녀의 가슴속 별빛이 작아졌지만 소녀는 행복했습니다.

맑고 깊은 커다란 눈동자로 주변의 작은 것 하나라도 놓치지 않
고 따뜻하게 보려 했던 소이의 해맑음이 별빛같이 주변 사람들에
게 행복을 주었더랬다. 그 해맑음으로 세현을 붙들고 그렇게 빠져
들게 했던 것처럼. 소이의 맑은 눈동자도, 새하얗고 투명한 얼굴
도, 항상 부드럽게 자신에게 닿았던 붉은 입술도……. 전부 사무
치게 그리워진다.

"언제쯤이면 돌아올까요. 소이 씨……."

어느새 어둑해진 밤하늘에 별이 총총히 박히기 시작한다. 세현
이 팔을 뻗어 양옆에 가만히 서 있는 흔들의자의 손잡이를 잡고
힘을 준다. 세 개의 흔들의자가 세현의 움직임과 함께했다. 세현은
그렇게 오랫동안 밤하늘을 바라보며 앉아 있었다. 잡고 있는 손잡
이의 한쪽은 재원의 손이, 다른 한쪽은 소이의 손이 놓여 있는 듯
그렇게 꼭 보듬어 잡고서.

세현의 차가 미끄러지듯 아담한 주택가의 주차장에 섰다. 청바지에 하얀 셔츠, 짙은 남색의 트렌치코트가 그의 깔끔한 분위기를 여지없이 보여 주었다. 대문을 열고 가족들이 기다리고 있는 자신의 본가로 천천히 걸어 들어가며 세현은 허전한 옆자리를 지우려는 듯 주머니에 깊숙이 손을 찔러 넣어 보았다.

　"어서 와."

　늘 그렇듯 어머니가 먼저 나와 반긴다. 세현은 싱긋 웃으며 어머니의 어깨를 잡고 몸을 기울여 살며시 기댔다. 소이의 빈 옆자리를 어머니가 채워 주지 않을까 하는 기대감을 안고.

　"어머니, 소이 씨로부터 우편물이 또 도착했어요."

　"그래? 몇 번째니?"

　"열 번째요."

　"벌써 그렇게나 많이 보냈구나. 곧 돌아올 때가 되었으니 당연한 일이지만."

　세현만큼이나 소이의 부재를 쓸쓸해하는 부모님을 위해 우편물이 도착하면 항상 찾아가 보여 드리곤 했다. 그림 하나하나마다 느껴지는 소이의 모습에 흐뭇해하기도 하고, 내색하지 않았지만 그리워하는 마음이 두 분의 눈빛에서 묻어 나왔더랬다.

　"예쁘구나……."

　돋보기안경을 코에 걸치고 소이의 아홉 번째 우편물에 담긴 그림을 살펴보며 어머니가 말했다. 짙은 밤하늘의 푸른빛과 노란 별빛의 그림은 따뜻하기도 하고, 잔잔하기도 하고, 뭉클하기도 했다.

　"아버지는 벌써부터 자랑하고 다니셔. 조만간 그림책 작가 며느리가 생길 거라고."

"아버지도 참."

"얼굴도 예쁘고, 마음씨도 곱다고 어찌나 칭찬이신지 다들 소이가 궁금한가 봐."

"틀린 말은 아니지만, 벌써부터 그러시면 나중엔 등에 업고 다니시겠어요."

"그러게."

어머니와 세현이 마주 보고 밝게 웃었다. 며칠 전 소이가 보내 온 열 번째 노란 봉투를 뜯어 그림을 손에 들었다.

"소녀가 구불구불한 오솔길을 걸어갑니다. 달빛을 가리고 있는 나무와 별 하나 없는 깜깜한 밤하늘로 어두운 오솔길을 소녀가 품은 하나 남은 별빛이 밝혀 줍니다……."

세현의 어머니가 다정한 목소리로 소이의 올망졸망한 글씨를 읽어 내려갔다. 어둑한 초록빛의 숲길에 점처럼 작은 노란색이 소녀의 가슴에서 빛나고 있었다.

"오솔길 끝자락 커다란 바위 위에 한 소년이 서 있습니다. 소년은 별이 하나도 없는 밤하늘을 바라보고 있습니다."

세현이 어머니를 뒤이어 다음 장을 펼쳐 들고 담담한 목소리로 읊조린다. 덩그러니 달만 있는 푸른 하늘 아래 소년이 서 있는 그림은 소녀보다 훌쩍 커서 세현을 꼭 닮아 있는 듯했다.

"꼭 너 같구나."

어머니와 마음이 통하여 세현은 아이처럼 으쓱해졌다. 소이의 이야기를 찬찬히 읽는 어머니의 목소리 덕에 어린 시절 잠을 청하며 또랑또랑한 눈으로 책을 읽어 주는 어머니를 바라보던 기억을 되살릴 수 있었다.

"좋네요."

"뭐가?"

"이야기를 들려주는 어머니의 목소리가요. 소이 씨가 동화를 들려주던 모습을 처음 본 날도 떠오르고⋯⋯."

"어땠는데?"

"무어라 표현할 수 없는 감정이 한꺼번에 휘몰아쳐서 그 자리에 붙박은 듯 서 있었어요. 청아한 목소리도 그랬고, 그림책을 읽을 때 더욱 빛나는 눈동자도 그랬고, 떨어져 내리는 조각종이 사이에서 보이는 미소도 그랬고⋯⋯. '감동적이다'라는 한 문장으로 표현하기엔 부족할 만큼 가슴이 쿵하고 내려앉았어요."

"우리 세현이가 그때 소이에게 반했구나?"

"그 당시엔 그렇게 생각하지 않았는데 지금 되돌아보면 그날 한눈에 반했던 게 맞네요."

가만 생각해 보니 머뭇거리는 그녀의 손을 이끈 건 자신이었지만, 연애에 대해 별다른 꿈을 가지지 않았던 자신을 돌아보게 만든 건 소이였다. 자신이 걷는 길을 똑바로 마주하고 함께 걷겠다고 용기를 내어 손을 잡고 따라와 준 것도 언제나 소이였다.

소이는 자신의 마음이 자랄 수 있었던 건 모두 세현의 덕이라고 말했지만, 자신의 마음을 오로지 그녀에게만 향하게 만든 힘은 소이에게서 나온 것이었다. 그런 소이가 곁에 없는 지금도 여전히 사랑하고 또 사랑하는 자신의 심장은 타지에 있는 소이에게 가 있으리라. 소이가 보내온 우편물 속의 마음이 자신의 곁에서 녹아드는 것처럼.

— "네게도 내 가슴속의 별 하나를 줄까?"
　소년의 뒷모습이 쓸쓸해 소녀가 말을 건넵니다.

"나는 별이 필요하지 않아."

소년이 미소 지으며 말을 합니다.

"넌 굉장히 쓸쓸해 보이는걸."

별을 품은 소녀가 고개를 갸우뚱하며 말을 합니다.

"내가 쓸쓸한 이유는 밤하늘에 별이 보이지 않아서야. 항상 이 바위 위에서 올려다보면 별이 가득했는데 어느샌가 별들이 보이지 않아서 참 쓸쓸해."

그녀가 내 마음을 읽었나 보다. 아니, 그리움을 담아 바라본 하늘을 통해 그렇게 소이에게 전해졌나 보다. 나의 별. 내 심장을, 내 눈동자를 반짝반짝 비춰 주던 별 같은 그녀가 예쁜 그림과 이야기로 쓸쓸함을 달래 주고 싶었나 보다.

— 소녀는 가슴에 품은 별 하나를 살짝 바라봅니다.

덩그러니 달이 떠 있는 하늘을 올려다봅니다.

미소 짓고 있는 소년과 마주 봅니다.

"내가 가진 이 별 하나를 너에게 주면 쓸쓸하지 않을까?"

"그럼 네가 쓸쓸해질 텐데?"

"하늘의 별을 가져간 건 나인걸. 모두에게 나누어 주고 하나 남은 이 별을 네게 줄게."

소녀는 별을 꺼내 소년에게 건넵니다.

간질간질 콕콕.

소년의 손 위에서 별이 반짝하고 빛납니다.

별이 사라진 소녀의 가슴에 휭— 바람이 붑니다.

돌아가고 싶어요. 곧 돌아갈게요. 기다려 주세요.

별을 건네는 소녀의 그림에서 소이의 마음이 느껴진다.

"빨리 돌아와요……."

세현은 그리움을 담아 소이의 보드라운 뺨을 어루만지듯 그림 속 소녀의 얼굴을 쓰다듬었다. 그런 세현의 움직임을 쫓아 어머니도 똑같이 따라한다. 거실에 걸려 있는 달력 속에 빨간 동그라미. 소이가 돌아올 날이 정말 얼마 남지 않았다.

— 끝.

세현이 열한 번째 노란 봉투 속 그림의 마지막 장을 지그시 노려보며 손가락을 톡톡톡 두드린다. 소이의 이야기가 끝이 났다. 그런데 달력 속의 빨간 동그라미가 가리키는 날짜가 자꾸 지나가고 있는데도 소이는 돌아오지 않았다. 서운함이 뒤덮기 시작한 마음을 가다듬으려 애썼지만 '끝'이라는 글자와 그 옆의 온점이 그를 가만히 내버려 두지 않았다.

"분명히 이야기가 끝나는 날 돌아오겠다고 하고선……."

세현의 단정한 입에서 볼멘소리가 툭하고 튀어나온다. 전화를 걸어 볼까……. 애꿎은 전화기의 화면을 켰다 껐다 하며 세현은 초조하게 손을 움직였다.

— 소년이 웃으며 별을 받아 손에 쥐었습니다.

또각 또각. 톡톡톡.

소년은 소녀가 건넨 별을 작게 작게 조각내기 시작했습니다.

하나였던 별이 두 개가 되고, 세 개가 되고······.

어느새 하나의 별이 소년의 손 한가득 별가루가 되어 있습니다.

하늘을 향해 소년이 별가루를 뿌립니다.

덩그러니 달만 있던 까만 밤하늘이 별가루를 품습니다.

"저렇게 하늘로 보내 버리면, 네 쓸쓸함은 어떻게 하지?"

소녀가 묻습니다.

"같이 하늘의 별을 바라볼 친구가 있다면 쓸쓸하지 않을걸."

소년이 대답합니다.

소녀는 빙그레 웃으며 폴짝폴짝 하늘을 향해 손을 뻗고 뛰어 봅니다.

"내 별이 하늘에 닿았어."

반짝반짝 빛나는 밤하늘이

오솔길 끝 바위 위에서 올려다보는

소녀와 소년의 눈동자를 가득 채웁니다.

"소년은 소녀를 만나서 쓸쓸하지 않다 하는데, 도대체 내 옆에 있어야 할 소이 씨는 쓸쓸한 내 마음을 알기는 하는 건지."

마지막 노란 봉투의 그림들을 빠르게 훑어보며 세현이 중얼거렸다. 늘 그렇듯 읽고 또 읽어 머릿속에 뚜렷이 각인되어 버린 이야기의 끝이 원망스러웠다.

똑똑똑.

"들어오세요."

세현의 방문을 열고 종혁이 싱글거리며 들어온다.

"뭐예요?"

"네놈은 그 우편물이 마지막인 줄 알았지?"

"뭐요?"

"난 이게 마지막인 것 같은데……."

종혁이 노란 편지봉투를 흔들며 장난이 가득한 눈길을 보냈다.

우당탕!

성급하게 일어나는 세현 때문에 불쌍한 의자가 큰 소리를 내며 바닥에 나뒹군다.

"이리 줘 봐요, 선배."

"그렇게 쉽겐 못 주지. 이 사람아."

세현보다 한 뼘은 작은 종혁이 노란 봉투를 뺏기지 않으려고 요리조리 피하며 응대했다. 그런 종혁에게 짜증이 나고 초조해졌는지 세현의 미간이 급격하게 찌푸려졌다. 한참을 실랑이 하는 두 의사의 모습을 치과 안 사람들이 의아하게 쳐다본다.

"요구 조건이 뭡니까?"

미꾸라지같이 잘도 피해 다니네. 가쁜 숨을 몰아쉬며 세현이 종혁을 지그시 노려보고 아랫입술을 깨물었다.

"네 결혼식 사회."

"네?"

"뭘 놀라고 그래? 내 유려한 결혼식 사회 솜씨는 잘 알려진 바 아니냐. 결혼식 사회계의 유재석. 으흐흐흐."

망했다. 짓궂기로 소문난 종혁의 사회를 과연 소이가 오롯이 받아 낼 수 있을까. 세현은 눈을 질끈 감았다. 선배만 아니었다면 확 힘으로 뺏앗을 텐데. 바라보는 눈도 너무 많아 그럴 수도 없었다.

"알았어요."

세현이 한숨을 쉬며 말했다.

"정말?"

"정말이요. 귓구멍이 막혔어요? 뭘 확인하려 들어요. 각서라도 쓸까요?"

"각서는 됐고! 여기 있는 사람들이 다 증인인 아니냐. 남아일언 중천금! 잊지 마라."

깔끔하고 단정한 세현이라면 절대 그에게 사회를 맡기지 않을 것임을 알기 때문에 소이의 편지 하나로 커다란 수확을 걷은 종혁이 병원이 떠나가라 크게 웃으며 세현에게 봉투를 건넸다.

휘파람을 불며 문을 닫는 종혁의 뒷모습을 이글거리는 시선으로 한동안 바라보던 세현이 거칠어진 호흡을 가다듬고 의자를 바로하고 자리에 앉았다. 봉투를 뜯는 손이 초조하게 떨린다.

노란 편지봉투에는 예상대로 소이의 단정하고 귀여운 글씨가 쓰인 편지가 들어 있었다. 편지를 꺼내니 후드득하고 노란 종이의 별이 쏟아졌다.

—사랑하는 세현 씨에게.

내 이야기는 '끝.'이라는 한 단어로 맺음 했지만, 우리의 이야기는 아직 끝나지 않았기에 이렇게 뜸 들이는 나를 이해해 주세요. 전 지금 이 여행의 마지막인 이탈리아의 볼로냐에 와 있어요. 나의 행복한 일정은 모두 마무리되었지만 이 도시에서 좀 더 보고 듣고 느끼기 위해 잠시 더 머물게 되었답니다. 욕심 많고 이기적인 날 용서해 줄래요?

세현 씨! 나에게 큰 의미의 사람. 소중하고 또 소중해서 그리운 당신께 마음 깊이 사랑과 감사를 전합니다.

내가 빨간 고양이 마투였다면 당신은 내 곁으로 다가와 소중한 인연이 된 작은 새였고, 내가 힘겹게, 하지만 부지런히 앞을 향해 나아가는 개미였다면 당신은 힘겨운 내게 시원한 그늘이었어요.

내가 큰 짐을 지고 바쁜 걸음을 하는 나그네였다면 당신은 나그네가 편한 마음으로 주변을 돌아볼 수 있도록 울창한 나무를 키워 낸 오솔길이었고, 내가 여리고 여린 나팔꽃이었다면 당신은 꼿꼿이 서서 내게 타고 올라갈 수 있는 단단한 줄기를 내어 준 해바라기였어요.

그립고, 그립고, 또 그리워서 당신의 넓은 품으로 빨리 뛰어 들어가고 싶습니다.

당신이 흔쾌히 보내 준 이 여행의 끝에서 좀 더 성장한 모습으로 당신에게로 갈게요.

어쩌면 이 편지가 당신의 손에 닿을 때 난 당당하게 한국 땅을 밟고 당신 곁에 서 있을지도 모르겠네요.

나의 작은 새, 나의 그늘, 나의 오솔길, 나의 해바라기, 나의 세현 씨!

사랑합니다. 내 온 마음을 다해.

여행의 마지막 길목에서 사랑을 담아. 소이.

세현이 편지를 노란 봉투에 다시 담고 부스스 일어났다. 흰 가운을 옷걸이에 걸고 트렌치코트를 걸치고 방을 나섰다.

"야! 어디 가?"

"그네 타러 가요."

"뭐? 그네? 갑자기 뜬금없이 무슨 소리냐?"

"고민이나 잡생각을 다스리기엔 그네가 딱이거든요."

"야! 김세현!"

종혁의 외침을 무시하고 병원을 나가는 세현의 뒷모습을 보며 종혁이 고개를 절레절레 흔들었다.

"뭐야, 편지 속 내용이 좋지 않았나?"

종혁은 세현이 나간 자리를 바라보며 중얼거렸다.

"에잇! 그럴 리가. 일하자, 일."

쓸데없는 생각을 지우려는 듯 종혁이 손을 허공에 휘휘 내저었다.

동네의 작은 놀이터에 커다란 두 그루의 은행나무가 햇빛을 받아 샛노란빛을 뿜내고 있었다. 놀이터의 바닥은 노란 융단을 깔아 놓은 듯 떨어진 은행나무의 잎이 한가득 쌓여 있었다. 세현은 주머니에 손을 꽂고 주변을 둘러보았다.

이곳에서 겨울날 소이가 내민 작은 손을 마주 잡았고, 여름으로 넘어가는 늦은 봄날 떨리는 첫 번째 입맞춤을 했고, 행복으로 충만했던 여름 날 그녀의 꿈을 위해 꼭 잡은 손을 잠시 놓았었다. 겨울과 봄, 여름…… 그리고 가을. 소이와의 달콤한 추억을 이 작은 놀이터 또한 간직하고 있었다.

세현이 그네에 다가가 앉았다. 기다란 발을 굴려 그네를 움직인다. 조금씩 높아지는 그네의 움직임에 소이의 말처럼 하늘이 등을 밀어 주며 하늘과 가깝게 닿아주고 있었다.

끼익, 끽.

그네가 쇳소리를 내며 높이높이 솟구친다. 하늘에 자신의 시선에 놀란 눈을 한 소이가 비친다. 또 한 번 하늘과 가까워지니 자신의 붙잡음에 수줍게 고개를 들던 소이가 떠오른다. 한 번, 두 번…….

자신의 발자국 옆에 작은 발자국을 찍으며 걷던 그녀, 자신의 새끼 손가락을 붙들고 수줍어하던 그녀, 분홍빛 벗꽃 나무 아래에서 반짝이며 빛나던 그녀, 첫 입맞춤에 파르라니 떨던 그녀……. '사랑한다.' 말하며 해맑게 웃던 그녀, 당당하게 자신의 꿈과 마주하던 그녀. 세현과 가까이 닿은 하늘이 온통 소이의 모습뿐이다.

하늘로 솟구친 그네가 땅으로 내려온다. 그리운 얼굴이 가까이 보인다. 그리움으로 인한 환영인가……. 세현은 미소 짓는 얼굴을 지나쳐 다시 하늘로 오른다.

"세현 씨!"

그리워서 귓가를 떠나지 않았던 목소리다. 다시 땅으로 내려온 세현의 눈앞에 작고 작은 소이가 보였다.

"소이 씨!"

반가움에 흥분한 세현이 훌쩍 그네에서 뛰어내렸다. 소이의 하얀 얼굴이 성큼 가까워졌다. 균형을 잡지 못해 비틀거리는 세현을 소이가 두 손으로 꼭 안는다. 보드라운 감촉과 향긋한 바닐라 향. 세현이 그리워한 그녀가 틀림없다.

"왜 이렇게 늦었어요."

세현이 소이의 목덜미에 얼굴을 묻고 속삭였다. 그리운 감촉을 되새기려는 듯 힘껏 보듬어 안고.

"미안해요."

세현의 목에 나긋하고 가는 팔을 감고, 소이가 미소 지으며 말한다. 그에게서 그리웠던 커피 향이 난다. 세현이 소이의 어깨를 잡고 잠시 떨어져 지그시 바라본다. 여전하다. 깊고 검은 그의 눈동자는. 세현의 고개가 천천히 숙여지고 소이의 붉은 입술을 한껏 머금었다. 그동안의 그리움을 모두 덮으려는 듯 서로의 숨결과 향기를 나누어 가지며 오랫동안 떨어질 줄 몰랐다. 한참 동안 서로를 찾던 두 사람이 불어오는 바람에 살짝 멀어졌다.

"어서 와요."

세현이 사랑이 담뿍 담긴 목소리로 말했다.

"다녀왔어요."

소이 또한 사랑이 가득한 눈동자로 세현을 바라보았다. 두 사람의 머릿속에 소이가 그려 낸 이야기의 끝이 맴돈다.

─별을 하늘에 보낸 소녀의 마음속에 별빛만큼 따뜻한 바람이 붑니다.

그래서 소녀는 행복했습니다.

별을 바라보는 소년의 옆자리에 소녀가 함께 있습니다.

그래서 소년은 행복했습니다.

바람이 불고 다시금 겹쳐지는 두 사람의 머리 위로 노란 은행잎이 별처럼 쏟아져 내렸다. 이야기 속 소녀와 소년처럼 세현과 소이 또한 행복으로 충만했다.

Epilogue

"소이 씨, 축하해."

어린이 도서관 사람들이 신부대기실에서 소이와 사진을 찍고 자리를 떠나자, 그 모습을 지켜보던 혜연이 다가와 축하의 말을 건넸다. 심플한 디자인의 웨딩드레스는 소이의 순수하고 단아한 이미지와 정말 잘 어울렸다. 옅은 화장은 투명하고 하얀 피부와 붉은 입술을 더욱 빛나게 해 주었다.

"고마워요, 혜연 언니."

"세현 씨는 입이 귀에 걸렸더라. 이렇게 예쁜 신부를 맞으니 당연한 건가?"

혜연의 말에 소이가 수줍게 웃었다. 아까까지만 해도 세현은 소이의 모습을 보고 황홀한 표정으로 신부대기실에서 떠나지 않고 있었다. 홀에서 기다리다 못한 세희가 신부대기실로 찾아와 세현에게 "이 팔불출아!" 하고 핀잔을 주자 그제야 아쉬운 표정으로 나갔더랬다.

"신부님, 입장할 시간이에요."

웨딩헬퍼가 말하자 소이가 천천히 일어나 호흡을 가다듬었다. 손에 부케를 꼭 쥐고 식장으로 발걸음을 옮겼다. 식장문 앞에서 입장을 준비하던 세현과 재원이 소이를 바라보고 있었다. 말끔한 모습의 재원을 보니 소이는 눈시울이 뜨거워졌다. 살짝 입술을 깨물고 눈물을 참으며 세현과 재원을 향해 환한 미소를 지어 보였다.

소이는 세현과 재원의 사이에 섰다. 건강을 많이 회복했지만 아직 도움이 필요한 재원을 위해 세현과 소이, 재원이 함께 입장을 하기로 정했기 때문이다. 재원의 팔에 소이가 작고 가는 손을 올려 꼭 붙들었다. 세현이 재원의 옆에 서서 힘주어 손을 잡았다. 웨딩마치가 울려 퍼지고 세 사람은 나란히 웨딩로드를 걸어갔다.

"아버지, 감사합니다."

웨딩로드의 끝에서 재원이 소이의 손을 세현에게 전해 주자, 세현이 깊이 허리를 숙여 인사를 했다.

"우리 소이 잘 부탁하네."

재원이 속삭이듯 말하고, 애정이 가득 담긴 눈을 들어 소이를 바라보았다. 눈물이 가득 고인 소이의 눈을 보며 살짝 웃곤 재원이 자신의 자리로 가서 앉았다. 세현이 손을 들어 소이의 눈에 맺힌 눈물을 거둬 갔다.

"우는 건 오늘이 마지막이에요. 앞으로 평생 웃게 해 줄게요."

세현의 말에 소이는 작게 고개를 끄덕였다. 그리고 두 사람은 주례석에 서 있는 문 교수를 향해 몸을 돌렸다. 혼인서약과 주례가 끝나고, 연이어 축가까지 마무리되었다. 결혼식 내내 화기애애한 분위기를 이끌어 낸 건 종혁이었다.

"우리의 냉정하고 이지적인 세현 군의 입 찢어지는 소리가 하객 여러분들은 들리십니까?"

종혁의 넉살 좋은 말에 하객들이 '와―' 하고 웃음을 터뜨렸다.

"소이 씨가 이젠 평생 책임져야 해요."

세현이 소이에게 살짝 몸을 기울이고 속삭였다.

"뭘요?"

"매일매일 소이 씨 보면 입이 이만큼씩 찢어질 텐데, 소이 씨가 고쳐 줘야죠."

세현의 말에 소이가 쿡쿡거리며 웃었다.

"종혁 선배가 적당히 해야 할 텐데. 나 지금 빨리 소이 씨를 내 품 안에 가두고 싶어서 안달이 났다고요."

세현의 바람은 쉽게 이루어졌다. 종혁의 짓궂은 요구는 세현과 소이를 당혹스럽게 했고, 세현의 아버지가 보다 못해 종혁에게 다가가 다른 사람이 들리지 않게 으름장을 놓고 나서야 마무리가 되었다.

"음……."

묵직한 느낌에 한참 몸을 뒤척이던 소이가 번쩍 눈을 떴다.

깜박깜박.

커다란 눈동자를 깜박이며 주변을 둘러본다. 여전한 모습의 천장과 벽지. 방 안 풍경에 달라진 것이 있다면, 옆에 편안한 표정으로 누워 있는 세현뿐이었다. 소이는 멀뚱하니 그의 모습을 바라보다가 자신의 몸을 가로질러 놓은 손을 풀기 위해 다시 한 번 꿈틀거리며 몸을 움직였다. 소이의 뒤척임 때문인지 놓칠세라 꼭 부둥켜안고 있던 세현의 팔에 힘이 들어갔다.

'일어나야 하는데……'

머릿속에서 같은 생각이 빙빙 맴도는데 그의 온기 때문인지 쉬이 몸이 일으켜지지 않는다. 소이는 세현의 가슴에 귀를 대고 일정한 박자의 심장소리를 들으며 한동안 누워 있었다. 익숙해질 법한데도 아침마다 눈을 뜨면 옆에 누워 있는 세현의 모습이 꿈같아 어리둥절해지는 것은 여전했다.

소이는 세현의 가는 숨으로 간질거리는 이마에 고개를 살짝 올려 아직 잠들어 있는 그를 바라보았다. 그리고 손을 들어 살며시 그의 뺨에 올려 본다. 부드러운 느낌이 한 번, 까슬까슬한 느낌이 한 번, 간질거리는 느낌이 한 번……. 손끝으로 느껴지는 갖가지 감촉에 소이가 혼자 킥킥거리며 웃었다.

"뭐가 그렇게 재밌어요?"

감겨 있던 세현의 눈이 스르르 열리더니 소이의 말간 눈동자와 마주한다. 당황했는지 동그래진 소이의 눈이 곧이어 부드럽게 휘어지며 입꼬리도 함께 말려 올라갔다. 짧은 시간 안에 여러 표정으로 변하는 소이의 얼굴을 바라보며 세현도 표정을 따라 한다.

"세현 씨, 아침이에요."

"알아요."

"세현 씨, 출근해야 하는데……."

"그것도 알아요."

"일어나야죠."

"그 말도 맞지만…… 난 계속 이러고 있고 싶은데."

세현은 소이가 도망가지 못하게 한 팔로 힘주어 안고, 자유로운 다른 한 손으로 헝클어진 소이의 머리를 귀 뒤로 넘겨 주며 말간 얼굴을 한눈에 담았다. 아침마다 옆을 지키고 있는 소이와 함께 시작하는 하루가 항상 설레고 행복했다.

세현의 손이 한동안 머리를 매만지더니 부드러운 뺨으로, 가늘고 긴 목덜미로, 작은 어깨로 자연스럽게 미끄러지듯 움직였다. 손과 함께 그의 입술이 한 박자 늦게 따라 움직인다.

"아이참."

소이가 가볍게 눈을 흘긴다. 꿈틀꿈틀. 한 이불로 몸을 가린 두 사람은 그렇게 한동안 따뜻한 서로의 온기를 만끽하며 누워 있었다.

작은 손을 꼭 잡은 커다란 손이 허공에서 흔들거린다. 큰 손에 잡힌 조그만 손이 온기를 머금으며 큰 손 안에서 움직임을 함께했다.

"소이 씨, 나 없는 동안 뭐하면서 기다릴 거예요?"

"청소하고, 빨래하고……."

"또?"

"책도 읽고, 그림도 그리고, 오후에는 아빠한테 가 봐야 하고……. 왜요?"

"데이트 신청하려고 그랬죠."

마른 나뭇잎 몇 개가 겨우 매달린 가로수 옆을 걸으며, 세현과 소이가 주거니 받거니 이야기를 한다. 소이의 작은 보폭에 맞춰 주기 위해 세현이 속도를 늦추며 걷고 있었다. 말을 할 때마다 두 사람의 입에서 하얀 입김이 같은 방향으로 새어 나온다.

"데이트, 좋죠."

소이가 눈을 빛내며 말했다. 결혼 후 세현은 문 교수를 돕는 일로, 소이는 그림책 출판을 위한 작업으로 바쁜 나날을 보내고 있었기 때문에 식사할 때의 짧은 여유가 고마울 정도였다.

"어디 가고 싶은 곳 있어요?"

"우리 첫 데이트 장소!"

세현의 물음에 조금의 망설임 없이 소이가 답했다. 세현과 소이가 추억에 젖은 눈으로 서로를 바라보며 싱긋 웃음 짓는다.

그날 눈길을 걸었었죠. 같은 방향을 바라보며.

굳이 입 밖으로 꺼내지 않아도 주고받는 시선 속에서 이야기를 나누는 두 사람이었다. 저 멀리 버스가 보인다. 세현이 아쉬운 듯 소이의 뺨에 입을 맞추고 성큼 버스에 올라탔다. 창밖으로 두 팔을 크게 저으며 인사를 하는 소이에게 세현이 작게 손을 흔든다. 세현은 점점 멀어지며 사라져 가는 소이의 모습을 조금이라도 더 담으려 창밖에 둔 시선을 떼지 못하고 있었다.

샘터 파랑새 극장 앞의 조각상 옆에서 세현이 하늘을 올려다본다. 잔뜩 흐린 회색빛의 하늘을 바라보며 웃음을 지었다. 그 겨울 하늘을 바라보며 소이가 한 말이 떠올랐다. 왠지 세현의 눈에도 엄마와 아이가 바라보았던 다양한 모습의 하늘이 보이는 것 같았다.

겨울, 봄, 여름, 가을……. 그리고 또다시 겨울. 계절은 돌고 돌아 소이를 처음 만난 그 계절이 되어 있었다. 설렘은 여전히 변하지 않은 채로.

"세현 씨!"

언제 왔는지 옆에 다가와 선 소이가 세현의 소매 끝을 붙잡았다. 하늘에 시선을 고정시킨 그가 가만히 소이의 손을 보듬는다. 소이도 세현을 따라 하늘을 바라보았다.

"그 겨울날과 같은 하늘빛이네요."

소이가 속삭이듯 말했다.

"우리 같은 하늘 아래에서 네 개의 계절을 함께 보낸 거예요. 그죠?"

"나도 똑같은 생각을 했는데."

세현의 대답에 소이가 그의 옆모습을 설렘이 가득한 눈동자에 담았다.

"우리 이렇게 같은 하늘을 바라보면서 같은 생각을 하고 살아요."

소이가 들뜬 목소리로 말했다. 세현은 대답 대신 고개를 끄덕이며 소이의 손을 이끌어 자신의 팔에 걸쳤다. 팔짱을 낀 채로 서로에게 기댄 듯 꼭 붙어 걷는 두 사람의 뒷모습이 다른 듯 꼭 닮아 있었다.

"세현 씨."

"네?"

"나 오늘 병원 갔다 왔어요."

"왜요? 어디 아파요? 감기?"

소이의 말에 세현이 걱정이 가득한 표정으로 이마를 짚어 본다. 요 며칠 감기 기운이 있는 것 같다며 기운 없이 말하던 것이 생각나 더욱 그랬다.

"음. 감기가 아니고……."

소이가 까치발을 들고 세현의 귓가에 작게 속삭였다. 걱정이 서려 있는 눈동자가 갑자기 커지더니 순식간에 환희가 가득 차올랐다.

"우와! 정말요? 정말이죠? 우와!"

소이의 손을 맞잡고 흔들며 흥분을 감추지 못하는 세현이 큰 소리로 외쳤다. 흥분으로 펄쩍펄쩍 뛰는 세현 때문에 소이의 몸이 이리저리 흔들린다. 비틀거리는 소이를 보고 당황한 세현이 얼른 몸을 붙잡고 멋쩍은 표정을 지었다.

"이런, 임신 초기엔 조심해야 한다는데 내가 너무 흥분했나 봐요."

"좋아요?"

"그럼요. 내가 아빠가 된다는데."

"행복해요?"

"무슨 말이 필요해요? 당연한 거지. 와아……. 정말이죠?"

빙긋 웃어 보이는 소이의 얼굴을 세현이 두 손으로 감싸 쥐고 입을 맞춘다. 입을 맞추는 순간에도 어쩔 수 없이 올라가는 입술 사이로 웃음이 새어 나왔다. 세현의 웃음소리를 소이가 머금고, 소이의 웃음소리를 세현이 머금는다.

팔랑.

소이의 머리 위로 하얀 눈송이가 떨어져 내린다. 이마에 닿는 차가운 느낌에 세현과 소이가 하늘을 올려다본다. 회색빛 하늘이 새하얀 눈을 조금씩 내려 보내고 있었다.

"와, 눈이다……."

소이가 작은 손을 들어 눈을 받아 내며 중얼거렸다.

"와, 눈이다."

세현이 소이를 따라 긴 손가락 끝에 눈을 받으며 말한다. 소이가 흩뿌리던 조각종이만큼 하얀 눈이 펑펑 내리기 시작했다. 눈송이 사이로 마주친 둘의 시선이 더없이 편안하고 행복했다.

"아빤 며느리바보가 다 됐어."

세희가 식탁에 앉아, 따끈한 차를 마시며 볼멘소리로 말했다.

세희의 말을 잠자코 들으며 어머니가 빙그레 웃었다.

"아니, 올케가 예쁘고 사랑스러운 건 알겠지만, 임신한 사람을 꼭 산책길에 동행시켜야 하냐고요."

멀리서 세희의 이야기를 듣던 세현이 크게 고개를 끄덕였다. 세희의 불만을 세현도 똑같이 갖고 있었으므로.

소이와 결혼을 하고 나서 아버지의 며느리사랑은 혀를 내두를 정도였다. 틈만 나면 "우리 소이."를 찾으며 점심 식사나 산책길을 함께하길 원했고, 하루에도 몇 번씩 전화를 해 목소리를 듣고 싶어 했다. 소이가 예쁨을 받는 것은 무척 다행이었지만, 오붓한 둘만의 시간을 아버지가 자꾸 방해하는 것이 세현은 불만이었다.

"나 전에 아빠 차 타고 깜짝 놀랐다니까?"

"왜요, 아가씨?"

콩나물을 다듬던 세현의 형수가 물었다.

"아니, 언니. 들어 봐요. 아버지 차 뒷좌석에 지훈이를 앉히려고 봤더니, 올케가 그린 그림책이 거짓말 안 하고 산처럼 쌓여 있는 거예요."

"어머머."

"그래서 아빠께 이게 다 뭐냐고 물었더니, 뭐라고 하시는 줄 알아요?"

"뭐라고 하셨는데요?"

"아는 사람, 보는 사람, 만나는 사람마다 우리 새아기 그림책을 나누어 줘야 한다는 거 있죠? 이 정도면 며느리바보 아니에요?"

세희의 말에 형수도, 어머니도 큰 소리로 웃었다. 세현은 세희의 이번 이야기에는 고개를 크게 끄덕일 수 없었다. 그도 그럴 것이, 그 또한 아버지와 똑같이 행동하고 있어서 친구들과 선배들로

부터 팔불출, 마누라바보로 통하고 있었으니까.

"우리 왔다."

현관문이 열리고 아버지와 함께 소이가 들어왔다. 세현이 자리에서 벌떡 일어나 소이의 앞에 무릎을 꿇고 신발을 벗겨 주었다. 그리고는 일어나 걱정이 가득한 얼굴로 소이를 요리조리 살피기 시작했다.

"이 녀석. 유난을 떠는구나."

세현의 태도가 영 못마땅했는지 아버지가 불퉁하게 말했다. 세현이 소이를 품에 꼭 끌어안으며 아버지를 바라보았다.

"소이 씨가 눈에 넣어도 안 아플 만큼 예쁜 건 저도 알지만, 이제 함께 산책하는 건 좀 자제해 주세요."

"뭐야? 예끼! 이 녀석. 소이가 나랑 산책하는 걸 얼마나 좋아하는데! 그렇지? 소이야."

"그럼요, 아버님."

소이가 밝은 목소리로 말하자, 세현을 향해 부라리던 눈이 부드럽게 호를 그렸다.

"아휴! 두 사람 그만 좀 해요. 올케 사이에 두고 매번 두 사람이 별것 아닌 말다툼하는 거 보기 안 좋네요. 올케, 이리 와서 앉아. 저 팔불출 두 남자는 내버려 두고."

세희가 소이의 손을 이끌고 소파에 앉혔다. 세희의 핀잔에 세현과 아버지가 멋쩍게 웃었다. 하지만 두 사람은 소이의 옆에 앉기 위해 작은 몸싸움을 해 또다시 세희로부터 핀잔을 들어야 했다.

"……아가는 갸웃하고 차장더러 물었습니다. 우리 엄마 안 와요? 너희 엄마를 내가 아니? 하고 차장은 땡땡 하면서 지나갔습니다."

소이의 다정한 목소리가 거실을 지나 마당으로 흘러나왔다. 흔들의자에 앉아 주말 동안 온 가족이 모여 만든 화단을 바라보던 재원이 스르르 눈을 감았다. 아이에게 동화를 들려주는 소이의 목소리가 재원의 마음을 편안하게 해 준다.

"또 전차가 왔습니다. 아가는 또 갸웃하며 물었습니다. 우리 엄마 안 와요? 너희 엄마를 내가 아니? 이 차장도 땡땡 하면서 지나갔습니다."

"에이, 나쁘다. 왜 모른다고만 해?"

볼멘소리로 말하는 아이의 이마에 내려앉은 머리카락을 부드럽게 넘겨 주며 소이가 미소 지었다. 소이는 계속해서 아이가 책장에서 뽑아 온 그림책을 읽어 내려갔다.

"……아가는 바람이 불어도 꼼짝 안 하고, 전차가 와도 다시는 묻지도 않고, 코만 새빨개져서 가만히 서 있었습니다."

아가가 홀로 버스정류장에 서 있는 그림을 보며 울상을 지었다가. 내리는 눈을 올려다보는 책 속 아가를 따라 천장을 쳐다보는 아이의 표정이 소이만큼이나 풍부했다.

"엄마, 아가가 춥겠다. 감기 걸리면 어쩌지? 응?"

"우리 예원이 참 착하네."

소이가 아이를 꼭 끌어안으며 말했다. 아이는 작은 팔을 소이의 목에 두르고 폴짝 뛰어 매달렸다. 아이에게서 나는 향긋한 비누냄새에 소이는 뭉클함을 느끼며 꼭 끌어안았다.

"엄마, 우리 아빠 마중 나가요."

아이가 소이의 품에서 빠져나와 쪼르르 현관으로 달려가 앉는다. 어설픈 손길로 신발을 신는 아이에게 소이가 천천히 다가가 하나하나 신겨 주고 고사리처럼 작은 손을 꼭 보듬어 잡았다.

"예원이 어디 가니?"

재원의 물음에 아이가 밝은 목소리로 대답한다.

"아빠 마중 가요. 할아버지, 금방 갔다 올게요."

재원이 아이의 머리를 쓰다듬자 아이가 재원의 뺨에 뽀뽀를 하고 까르르 웃었다. 웃는 얼굴이 어릴 적 소이 같아 재원은 아이에게서 시선을 떼지 못하고 웃음 짓는다. 울타리 문을 나와 골목길로 사라질 때까지 손을 흔드는 아이에게 재원도 끝까지 손을 흔들어 주었다.

폴짝폴짝 두발로 뛰기도 하고, 팔을 벌린 채로 비행기처럼 달리기도 하며 아이가 소이에게서 멀어졌다. 흐뭇한 표정으로 아이의 뒷모습을 바라보며 소이가 천천히 뒤를 따랐다. 부른 배로 인해 아이의 빠른 걸음을 쫓기가 벅찼다.

"엄마, 빨리 와요."

멀리서 아이가 손을 흔들며 외친다. 어느새 버스정류장 앞에선 아이의 외침에 소이가 힘을 내서 느릿한 걸음에 속도를 붙였다.

"엄마는 느림보야. 아빠 버스가 와 버리면 어떡해?"

"그러게. 엄마 뱃속에 아가가 천천히 가라고 해서 그랬지."

소이의 말에 아이가 와락 품에 안긴 채 부른 배에 귀를 가까이에 대고 속삭였다.

"아가야, 아가야. 우리 엄마 힘들지 않게 빨리 나와라."

"보고 싶니?"

"응! 아빠랑 나랑 매일 아가가 빨리 나오길 기도하는걸."

"치……. 기도한다고 빨리 나오나?"

"하지만 아빠가 그랬어. 내가 아가한테 예쁜 말을 하고 예쁜 생각을 하고 보고 싶다고 말하면 나만큼 예쁜 아가가 나올 거라고."

아이의 옆에 나란히 엎드려 누워 손을 모으고 소원을 비는 세현의 모습이 떠올라 소이가 웃음을 터뜨렸다. 소이가 가까이 다가가려 하면 "부녀끼리의 오붓한 시간을 방해하지 말아요."라며 손사래를 치는 통에 멀리서 그 모습을 지켜보곤 했다.

"아빠랑 예원이 덕에 정말 예쁜 아가가 나오겠다. 그치?"

"응!"

크게 고개를 끄덕이는 아이의 머리 너머로 버스가 다가온다. 정류장에 멈춰 선 버스의 문이 열리고 반가운 얼굴이 내려섰다.

"아빠!"

팔을 활짝 벌리고 달려온 아이를 번쩍 안아 올린 그가 함박웃음 짓는다. 한 팔로 아이를 안고 다정하게 말을 건네는 세현의 모습을 소이가 벅찬 마음으로 바라보았다. 보고 또 보아도 질리지 않는 다정한 모습. 소이는 배를 토닥이며 속삭이듯 말했다.

"아가야, 빨리 나오렴. 빨리 우리 가족의 품에 안겼으면 좋겠다."

세현이 소이에게 해바라기처럼 환한 미소를 던지며 손을 내밀었다. 소이도 나팔꽃처럼 잔잔한 미소를 건네며 내민 손을 꼭 잡았다. 맞잡은 손과 세현의 단단한 팔에 안긴 아이. 다 그들이 걸어가는 길 뒤로 다정한 가족의 그림자가 행복하게 물들고 있었다.

- THE END

Scarlet

스칼렛

Scarlet

스칼렛